古典詩歌研究彙刊

第四輯

龔鵬程 主編

第 1 冊

歷代詩論中「法」的觀念之探究

林 正 三 著

國家圖書館出版品預行編目資料

歷代詩論中「法」的觀念之探究／林正三 著 — 初版 — 台北
縣永和市：花木蘭文化出版社，2008〔民 97〕

序 2+ 目 4+264 面；17×24 公分
（古典詩歌研究彙刊 第四輯；第 1 冊）

ISBN　978-986-6657-33-7（精裝）
1. 中國詩　2. 詩法　3. 詩評

821.88　　　　　　　　　　　　　　　　97012109

ISBN - 978-986-6657-33-7

9 789866 657337

古典詩歌研究彙刊
第四輯　第 一 冊　　　　　ISBN：978-986-6657-33-7

歷代詩論中「法」的觀念之探究

作　　者　林正三
主　　編　龔鵬程
總 編 輯　杜潔祥
出　　版　花木蘭文化出版社
發 行 所　花木蘭文化出版社
發 行 人　高小娟
聯絡地址　台北縣永和市中正路五九五號七樓之三
　　　　　電話：02-2923-1455／傳眞：02-2923-1452
電子信箱　sut81518@ms59.hinet.net
初　　版　2008 年 9 月
定　　價　第四輯 20 冊（精裝）新台幣 28,000 元

歷代詩論中「法」的觀念之探究

林正三　著

作者簡介

林正三，1956年出生於台灣省雲林縣。台灣大學中文碩士，東吳大學中文博士，現任德明財經科技大學通識教育中心專任副教授。著有《歷代詩論中「法」的觀念之探究》、《從胡適與基督教的互動關係談胡適的宗教情操》、《學術嘗試集》，以及胡適的宗教理論、胡適的信念、胡適與耶穌、胡適與基督教的互動——以〈說儒〉借用基督教的觀念為例、胡適的品德觀、孫大川與台灣原住民族文藝復興運動、從烏托邦文學的觀點評論《田園之秋》等論文。

提　要

　　「法」的觀念是中國歷代詩論的基源問題之一，本文採用勞思光先生所提出的「基源問題研究法」，探究先秦至清代詩法觀念的源流演變。

　　全文分七章，共十八萬字。

　　第一章：緒論。說明研究的旨趣、方法、取材範圍、法的涵義。

　　第二章：先秦至唐代。此期為詩法觀念的萌芽期。孟子、莊子、揚雄都有一些啟發的觀點，影響深遠。劉勰的《文心雕龍》提出「參古定法」與「數有恆數」，已有系統的理論。律詩至唐代而定型，代表詩法的正式建立。

　　第三章：宋代的詩法理論。宋、金、元三朝是詩法理論的茁壯期，尤以宋人的貢獻最多。本章探討蘇軾、黃庭堅、呂本中、楊萬里、周弼的詩法理論，相關者亦系聯附論。呂本中的「活法」觀念最有價值，「活法」是後代詩論的主流。

　　第四章：金、元的詩法理論。本章探討趙秉文、元好問、方回、楊載、范梈。金代的詩法理論大多承襲宋代，元代的「起承轉合法」相當突出。

　　第五章：明代的詩法理論。明、清兩代是詩法觀念的成熟期。本章探討前七子派的李夢陽、何景明，後七子派的李攀龍、王世貞，折衷派的李維楨、屠隆、胡應麟，公安派的袁宏道、袁中道。竟陵派關心的是鑑賞的問題，因此沒有列入討論。

　　第六章：清代的詩法理論。本章分為三期，包括初期的金聖歎、吳喬、徐增、王夫之、葉燮，中期的沈德潛、袁枚、翁方綱，晚期的方東樹、朱庭珍。

　　第七章：結論。提出五點結論，並肯定詩法觀念仍有現代的意義。

目

次

自　序

　　在台大中文研究所吳宏一教授的指導之下，我在1985年6月完成台大碩士論文《歷代詩論中「法」的觀念之探究》，內容分為七章，共計十八萬字，沒有公開出版。二十二年後，因為龔鵬程教授的鑑賞，將這篇碩士論文選入《古典詩歌研究彙刊》，我決定把握難得的機會，盡力修改舊作，交給花木蘭文化出版社正式出版。

　　治學需要師承，也需要自己的領悟。在台大中文系求學時期（1974～1978），我選修廖蔚卿先生的「文心雕龍」，與張健先生的「宋以後的文學理論」；在研究所碩士班的第一學年（1982～1983），我選修「中國文學批評史」，廖蔚卿先生與吳宏一先生分別講授上、下學期的課程。我對中國傳統文學理論的興趣與愛好，主要受惠於三位台大師長的啟發及薰陶。至於個人的領悟，來自閱讀郭紹虞先生的《中國文學批評史》與勞思光先生的《中國哲學史》，進而發現「詩法觀念」是中國文學理論的「基源問題」。我何其有幸獲得宏一師的指導，能夠找到一個值得研究的題目，準備兩年，寫作五個月，終能順利完成碩士論文。在台北市舟山路台大教師宿舍，我隨時可以向宏一師請益，宏一師在眼睛手術之後，為我審閱三百頁的論文初稿，並且始終肯定這篇論文的學術價值，如今回想，心中充滿感激！宏一師對學生的愛護，照亮了我的學術之路！

　　重讀二十多年前的論文，雖然還是自信下過艱苦的工夫，提出一些不可磨滅之見，同時卻發現不少打字的錯誤，文章也有不夠清晰、不夠通順之處，所以論文每一頁都做了必要的修改，但是保留了原始

的見解，沒有增添 1985 年 6 月以後的學術資料，這是爲了存真。我重新擬訂論文的詳細目錄，方便讀者掌握全書的內容重點。增加一篇附錄：〈蘇軾、黃庭堅的詩法理論〉（1987 年 11 月發表於《德明學報》第六期），藉以表示我曾經認真改寫碩士論文，但是因爲投入學校的行政工作，以及後來的學術興趣轉移到胡適與基督教的關係，所以沒有完成計畫中的《詩法觀念發展史》。

　　1980 年代中文研究所的學位論文沒有要求註明參考資料的出版年月，如今因爲時間的因素，無法一一複查補註，我必須承認這是修改版的一項缺失。德國思想家韋伯說：學術工作需要狂熱與靈感，學術工作要求「被超越」。（〈學術做爲一種志業〉）台大碩士班三年，因爲妻子曾美鳳女士的支持，使我得以盡心盡力從事學術的探索，對一個相當枯燥的主題奉獻不可思議的熱情與耐心，捕捉到不少樂以忘憂的靈感！我相信，只要用心走過，必定留下不易磨滅的痕跡。但是當時的種種自負，如今看來，也不過如此！這一點點成果，可能早就被後人超越了。被超越是可喜的，值得欣慰的是：走在學術的道路上，我還能自我超越。最後，謹將這本修改版的碩士論文敬獻給學術生涯中的兩位恩人——宏一師和美鳳！

林正三序於汐止長青山莊

2007 年 12 月 22 日

第一章 緒 論

第一節 研究旨趣與方法

在中國古代的文學理論中，詩論所佔的分量很多，詩論的內容極為散漫龐雜，但是其中不乏可貴的資料，如何去蕪存菁，進而歸納體系，應是後代研究者的基本任務，誠如吳師宏一所說：「這好像是一串散落的珍珠，需要我們穿針引線，加以貫串起來。」〔註1〕

在歷代詩論中，詩法觀念是一個值得研究的專題，從劉勰的《文心雕龍》以後，法的觀念呈現相當明顯的發展脈絡。郭紹虞的《中國文學批評史》已展示了主要的線索，〔註2〕劉若愚的《中國文學理論》第四章專門討論法的問題，〔註3〕張健先生的〈呂本中的文學批評研究〉析論「活法」。〔註4〕又如李豐楙的《翁方綱及其詩論》第二、第四章，黃志民的《王世貞研究》第五章，簡錦松的《李何詩論研究》

〔註1〕 《清代詩學初探》〈序説〉，牧童。
〔註2〕 參考郭紹虞《中國文學批評史》（改寫本）第三二、三九、四四、四五、四八、五十、五四、五五、五六、五七、六十、六六、七三、七八各節。明倫修訂本。
〔註3〕 見《中國文學理論》第四章「技巧理論」，杜國清譯，聯經。劉若愚早期的著作《中國詩學》中篇第三章「技巧主義者的觀點：做為文學鍛鍊的詩」，有簡要的敘述，杜國清譯，幼獅。
〔註4〕 見《中國文學批評論集》，天華。

第五章，林保淳的《魏禧的思想與文論》第四章，陳國球的《悟與法：胡應麟的詩學實踐論》，邵紅的〈明代前七子的時代背景及文學理論〉等都與詩法有關。〔註5〕在今人奠定的基礎上，我選擇這個專題，嘗試做整體的研究。

勞思光在《中國哲學史》第一卷序言提出「基源問題研究法」，〔註6〕這個方法的程序概述如下：

一、以「理論還原」為始點，解析前人的理論，掌握問題的根源。如果前人的理論是對某一問題的答覆或解答，這個問題就是基源問題，找到了基源問題就可以把握前人理論的總脈絡。在哲學史中，基源問題有其演變歷程。

二、展示由基源問題所引出的相關理論，使理論組成整體。

三、根據一套設準，作全面的判斷。

詩法理論環繞著「法」這個基源問題，因此可以參考哲學史的研究方法來研究文學批評史的基源問題。可是，由於詩法理論的特殊性及個人能力的限制，直接運用基源問題研究法尚有若干困難，不得不依照本文的需要加以斟酌，並且列出本文的研究目標如下：

一、從法的涵義入手，探討法的多義性。

二、根據批評史的觀點，展示詩法觀念的主要脈絡，分析各階段的理論特色及衍變。此為主要目的。

三、歷代詩論中法的觀念相當零散，僅明清兩代較有體系，因此本文無法預設理論的系統，以所處理的對象為準，真正有系統的，儘量歸納其系統，缺乏系統的亦加以安插，作為輔助

〔註5〕《翁方綱及其詩論》，六十三年政大碩士論文。《王世貞研究》，六十五年政大博士論文。《李何詩論研究》，六十九年台大碩士論文。《魏禧的思想與文論》，七十一年台大碩士論文。《悟與法：胡應麟的詩學實踐論》，《故宮學術季刊》第一卷第二期。〈明代前七子的時代背景及文學理論〉，《幼獅學誌》第十八卷第一～二期。

〔註6〕見〈序言〉15～19頁。《中國哲學史》第一卷，香港中文大學崇基書院三版。

及印證之用。

四、任何理論都不是孤立的，必須解釋法與其他觀念的關係。

五、法不僅是詩論的基源問題，也是文論、畫論的基源問題，三者互相溝通印證，有助於理論的整合研究。

六、評價理論的優劣，必須依據一些基本的標準，我將評價的基準暫定爲：（一）理論的啓發性；（二）理論的獨創性；（三）理論的周延性能自成系統；（四）理論的影響深遠。根據這些基準，可以力求判斷的統一。

第二節　取材範圍

由於基源問題源遠流長，本文的取材範圍不能不儘量擴大，可是一旦把握了理論的主要脈絡，又必然由博返約。本文參考下列資料，去蕪存菁，已相當可觀：

（1）歷代詩話。

（2）續歷代詩話。

（3）清詩話。

（4）清詩話續編。

（5）詩文別集。

（6）詩選評注。

（7）中國文學批評資料彙編。

（8）中國畫論類編。

將具有代表性的資料抽取出來，以時代分期，先秦至唐代是觀念的萌芽期；宋代及金、元是觀念的茁壯期；明、清是觀念的成熟期。以個人爲單元，相關者一併討論，同時兼顧各單元之間觀念的淵源流變。

第三節　法的涵義

爲了「釋名以章義」，在正文之前，先說明法的涵義。

　　《甲骨文字集釋》沒有收「法」字，[註7] 金文的「灋」和「廢」通用，[註8] 此義與本文主題無關。《說文解字》云：「灋，刑也。平之如水，從水。廌所以觸不直者去之，從去。」「灋」就是「法」，它的本義是否和「觸不直」的「廌」有關，後人聚訟紛紛，不得其解，[註9] 從許慎的解說看來，法等於刑罰的刑，涵義極小。《爾雅・釋詁上》云：

　　　典、彝、法、則、刑、範、矩、庸、恒、律、戛、職、秩，
　　　常也。

　　　柯、憲、刑、範、辟、律、矩、則，法也。[註10]

郝懿行曰：「法、則者，俱一定而不可變，是有常意，故訓常也。」[註11] 法所代表的規矩、典範，有恆久的性質，有約束的力量。《禮記・少儀》：「工依於法。」鄭注：「法，謂規矩尺寸之數也。」[註12] 規矩本身不能改變，所以法和變是對立的觀念。就工藝所遵循的方矩圓規而言，規矩是恆久的，就政教制度而言，法度並非永恆的東西，《莊子・天運》：「禮義法度者，應時而變者也。」在後代法的理論中，提出兩個重要的問題：（一）詩的法則是不變的？或是可以改變的？（二）變化和法則的衝突如何解決？

　　後代詩論所用的詞彙，已在先秦出現，例如《論語・堯曰》：「審法度」、《孟子・離婁上》：「不以規矩，不能成方員」、《荀子・性惡》：「以生禮義而起法度」、《荀子・王制》：「正法則」、《莊子・徐无鬼》：「法律之士廣治」、《周禮・大宰》：「以八則治都鄙……二曰法則」。後代承襲前代的詞彙，語義不必完全相同，常有語義轉移或擴大的現象。後代詩論的「法」及其相關用詞的涵義，可以歸納為：

〔註 7〕李孝定《甲骨文字集釋》，中研院史語所專刊之五十。

〔註 8〕周法高主編《金文詁林》第 1559 頁，引高田忠周之說。中文出版社。

〔註 9〕參考丁福保編《說文解字詁林》十上廌部，鼎文。

〔註 10〕《爾雅》卷一，第 8～9 頁，藝文《十三經注疏本》。

〔註 11〕郝懿行《爾雅義疏》第 41 頁，河洛。

〔註 12〕《禮記》卷三十五，藝文《十三經注疏本》。

一、文學的典型和法則

　　「典型」是學習的模範,「法則」是創作的基本準則。《文心雕龍·通變》:「望今制奇,參古定法。」周振甫將「參古定法」譯爲:「參酌古代的傑作來確定創作的法則。」〔註13〕從〈明詩篇〉到〈書記篇〉,所謂「選文以定篇,敷理以舉統」便是「參古定法」的實踐。「參古定法」的「法」主要指文學的典型,亦指創作的法則,也就是說,從典型的作品中歸納出創作的基本準則。「法則」和「技巧」不同,法則是基本的原則,技巧屬於細密的方法。劉勰的「三準」:「履端於始,則設情以位體;舉正於中,則酌事以取類;歸餘於終,則撮辭以舉要。」(〈鎔裁篇〉)「三準」代表成章的法則。又如:「必以情志爲神明,事義爲骨髓,辭采爲肌膚,宮商爲聲氣。」(〈附會篇〉)顯然也是文學的普遍法則。嚴羽說:「詩之法有五:曰體製、曰格力、曰氣象、曰興趣、曰音節。」〔註14〕「詩之法」不指狹義的技巧,卻指「詩之所以爲詩的五項法則」。李夢陽云:「古人之作,其法雖多端,大抵前疏者後必密,半濶者半必細,一實者必一虛,疊景者意必二,此予之所謂法,圓規而方矩者也。」〔註15〕強調創作時必須遵守一些不變的法則。明代前七子有兩句口號:「文必先秦兩漢,詩必漢魏盛唐。」確定了文學的典型,而法則從典型之中產生。李維楨曰:「自有文字以來,成法具在,而師心者失之。」〔註16〕現成的法在古人的作品中,發現古法是師古者的主要工作。然而,法是否已經完全具備於古人?後人是否仍有自創的餘地?由此引起「師古」與「師心」的爭論。

二、寫作的技巧和法律

　　劉勰說「文體多術」,「術」可以包括法則和技巧。唐代的詩格詩

〔註13〕《文心雕龍注釋》第583頁,里仁。
〔註14〕《滄浪詩話·詩辯》,校點本《歷代詩話》,木鐸。
〔註15〕李夢陽〈再與何氏書〉,《空同集》卷六十一,偉文。
〔註16〕李維楨《大泌山房集》卷十〈張觀察集序〉,中央圖書館藏萬曆間金陵刊本。

式以指導創作的技巧爲主，標示的名目非常細碎。宋代的句法、字法、奪胎換骨法都是技巧理論，虛實法兼有法則和技巧的涵義。

詩論中「法律」一詞的產生，與律詩的關係密切。初唐時，有一種聲病叫「齟齬病」，指五言的中間三字有兩字相連同上去入，上官儀云：「犯上聲是斬刑，去入亦絞刑。」〔註17〕可見聲律之苛。《滄浪詩話・詩體》「有八病」，嚴羽注云：「作詩正不必拘此，敝法不足據也。」認爲八病的規定並非權威。王世貞說：「五言至沈宋，始可稱律，律爲音律、法律，天下無嚴於是者，知虛實平仄不得任情而度明矣！」〔註18〕認爲律詩所以稱爲「律」，是由於音律及法律均極嚴格。律詩雖有破格的情形，但如何拗救仍有一定的規律。元代楊載提出「起承轉合」作爲律詩與絕句要法，他說：「五言七言，句語雖殊，法律則一。」〔註19〕表示五七言律詩都要遵守起承轉合之法，沒有例外。趙翼說：「五七律遂成一定格式，如圓之有規，方之有矩，雖聖賢復起，不能改易矣。」又說「格式既定，更如一朝令甲，莫不就其範圍。」〔註20〕格式限制創作的活動，如何解決法律和自由的對立？也是詩法觀念發展史中的重要問題。

三、死法與活法，一定之法與無定之法

新詞彙的出現，表示法的涵義已擴大，法的理論有所突破。「法」本無所謂死、活，創作時如果拘於成規，不敢自出心思，則古人之法就是死法。葉夢得反對模仿杜詩的用字，他說：「今人多取其已用字

〔註17〕《文鏡秘府論》西卷「文二十八種病」第十三，引上官儀之說。周維德點校本，河洛。

〔註18〕《藝苑卮言》卷四，藝文《續歷代詩話》本。《弇州山人四部稿》卷六十五〈徐汝思詩集序〉云：「夫近體爲律，夫律，法也，法家嚴而寡恩；又於樂亦爲律，律亦樂法也，其翕純皦繹秩然而不可亂也。」偉文。

〔註19〕《詩法家數》，《歷代詩話》本。此書的眞偽問題，詳見第四章第二節。

〔註20〕《甌北詩話》卷十二，郭紹虞《清詩話續編》，木鐸。

模放用之，偃蹇狹陋，盡成死法。不知意與境會，言中其節，凡字皆可用也。」〔註21〕死法的相對詞便是活法。又如「詩禁體物語」，他說：「然此亦定法，若能者，則出入縱橫，何可拘礙？」〔註22〕法的本義是「一定而不可變」，而葉夢得認爲這種定法拘束創作的自由。定法的相對詞是無定之法。呂本中云：

> 學詩當識活法，所謂活法者，規矩備具而能出于規矩之外，
> 變化不測而亦不背於規矩也。是道也，蓋有定法而無定法，
> 無定法而有定法，知是者則可以與語活法矣！〔註23〕

活法的理論解決了規矩和變化的衝突，不正面肯定「有定法」，也不正面肯定「無定法」，這種扣其兩端的理論極有彈性。呂本中之後，楊萬里、張孝祥、姜夔、俞成、方回，以及明代的李維楨、胡應麟，清代的吳喬、葉燮、翁方綱、方東樹、朱庭珍，或繼續運用「活法」一詞，或補充、發揮活法的理論，形成壯觀的一股主流。

〔註21〕《石林詩話》卷中，《歷代詩話》本。

〔註22〕《石林詩話》卷下。

〔註23〕劉克莊《後村先生大全集》卷九十五〈江西詩派〉引呂本中所作〈夏均父集序〉，《四部叢刊》本。

第二章　先秦至唐代

第一節　一些啓發的觀點

前人未必有意爲後代的文學理論提供基礎，後人卻由他們的言論獲得靈感。傳統常給我們一些意外的啓示，啓示愈大的，影響愈深遠。

一、孟子：規矩與巧

孟子曰：「離婁之明，公輸子之巧，不以規矩不能成方員；師曠之聰，不以六律不能正五音。」（〈離婁上〉）這些比喻強調仁政的重要，也可由此看出孟子對於客觀規則的重視。趙岐注云：「雖天下至巧，亦猶須規矩也。」〔註1〕不論視力多明，手工多巧，仍須規矩才能量出正確的方圓，所以規矩不可放棄。孟子又說：「梓匠輪輿，能與人規矩，不能使人巧。」（〈盡心下〉）趙岐注云：「人之巧在心，拙者雖得規矩，亦不能成器也。」孟子這段話，當是深入觀察工匠的活動，有感而發，趙岐說「人之巧在心」，也是中的之言。規矩可以傳授，心的巧妙無法傳授，如何由規矩生巧，眞是運用之妙存乎一心。朱熹《孟子集注》云：

尹氏曰：規矩法度，可告者也，巧則在其人，雖大匠亦末

<hr />

〔註1〕《孟子注疏》第 123 頁，《十三經注疏》本，藝文。

如之何也已！蓋下學可以言傳，上達必由心悟，莊周所謂
斷輪之意蓋如此。〔註2〕

基本的規矩法則是下學之事，如何巧妙是上達之事，潘德輿亦云：「巧
從心悟，非洞澈天機者不足語此。」〔註3〕後人的注解提出「心」的
觀念，相當正確，因為心的作用可以解決法與變的對立，心能靈活運
用規矩，變化而生巧，「巧」並不悖乎規矩。關於規矩和巧的問題，
後代有一些不同的引申。劉克莊說：「夫大匠誨規矩而不誨巧，老將
傳兵法而不傳妙。」，〔註4〕巧、妙都在乎心悟。李東陽說：「大匠能
與人以規矩，不能使人巧。律者，規矩之謂，而其為調，則有巧存焉。」
〔註5〕歷代的律詩，字數平仄的規定並無不同，然而唐宋元各有其調，
調就是只能心領神會的巧。李維楨認為熟能生巧：「大匠與人規矩，
不能與人巧，巧者不過伏習者之門，伯達於工部伏習久而巧生焉。」
〔註6〕熟習規矩到某一程度，自然心生巧妙，這是合理的觀點。清代
的魏禧，理論最為圓融，他以規矩比喻古人的文法，「古人法度猶工
師規矩，不可叛也」，而「生動變化，則存乎其人之神明」。〔註7〕他
在〈陸懸圃文序〉闡釋生動變化：

法譬諸規矩，規之形圓，矩之形方，而規矩所造，為橢、
為掣、為眼、為倨句磬折，一切無可名之形，紛然各出，
故曰規矩者方圓之至也，至也者，能為方圓，能不為方圓，
能為不方圓者也。〔註8〕

如果規矩只能畫圓形及方形，規矩的功用便極為有限，等於死法；由

〔註2〕 引自陳順孫《四書纂疏》第582頁，新興。
〔註3〕 《養一齋詩話》卷九，《清詩話續編》。
〔註4〕 《後村先生大全集》卷九十六，〈迂齋標註古文〉。
〔註5〕 《懷麓堂詩話》，《續歷代詩話》本。
〔註6〕 《大泌山房集》卷一二九，〈蔡伯達七言律詩引〉。
〔註7〕 《魏叔子文集》卷五，〈答計甫草書〉，《諸名家評點魏叔子文集》，
商務。
〔註8〕 引同前書卷八，〈陸懸圃文序〉。元代歐陽玄曰：「有一定之法而蔵一
定之用者，聖人之於規矩也。」可與魏禧之說互參。見歐陽玄《圭
齋文集》卷八，〈劉桂隱先生文集序〉，《四部叢刊》本。

於人心的靈活，使規矩造出各種形狀，這種變化才是法的極至，是活法，是巧的境界。

二、莊子：有數存焉於其間、技與道、忘法自適

　　孟子觀察工匠的技藝活動，而有「巧不能傳授」的領悟，莊子亦有類似的見解，〈天道篇〉的輪扁曰：「斵輪，徐則甘而不固，疾則苦而不入。不徐不疾，得之於手而應於心，口不能言，有數存焉於其間，臣不能以喻臣之子，臣之子亦不能受之於臣。」〔註9〕「數」是一個重要的關鍵字，它的涵義等於〈達生篇〉的「術」：

> 　梓慶削木爲鐻，鐻成，見者驚猶鬼神。魯侯見而問焉，曰：
> 　「子何術以爲焉？」對曰：「臣工人，何術之有！雖然，有
> 　一焉。」

成玄英疏：「數，術也。」輪扁所說的「數」融於心手合一的活動中，只能體會，不能言傳，類似孟子所說的「巧」。梓慶的「術」著重心齋的工夫，以天合天，亦即庖丁「進乎技矣」的境界。莊子不否認技藝活動中的法則及技巧，但他關心的是如何在技中見道。楊儒賓分析「庖丁解牛」的涵義說：

> 　就一件技藝來説，需要三項成素的合作才能完成，首先是
> 　主體（庖丁），其次是客體（牛），第三是媒介（刀）。如果
> 　目標只在技藝本身，不考慮其他層面的問題，則只要獲得
> 　媒介，及理解使用媒介的特殊法則，技藝原則上都可完成，
> 　差別只在功夫純不純熟而已。然而眞正的問題不在這裏，
> 　莊子雖然沒有否定技藝法則的重要性，但他關懷的是超出
> 　技藝之外的道，換言之，他關懷的是：心靈經由媒介到達
> 　客體，曲折的完成某件技藝後，如何還能保持心靈的整全
> 　純白？〔註10〕

本文所注意的是：「在由技進至道的歷程中，心靈與法則技巧的關係

〔註9〕郭慶藩《莊子集釋》，漢京。
〔註10〕《先秦道家道的觀念的發展》，第 98～99 頁，台大七十二年碩士論文。

為何？」〈達生篇〉的痀僂丈人承蜩，經過長期磨練，終能「用志不分，乃凝於神」，徐復觀說：「乃凝於神」之神，是心與蜩的合一，手（技巧）與心的合一，三者合為一體，此之謂凝於神。〔註11〕〈達生篇〉云：

> 工倕旋而蓋規矩，指與物化而不以心稽，故其靈臺一而不桎。忘足，履之適也；忘腰，帶之適也；知忘是非，心之適也；不內變，不外從，事會之適也。始乎適而未嘗不適者，忘適之適也。

「工倕以指旋轉而能合乎規矩」，〔註12〕心靈處於完全自由的狀態，在直覺的運作中，心未嘗執著於如何駕馭規矩，忘規矩而又自然合乎規矩，這種情形稱為「適」，後代的藝術家多醉心於此種境界。

劉勰說「術有恒數」，顯然承襲了莊子的用語，並且將它們應用在文學的範疇，探討文學創作的法則技巧。蘇軾發揮「心手合一」之說，強調道、藝並重。〔註13〕楊萬里評蘇軾、李白之詩「無待」，杜甫、黃庭堅之詩「有待而未嘗有待」，詩法理論亦受莊子的影響。〔註14〕王世貞說：「夫文出於法而入於意，其精微之極，不法而法，有意無意，乃為妙耳！」〔註15〕「不法而法」、「有意無意」，指心不執著法而自然合法，心和法的關係在若合若離之際。紀昀說：「不立一法，不離一法。」〔註16〕心靈自運，法在其中。方薰云：「法我相忘，平淡自然。」〔註17〕「法」指古人之成法，「我」指一己之心靈，

〔註11〕《中國藝術精神》第二章第 123 頁，增補四版，學生。

〔註12〕徐復觀以為「蓋規矩」是「超過了規矩」，見前書第 127 頁，不合原文之意。「蓋」假作「盍」，合也，見奚侗《莊子補註》，藝文印書館《無求備齋莊子集成續編》四十。此說獲得王叔岷先生的指點。

〔註13〕《蘇東坡全集》，前集卷三十二〈文與可畫篔簹谷偃竹記〉，後集卷十四〈答謝民師書〉，河洛。

〔註14〕《誠齋集》卷七十九〈江西宗派詩序〉，《四部叢刊》本。

〔註15〕《弇州山人四部稿》卷一二五，〈與劉子成書〉。

〔註16〕《紀文達公遺集》卷九，〈四百三十二峯草堂詩鈔序〉，嘉慶十七年刊本，中研院史語所傅斯年圖書館藏。

〔註17〕引自《中國畫論類編》第 235 頁，河洛。

兩者相忘，遙契莊子之說。

三、揚雄：法則的普遍性

　　揚雄繼承荀子的觀點，認為聖人的經典是文學的標準。揚雄說「詩人之賦麗以則，辭人之賦麗以淫」（《法言·吾子》），「則」和「淫」相反，表示文質合度。又云：「女惡華丹之亂窈窕也，書惡淫辭之淈法度也。」（同上）「法度」指先聖之道。〔註18〕揚雄有一段話，對後人竟有莫大的啓示：

　　　　或問：「公孫龍詭辭數萬以爲法，法與？」曰：「斷木爲棊，
　　　　挽革爲鞠，亦皆有法焉；不合乎先王之法者，君子不法也。」
　　　　（《法言·吾子》）

其中「斷木爲棊，挽革爲鞠，亦皆有法焉」三句，被後人斷章取義，用來證明法的普遍性。揚雄的本意爲：「公孫龍詭辯，雖然持之有故，言之成理，但是不合乎先王的法度，所以君子不承認詭辯爲法。」揚雄云：「法者，謂唐虞成周之法也」（《法言·問道》），可與〈吾子篇〉互證。汪榮寶解釋「亦皆有法焉」的「法」是博棊、圍棊之法和蹴鞠之法，〔註19〕亦即遊戲的規則，似乎不太正確，應說是：「斷木做成棋子，挽革做成皮球，都各有製造之法，如果沒有法，不可能做成棋子和皮球。」因爲，工匠必須「依於法」（《禮記·少儀》），否則不能成器；推知言論也須合乎先王之法，否則就是邪說。歐陽修首先引用揚雄之言：

　　　　蘇子美嘗言用筆之法，此乃柳公權之法也，亦嘗較之斜正
　　　　之間，便分工拙，能知此及虛腕，則羲、獻之書可以意得
　　　　也。因知萬事皆有法，揚子云：「斷木爲棋，刓革爲鞠，亦
　　　　皆有法也。」豈正得此也！〔註20〕

〔註18〕參考汪榮寶《法言義疏》第 98 頁，藝文。
〔註19〕同前書第 111～112 頁。
〔註20〕《歐陽修全集》卷五〈試筆〉「用筆之法」條，河洛。唐代張懷瓘〈用
　　　　筆十法〉之六論「斜正」；歐陽詢〈書法〉云「虛拳直腕，指齊掌虛」。
　　　　參考祝嘉《書學格言疏證》第 2 頁、第 91 頁，木鐸。

《韓非子·解老》:「萬物莫不有規矩。」歐陽修因用筆之法推知「萬事皆有法」,並引揚雄之言爲證,這是法的理論的一大躍進,法則的普遍性獲得肯定。製器有法,用筆有法,文學及繪畫亦有法,法普遍存在,並且呈現眾多的特性。《詩法正宗》曰:「文有文法,詩有詩法,字有字法,凡世間一能一藝無不有法,得之則成,失之則否。」〔註21〕可以注解歐陽修「萬事皆有法」之說。唐順之云:

> 歐陽子述揚子雲之言曰:「斷木爲棊,梡(捖)革爲鞠,莫不有法,而況於書乎?」然則又況於文乎?〔註22〕

焦竑云:

> 揚子有言:「斷木爲棊,梡(捖)革爲鞠,莫不有法。」而況於詩乎?〔註23〕

袁枚云:

> 揚子曰:「斷木爲棋,捖木(革)爲鞠,皆有法焉。」唐人之法本乎漢晉,宋人之法本乎三唐。〔註24〕

翁方綱云:

> 歐陽子援揚子制器有法以喻書法,則詩文之賴法以定也審矣!〔註25〕

法是詩文賴以成立的基本條件,「得之則成,失之則否」,其重要性由此可知。清人湯貽汾云:「天下無無法之事,而畫法尤多門。昔人論畫曰六法,舉其概也。析而論之,自崇山大川至於微塵弱草,下筆則無不各有其法,法可枚舉哉?」〔註26〕繪畫亦不可無法。法是詩、文、書、畫的基本觀念,它的普遍性及重要性可以確定無疑。

〔註21〕揭傒斯《詩法正宗》,引自朱紱《名家詩法彙編》卷八,廣文。此書可能是後人依托之作。
〔註22〕《荊川先生文集》卷十,〈文編序〉,《四部叢刊》本。
〔註23〕《焦氏澹園集》卷十五,〈陳石亭翰講古律手鈔序〉,偉文。
〔註24〕《小倉山房文集》卷十七,〈答施蘭垞論詩書〉,《四部備要》本。
〔註25〕《復初齋文集》卷八〈詩法論〉,文海。
〔註26〕引自《中國畫論類編》第835頁。

四、小　結

孟子的「規矩與巧」是一個有趣的啓發。雖巧，規矩不可廢，因爲規矩是「方員之至」，是基本的法則；規矩不能保證巧的產生，巧不能言傳，後人的注解認爲巧由心悟，心的妙用使規矩生巧。孟子另有一個比喻：「智，譬則巧也。聖，譬則力也。由射於百步之外也，其至、爾力也，其中、非爾力也。」（〈萬章下〉）能射到是力量的作用，能中的則是技巧的成就，既至且中，才是射箭的極致；既不離規矩又能心生巧妙，才是藝事的極致。

莊子的寓言蘊藏豐富的涵義，像庖丁解牛、輪扁斲輪、痀僂丈人承蜩、呂梁丈夫蹈水、梓慶爲鐻、工倕旋而合規矩等等，都肯定了技術、規矩的存在，心靈在直覺的活動中與對象及規則合一，便是道的境界。「忘法之適」，心靈仍可保持逍遙自由。

揚雄的話屢被引用，表示具有權威，可以證明法的普遍性。法成爲文學及藝術的共同論題。

總之，尋找理論的源頭是很有意義的事情，《文心雕龍・序志篇》有兩句話：「振葉以尋根，觀瀾而索源。」必須尋根索源，才能掌握觀念的脈絡。源頭不會限制流變，流變不離源頭，當後代的理論逐漸開展，我們必將贊嘆人類的思想具有無限的創造能力。

第二節　劉勰的文學理論

劉勰的《文心雕龍》體大思精，不僅集當時文學理論之大成，也是後代文學理論的主要根源。關於法的理論，劉勰頗有創見，而且自成體系，「參古定法」和「術有恒數」是兩個重要的觀點。

一、參古定法

參古定法不是孤立的理論，它和「望今制奇」結合，成爲劉勰的通變論。參古定法是爲了繼承優良的傳統，望今制奇是要開創新業，一主常，一主變。〈通變篇〉云：

> 夫設文之體有常，變文之數無方，何以明其然耶？凡詩賦
> 書記，名理相因，此有常之體也；文辭氣力，通變則久，
> 此無方之數也。名理有常，體必資於故實；通變無方，數
> 必酌於新聲：故能騁無窮之路，飲不竭之源。

文體有常，「常」代表不變的法式。黃侃云：「文有可變革者，有不可變革者。可變革者，遣辭捶字，宅句安章，隨手之變，人各不同。不可變革者，規矩法律是也。」〔註27〕名理相因指文體在歷史的過程中產生了一定的標準格式，有其穩定性及連續性，所以稱爲「有常之體」，基於這種觀點，劉勰對於「解散辭體」（〈才略篇〉）、「文體解散」（〈序志篇〉）的現象深感痛心。

參古定法和西方的文學理論有相通之處。古代羅馬的賀雷斯（Horace, B. C65-A. D 8）提出 "decorum" 的觀念，中文譯爲「妥善性」或「合式」，〔註28〕意謂內容與形式的理想組合，這種理想模式存於古人作品中，所以賀雷斯從古典作品分析歸納文學類型的規格及附帶條件，作爲古典主義的法則。〔註29〕法國的新古典主義者布瓦羅（Boileau, 1636～1711）等人：

> 他們很重視文藝種類或體裁的區別，認爲這些文藝種類彷
> 彿是固定不變的，每一種類都有它的特殊的性質和特殊的
> 規則。〔註30〕

劉勰的「參古定法」，施友忠譯作：

And establish Iaws by reference to ancient practice. 〔註31〕

不同的文體各有特殊的規則，參古定法的「法」譯爲複數的"Iaws"極爲正確。〈序志篇〉云：「原始以表末，釋名以章義，選文以定篇，敷

〔註27〕《文心雕龍札記》第 104 頁，文史哲。
〔註28〕顏元叔譯爲「妥善性」，見《西洋文學批評史》中譯本第 71 頁，志文。朱光潛譯爲「合式」或「妥貼合體」，見《西方美學史》上卷第89 頁，漢京。
〔註29〕參考《西洋文學批評史》第五章。
〔註30〕《西方美學史》上卷第 176 頁。
〔註31〕《文心雕龍》英譯本第 236 頁，中華。

理以舉統。」劉勰依據文學史的觀點，從古代到近代，闡釋各種文體的起源、流變、性質、功用，選出代表作，提示規則，這便是參古定法的示範。以〈明詩篇〉爲例：

1. 詩的性質：「詩言志。」

2. 詩的功用：「持人情性。」

3. 詩的起源流變：「昔葛天氏樂辭云」至「宋初文詠，體有因革，莊老告退，山水方滋。」

4. 五言詩的典型：「（古詩）觀其結體散文，直而不野，婉轉附物，怊悵切情，實五言之冠冕也。」

5. 風格的標準：「若夫四言正體，則雅潤爲本；五言流調，則清麗居宗。」

6. 作法的指導：「然詩有恒裁，思無定位，隨性適分，鮮能圓通。若妙識所難，其易也將至；忽之爲易，其難也方來。」

這裏有一個問題：「參古定法是否等於宗經？」〈徵聖篇〉云：「文成規矩，思合符契」、「徵之周孔，則文有師矣！」〈宗經篇〉云：「稟經以製式，酌雅以富言」、「文能宗經，體有六義」。後代文體如論說辭序、詔策章奏、賦頌歌讚、銘誄箴祝、紀傳盟檄都源於五經，「所以百家騰躍，終入環內」。從〈徵聖篇〉、〈宗經篇〉看來，劉勰顯然認爲「五經各備文之眾法」，〔註32〕參古定法似乎就是「參經定法」的同義詞，果眞如此，參古定法和望今制奇兩者無法調和，走入「理論的窮巷」。〔註33〕亦即：「以宗經爲內容的明本觀，侵犯干擾了通變觀。」〔註34〕對於這個問題，個人有一些補充的看法。〈徵聖篇〉及〈宗經篇〉實在是偏至之論，劉勰認爲源頭就是最佳的典範，爲了糾正時弊，未免矯枉過正。而從〈明詩篇〉至〈書記篇〉，總共二十篇

〔註32〕宋濂〈朱右白雲稿序〉，《宋文憲公全集》卷二，《四部備要》本。

〔註33〕王夢鷗〈文心雕龍質疑〉，《古典文學論探索》第215～216頁，正中。

〔註34〕齊益壽〈劉勰的論文背景、論文觀點與文學批評〉，《國立編譯館館刊》第九卷第一期，第62頁。

的文體論中，劉勰並沒有實踐〈宗經篇〉「稟經以製式」的宣言，他採取相當通達的文學史觀：「故鋪觀列代，而情變之數可監；撮舉同異，而綱領之要可明矣！」（明詩篇）從文學史觀察流變，比較研究之後，可以歸納出各類文體的理想模式。唐亦璋說：

> 後代文學，一方面承受五經及離騷的影響，一方面受到體裁的性質與實用目的的制約，在歷史的累積中，自也分別建立起「美的標準模式」。〔註35〕

劉勰並沒有忽視「歷史的累積」此一重要因素，所以，我認為〈通變篇〉雖然主張「矯訛翻淺，還宗經誥」，欲使後代文學合乎「六義」的標準，但是〈通變篇〉贊所說的「參古定法」並不等於「參經定法」，事實上結合了宗經觀和文學史觀。

二、術有恒數

《文心雕龍‧總術篇》強調文術的重要，「術」指必須遵循的法則技巧，等於工師的規矩。

〈事類篇〉云「才為盟主，學為輔佐」，〈總術篇〉云「才之能通，必資曉術」。知曉文術須靠學習，如果不知文術，才也無法充分發揮。又云：

> 是以執術馭篇，似善奕之窮數；棄術任心，如博塞之邀遇。
> （〈總術篇〉）

> 若術不素定，而委心逐辭，異端叢至，駢贅必多。（〈鎔裁篇〉）

劉勰主張以才執術，反對棄術任心。明代屠隆亦有類似的比喻：「舍古法而師心，決紀律而野戰，其敝也，流為虛譎險詖，奇而無當。」〔註36〕必須運用法則技巧從事創作，如同善奕者窮盡棋術的奧妙，始有致勝的把握。〈神思篇〉說：「若夫駿發之士，心總要術。」心能駕

〔註35〕唐亦璋〈從文心雕龍看傳統與文學創作的關係〉，《文心雕龍研究論文集》第 276 頁，淡江文理學院。

〔註36〕《栖真館集》卷十一，〈梅妝館七生社艸敘〉。引自《明代文學批評資料彙編》第 514 頁。

馭文術，就可「乘一總萬，舉要治繁」（〈總術篇〉），心和文術不可分離。又云：

> 若夫善奕之文，則術有恆數，按部整伍，以待情會，因時
> 順機，動不失正。數逢其極，機入其巧，則義味騰躍而生，
> 辭氣叢雜而至。

「術有恆數」肯定了「文有定法」，依據定法可以「按部整伍」。但欲求創作成功，仍須配合情會，如同〈神思篇〉所言「登山則情滿於山，觀海則意溢於海」，情滿、意滿加上純熟的文術，把握適當的時機才能從事創作。方東樹說：「詩人感而有思，思而積，積而滿，滿而作。」「所謂滿者，非意滿、情滿，即景滿，否則有得於古作家文法變化滿。」〔註37〕數逢其極，機入其巧，正是「滿」的狀態。總之，文術誠然重要，並非創作成功的唯一因素。

劉勰以前，已有一些討論文術的意見，都不如《文心雕龍》詳細，從〈神思篇〉以下有二十篇都是文術論，包括立意、佈局、章法、句法、字法、意象、聲律，以及如何「秉心養術」（養氣之法）等等。〔註38〕劉勰雖然肯定術有恆數，又指出實際創作無法完全遵循常規。例如「詩有恆裁，思無定位」（〈明詩篇〉），「至精而後闡其妙，至變而後通其數」（〈神思篇〉），「夫裁文匠筆，篇有大小；離章合句，調有緩急；隨變適會，莫見定準。」（〈章句篇〉），「文變無方」（〈附會篇〉）。所以，文體多術，作者如何去心總要術、順應變化，還是「巧」的問題。

三、小　結

劉勰總結了先秦以來的文學理論。參古定法對後代的影響極大，詩論中的古典主義在明代達到顛峯，它的奠基者應該是劉勰。《莊子·天道篇》的「有數存焉於其間」，「數」的性質尚未明朗，劉勰則使其

〔註37〕《昭昧詹言》卷一，通論五古，廣文。
〔註38〕參考廖蔚卿先生《六朝文論》第 143～180 頁，聯經。

明朗化,說「術有恒數」,系統地討論文學創作的法則技巧。「心總要術」實即後人所強調的「以意運法」,心為主宰,能夠執術馭篇,也能獨創一格。〈才略篇〉云:「嵇康師心以遣論」,〈論說篇〉云:「(王弼、何晏)並師心獨見,鋒穎精密」,均強調心能獨創。

第三節　律詩代表的意義

　　律詩醞釀於南朝的永明體,至唐代正式成立。如何由永明體發展為律詩,論者已多,本節不再詳細探討其發展的過程,專就「文學規則的建立」此一觀點,試探律詩代表的意義。

一、詩是否需要規則?

　　沈約首先標舉五言詩音韻的規則,他說:「夫五色相宣,八音協暢,由乎玄黃律呂,各適物宜。欲使宮羽相變,低昂互節,若前有浮聲,則後須切響。一簡之內,音韻盡殊;兩句之中,輕重悉異;妙達此旨,始可言文。」〔註39〕他主張作詩必須遵守音韻的規則,不妙達此旨,就沒有資格論詩。他承認前人的作品頗有「高言妙句,音韻天成」,但那是闇與理合,並非自覺地運用律則,他把「闇與理合」的「理」,提昇到人工的、自覺的層次,使作者有規則可循。這並非沈約一人的創獲,因為當時王融、謝朓等人也參與了永明體的試驗,只是由沈約總結試驗的成果。〔註40〕

　　李夢陽說:「沈約亦云:『若前有浮聲,則後須切響,一簡之內,音韻盡殊,兩句之中,輕重悉異。』即如人身,以魂載魄,生有此體,即有此法。」(〈再與何氏書〉)音韻既然是詩的組成要素,只要有詩就必然有音韻的法則。作詩如果也是一種「技藝」,就必須像「工依於法」那樣,遵守一些人為的規則。這些規則有的合乎自然,有的違

〔註39〕《宋書》卷六十七〈謝靈運傳論〉,鼎文新校本。
〔註40〕參考馮承基〈論永明聲律──四聲〉,《大陸雜誌》第三十一卷第九期。

反自然，像沈約所說的音韻規則既是人工律，也是自然律。英國的山姆姜生（Samuel Johnson, 1709～1784）有言：

> 有些法則是基本而不可或缺的，有些則是可用與方便的條款而已；有的是理智與必要所訂定的，有的則只是專橫的古代所擬訂的規格；有的完全合乎自然的秩序與理性的活動，有的則形成於偶然的機運或先例，所以，易遭後世的詰難與修改。〔註41〕

〈謝靈運傳論〉所說的正是基本而不可或缺的法則，必要而合乎自然。有了基本的規則，在實際運用上仍有困難，例如沈約說「韻與不韻，復有精麤，輪扁不能言，老夫亦不盡辨此」（〈答陸厥書〉），分辨韻部，並非易事；鍾嶸說「至平上去入，則余病未能」（〈詩品序〉），一般人無法正確分別四聲；劉勰說「選和至難」（〈文心雕龍聲律篇〉），調配四聲連行家猶以爲難。所以，需要擬定詳細的格式，使人人在一定的規矩之中從事創作。格式既定，八病自可避免。初唐用韻尚未以韻書爲標準，大約開元、天寶以後，用韻完全依據韻書，禁止出韻，近體詩除首句外均不許通韻，平仄的格式也有一定，這是詩體發展的必然結果，科舉功令的影響也是重要的因素。〔註42〕南朝詩人的困難在唐代獲得解決，音韻的格式被視同法律，後代遵循不變。對偶的原則及格式亦備於唐代，《文鏡秘府論·東卷》共列二十九種對。於是，律詩的用韻、平仄、對偶、句數、字數都有固定的規格，成爲名理相因的有常之體，朱熹說：「古今之詩，凡有三變……自沈宋以後，定著律詩，下及今日，又爲一等。然自唐初以前，其爲詩者固有高下，而法猶未變，至律詩出，而後詩之與法，始皆大變。」〔註43〕律詩從醞釀到完成，可以視爲建立文學規則的過程，在規則的約束之下，詩人更能顯示匠心獨運的成就。

〔註41〕《西洋文學批評史》第十五章，第 296 頁。

〔註42〕參考王力《漢語詩律學》導言及第一章，宏業。方瑜《唐詩形成的研究》第二章，牧童。

〔註43〕《朱文公集》卷六十四〈答鞏仲至〉，《四部叢刊》本。

二、反對規則與修正規則

鍾嶸是永明體的反對者，他說：「王元長創其首，謝朓、沈約揚其波……於是士流景慕，務爲精密，襞積細微，專相陵架，故使文多拘忌，傷其眞美。余謂文製，本須諷讀，不可蹇礙，但令清濁通流，口吻調利，斯爲足矣。」〔註44〕鍾嶸認爲聲律的約束傷害詩的自然美，只要諷讀流利，不必講究精細的聲律。陵架拘忌當是試驗期創作不得自由的現象，封演亦云「自聲病之興，動有拘制，文章之體格壞矣」。〔註45〕後代「八病」之說未必出於沈約，〔註46〕但是當時必有一些消極的禁律，使創作者避免音韻的毛病。鍾嶸所主張的通流調利，其實缺乏客觀的標準，很可能因人而異，這和沈約等人的立場相背。聲律說的支持者劉勰云：

> 練才洞鑒，剖字鑽響；疎識濶略，隨意所遇，若長風之過籟，南郭之吹竽耳！（《文心雕龍・聲律篇》）

「剖字鑽響，謂調聲有術；隨意所遇，謂偶然而調；長風過籟，南郭吹竽，皆以喻無術馭聲者。」〔註47〕劉勰主張執術馭聲，達到「吹律胸臆、調鍾脣吻」的結果，目標和鍾嶸相同，但手段不同。隋朝劉善經云：「嶸徒見口吻之爲工，不知調和之有術。」〔註48〕可謂中肯的批評。

盧照鄰曰：「八病爰起，沈隱侯永作拘囚；四聲未分，梁武帝長爲聲俗。後生莫曉，更恨文律煩苛。」〔註49〕八病煩苛，嚴如法律，一般人難免動輒取咎，如平頭之病，上官儀也不能免犯。〔註50〕心思

〔註44〕〈詩品序〉，引自《詩品注》第32頁，汪中先生選注，正中。
〔註45〕《封氏聞見記校注》卷二「聲韻」條，世界。
〔註46〕馮承基〈再論永明聲律——八病〉，《大陸雜誌》第三十二卷第四期。
　　　　王夢鷗曰：「上官儀增衍齊梁以來之四病爲八病。」見《初唐詩學著述考》第7頁，商務。
〔註47〕范文瀾《文心雕龍注》，開明。
〔註48〕《文鏡祕府論》天卷「四聲論」。
〔註49〕《幽憂子集》卷六，〈南陽公集序〉，《四部叢刊》本。
〔註50〕《文鏡祕府論》西卷「文二十八種病」平頭，引或曰：「今代文人李安平、上官儀，皆所不能免也。」

既注意聲病的戒律，創作的靈感便不得流暢，日僧遍照金剛（空海）云：「顒、約已降，兢、融以往，聲譜之論鬱起，病犯之名爭興；家製格式，人談疾累；徒競文華，空事拘檢；靈感沈秘，雕弊實繁。」〔註51〕從周顒、沈約到元兢、崔融，詩壇講究病犯，流弊極大，對於一些煩苛的詩律不能不加以修正，以爭取較多的創作自由。例如大韻之病，元兢曰：「此病不足累文，如能避者彌佳。若立字要切，於文調暢，不可移者，不須避之。」小韻之病，元兢曰：「此病輕於大韻，近代咸不以爲累文。」傍紐之病，元兢曰：「此病更輕於小韻，文人無以爲意者。」正紐之病，元兢曰：「此病輕重，與旁紐相類，近代咸不以爲累，但知之而已。」〔註52〕元兢的年輩在上官儀及崔融之間，他放寬了八病之中大韻、小韻、傍紐、正紐的禁律，乃是順應時代的潮流，因爲物極必反，禁律嚴格到極點，那些不必要、不合乎自然的規條必然引起大眾的反感和指責，人心要求放寬或取消限制，元兢是大眾的代言者，「聲病之迴忌，大抵止於元兢」，〔註53〕在他以後，詩壇的風氣轉向修辭技巧的講求。

聲病之說所以引起反對，主要的理由有二。第一，規則禁律妨害創作的自由，天機不高的人難免爲法所拘。第二，詩雖然需要音韻的規則，但是情志內容比音韻規則更重要，不應捨本逐末。獨孤及說：「及其大壞也，儷偶章句，使枝對葉比，以八病四聲爲梏拏，拳拳守之如奉法令……天下雷同，風驅雲趨，文不足言，言不足志……。」〔註54〕李德裕說：「文旨既妙，豈以音韻爲病哉！此可以言規矩之內，不可以言文章外意也。」〔註55〕沈約所謂「妙達此旨，始可言文」，

〔註51〕《文鏡祕府論》西卷「論病」。

〔註52〕引同前書。「元曰」均指元兢。參考鄭阿財《空海文鏡祕府論之研究》第三章，文化學院六十五年碩士論文。

〔註53〕《初唐詩學著述考》結語。

〔註54〕《毘陵集》卷十三，〈檢校尚書吏部員外郎趙郡李公中集序〉，《四部叢刊》本。

〔註55〕〈文章論〉，《全唐文》卷709，匯文。

的確過於偏重音律。事實上，音律只是文學的要素之一，情志的重要性應在音律之上。

三、小　結

　　從永明體的試驗開始，到初唐建立新體詩律，是相當漫長的演變過程，許多詩人一再的演練、發明，才有唐朝律詩的成就。〔註56〕沈約在〈謝靈運傳論〉提出「前有浮聲，後須切響」的原則，後人較少直接反對，等到非常苛細的聲病說流行以後，反對者很多。文學的規則從疎至密，又從嚴至寬，終於建立一套人人可以遵循的標準，而一旦成爲定式，就不能任意改變。文學的規則及格式是必要的，「詩之規格，巧行乎其間矣」，〔註57〕巧是克服限制所得的成就。創作沒有「絕對的自由」，但是可以匠心獨運，游於法之中而不爲法所拘。錢鍾書說：「詩者，藝也。藝有規則禁忌，故曰持也。持其情志，可以爲詩，而未必成詩也，藝之成敗係乎才也……大匠之巧，焉能不出於規矩哉！」〔註58〕可謂中肯之言。

〔註56〕參考簡錦松〈彌天法律細談詩〉，《中外文學》第十一卷第九期。

〔註57〕宋微璧《抱眞堂詩話》，《清詩話續編》。

〔註58〕《談藝錄》第48頁，明倫。

第三章　宋代的詩法理論

　　李東陽說：「唐人不言詩法，詩法多出宋，而宋人於詩無所得。所謂法者，不過一字一句對偶雕琢之工，而天眞興致則未可與道，其高者失之捕風捉影，而卑者坐于黏皮帶骨，至于江西詩派極矣！」〔註 1〕李東陽鄙視宋人的詩法，除了嚴羽之外，其餘一概貶斥，並不是持平之論。

　　唐人並非不言詩法。羅根澤的《晚唐五代文學批評史》第二、第三章專論詩格，補郭紹虞《中國文學批評史》之不足，郭紹虞根本輕視詩格一類的著作，這種輕視相當主觀。羅根澤認爲詩格有兩個興盛的時代，一在初盛唐，一在晚唐五代以至宋代的初年。初唐的詩格反映了唐代律詩成立的過程，本文第二章第三節已加以評述。唐人的詩格詩式，包含了聲律、對偶、比興、用事、句勢、章法、鍊意等詩法，這些著作後來淪爲童蒙讀物和考試的工具書，所以後人的評價不高，而且多被視爲僞托之作，王夢鷗先生重新評價，貢獻很大。王昌齡的詩格和皎然的詩式，都是出類拔萃的著作。王昌齡偏重「意」，所謂起意、立意、造意、作意、身在意中等等，表示「詩以意爲主」。又說：「意是格，聲是律，意高則格高，聲辨則律清，格律全，然後始有調。」後代「格調」之說似乎發源於此。又云：「凡文章體例，不解清濁規矩，造次不得制作。制作不依此法，縱令合理，所作千篇，

〔註 1〕　《懷麓堂詩話》，《續歷代詩話》本。

不堪施用。」重視聲律，一如初唐詩格。皎然的詩式，目的在「使無天機者坐致天機」，也是以指導作法為主。皎然批評沈約的四聲八病為「弊法」，又推崇宋之問、沈佺期兩人是「律詩之龜鑑」，則律詩當宗沈、宋。其他如論意格、情興、多發揮王昌齡之說。〔註2〕宋人批評唐人「妄立格法」、「預設法式」，〔註3〕所以宋人的詩話有意滌除唐人詩格的不良習氣，但是詩格的影響依然存在。為何宋人好論詩法？應該前有所承，而非突然發生，王夢鷗先生云：「盡管北宋人諱言唐人詩格之書，但其侈談詩法、詩病、詩眼，卻是承襲唐人的心得……。」〔註4〕雖然宋人好論詩法的風氣仍受唐人影響，但是彼此的差異很大，宋人比唐人說得更明確、更深廣，努力從事理論的建設，〔註5〕表現拓展、創新的作風，就詩法的理論而言，宋代是茁壯期的開端。

　　本章將探討五位代表人物的理論，分別是蘇軾、黃庭堅、呂本中、楊萬里、周弼五人，相關者亦加以系聯附論。

第一節　北　宋

一、蘇　軾

（一）「法度法前軌」或「法度去前軌」？

　　這一小節準備探討蘇軾對於「法度」的基本態度。

〔註2〕以上參考羅根澤《晚唐五代文學批評史》（學海）、王夢鷗《初唐詩學著述考》與《古典文學論探索》、空海《文鏡祕府論》、皎然《詩式》，及許清雲《現存唐人詩格著述初探》，東吳大學六十七年碩士論文。

〔註3〕《蔡寬夫詩話》云：「唐末五代，俗流以詩自名者，多好妄立格法……。」見胡仔《苕溪漁隱叢話》前集卷五十五引，木鐸校點本。張戒《歲寒堂詩話》卷上，批評白居易的《金針詩格》預設法式。

〔註4〕《古典文學論探索》第319頁。

〔註5〕龔鵬程云：「宋文化基本為一知性反省之文化，講求秩序之建構、理智之沈思，故其詩重法、重意。」見《江西詩社宗派研究》第157頁，文史哲。

郭紹虞的《中國文學批評史》兩次引述蘇軾的〈詩頌〉:「衝口出常言，法度去前軌。人言非妙處，妙處在於是。」〔註6〕進一步的發揮見於郭氏的《宋詩話考》，他說:

> （楊萬里）以舟車喻詩法句律，說明舟車不可廢，但可以無待乎舟車，亦可以有待而未始有待乎舟車，其論固入微，然仍不廢學；不過再從蘇軾〈詩頌〉「衝口出常言，法度去前軌」之語，受到啟發，說得更為圓通而已。〔註7〕

又云:

> 姜氏（指姜夔）所謂「活法」，仍是本於東坡「法度去前軌」之說而加以發揮者。「法度去前軌」，則胸中本無法執，隨物賦形，文成法立，此正「妙」之極處，而近於誠齋之所謂「神於詩者」。〔註8〕

郭紹虞認為「法度去前軌」意指無待乎法度、不執著於法度，他又強調楊萬里、姜夔兩人均受蘇軾的啟發，〈詩頌〉在詩法理論上有很大的影響力，這值得我們注意。今人引用〈詩頌〉，內容均與郭氏所引相同，但是另作發揮，例如游國琛云:

> 又曰:「衝口出常言，法度去前軌；人言非妙處，妙處在於是。」（詩頌）……謂好語來自妙悟，故不經意而出，「街談市語，皆可入詩。」〔註9〕

蘇軾曾經讚許孫侔「好詩衝口誰能擇，俗子疑人未遣聞」（《東坡前集》卷十一，重寄一首），與「衝口出常言」的意義相近。但是根據可靠的資料顯示，蘇軾極可能未曾說過「法度去前軌」，而是「法度法前軌」，一字之差，意思截然相反。

周紫芝生於元豐四年，「猶及見張文潛、李端叔、晁以道、曾吉父、韓子蒼諸人，又與崔德符、強幼安、關子東等相稔，獲聞蘇、黃

〔註6〕 見《中國文學批評史》上卷第六篇第二章第 403 頁，明倫；《中國文學批評史》第三九節，第 181 頁，明倫。
〔註7〕 《宋詩話考》上卷「誠齋詩話」條，第 88 頁，漢京。
〔註8〕 引同前書第 93 頁，「白石道人詩說」條。
〔註9〕 《蘇東坡生平及其作品述評》第一章第 9 頁，商務。

緒論」，﹝註10﹞所著《竹坡詩話》記載蘇東坡的遺事共計十四則之多，
〈詩頌〉兩首亦出於其中。《竹坡詩話》云：

> 有明上人者，作詩甚艱，求捷法於東坡，作兩頌以與之。
> 其一云：「字字覓奇險，節節累枝葉。咬嚼三十年，轉更無
> 交涉。」其一云：「衝口出常言，法度法前軌。人言非妙處，
> 妙處在于是。」乃知作詩到平淡處，要似非力所能。東坡
> 嘗有書與其姪云：「大凡爲文，當使氣象崢嶸，五色絢爛，
> 漸老漸熟，乃造平淡。」余以不但爲文，作詩者尤當取法
> 於此。

比較《竹坡詩話》的各種版本及後人轉載的情形，〈詩頌〉第一首沒
有出入，第二首小有差異，亦無作「法度去前軌」者，不知道郭紹虞
依據那種版本？總之，既然〈詩頌〉出於《竹坡詩話》，「法度法前軌」
是相當可信的。﹝註11﹞再就比則詩話分析，兩頌乃東坡開給明上人的
「診斷」和「藥方」，明上人作詩甚難是由於專走奇險的路子，奇險
指語言好奇及不守常軌，而「節節累枝葉」形容難艱的狀況，便是好
求奇險的結果。東坡〈與魯直書〉云：「凡人文字，務使平和，至足
之餘，溢爲奇怪，蓋出於不得已爾。」（《續集》卷四）他開給明上人
的藥方就是「平和」，出常言、法前軌似乎沒有什麼驚人之處，其實
妙在其中，如果是「法度去前軌」，豈非加深奇險之病？東坡〈書吳
道子畫後〉云：「出新意於法度之中，寄妙理於豪放之外。」（《前集》

﹝註10﹞ 《宋詩話考》第 70 頁。
﹝註11﹞ 《宋刻施顧注蘇詩》（藝文）、《古香齋施註蘇詩》（廣文）、《蘇東坡
全集》（河洛）、《蘇文忠公詩編註集成》（學生）、《蘇軾詩集》（學海）
均未收〈詩頌〉，可以確定《竹坡詩話》是最早的出處。百川學海、
津逮秘書、古今說部叢書、商務叢書集成初編、螢雪軒叢書及《歷
代詩話》所收《竹坡詩話》均作「衝口出常言，法度法前軌」，僅筆
記小說大觀八編作「衡口出常言，法度法前軌」，衝、衡字形相似致
誤。轉錄《竹坡詩話》者，如元代陳秀明《東坡詩話錄》卷中（學
海類編本）、明代顧道洪《東坡先生遺事》卷二（萬曆癸巳刊本）、
佚名的《蘇詩紀事》卷中（螢雪軒叢書第七卷），均作「衝口出常言，
法度法前軌」，薛雪《一瓢詩話》（清詩話本）與方東樹《昭昧詹言》
（廣文）卷二十一均引作「衝口出常言，法度法前軌」。

卷二十三）可以和「法度法前軌」並觀。蘇軾雖屬於天才型的作家，仍然重視法度，反對奇險。妙處和新意存於法度之中，這是相當持平的理論。今人認爲「蘇軾號召人們作詩『法度去前軌』」，〔註12〕這是不正確的意見。

（二）「行於所當行，止於不可不止」

　　文學及藝術的創造，出自心靈的自由運作，然而心靈的自由並非絕無拘束，當心靈要求表現，在「尋聲律而定墨」、「闚意象而運斤」的過程中，必須了解、遵循、駕馭一些客觀的法則，以便獲得完美的形式。蘇軾自道爲文的經驗：

> 吾文如萬斛泉源，不擇地而出，在平地滔滔汩汩，雖一日
> 千里無難。及其與山石曲折，隨物賦形而不可知也；所可
> 知者，常行於所當行，常止於不可不止，如是而已矣！其
> 他，雖吾亦不能知也。〔註13〕

萬斛泉源的比喻，強調文思自然流出，類似〈答謝民師書〉所說的「行雲流水」，這是接近「無所待」的自由狀態，如果僅著眼於此，似無法則可言，然而蘇軾自覺到：「在自由的狀態中，他仍須遵循行於所當行、止於不可不止的客觀法則。」也就是說，萬斛泉源不是一股亂流，隨物賦形而自有法度。和〈文說〉密切相關的〈答謝民師書〉云：

> 所示書教及詩賦雜文，觀之熟矣，大略如行雲流水，初無
> 定質，但常行於所當行，常止於不可不止，文理自然，姿
> 態橫生。〔註14〕

「初無定質」意指「文無定體」，情思自由流動；「常行於所當行，常止於不可不止」，意指「文有定理」，情思的發展與歸宿均合乎自然的道理。莊子書中的庖丁說：「依乎天理，批大卻，導大窾，因其固然。」庖丁解牛完全依據牛體的內在結構，順應其結構而發現解牛的法則技

〔註12〕周裕鍇〈蘇軾、黃庭堅詩歌理論之比較〉，《文學評論》一九八三年
　　　　第四期，第95頁。
〔註13〕《經進東坡文集事略》卷五十七〈文說〉，世界。
〔註14〕《蘇東坡全集》，後集卷十四，河洛。

巧；文體也有內在結構的自然法則，常行於所當行、常止於不可不止就是依乎固然的文理。活動依乎自然之理，可以刀刃無傷，可以姿態橫生，莊子對蘇軾的啓發是相當明顯的。〔註15〕

〈答謝民師書〉又云：「求物之妙，如係風捕景，能使是物了然於心者，蓋千萬人而不一遇也，而況能使了然於口與手乎？是之謂辭達，詞至於能達，則文不可勝用矣。」蘇軾將表達的過程分爲三個階段，了然於心未必了然於口，了然於口未必了然於手，所謂「心生而言立，言立而文明」，看似容易，其實艱辛。若要得之於手而應於心，必須了解是物（作者所要處理的客體）的特性，熟練實際操作的法則技巧。〈文與可畫篔簹谷偃竹記〉云：

> 故畫竹必先得成竹於胸中，執筆熟視，乃見其所欲畫者，急起從之，振筆直遂，以追其所見，如兔起鶻落，少縱則逝矣——與可之教予如此，予不能然也，而心識其所以然。夫既心識其所以然，而不能然者，內外不一，心手不相應，不學之過也。故凡有見於中，而操之不熟者，平居自視了然，而臨事忽焉喪之，豈獨竹乎？子由爲〈墨竹賦〉以遺與可曰……。子由未嘗畫也，故得其意而已，若予者豈獨得其意，并得其法。（《前集》卷三十二）

心手相應是表達的最高境界，「有數存焉於其間」，必須學而後能，心識其所以然是不夠的，還要能然——熟習表達的法則，運法自如。了然於心是「直覺」，但不足以保證表達的成功，熟練法則技巧是辭達與振筆直遂的先決條件。〈淨因院畫記〉提出「常理」，等於「物之妙」：

> 與可之於竹石枯木，眞可謂得其理者矣！如是而生，如是而死，如是而攣拳瘠蹙，如是而條達遂茂，根莖節葉，牙角脉縷，千變萬化，未始相襲，而各當其處，合於天造，厭於人意。（《前集》卷三十一）

〔註15〕關於蘇軾受到莊子的影響，游信利《蘇東坡的文學理論》第二章引述詳盡，學生。

　　一般畫工只能曲盡其形，文與可則得物之常理，把握了客體內在及外在的特質。法則技巧實由常理而生，「能自得理而立法」，〔註16〕則法爲自然之法，人工合於天造。

二、黃庭堅

（一）蘇、黃理論的異同

　　蘇軾勸人作詩要法度法前軌，黃庭堅則說：「作文字須摹古人，百工之技亦無有不法而成者也。」〔註17〕蘇、黃均重視法度，都主張由法古入手。〔註18〕他們論法最大的差異在於：蘇軾的理論以「行於所當行，止於不可不止」爲極致，相當高妙，無階級可循；黃庭堅的理論比較落實，有規矩可學，雖然他說過「文章本心術，萬古無轍迹」，但畢竟提出一些具體的方法。范溫比較蘇、黃詩法，而有正體、變體之說，所著《詩眼》云：

> 山谷言：「文章必謹布置。」每見後學，多告以〈原道〉命意曲折。後予以此概考古人法度，如杜子美〈贈韋見素〉詩云……。此詩前賢錄爲壓卷，蓋布置最得正體，如官府甲第廳堂房室，各有定處，不可亂也。……蓋變體如行雲流水，初無定質，出於精微，奪乎天造，不可以形器求矣。然要之以正體爲本，自然法度行乎其間，譬如用兵，奇正相生，初若不知正而徑出於奇，則紛然無復綱紀，終於敗亂而已矣。〔註19〕

所謂「變體如行雲流水，初無定質」，指蘇軾的創作論而言。黃庭堅

〔註16〕郝經〈答友人論文法書〉，《陵川集》卷二十三，商務《四庫珍本》四集。

〔註17〕《山谷別集》卷六，〈論作詩文〉。引自《北宋文學批評資料彙編》第234頁。

〔註18〕黃庭堅〈與王觀復書〉云：「往年嘗請問東坡先生作文章之法，東坡云：『但熟讀禮記檀弓，當得之。』」見《豫章黃先生文集》卷十九，《四部叢刊》本。

〔註19〕引自郭紹虞《宋詩話輯佚》第323～325頁，《潛溪詩眼》「山谷言詩法」條，華正。

重視布置，范溫以建築爲喻，則詩文均有定法，不可混亂；蘇軾之法代表變體，行雲流水無定法可循，不能「泥定此處應如何，彼處應如何」（沈德潛之語）。范溫勸一般人應以正體爲主，如果直接從變體（奇）入手，必然因爲缺乏法度而敗亂，這等於在說：「山谷之法可學，東坡之法不可學。」至少他是主張「執正馭奇」，反對「逐奇失正」。元代吳萊有類似的見解：「作文如用兵，兵法有正有奇。正是法度，要部伍分明；奇是不爲法度所縛，舉眼之頃千變萬化，坐作進退擊刺，一時俱起，及其欲止，什伍各還其隊，元不曾亂。」（《元史》卷一八一）范溫所說的奇正相生，指法度與變化的配合運用，「初無定質」和「各有定處」並不矛盾，行雲流水自有內在的法度，范溫強調法度（正）優先，是一種保守、穩重的觀點。但是蘇、黃的差異不是絕對的，黃庭堅說過「不可守繩墨令儉陋」（〈答洪駒父書〉），他雖提示「文章必謹布置」，卻未必等於范溫所推衍的「各有定處」。不過，范溫比較蘇、黃開啓了一種風氣，後來的呂本中、楊萬里論詩法的問題都採用這種方式，在宋人眼中，蘇、黃的確是不同的。

（二）句　法

　　黃庭堅倡導宋代論句法的風氣，「句法」的名稱可能是由他正式提出，〔註20〕並且有得於師承：

1. 從父親黃亞夫及岳父謝師厚得句法：見《洪駒父詩話》，黃庭堅所作〈奉答謝公定與榮子邕論狄元規孫少述詩長韻〉，《王直方詩話》、《艇齋詩話》。

2. 從半山老人（王安石）得古詩句法：見吳聿《觀林詩話》。

3. 亦有得於蘇軾。〔註21〕

〔註20〕趙令畤（1051～1107）和黃庭堅（1045～1105）同時，所著《侯鯖錄》卷二云：「狄遵度，字元規……當楊文公崑體盛行，乃獨爲古文章，慕杜子美、韓退之之句法。」《侯鯖錄》，《知不足齋叢書》本。狄遵度卒年二十，時代早於黃庭堅。此處的「句法」不能確定是狄遵度所用，或趙令畤所加。

〔註21〕《山谷詩集》內集卷五〈子瞻詩句妙一世，乃云效庭堅體……〉云：

曾季貍稱贊黃庭堅「取諸人以爲善」，可知其人虛懷若谷，加上「鍛鍊勤苦」，努力鑽研詩法，故能成爲宋代江西詩派之宗。劉克莊云：「豫章稍後出，會粹百家句律之長，究極歷代體製之變。」「句律」便是句法。黃庭堅論他人的句法亦注重淵源：

1. 《詩集・內集》卷十七〈次韻文潛立春日三絕句〉之二：「傳得黃州新句法，老夫端欲把降幡。」黃州，指蘇軾。
2. 《文集》卷十九，〈答王子飛〉：陳師道作詩淵源，得老杜句法。
3. 《文集》卷二十四，〈徐長孺墓碣〉：徐長孺作詩得張籍句法。
4. 《後山詩話》引黃庭堅之言：「杜之詩法出審言，句法出庾信，但過之爾。」

黃庭堅重視詩法的傳承，詩法不僅可以取諸今人，也可以得自古人。清代汪琬云：「古之爲詩者，問學必有所據，依章法、句法、字法必有所師承，無唐宋一也。」〔註22〕黃庭堅論畫有言「領略古法生新奇」（《詩集・內集》卷七），此句亦可論詩法——會粹百家是爲了自成一家之法，完全師心自創是不可能的。他雖然暢談句法，卻沒有直接說明「句法」是什麼？魏泰《臨漢隱居詩話》說：

> 老杜云：「美名人不及，佳句法如何？」蓋詩欲氣格完遒，
> 終篇如一，然造句之法亦貴峻潔不凡也。

杜詩「佳句法如何」，可能是宋人所用「句法」一詞的源頭，魏泰詮釋句法最爲直截了當。句法是造句之法，「峻潔不凡」指特殊的風格，因此，句法和風格相關，某種句法可以形成某種風格。范溫《詩眼》云：

> 句法之學，自是一家工夫。昔嘗問山谷「耕田欲雨刈欲晴，

「句法提一律，堅城受我降。」則東坡並非不知句法，而葛立方《韻語陽秋》卷二云「魯直謂東坡作詩未知句法」，王若虛《滹南詩話》駁之：「東坡而未知句法，世豈復有詩人？」葛立方的傳述不可信。潘淳師事山谷，所著《潘子眞詩話》曰：「（潘）邠老……寓居齊安，得句法於東坡，頃與洪駒父、徐師川泊予友善。」見《苕溪漁隱叢話》前集卷五十二引。

〔註22〕《堯峯文鈔》卷二十七〈皇清詩選序〉，《四部叢刊》本。

去得順風來者怨」，山谷云：「不如千巖無人萬壑靜，十步回頭五步坐。」此專論句法，不論義理，蓋七言詩四字三字作兩節也……至五言詩亦有三字二字作兩節者。

所言即造句之法，在今日看來是最基本的詩法。積字而成句，句法和字法密切關連，所以黃庭堅又有「句中眼」之說（《冷齋夜話》卷五），〈贈高子勉〉曰：「拾遺句中有眼，彭澤意在無絃。」陳師道稱黃庭堅「句中有眼黃別駕」。潘大臨、林之奇、胡仔、孫奕等人均有句眼或鍊字的理論。句眼又和悟入有關，范溫主張學詩貴識，「如禪家所謂正法眼者」方可入道；張元幹〈跋山谷詩稿〉云：「一旦悟入，舉止神色頓覺有異，超凡入聖，祇在心念間，不外求也，句中有眼，學者領取。」（《蘆川歸來集》卷九）所以，句眼之說包含兩種意義，一是鍊字，一是悟入的境界。

黃庭堅所謂「句法俊逸清新」、「句法刻厲，而有和氣」，均結合句法與風格而言。呂本中曰：

前人文章，各自一種句法，如老杜「今君起柂春江流，予亦江邊具小舟」、「同心不減骨肉親，每語見許文章伯」，如此之類，老杜句法也。東坡「秋水今幾竿」之類，自是東坡句法。魯直「夏扇日在搖，行樂亦云聊」，此魯直句法也。學者若能遍考前作，自然度越流輩。（《苕溪漁隱叢話》前集卷八引《呂氏童蒙訓》）

分辨各家句法，等於分辨各家的風格，[註23]呂本中所舉的例子相當籠統，似欲讀者自己去觸類旁通。郭紹虞評曰：「句法之說，即入門之關紐也……但以句法言詩，原為江西詩人一偏之論，欲以一二特殊之句範圍其人一生之作，求之愈約，恐失之亦愈甚耳。」[註24]從句法入手，分辨各家的風格，不失為一條捷徑，呂本中的方法師承黃庭堅，其云：「淵明、退之詩，句法分明，卓然異眾，惟魯直為能深識

〔註23〕參考張健先生《宋金四家文學批評研究》第138頁，第142～143頁，聯經；龔鵬程《江西詩社宗派研究》第311、315頁。

〔註24〕書同注7第79頁，「苕溪詩話」條。

之。」(《苕溪漁隱叢話》前集卷十八)這是熟參詩句所得的印象,據
此印象分辨家數。方北山曰:「舍人早定江西派,句法須將活處參。」
〔註25〕「遍考前作」便是參句法。

　　黃庭堅〈與王觀復書〉云:「所寄詩多佳句,猶恨雕琢功多耳。
但熟觀杜子美到夔州後古、律詩便得,句法簡易而大巧出焉,平淡而
山高水深,似欲不可企及。文章成就,更無斧鑿痕,乃為佳作耳。」
(《文集》卷十九)理想的句法是簡易而有大巧、平淡而高深,完全
不見雕琢的痕迹,是「法極無跡」(王世貞語)的境界。李綱也說杜
甫的詩「句法理致,老而益精」,〔註26〕方回評杜詩「一節高一節,
愈老愈剝落」、「無一字纖巧鬥合」,〔註27〕可補充黃庭堅之說。

　　黃庭堅的句法雖然理論未詳,但依照宋人的闡釋看來,句法是入
門之法,平實親切,故能造成一代的風氣。句法的提倡和唐代詩格的
復興似有某種程度的關聯,詩格叢書《吟窗雜錄》編成於光宗紹熙五
年(1194),編者浩然子序曰:「國朝龍興,首稱西崑體,自歐蘇一變,
長篇短軸膾炙人口,然必至于魯直秤程輕重、清新脫灑,遂為江西一
派之宗,至今言詩者必推魯直焉。」〔註28〕江西詩派以好論詩法著名,
句法和句圖、續句圖一類的著作可以結合起來。魏慶之的《詩人玉屑》
在理宗淳祐四年(1244)以前編成,卷五有四條引自〈吟窗雜錄序〉,
證明他看過《吟窗雜錄》,《詩人玉屑》卷三、卷四全收句法,卷三有
「唐人句法」「宋朝警句」,卷四有「風騷句法」,類似唐人詩格、詩
句圖的作風──此種現象值得注意。

　　學詩者從基本的句法循序漸進,可以企及最高的境界,蘇軾雖提
示了「常行於所當行、常止於不可不止」的法則,卻難有入手之處。

〔註25〕魏慶之《詩人玉屑》卷十九引《玉林詩話》,商務。
〔註26〕《梁谿先生全集》卷一三八〈重校正杜子美集序〉,昌彼得主編《宋
　　　　名家集彙刊》,漢華文化。
〔註27〕見《瀛奎律髓》卷十,杜甫〈春遠〉詩評語,商務《四庫珍本》八
　　　　集。
〔註28〕《吟窗雜錄》,明嘉靖戊申刊本,中央圖書館藏。

金代王若虛批評黃庭堅「以句法繩人」、「開口論句法，此便是不及古人處」（《滹南詩話》），太過偏激，不足為訓。

（三）點鐵成金與奪胎換骨法

　　句法和奪胎換骨法是江西詩派的兩種主要詩法。黃庭堅有「點鐵成金」的理論，奪胎換骨法則見於他人的傳述，兩者關係密切。〈答洪駒父書〉云：

> 自作語最難，老杜作詩、退之作文，無一字無來處，蓋後人讀書少，故謂韓杜自作此語耳！古之能為文章者，真能陶冶萬物，雖取古人之陳言，入於翰墨，如靈丹一粒，點鐵成金也。（《文集》卷十九）

韓愈也承認：「惟陳言之務去，戛戛乎其難哉！」（〈答李翊書〉）為文既不能不師古，又欲避免剽竊陳言，唯有「師其意，不師其辭」（〈答劉正夫書〉）是一可行的中庸之道。韓愈的弟子李翱卻主張「創意造言皆不相師」（〈答朱載言書〉），在黃庭堅看來那是行不通的極端論調。權德輿說：「善用常而為雅，善用故而為新。」（〈醉說〉）蘇軾云：「用事當以故為新，以俗為雅。」（〈題柳子厚詩〉）「以故為新」是用古之妙法。哲宗紹聖四年（1097）黃庭堅在一首詩的引言中說：

> 庭堅老懶衰墮，多年不作詩，已忘其體律，因明叔有意於斯文，試舉一綱而張萬目。蓋以俗為雅，以故為新，百戰百勝如孫吳之兵，棘端可以破鏃，如甘蠅飛衛之射，此詩人之奇也，明叔當自得之。（《詩集·內集》卷十二，〈再次韻楊明叔〉）

以俗為雅、以故為新是詩法的總綱，如善戰者百戰百勝，如善射者「棘端可以破鏃」，作者以巧思陶冶古人的語言及詞意，使「往者雖舊，餘味日新」，點鐵成金，「能轉古語為我家物」。〔註29〕黃庭堅強調無一字無來處，博覽古書是創作的基礎，影響所及，宋人的詩話多好談出處，詩人「多務使事，不問興致，用字必有來歷，押韻必有出處」

〔註29〕黃庭堅〈雲巢詩序〉，《四部叢刊》本《沈氏三先生文集·雲巢集》卷八附錄。

（《滄浪詩話》），可謂立一法而弊亦隨之。

　　奪胎換骨法的名稱和定義，首次見於惠洪的《冷齋夜話》卷一：

> 山谷云：「詩意無窮，而人之才有限，以有限之才，追無窮
> 之意，雖淵明、少陵，不得工也！然不易其意而造其語，
> 謂之換骨法；窺入（按：或作規模）其意而形容之，謂之
> 奪胎法。」

黃庭堅〈答洪駒父書〉指出如何使古語爲我所用，〈再次韻楊明叔〉
的引言提示改造語言及詩意的方法，此則詩話強調詩意無窮，個人的
創造能力有限，必須因襲（不易其意）或點化前人的詩意，如果因襲
詩意，必須另造新語──避免雙重的因襲。總之，黃庭堅認爲語言及
詩意均應學古，在學古的基礎上從事創造。惠洪所舉換骨奪胎的詩例
多不妥切，甚至違反定義。〔註30〕吳曾懷疑惠洪僞造奪胎換骨之說：

> 洪覺範《冷齋夜話》曰：「山谷云……（同前引《冷齋夜
> 話》）……。」予嘗以覺範不學，故每爲妄語，且山谷作詩，
> 所謂「一洗萬古凡馬空」，豈肯教人以蹈襲爲事乎？唐僧皎
> 然嘗謂：「詩有三偷……。」夫皎然尚知此病，孰謂學如山
> 谷，而反以不易其意與規模其意，而遂犯鈍賊不可原之情
> 耶？〔註31〕

吳曾的懷疑不易成立，理由有三點：第一，黃庭堅作詩的基本取向是
「法古生新」，「一洗萬古凡馬空」（見《詩集・外集》卷十五〈題韋
偃馬〉）這句詩完全因襲杜甫的〈丹青引〉，反而可以證明黃庭堅作詩
並非空無依傍。第二，換骨法和奪胎法是正式的詩法，有其時代價值，
不能和三偷相提並論。第三，縱使換骨法和奪胎法是惠洪「妄立」的
名稱，其定義與「點鐵成金」、「以故爲新」大致相符，楊萬里曰：「以
故爲新，奪胎換骨」（《誠齋詩話》），所以，奪胎換骨法至少可以視爲
惠洪對於黃庭堅詩論的闡述。

　　奪胎換骨法其實就是「師其意，不師其詞」，由於注重獨出心裁

〔註30〕《宋金四家文學批評研究》第144頁。
〔註31〕《能改齋漫錄》卷十議論，「詩有奪胎換骨詩有三偷」條，廣文。

的點化，有別於單純的抄襲，南宋俞成稱奪胎換骨法爲「活法」，「死法」指「膠古人之陳迹，而不能點化其句語」，〔註32〕點化之後的作品應該勝於原作，或語新（換骨法），或意工（奪胎法），〔註33〕或語新意工兼而有之，否則便是蹈襲剽竊。奪胎換骨法並非輕易可以成功，如果「欲換凡骨無金丹」（《文集》卷二十八〈題楊凝式書〉），沒有那一點靈心而濫用奪胎換骨法，極可能淪爲：在「以故爲新」的美名下，以抉章摘句、捃撦拆補代替獨創而已。〔註34〕南宋人已經指出奪胎換骨法的困難和流弊，作者不明的《詩憲》說：

> 因襲者，用前人之語也。以陳爲新，以拙爲巧，非有過人之才，則未免以蹈襲爲媿。魏道輔云：「詩惡蹈襲。古人亦有蹈襲而愈工，若出於己者，蓋思之精則造語愈深也。」（按：魏泰字道輔，《臨漢隱居詩話》原文爲「詩惡蹈襲古人之意，亦有襲而愈工，若出於己者，蓋思之愈精則造語愈深也。」）轉意者，因襲之變也。前者既有是語矣，吾因而易之，雖語相反，皆不失爲佳。〔註35〕

必有過人之才，始能以陳爲新或改造古意。奪胎換骨法正是「以才學爲詩」，才學疏劣者鮮能成功。《詩憲》又云：

> 奪胎者，因人之意，觸類而長之，雖不盡爲因襲，又□（按：原缺）不至於轉易，蓋亦大同而小異耳，冷齋夜話云：「規摹其意而形容之，謂之奪胎。」換骨者，意同而語異也，冷齋云：「不易其意而造其語，謂之換骨。」朱翌逢年云：「今人皆拆洗詩耳，何奪胎換骨之有？」

前人解釋奪胎換骨法的意義，以此則最佳。朱逢年「今人皆拆洗詩耳！」的諷刺，尤其擊中弊法的要害。奪胎介乎因襲與轉易之間，換

〔註32〕《螢雪叢說》卷一「文章活法」條，商務《叢書集成初編》。
〔註33〕奪胎換骨法的詳細討論，見李元貞《黃山谷的詩與詩論》第136～140頁，台大文史叢刊之三十六；張健《宋金四家文學批評研究》第143～146頁，207～210頁；龔鵬程《江西詩社宗派研究》第195～196頁。
〔註34〕劉大杰《黃庭堅的詩論》，《文學評論》一九六四年第一期，第71頁。
〔註35〕元代王構《修辭鑑衡》卷一引，本文轉引自《宋詩話輯佚》。

骨則是因襲詩意，如果作詩專走此路，恐怕變成文字遊戲。總之，點鐵成金和奪胎換骨在理論上可以「法古生新」，實際上可能陳陳相因、死於古人句中，損害了詩的創造性。

三、小　結

　　蘇軾的「法度法前軌」，對好求奇險的人而言，是相當平實的勸告。他未曾主張作詩可以不顧法度，本文作了一番考證，說明「法度去前軌」之說難以成立。

　　蘇軾在實際的創造活動及審美活動中，發現了客觀的法則，熟習法則才能心手相應，他的理論說明了「藝術上的自由與創造，以認識和遵循客觀法則爲基礎」。〔註36〕他體驗到「常行於所當行，常止於不可不止」的奧妙，心靈的自由和客觀法則融合無礙。沈德潛說：「所謂法者，行所不得不行，止所不得不止，而起伏照應、承接轉換，自神明變化於其中。」〔註37〕事實上，這就是活法。

　　在北宋出現的句法理論，必有其淵源，由於黃庭堅公開倡導，句法成爲江西詩派的標幟之一，其再傳門人張元幹曰：「東坡之門又得山谷，櫽括詩律，於是少陵句法大振。」〔註38〕則句法之提倡又與學杜有關。學詩者從句法入手，有階可循，最後的目標是「簡易而大巧出焉，平淡而山高水深」，那是工夫純熟的境界，非勉強所能至。

　　黃庭堅比蘇軾更強調法古，蘇軾說「法度法前軌」，語甚籠統，黃庭堅則明確地主張作文章和書法都要講究古人的法度，〔註39〕他以

〔註36〕顧易生〈蘇軾的文藝思想〉，《文學遺產》1980 年第二期。
〔註37〕《說詩晬語》卷上，《清詩話》本。
〔註38〕張元幹《蘆川歸來集》卷九，〈亦樂居士文集序〉，商務《四庫珍本》五集。張元幹少時在江西，黃庭堅外甥徐師川授以句法。
〔註39〕《豫章先生遺文》（祝氏漢鹿齋補刊）卷三〈與王周彥長書〉云：「周彥之病，其在學古之行而事今之文也。」主張作文師古人。卷二〈楊子建通神論序〉，強調學要有所宗師，然後能臻微入妙，師法的對象從左、莊到近人歐陽修、曾鞏、蘇軾、秦觀，見解比〈與王周彥長書〉圓融。卷十一〈跋贈元師此君軒詩〉云：「近時士大夫罕得古法，

法古作爲創造的基礎，點鐵成金和奪胎換骨呼應劉勰的通變觀：「變則可久，通則不乏。」理論雖然發生流弊，仍須肯定它的正面意義。

　　黃庭堅對於規矩法度也有灑脫的一面，他說「文章本心術，萬古無轍迹。」(《詩集·外集》卷十二，《寄晁元忠》) 文章來自心靈的運作，實無痕迹可尋。他論書法亦極爲高妙，主張超出法度而又合乎法度，影響呂本中的活法理論。

第二節　南　宋

一、呂本中

（一）詩不可拘以法度

　　《呂氏童蒙訓》有一則趣談：

> 吳叔楊紹聖中嘗說：「世人多欲勝於學，故無所不爲……」。
> 又說：「《字說》：『詩字從言從寺，詩者法度之言也。』」說
> 詩者不以文害辭，不以辭害志，惟詩不可拘以法度。若必
> 以寺爲法度，則侍者法度之人，峙者法度之山，痔者法度
> 之病也。古之置字者，詩也、峙也、侍也、痔也，蓋以其
> 聲相近取耳。」〔註40〕

王安石的《字說》專從字形解釋字義，其云：「寺者，法度之所在也。」以此類推：「詩者，法度之言也。」〔註41〕《字說》風靡一時，姜夔對「詩」下定義——守法度曰詩——尚承其說。吳叔楊的批駁，鋒厲而幽默，呂本中記錄這段話，也是贊同「惟詩不可拘以法度」。呂本中又云：

> 讀《莊子》，令人意寬思大敢作；讀《左傳》，便使人入法
> 度，不敢容易也；二書不可偏廢也。近世讀東坡、魯直詩
> 亦類此。(《苕溪漁隱叢話》前集卷四十九引)

> 　　但弄筆左右纏繞，遂號爲草書耳！」
〔註40〕《童蒙訓》卷下，商務《萬有文庫》。
〔註41〕參考黃復山《王安石字說之研究》第105～106頁，台大七十一年碩士論文。

黃庭堅曾說左氏、莊周等人之書具在，「法度粲然，可講而學也」，呂本中將《左傳》、《莊子》視爲兩種典型，指出彼此的不同：《莊子》多寓言，其文章「時恣縱而不儻」，「恍洋自恣以適己」，不拘於法度；《左傳》是記事之文，法度謹嚴。蘇軾讀《莊子》，歎「得吾心矣！」萬斛泉源初無定質的作風類似《莊子》。黃庭堅作詩以法度爲先，詩律「刻而切」（方回評語），類似《左傳》。因此，讀《莊子》、蘇詩使人敢自由創作，讀《左傳》、黃庭堅詩使人不敢亂作，兩者不可偏廢，遵守法度和「意寬思大」的自由豪放應該兼容並存，這已經具有活法理論的雛型。

　　法度來自規摹，模擬之後須能變化，對這些問題，呂本中已有深入的見解：

> 老杜詩云「詩清立意新」，最是作詩用力處，蓋不可循習陳言，只規摹舊作也。魯直云「隨人作詩終後人」，又云「文章切忌隨人後」，此自魯直見處也。近世人學老杜多矣，左規右矩，不能稍出新意，終成屋下架屋，無所取長。獨魯直下語，未嘗似前人而卒與之合，此爲善學。如陳無己力盡規摹，已少變化。（《仕學規範》卷三十九，轉引自《宋詩話輯佚》）

同時代的葉夢得也批評屋下架屋的現象：「詩人以一字爲工，世固知之，惟老杜變化開闔，出奇無窮，殆不可以形迹捕，如『江山有巴蜀，棟宇自齊梁』……出於自然，略不見其用力處。今人多取其已用字模放用之，傴僂狹陋，盡成死法。不知意與境會，言中其節，凡字皆可用也。」（《石林詩話》卷中）當時人學杜，多成拘束，不能創新，所以呂、葉兩人針對時病，提倡自由變化，這可能是活法理論形成的背景。姜夔〈白石道人詩集自敘之二〉云：

> 作詩求與古人合，不若求與古人異。求與古人異，不若不求與古人合而不能不合，不求與古人異而不能不異。彼惟有見乎詩也，故向也求與古人合，今也求與古人異。及其無見乎詩已，故不求與古人合而不能不合、不求與古人異

而不能不異。其來如風，其止如雨，如印印泥，如水在器，
其蘇子所謂不能不爲者乎？〔註42〕

姜夔的理論和呂本中之說平行，而且更加深密，他們都把模擬至
創造的過程分爲三階段。

第一：模擬古人的階段。此時溫習古典，規摹佳作，目的在揣摩
古人的技巧與風格，寫作的態度是有意「求與古人合」。

第二：有意擺脫古人影響的階段。宋祁曰：「詩人必自成一家，
然後傳不朽，若體規畫圓，準矩作方，終爲人之臣僕。」（《王直方詩
話》引）古人的規矩一旦形成拘束，學者便不敢稍出新意，姜夔說：
「異時泛閱眾作，已而病其駁如也，三薰三沐師黃太史氏。居數年，
一語噤不敢吐，始大悟學即病，顧不若無所學之爲得，雖黃詩亦優然
高閣矣！」（〈白石道人詩集自敍〉）既然覺悟左規右矩限制了心思的
自由，這階段特別注重獨創，有意「求與古人異」。

第三：自得的階段。呂本中說「未嘗似前人而卒與之合」，無意
求似而自然神合，沒有規摹的痕迹。姜夔補充了非常重要的一點：「不
求與古人異而不能不異。」更有自得的意義。合乎古人的風格或法度
並非唯一的價值標準，不能不合加上不能不異才是眞正的自得，眞正
的創造。「其來如風，來止如雨，如印印泥，如水在器」，形容無意於
詩而詩至，止於不可不止，隨物而賦形，正如蘇軾所謂：「夫昔之爲
文者，非能爲之爲工，乃不能不爲之爲工也。」專任情興，充滿而後
發，與古人合異的問題根本不必關心。這種「不以心稽」的境界，絕
非輕易可及，所以姜夔承認：「余之詩蓋未能進乎此也。」呂本中批
評陳師道缺少「變化」，姜夔期待來日的「蛻化」，若能變化自得，心
靈和法則互不相礙，這就是活法。

（二）活　法

呂本中在何時提出「活法」一詞？《東萊詩集》卷七〈大雪不出

〔註42〕引自《白石詩詞集》，夏承燾校輯，河洛。

寄陽翟寧陵〉云：「簿書終歲忙，風雪一日靜」、「微官不能歸，但見日月老」。〔註43〕作詩的地點當在曹州濟陰。宋史卷三七六呂本中傳：「元符中，主濟陰簿。」新校本宋史校勘記云：「按李幼武四朝名臣言行錄別集下卷七呂本中條作『元符中復官，政和五年調興仁（郡）濟陰（縣）簿，繼爲泰州士曹。』疑此處有脫誤。」經查原始資料的確如此，宋史必有脫誤。〔註44〕興仁即曹州，屬京東西路。前引詩結尾曰：「文章有活法，得與前古並。默念智與成，猶能愈吾病。」同卷〈雪夜〉一詩，題下注「政和六年」（1116），詩云：「曹州城南三日雪」，可證呂本中時爲濟陰縣主簿，〈大雪不出寄陽翟寧陵〉與〈雪夜〉二詩的寫作時間可能相去不遠，所以不妨暫定呂本中於政和六年時提出「活法」一詞，那時才三十三歲。《詩集》卷六〈別後寄舍弟三十韻〉寫作的時地待考，詩云：「惟昔交朋聚，相期文字盟。筆頭傳活法，胸次即圓成。」活法的發明，和詩社友人的切磋討論必有關係。張元幹是呂本中的社友之一，他說：

> 往在豫章，問句法於東湖先生徐師川（按：徐俯卒於紹興十年，1140）。是時，洪芻駒父、弟琰玉父、蘇堅伯固、子庠養直、潘淳子眞、呂本中居仁（1084～1145）、汪藻彥章（1079～1154）、向子諲伯恭（1085～1152），爲同社詩酒之樂，予既冠矣，亦獲攘臂其間，大觀庚寅、辛卯歲也（1110～1111）。九人者，宰木久已拱矣，獨予華髮蒼顏，羈寓西湖之上。〔註45〕

〔註43〕《東萊詩集》，商務《四庫珍本》九集。

〔註44〕新校本宋史，鼎文。核對南宋李幼武纂輯《宋名臣言行錄別集》卷七，萬曆丁未刊本，中央圖書館藏。興仁府本爲曹州，見《宋史》卷八十五，〈地理志〉一。

〔註45〕《蘆川歸來集》卷九〈蘇養直詩帖跋尾甲卷〉。卷十〈庚申自贊〉（1140）時五十歲，〈甲戌自贊〉（1154）時六十四歲，推知生於元祐六年（1091），與呂本中等九人結社時正好弱冠。姜亮夫《歷代人物年里碑傳綜表》（華世）張元幹生卒年爲1067～1143，完全錯誤，鄭因百先生已經訂正，見〈宋人生卒考示例續編〉，《幼獅學誌》七卷四期。向子諲生卒年有兩說：1085～1152，1086～1153。

張元幹字仲宗，《東萊詩集》卷十五有〈再簡范信中益謙呈張仲宗〉
及〈渴雨簡張仲宗二首〉，《蘆川歸來集》卷二有〈次呂居仁見寄韻〉，
卷五有詞一首〈送呂居仁召赴行在所〉，可知呂、張二人確有交情。
紹興三年（1133）二月，呂本中為夏均父詩集作序，活法的理論已經
成熟。〔註46〕張元幹在紹興二十四年（1154）九月作〈亦樂居士文集
序〉，也有活法之說：

> 前輩嘗云：「詩句當法子美，其他述作無出退之。韓、杜門
> 庭，風行水上，自然成文，俱名活法。」

這種活法理論淵源於蘇洵「風行水上渙，此亦天下之至文也」及蘇軾
「乃不能不為之為工也」的思想，和呂本中的活法理論不同。所以，
活法的發明雖然和社友的切磋有所關聯，仍須視為呂本中個人的獨特
見解，其弟子曾季貍曰：「後山論詩說換骨，東湖論詩說中的，東萊
論詩說活法，子蒼論詩說飽參，入處雖不同，然其實皆一關捩，要知
非悟入不可。」（《艇齋詩話》）江西詩派論詩的共同點是講究「悟入」，
然而同中有異，呂本中的活法就是一個例子。

呂本中在紹興三年二月作〈夏均父集序〉，同年夏天在臨川作
〈江西詩社宗派圖〉，夏均父亦列名其中。呂本中的活法理論等於
江西詩派的「宣言」，意義非常重大。〈夏均父集序〉沒有完全流傳
下來，劉克莊的《後村先生大全集》卷九十五節錄了主要的部分，
序云：

> 學詩當識活法。所謂活法者，規矩備具，而能出于規矩之
> 外，變化不測，而亦不背於規矩也。是道也，蓋有定法而
> 無定法，無定法而有定法，知是者則可以與語活法矣。謝
> 玄暉有言：「好詩流轉圓美如彈丸。」此真活法也。近世惟
> 豫章黃公首變前作之弊，而後學者知所趨向。必精盡知左
> 規右矩，庶幾至於變化不測。然余區區淺末之論，皆漢魏

〔註46〕吳曾《能改齋漫錄》卷十「江西宗派」條云：「蘄州人夏均父，名倪，
　　　能詩，與呂居仁相善。既沒六年，當紹興癸丑二月一日，其子見居
　　　仁嶺南，出均父所為詩，屬居仁序之。序言其本末尤詳。」

以來有意於文者之法，而非無意於文者之法也。……吾友
夏均父，賢而有文章，其於詩蓋得所謂「規矩備具而出於
規矩之外，變化不測者」……。

呂本中爲了統一規矩和變化的對立，採取辯證的「遮撥法」，不住兩
邊，雙遣是非，〔註47〕這種理論的模式已見於黃庭堅的〈題顏魯公帖〉
（《文集》卷二十八）：

觀魯公此帖，奇偉秀拔，奄有魏晉隋唐以來風流氣骨，回
視歐、虞、褚、薛、徐、沈輩，皆爲法度所窘，豈如魯公
蕭然出於繩墨之外，而卒與之合哉！

「出於繩墨之外」是超越了法度的範圍，「而卒與之合」表示並不違
反法度，仍合乎法度。此種理論有其優越的一面，也有弔詭的一面。
我們可以追問：「出於規矩之外」和「亦不背於規矩」，前後出現的「規
矩」，涵義是否有別？既已「出於繩墨之外」，如何又能「卒與之合」？
理論所衍生的困難不小於理論的優越性。沈約曾經引述謝朓常說的一
句詩評：「好詩圓美流轉如彈丸。」（《南史》卷二十二）呂本中說「此
眞活法也！」謝朓那句話是否可以概括他的活法理論？《東萊詩集》
卷三所謂「初如彈丸轉，忽若秋兔脫」（〈外弟趙才仲數以書來論詩，
因作此答之〉），也是形容得活法。活法的主要特徵是流動無礙，「若
納水輨，如轉丸珠」（司空圖《詩品》）。彈丸無論如何流轉，總不可
以跳到盤外——這是後人的公論。張孝祥曰：

爲文有活法，拘泥者窒之，則能今而不能古。夢錫之文，
從昔不膠於俗，縱橫運轉，如盤中之丸，未始以一律拘，
要其終亦不出於盤。〔註48〕

「盤」象徵規矩，不可逾越，像現代的撞球桌，球撞到桌外，必然被
判出局，球已出局又能反彈回到桌內，無此可能。李東陽說：

〔註47〕 參考龔鵬程〈技進於道的宋代詩學〉第四節，《古典文學》第六集第
365頁，學生。
〔註48〕 《于湖居士文集》卷二十八，〈題楊夢錫客亭類稿後〉，《四部叢刊》
本。

> 今泥古詩之成聲，平側短長，句句字字，摹倣而不敢失，
> 非惟格調有限，亦無以發人之情性；若往復諷詠，久而自
> 有所得，得于心而發之乎聲，則雖千變萬化，如珠之走盤，
> 自不越乎法度之外矣！（《懷麓堂詩話》）

古詩的音節雖千變萬化，但是如盤中之珠，不能走到盤外。李東陽又
說：「夫珠雖善走，要不可令躍出盤外；水雖就下，若止於非所當止，
則溢爲橫流。」〔註49〕所以，當呂本中引用謝朓之語時，他到底有沒
有意識到「盤中之丸」這個觀念？如果意識到，其理論的困難如何解
決？謝薖〈讀呂居仁詩〉曰：

> 吾宗宣城守，詩壓顏鮑輩。其間警拔句，江練與霞綺。居
> 仁相家子，斂退若寒士。學道期日損，哦詩亦能事。自言
> 得活法，尚恐宣城未。……〔註50〕

「尚恐宣城未」，則謝朓未必得呂本中所說的活法——這句也可能是
謝薖的客氣話，並非呂本中如此不遜。總之，呂本中引謝朓之言作爲
理論的證明，實在不太恰當，而除此之外亦難於引證；但是他從謝朓
的話「悟入」，進而發展出一套活法的理論，則甚有可能。葛洪說：「變
化不繫滯於規矩之方圓，旁通不凝閡於一塗之逼促。」（《抱朴子·尚
博篇》）可視爲活法理論的先聲。我們或許可以這樣詮釋：「出於規矩
之外，在強調心靈的自由變化；亦不背於規矩，在強調規矩對於心靈
自由的約束。」左規右矩是變化不測的必要條件，從左規右矩進至變
化不測，既變化不測又合乎規矩，活法就包括了以上兩個環節。

　　活法和悟入的關係爲何？呂本中說：「作文必要悟入處，悟入必
自工夫中來，非僥倖可得也，如老蘇之於文，魯直之於詩，蓋盡此理
也。」（《苕溪漁隱叢話》後集卷三十一引）工夫勤勞不惰，眞積力久，
才可能出現悟入的契機，一旦悟入，眞理豁然顯現。呂本中〈與曾吉
甫論詩第一帖〉專論工夫和悟入的關係：

〔註49〕《懷麓堂集文後稿》卷十，〈與錢汝謙書〉，嘉慶九年重刊本，台大
　　　　圖書館藏。
〔註50〕引自《黃庭堅和江西詩派卷》第751頁，九思。

楚詞、杜、黃，固法度所在，然不若徧考精取，悉爲吾用，
則姿態橫出，不窘一律矣。如東坡、太白詩，雖規摹廣大，
學者難依，然讀之使人敢道，澡雪滯思，無窮苦艱難之狀，
亦一助也。要之，此事須令有所悟入，則自然越度諸子。
悟入之理，正在工夫勤惰間耳。如張長史見公孫大娘舞劍，
頓悟筆法。如張者，專意此事，未嘗少忘胸中，故能遇事
有得，遂造神妙，使他人觀舞劍，有何干涉？非獨作文學
書而然也。（《苕溪漁隱叢話》前集卷四十九引）

徧考精取前人的法度，「精盡知左規右矩」，又閱讀才氣縱橫的作品，
疏瀹心思，這些是主要的工夫；更要隨時隨地專意此事，像張旭苦心
探求書法，「因觀劍器舞，復悟擔夫爭」，心活則法亦活，遇事有得，
頓悟書法。呂本中的好友曾幾（字吉甫）云：

學詩如參禪，愼勿參死句，縱橫無不可，乃在歡喜處。又如
學仙子，章苦終不遇，忽然毛骨換，政用口訣故。居仁說活
法，大意欲人悟，常言古作者，一一從此路……。〔註51〕

陳師道說「學詩如學仙，時至骨自換」，「時至」就是勤下工夫以後忽
然出現頓悟的契機。呂本中所講的活法雖重視頓悟，也強調工夫，如
何從左規右矩進至變化不測，變化不測又要合乎規矩，其中的關鍵極
爲神妙，須靠個人的悟入始能把握。南宋的俞成將活法分爲兩類，一
是胸中之活法，一是紙上之活法：

伊川先生嘗說：中庸「鳶飛戾天」，須知天上更有天，「魚
躍於淵」，須知淵中更有地，會得這個道理，便活潑潑地。
〔註52〕吳處厚嘗作〈剪刀賦〉，第五格對：「去爪爲犧，救
湯王之旱歲；斷鬚燒藥，活唐帝之功臣。」當時屢竄易「唐
帝」上一字不妥帖，因看游鱗，頓悟「活」字，不覺手舞
足蹈。呂居仁嘗序江西宗派詩，若言「靈均自得之，忽然
有入，然後惟意所在，萬變不窮，是名活法。」楊萬里又

〔註51〕曾幾〈讀呂居仁舊詩有懷其人作詩寄之〉，引同前書第755頁。
〔註52〕出自《河南程氏遺書》卷三（二先生語三），《二程集》第59頁，漢
　　　京。

從而序之，若曰「學者屬文，當悟活法，所謂活法者，要
當優游厭飫。」是皆有得於活法也如此。吁！有胸中之活
法，蒙於伊川之說得之；有紙上之活法，蒙於處厚、居仁、
萬里之說得之。（《螢雪叢說》卷一，〈文章活法〉）

「人心要常活，則周流無窮，而不滯於一隅」；〔註53〕所以，胸中之
活法和紙上之活法都源於活潑的心靈，巧由心悟，心生變化，心的作
用保證了活法的成立。〔註54〕

　　呂本中也是理學家，他的活法理論和心性修養有關。黃庭堅〈與
濟川姪〉云：「但須勤讀書，令精博，極養心，使純靜，根本若深，
不患枝葉不茂也。」認為讀書養心是作文的根本。蘇軾〈送參寥師〉
曰：「欲令詩語妙，無厭空且靜。靜故了群動，空故納萬境。」空和
靜是實際創作前心靈的預備狀態，那是養心的工夫。呂本中說：

胸中塵埃去，漸喜詩語活。（《詩集》卷三）
筆頭傳活法，胸次即圓成。（《詩集》卷六）

胸中純潔則詩語靈活，筆下能夠表現活法證明胸次的圓成無礙。曾幾
稱贊呂本中之詩得活法，又說「嘗疑君胸中，食飲但風露」，譽其心
性高潔；張九成〈悼呂居仁舍人〉：「詞源斷是詩書力，句法端從履踐
來。」〔註55〕呂本中的詩學和道德修養結合。紹興元年（1131），呂
本中作〈與曾吉父論詩第二帖〉〔註56〕云：

治擇工夫已勝，而波瀾尚未闊，欲波瀾之闊去，須於規摹

〔註53〕引同前書卷五。
〔註54〕活法和禪悟有所關連。求道有許多方法，得頓悟為活法，不得頓悟
為死法。禪宗有死句、活句之說，亦即死法、活法之別。參考杜松
柏《禪學與唐宋詩學》第92頁、第480頁，黎明。
〔註55〕引同注50第762頁。
〔註56〕曾幾〈東萊先生詩集後序〉曰：「紹興辛亥，幾避地柳州，公在桂林……
公一日寄近詩來，幾次其韻，因作書請問句律。公察我至誠，教我
甚至，且曰：『和章固佳，本中猶竊以為少新意。』（按：此即論詩
第一帖）又曰：『詩卷熟讀，治擇工夫已勝，而波瀾尚未闊。』（按：
此即論詩第二帖）」可知〈與曾吉甫論詩第一帖〉及第二帖均作於紹
興元年（辛亥）。引文見《四庫珍本》九集《東萊詩集·後序》。

令大，涵養吾氣而後可。規摹既大，波瀾自濶，少加治擇，
功已倍於古矣。……退之云：「氣，水也，言，浮物也，水
大則物之浮者大小畢浮，氣之與言猶是也，氣盛則言之長
短與聲之高下皆宜。」……近世江西之學者，雖左規右矩，
不遺餘力，而往往不知出此，故百尺竿頭，不能更進一步，
亦失山谷之旨也。（《苕溪漁隱叢話》前集卷四十九引）

曾幾的〈東萊先生詩集後序〉引述此帖，「規摹」二字均作「規模」，
正是；第一帖說東坡、太白詩「規摹廣大」，「規摹」亦應改爲「規模」，
以有別於「循習陳言，但規摹舊作」的「規摹」。《詩集》卷六〈別後
寄舍弟三十韻〉論及活法，最後勸他的弟弟：「徑就波瀾濶，勿求盆
盎清。」盆盎之清雖然可愛，但限於格局，無法波瀾壯濶，極盡變化。
因此，活法和養氣的關係在於：變化不測是活法的主要特徵，加入氣
的因素以後，才有變化不測的動力，左規右矩配合養氣，始能生動變
化。作於紹興三年的〈夏均父集序〉，是呂本中的活法理論的總結，
雖然沒有提到養氣，但根據其他的資料不難證明：養氣使文章波瀾壯
濶，乃是活法理論的重要環節。呂本中曾說：

老杜歌行，最見次第出入本末；而東坡長句，波瀾浩大，
變化不測，如作雜劇，打猛諢入，却打猛諢出也。（《苕溪漁
隱叢話》前集卷四十二引）

他比較老杜、東坡的七古歌行，老杜法度井然，東坡變化不測。陳
師道說：「學詩當以子美爲師，有規矩故可學。」（《後山詩話》）呂
本中也有此意，他主張學詩從杜甫、黃庭堅入手，法度既定，再涵
詠李白、蘇軾的詩，以求自由變化，使才氣舒展。波瀾已濶，仍須
稍加治擇的工夫，他批評「東坡詩有汗漫處」，汗漫指缺乏檢束，終
是一病。〔註57〕治擇之後的理想境界便是「言之長短與聲之高下皆

〔註57〕在呂本中之後，王十朋（1112～1171）曰：「唐宋之文可法者四：法
古於韓，法奇於柳，法純粹於歐陽，法汗漫於東坡。餘文可以博觀，
而無事乎取法也。」見《梅溪先生文集》前集卷十九，〈雜說〉，《四
部叢刊》本。

宜」，恰到好處而有法度。姜夔曰：

> 波瀾開闔，如在江湖中，一波未平，一波已作；如兵家之
> 陣，方以爲正，又復是奇；方以爲奇，又復是正。出入變
> 化，不可紀極，而法度不可亂。（《白石道人詩說》）

姜夔採用了范溫的「奇正相生」說，詮釋波瀾變化之中仍有法度，不
違呂本中之意。朱熹對於蘇軾的文章既有劣評，亦有好評，例如：

1. 「東坡輕文字，不將爲事，若做文字時，只是胡亂寫去。」
批評東坡的文章不守規矩。

2. 「人有才性者，不可令讀東坡等文，有才性人便須取入規矩，
不然蕩將去。」勸學者應先合乎規矩，反對從東坡入手。他的詩論也
主張學詩應遵循一定之法，與其變而失正，不如守古法爲穩。〔註58〕
他對蘇軾的態度，上承范溫及呂本中。

前引兩則語錄，〔註59〕並無特殊見解，只能算是消極的批評，
同卷另一則語錄卻有創見，頗不尋常：

3. 「凡人做文字不可太長，照管不到，寧可說不盡，歐蘇文皆
說不曾盡。東坡雖是宏闊瀾翻，成大片衮將去，他裏面自有法，今人
不見得他裏面藏得法，但只管學他一衮做將去。」

「宏闊瀾翻」便是呂本中所謂的「波瀾闊」，似乎是「胡亂寫去」，
其實裏面自有規矩法度，朱熹顯然修正了自己的觀點，看到內在的
法則。

二、楊萬里：從「有待」到「無待」

周必大〈跋楊廷秀石人峰長篇〉說：

> 今時士子見誠齋大篇短章，七步而成，一字不改，皆掃千
> 軍，倒三峽、穿天心，透月脅之語，至於狀物姿態，寫人
> 情意，則鋪敘纖悉，曲盡其妙，遂謂天生辨才，得大自在。
> 是固然矣，抑未知公由志學至從心，上規廣載之歌，刻意

〔註58〕見《朱文公文集》卷八十四，〈跋病翁先生詩〉。
〔註59〕見《朱子語類》卷一三九，漢京。

風雅頌之什，下逮左氏、莊、騷、秦、漢、魏、南北朝、隋、唐以及本朝，凡名人傑作，無不推求其詞源，擇用其句法，五六十年之間，歲鍛月鍊，朝思夕惟，然後大悟大徹，筆端有口，句中有眼，夫豈一日之功哉！〔註60〕

一般人只看見楊萬里「得大自在」──自由揮灑，無拘無束的一面，周必大卻認爲「得大自在」得來不易，他指出：楊萬里從年青時有志於作詩，到後來能夠從心所欲而不逾矩，經歷了五六十年的苦思和鍛鍊，正是「悟入必自工夫中來，非僥倖可得」的最佳實例。他從艱苦中領悟活法，從「有待」到「無待」，因此，他的詩法理論以其創作經驗爲基礎，借用莊子的觀念，重新詮釋「法」的意義。楊萬里作詩得活法是時人的公論，例如：

1. 張鎡〈攜楊祕監詩一編登舟因成二絕〉之二：「造化精神無盡期，跳騰踔厲即時追。目前言句知多少，罕有先生活法詩。」（《南湖集》卷七）〔註61〕第二句形容活法的迅速機動。

2. 姜夔〈送朝天續集歸誠齋時在金陵〉（七律）：「箭在的中非爾力，風行水上自成文。」（《白石道人詩集》卷下）孟子說「其中，非爾力也」，有巧存焉。「風行水上自成文」形容活法的自然天成。

3. 葛天民〈寄楊誠齋〉：「參禪學詩無兩法，死蛇解弄活潑潑」、「生機語熟却不排，近代獨有楊誠齋」。（《葛無懷小集》）〔註62〕呂本中曾說，黃庭堅的佳處在於「禪家所謂死蛇弄得活」，〔註63〕楊萬里說「要知詩客參江西，政似禪客參曹溪」，死蛇弄活象徵妙悟活法。

楊萬里作詩得活法，又作〈江西宗派詩序〉，〔註64〕繼承了呂本中的詩學。自范溫、呂本中以來，把杜甫、黃庭堅及李白、蘇軾分爲

〔註60〕《益公題跋》卷四，《百部叢書集成》，藝文。

〔註61〕引自《楊萬里、范成大研究資料彙編》第 3 頁，明倫。

〔註62〕引同前書第 18 頁。

〔註63〕張戒《歲寒堂詩話》卷上引。

〔註64〕〈江西宗派詩序〉作於淳熙甲辰（1184），闡釋呂本中的江西詩社宗派圖，並且提出詩法的理論。見《誠齋集》卷七十九，《四部叢刊》本。

兩種類型,藉以說明法的觀念,楊萬里採用這種分類,但是別出創見。
〈江西宗派詩序〉曰:

> 昔者詩人之詩,其來遙遙也,然唐云李杜,宋言蘇黃,將
> 四家之外,舉無其人乎?門固有伐,業固有承也。雖然,
> 四家者流,一其形,二其味;二其味,一其法者也。盍嘗
> 觀夫列禦寇、楚靈均之所以行天下者乎?行地以輿,行波
> 以舟,古也;而子列子獨御風而行,十有五日而後反,彼
> 其於舟車且烏乎待哉?然則舟車可廢乎?靈均則不然,飲
> 蘭之露,餐菊之英,去食乎哉?芙蓉其裳,寶璐其佩,去
> 飾乎哉?乘吾桂舟,駕吾玉車,去器乎哉?然朝閬風,夕
> 不周,出入乎宇宙之間,忽然耳!蓋有待乎舟車,而未始
> 有待乎舟車者也。

以上序文的重點不在於「形」和「味」的問題,「一其法」才是重點
所在。呂本中的〈江西詩社宗派圖序〉沒有完全流傳下來,胡仔說「其
宗派圖序數百言」,而《苕溪漁隱叢話》前集卷四十八所引甚略,俞
成也看過〈宗派圖序〉,他概括其大意曰:「若言靈均自得之,忽然有
入,然後惟意所在,萬變不窮,是名活法。」呂本中曾經以屈原為例,
說明活法,所以楊萬里就據以發揮。「一其法」是一個很難直接解釋
的觀念,楊萬里不得不借用比喻。《莊子‧逍遙遊》曰:「夫列子御風
而行,冷然善也,旬有五日而後反。彼於致福者,未數數然也。此雖
免乎行,猶有所待者也。」就莊子看來,列子雖不必步行,仍須待風
而行,尚非絕對的逍遙。楊萬里借用莊子的寓言,加以翻案,因為列
子不用舟車,和屈原比較便屬於無待。屈原雖然有待,卻能夠憑藉想
像,「出入乎宇宙之間,忽然耳!」只要舟車真正便利,如意之所欲
往,其效果等於「御風而行」的無待。列子和屈原用不同的方式到達
自由的境界,他們的「自由」沒有絕對的差異,「有待乎舟車而未始
有待乎舟車」雖多經一層轉折,仍可等同「無待乎舟車」,這就間接
說明了「一其法」的奧義。楊萬里又云:

> 今夫四家者流,蘇似李,黃似杜。蘇、李之詩,子列子之

御風也；杜、黃之詩，靈均之乘桂舟、駕玉車也。無待者，
神於詩者歟？有待而未嘗有待者，聖於詩者歟？嗟乎！離
神與聖，蘇李蘇李乎爾！杜黃杜黃乎爾！合神與聖，蘇李
不杜黃、杜黃不蘇李乎？然則詩可以易而言之哉！

蘇、李是無待者，神於詩；杜、黃是有待而未嘗有待者，聖於詩。對
於「神」和「聖」，他不作優劣論。如果只見到神與聖的差異，那麼
蘇李自是蘇李，杜黃自是杜黃；如果合神與聖（一其法），那麼蘇李
就是杜黃，杜黃就是蘇李。「一其法」指有待和無待的統一。

　　郭紹虞認爲楊萬里「以舟車喻詩法句律」，所以，蘇李無待於法，
杜黃有待於法而又能無待於法。和楊萬里同時的朱熹說：

李太白詩非無法度，乃從容於法度之中，蓋聖於詩者也。（《朱
子語類》卷一四○）

楊萬里說李白「神於詩」，朱熹說李白「聖於詩」，其實互相發明。「無
待」並不等於「無法度」，否則如何「一其法」？既然最後的境界都
是「從容於法度之中」，則可以說蘇李聖於詩，亦可說杜黃神於詩。
當然，我們無法斷定朱熹是否有意修正楊萬里之說。

三、周　弼

（一）《唐三體詩》的虛實法

　　周弼，字伯弼，寧宗嘉定年間進士，曾任江夏令，嘉定十七年
（1224）卸任，著《端平集》十二卷，友人李龏選爲《端平詩雋》四
卷。〔註65〕周弼編有《唐三體詩》，〔註66〕三體指七絕、七律、五律，

〔註65〕綜合參考以下的資料：（1）李龏《端平詩雋·序》，商務《四庫珍本》
　　　　三集。序作於寶祐丁巳（1257），周弼已卒。後人多以周弼爲元人，
　　　　並非無因，蓋其卒年與元代相接，且所著《唐三體詩》盛行於元代。
　　　　（2）《宋人傳記資料索引》1451頁〈周弼小傳〉，昌彼得等合編。（3）
　　　　《端平詩雋》卷二〈甲申歲解官歸故居有以書相問者〉，可證在嘉定
　　　　十七年（甲申，1224）卸任。（4）日人釋清潭〈國譯三體詩例言〉，
　　　　大正十三年（1925）三版，國民文庫刊行會。
〔註66〕此書名稱不一，依時代順序列舉如下：

七絕分實接、虛接、用事、前對、後對、拗體、側體，七律分四實、
四虛、前虛後實、前實後虛、結句、詠物，五律分四實、四虛、前虛
後實、前實後虛、一意、起句、結句。〔註67〕律詩的虛實法引起後人
對於「定法」、「活法」的爭論。

　　周弼曰：「言詩而本于唐，非固於唐也，自河梁之後，詩之變至
於唐而止也。謫仙號爲雄拔，而法度最爲森嚴，況餘者乎！立心不專，
用意不精，而欲造其妙者，未之有也。元和蓋詩之極盛，其實體製自
此始散，僻字險韻以爲富，率意放詞以爲適，皆有其漸，一變則成五
代之陋矣。」〔註68〕周弼認爲學詩應以唐詩爲主，這是泛泛之論，但

---

1. 唐三體詩。據《國譯三體詩》卷一序言，周弼在淳祐十年（1250）
   編此書。中央圖書館有元刊本《唐三體詩說》，乃元代釋圓至（字
   天隱）所註。吳師道《吳禮部詩話》：「周伯弻編《三體詩》……
   近有僧圓至注……。」（《續歷代詩話》上册）方回在大德九年（1305）
   作〈至天隱註周伯敬三體詩序〉──《桐江集》、《桐江續集》未
   收此序──簡稱《三體詩》，序中又稱《三體法》。都穆《南濠詩
   話》亦云：「至嘗注周伯弻所選《唐三體詩》。」（《續歷代詩話》
   下册）
2. 唐賢三體詩家法。至大二年（1309），釋圓至的友人裴庾增註，日
   本建仁寺僧中巖圓月入元取回，書名唐賢三體詩家法，也簡稱三
   體詩。按：《翰林楊仲弘詩集》有〈裴庾序〉，其實是〈增注唐賢
   三體詩家法序〉。范晞文《對牀夜語》卷二：「周伯弻選《唐人家
   法》，以四實爲第一格……。」似又簡稱爲《唐人家法》。
3. 箋註唐賢三體詩法。明代金鸞校訂、火錢重梓，中央圖書館藏，
   廣文書局影印。明人刊行的《名家詩法彙編》卷八〈傅與礪詩法
   正論〉亦云：「周伯弻所編唐三體詩法。」
4. 三體唐詩。高士奇輯註，僅有六卷，將前人的注文摱撮於前，稱
   爲「選例」，文字頗有竄易，見商務《四庫珍本》七集。此書不忠
   於原注，版本最差，何焯批校，已深表不滿。何焯批校本，見中
   央圖書館藏康熙間刊本。

〔註67〕元刊本《唐三體詩說》（二十一卷）及日本的《唐賢三體詩家法》（合
　　　　爲三卷）內容均分爲二十一格，比《箋註唐賢三體詩法》（二十卷）
　　　　多出五律的「詠物」一格。
〔註68〕范晞文《對牀夜語》卷二引。范晞文於南宋理宗景定三年（1262）
　　　　著成《對牀夜語》，其時代與周弼相接，推測引文可能是〈唐三體詩
　　　　序〉的一部分，及見《吳文正集》卷十九〈唐詩三體家法序〉，眞相

他說李白的詩法度森嚴，何況其他的唐代詩人！這就值得注意了。他強調學唐詩應該心專意精，從法度入手，而後能造其妙，這是《唐三體詩》專論詩法的原因。此書選詩四百九十三首，初盛唐的作品極少，中晚唐的作品極多，可能爲了便於幼童的學習。〔註69〕何焯曰：

> 《鼓吹》、《三體》二編，嘉靖以來，童兒皆能倒誦，如宋
> 人讀鄭都官詩也。自王、李盛而幾無能舉其名者……〔註70〕

日人釋清潭說：物徂徠爲了推崇李攀龍的《唐詩選》，貶抑周弼的《三體詩》，甚至詐稱此書的編者爲一無名氏書賈；日本儒流多取《唐詩選》，緇流多取《三體詩》，分爲兩派。釋清潭之言正可印證何焯。

　　《唐三體詩》所提出的四實四虛，前虛後實、前實後虛，均指律詩的中間兩聯，景物爲實，情思爲虛。虛實法的主要理論如下。

　　1. 四實。周弼曰：「謂四句皆景物而實。開元、大曆多此體，華麗典重之間，有雍容寬厚之態，此其妙也，稍變然後入於虛，間以情思，故此體當爲眾體之首。昧者爲之，則堆積窒塞，寡於意味矣！」

大白！此序非吳澄所作，乃周弼自序，而吳澄之孫誤收。序云：「言詩本於唐，非固於唐也……於一家之中，則有詩法；於一詩之中，則有句法；於一句之中，則有字法。（按：此段《對牀夜語》未引，然與方回所引相同。）……一變則成五代之陋矣。（按：以上刪節的部分和《對牀夜語》所引全同）異時厭棄纖碎，力追古製，然猶未免陰蹈元和之失，大篇長什未暇深論，而近體三詩法則先壞矣！……永嘉嘗有意於變體，姚、賈以上蓋未之思。故今所編撮，閱誦數百家，擇取三體之精者，有詩法焉，有句法焉，有字法焉。大抵皆規矩準繩之要言，其略而不及詳者，欲夫人體驗自得，不以言而玩也。」見商務《四庫珍本》二集，《吳文正集》。吳澄（1249～1333）的年代晚於范晞文和方回（1227～1307）。此文的語氣乃編者自序，其人在永嘉四靈之後，志在推廣唐詩，取徑不限於姚合、賈島的範圍，欲以近體爲基礎，再進至長篇，此人當爲周弼。

〔註69〕參考《國譯三體詩》卷一序言。台北市木柵國中黃孝通校長詳細爲我解說〈序言〉（日文），在此敬表謝意。

〔註70〕《批校三體唐詩》，唐熙戊寅跋語。高士奇〈三體唐詩序〉云：「予童時曾受于塾師，長乃棄去。」吉川幸次郎云：《三體詩》可說是以民間詩人爲對象的啓蒙手冊。見《宋詩概說》第六章第六節，鄭清茂譯，聯經。

〔註71〕四實須有雍容寬厚之態，淺學者爲之則成堆垛景物而不流暢，此眞通達之論，指點親切。四實雖以景物爲主，亦可稍加變化，間以情思，因此可免於拘守定法。

2. 四虛。周弼曰：「謂中四句皆情思而虛也。不以虛爲虛，以實爲虛，自首至尾如行雲流水，此其難也。元和已後，用此體者骨格雖存，氣象頓殊，向後則偏於枯瘠，流於輕俗，不足探矣。」（《唐三體詩說》卷十五）范晞文引〈四虛序〉云：「不以虛爲虛，而以實爲虛，化景物爲情思，從首至尾，自然如行雲流水……。」（《對牀夜語》卷二）化景物爲情思，則情景並非絕對二分，可以通融。

3. 前虛後實。周弼曰：「謂前聯情而虛，後聯景而實。實則氣勢雄健，虛則態度諧婉，輕前重後，劑量適均，無窒塞輕俗之患。大中以後多此體，至今宗唐詩者尚之，然終未及前兩體渾厚，故以其法居三，善者不拘也。」（《唐三體詩說》卷十六）此體可救窒塞及輕俗之病，但不如四實、四虛渾厚，因爲情景配合勢必造成流動變化。

4. 前實後虛。周弼曰：「謂前聯景而實，後聯情而虛。前重後輕，多流於弱，唐人此體最少，必得妙句不可易，乃就其格，蓋發興盡則難於繼，後聯稍間以實，其庶乎！」（《唐三體詩說》卷十七）潘德輿批評周弼「前虛後實」與「前實後虛」的主張「未免拘執過甚，視律詩如印板」（《養一齋李杜詩話》卷二），事實上周弼不忘變化。周弼又云：「景物情思，互相揉拌無痕迹，惟才有餘者能之。」〔註72〕情景相揉無痕，此說何等佳妙！比姜夔的「意中有景，景中有意」（白石道人詩說）更進一層，同於王夫之所說：「情景名爲二，而實不可離。神於詩者，妙合無垠。」（《薑齋詩話》卷二）

周弼從唐人律詩歸納出虛實法，目的在解決詩中情景如何安排的問題。四實、四虛、前虛後實、前實後虛，格式有限，當然不足以包括一切，他的通融之論明示其中變化多端，未必要以有限之格拘束

〔註71〕引自元刊本《唐三體詩說》卷十四，唐五言詩說，四實。
〔註72〕引同前書卷十一，七言前實後虛。

無限的靈思。後人批評周弼之法爲定法、爲死法，竟然忽視了周弼理論的妙處，豈非怪事？或是未見原書，人云亦云，或雖見其書而不肯虛心探究，可知文學批評並非易事。

（二）後人對虛實法的批評

後人對虛實法的批評衍生了一些有價值的理論，值得探討其中的得失異同。

1. 范晞文

范晞文的《對牀夜語》成於南宋，和周弼的時代相去不遠，批評最爲中肯。其云：「是編一出（按：指唐人家法），不爲無補。後學有識高見卓，不爲時習薰染者，往往於此解悟。間有過於實而句未飛健者，得以起或者窒塞之譏，然刻鵠不成尙類鶩，豈不勝於空疎輕薄之爲？使稍加探討，何患不古人之我同也。」時習蓋指「江湖末流油腔滑調之弊」。〔註73〕范晞文肯定了此書的價值。《對牀夜語》卷二並且舉例說明「上聯景、下聯情」，「上聯情、下聯景」，「景中之情」，「情中之景」，「情景相觸而莫分」，「一句情一句景」，以及前後六句皆景而不患乎情少。他說：「固知景無情不發，情無景不生。或者便謂首首當如此作，則失之甚矣！」范晞文顯然在補充周弼之說，後人對周弼虛實法的評論都在其範圍之內。他提醒學者不要過於拘泥，契合周弼的本意。

2. 方　回

方回鄙視周弼，其云：「又有所謂汝陽周伯弜三體法者，專爲四韻五七言小律詩設，而古之所謂詩，益付之鴻荒草昧之外矣！其說以爲有一詩之法，有一句之法，有一字之法，止於此三法而江湖無詩人矣！」〔註74〕他批評周弼不講聖人的詩學（思無邪、興、觀、群、怨

〔註73〕《四庫全書》〈三體唐詩提要〉。

〔註74〕〈至天隱註周伯弜三體詩序〉。明代瞿佑《歸田詩話》卷上〈唐三體詩序〉條全錄此序，並云：「按此序議論甚正，識見甚廣，而於周伯弜所集《三體詩》，則深寓不滿之意。書坊所刻皆不載，而獨取〈裴

等等），專講律詩的作法，實在是苛責前人，因為此書乃入門之書，自應淺近易學，並非詩法僅止於此。《瀛奎律髓》有四處和《唐三體詩》有關：

（1）卷一，杜甫〈登岳陽樓〉。方回曰：「中兩聯前言景，後言情，乃詩之一體也。」此即前實後虛。

（2）卷十，杜甫〈曲江陪鄭八丈南史飲〉。方回曰：「此詩中四句不言景，皆止言乎情，后山得其法，故多瘦健者此也。」指四虛。同卷杜甫〈奉酬李都督表丈早春作〉，方回曰：「大凡詩兩句說景大濃大鬧，即兩句說情為佳。」按：此詩末兩聯前實後虛。

（3）卷十六，張耒〈冬至後〉。方回曰：「大概文潛詩中四句多一串用景，似此一聯景一聯情，尤潔淨可觀。周伯弜定四實、四虛、前後虛實為法，要之，本亦無定法也。」不能不首肯周弼之說，附帶補充「本亦無定法」，其實周弼沒有主張定法。

（4）卷二十六，〈變體類序〉。方回曰：「周伯弜詩體分四實四虛、前後虛實之異，夫詩止此四體耶？然有大手筆焉，變化不同。用一句說景，用一句說情，或先後或不測，此一聯既然矣，則彼一聯如何處置？」此說較能言之成理。周弼的確分析未細，一般人可能泥為定格而不知變化，因此方回特立「變體」和周弼的「定體」對抗。方回〈跋仇仁近詩集〉亦云：「一聯而一情一景，伯弜所不能道。」

3. 李夢陽

〈再與何氏書〉云：「古人之作，其法雖多端，大抵前疎者後必密，半闊者半必細，一實者必一虛，疊景者意必二：此予之所謂法，圓規而方矩者也。」李夢陽強調一實一虛，疊景（二實）意必二（二虛），對稱的法則不可改變。

4. 胡應麟

《詩藪》內篇卷四（近體上，五言）曰：「作詩不過情景二端。

季昌序）。近見唐孟高補寫《三體詩》一帙，書此序於卷首，故特全錄於此，與篤於吟事者共詳參之。」裴庚，字季昌，見注66。

如五言律，前起後結，中四句二言景、二言情，此通例也。……惟沈、宋、李、王諸子，格調莊嚴，氣象閎麗，最爲可法。其中四句大率言景，不善學者，湊砌堆疊，多無足觀。老杜諸篇，雖中聯言景不少，大率以情間之，故習杜者，句語或有枯燥之嫌，而體裁絕無靡冗之病。此初學入門第一義，不可不知，若老手大筆，則情景混融，錯綜惟意，又不可專泥此論。」〔註75〕這一段話的主要觀點均脗合周弼之說。內篇卷四又曰：「李夢陽云：『疊景者意必二，濶大者半必細。』此最律詩三昧……唐法律甚嚴惟杜，變化莫測亦惟杜。」折衷守法及變化，等於修正李夢陽的理論。

5. 黃宗羲

〈景州詩集序〉云：「周伯弜之註三體詩也，以景爲實，以意爲虛。此可論常人之詩，而不可以論詩人之詩。詩人萃天地之清氣，以月露風雲花鳥爲其性情，其景與意不可分也。」〔註76〕黃宗羲主張景、意不當二分。其實周弼分別情景虛實，可謂提綱挈領，便於說法，「以實爲虛」，「化景物爲情思」，周弼豈不知情景不可分？

6. 吳　喬

《圍爐詩話》卷一云：「起聯若實，次聯反虛，是爲定法。」〔註77〕似乎批評李夢陽「一實者必一虛」之說。又云：

> 七律大抵兩聯言情，兩聯敘景，是爲死法。蓋景多則浮泛，情多則虛薄也。然順逆在境，哀樂在心，能寄情于景，融景入情，無施不可，是爲活法。

吳喬反對定法和死法，主張無施不可的活法。所言不出范晞文的範圍，寄情于景便是「景中之情」，融景入情便是「情中之景」。不執著定例，均可稱爲活法。

7. 王夫之

〔註75〕《詩藪》，廣文。
〔註76〕見《南雷文案》卷一，《黎洲遺著彙刊》，隆言出版社。
〔註77〕《圍爐詩話》，廣文。

　　《薑齋詩話》云：「情景名爲二，而實不可離，神於詩者，妙合無垠。巧者則有情中景，景中情。」〔註78〕妙合無垠，即范晞文所說「情景相觸而莫分」。又云：

> 近體中二聯，一情一景，一法也。「雲霞出海曙，梅柳渡江春。淑氣催黃鳥，晴光轉綠蘋」，「雲飛北闕輕陰散，雨歇南山積翠來。御柳已爭梅信發，林花不待曉風開」，皆景也，何者爲情？若四句俱情，而無景語者，尤不可勝數。其得謂之非法乎？……且如「九月寒砧催木葉」，二句之中，情景作對；「片石孤雲窺色相」四句，情景雙收：更從何處分析？陋人標陋格，乃謂「吳楚東南坼」四句，上景下情，爲律詩憲典，不顧杜陵九原大笑。愚不可瘳，亦孰與療之？

王夫之指出，中二聯的一情一景只是眾法中的一法，並非定律，另外還有二聯皆景、皆情，也是詩法——這證明他沒有見過《唐三體詩》，因爲周弼早已標出四實、四虛。「情景作對」，指一聯之中一句言景、一句抒情，方回已經提過。「情景雙收」指一句之中有景有情。虛實之法是否如王夫之所言「陋人標陋格」，應該取消？恐怕未必。對評賞者而言，虛實法有方便之處，且作者既不可能句句情景交融，則虛實法仍是初學者應循之道。

8. 冒春榮

　　《葚原詩說》卷一（五言律說）曰：「詩有古今諸體，初學未能徧攻，當先自近體始。……元周伯弼三體詩法，差可津梁後學，顧第舉其大綱，而唐人章法、字法、句法、起法、對法、收法，極盡變化，尚惜未備。」〔註79〕因此，他有意補充周弼的理論，其云：

> 中二聯或寫景，或敘事，或述意，三者以虛實分之。景爲實，事、意爲虛。有前實後虛、前虛後實法。凡作詩不寫景而專敘事與述意，是有賦而無比興，即乏生動之致，意

〔註78〕戴鴻森《薑齋詩話箋注》卷二，木鐸。
〔註79〕《葚原詩說》，《清詩話續編》。

味亦不淵永，結構雖工，未足貴也。善詩者常欲得生動之
致，淵永之味，則中二聯多寓事意於景。然景有大小、遠
近、全略之分，若無分別，亦難稱作手。

冒春榮比前人增加一項「敘事」，和述意合為一類。寫景則有比興，
事意不直接表露，因而獲得生動之致和淵永之味。又區分景的六種差
別，也頗中肯。

9. 朱庭珍

《筱園詩話》充滿批判的精神，其論辨能力不在葉燮的《原詩》
之下。朱庭珍對傳統的虛實法作了總結的批評：

自周氏論詩，有四實四虛之法，後人多拘守其說，謂律詩
法度不外情景虛實。或以情對情，以景對景，虛者對虛，
實者對實，法之正也。或以景對情，以情對景，虛者對實，
實者對虛，法之變也。於是立種種法，為詩之式。……予
謂以此為初學說法，使知虛實情景之別，則其說甚善，若
名家則斷不屑拘拘於是。……無情景虛實之可執也。……
相生相融，化成一片，情即是景，景即是情，如鏡花水月，
空明掩映，活潑玲瓏。其興象精微之妙，在人神契，何可
執形迹分乎？至虛實尤無一定。……總之，詩家妙悟，不
應著迹，別有最上乘功用……別有妙法活法，在吾方寸，
不可方物。六祖語曰：「人轉法華，勿為法華所轉。」此中
消息，亦如是矣。〔註80〕

《唐三體詩》原屬童蒙讀物，虛實情景之說淺近而不求高妙，故能造
成廣泛的影響。朱氏批評周弼未曾夢見詩中妙諦，恐怕不盡然！《唐
三體詩》既是為初學者說法，本來就不必高談妙諦。朱氏的批評重點
是破除法執，不論「常格恆法」或「新式變法」都是執著於法，必須
超脫；情景虛實的觀念也是妄生分別，須以興象精微之妙化消情景、
虛實的對立。《六祖壇經》說：「心迷法華轉，心悟轉法華。」妙悟則
心不著迹，知法由心生。朱氏有破有立，最後肯定「別有妙法活法，

〔註80〕　《筱園詩話》卷一，《清詩話續編》。

在吾方寸，不可方物」，那是不能形容的心法。總之，朱氏所論乃「名家之法」，絕非「初學之法」。

四、小　結

　　呂本中的確是一位偉大的詩論家，他融合了蘇軾、黃庭堅的文學見解，提出活法，代表江西詩派詩法理論的總結。活法是一個含義豐富的觀念，本文亦分析未盡，根據主要資料〈夏均父集序〉判斷，活法理論所要解決的中心問題是「規矩和變化的衝突」，解決衝突的理論模式出自黃庭堅，而架構更爲完整。活法理論雖然優越，也衍生了極大的困難，如何能「出於規矩之外」而又「不背於規矩」？呂本中沒有再深入探討，那似乎是不可言傳之妙，是活法理論的極限。

　　呂本中以後，活法理論成爲一股主流，當然不能說全受到呂本中的影響，而是各有所見，也相互激盪。在詩論、文論、畫論中，活法理論都成爲一個核心的論題，三者可以匯通。詩論的部分不必在此贅述，文論和畫論不妨列舉大概。文論如元代郝經有〈答友人論文法書〉，發明「理」和「法」的本末關係，主張文有大法、無定法，只要得理而爲文，則「不期於工而自工，無意於法而皆自爲法」，這是另一種類型的活法理論，揉合了理學和文學的觀點。明代張鼐論時文，提出「法」和「機」，他說：「法者，如人面目步位，口不可以高於眼，耳不可以前於鼻，本自天成，豈容錯亂。又機似人身，血脉流行骨節之間，肯綮轉動，非骨非肉，開合由我，披導自如，故曰活機。若土梗木偶，轉動不能，便入死法。」〔註81〕活機便是流動變化的活法。唐順之說：「所謂法者，神明之變化也。」（〈文編序〉）清代魏際瑞說：「熟于規矩，能生變化」、「變化相生，自合規矩」。〔註82〕都是精彩之論。

　　唐代朱景玄將「不拘常法」的畫家列入逸品（《唐朝名畫錄‧序》），清代道濟說「有法必有化」（《苦瓜和尚畫語錄》），布顏圖說「不拘乎

〔註81〕《寶日堂初集》卷十一，〈十八房約序〉，崇禎刊本，中央圖書館藏。
〔註82〕《魏伯子文集》卷一，〈學文堂文集序〉，《寧都三魏全集》本。

法而自不離乎法」(《畫學心法問答》)，沈宗騫的《芥舟學畫論》「活法」條曰：「今人但知死法，不求變化之妙。」活法須參以靈變之機。鄭燮說：「石濤畫竹好野戰，略無紀律，而紀律自在其中。」(板橋題畫蘭竹)〔註83〕法與變化的關係也是畫論的核心論題之一。

從范溫、呂本中到楊萬里，蘇（李）、黃（杜）被分成兩種類型，藉以建立法的理論，演變的情形如下：

```
                蘇（李）              黃（杜）
范  溫  1. 變體（奇）←──────→正體（正）
        2. 以正體為本，奇正相生。(結論)
呂本中  1. 令人意寬思大敢作。←──→使人入法度。
           使人敢道，澡雪滯思。←──→法度所在。
        2. 不可偏廢。(結論)
楊萬里  1. 無待、神於詩。←──────→有待而未嘗有待、聖於詩。
        2. 合神與聖。(結論)
```

由於楊萬里引用莊子的觀念，因此理論最為高妙，只有他完成了辯證的綜合。但是，將列子御風和蘇李之無待牽合起來，也難免令人有「捕風捉影」之歉！無待比喻心靈的自由，雖不拘於法度，但並不否定法度的重要；有待比喻遵循法度，「而未嘗有待」指遵循法度並不妨害心靈的自由。這種理論亦有漏洞，試問：蘇李的無待如果是代表最後的結果，他們在學習的階段中能否免於有待？蘇軾的詩法理論和楊萬里的鍛鍊歷程，都證明了一個真理：創造活動的無待必從有待之中產生。蘇李和杜黃是不應截然二分的，所以楊萬里要「合神與聖」。

周弼的理論似無新奇，在今人看來只是一些老生常談的基本詩法，然而有其價值。從范晞文到朱庭珍，周弼的虛實法不斷地被補充、修正、批判，匯成一個連結的脈絡，詩法的觀念逐漸清晰、圓融，達到理想的總結。

〔註83〕以上所引，均見《中國畫論類編》。

　　周弼提出一些詩法的格式，有限的格式當然不能包括無限的詩法，因此後人批評那些格式缺乏普遍性，強調許多例外不被格式所拘。

　　以景物為實，情思為虛，將詩的內容二元化，只是為了便於討論詩法，周弼也了解情景兩者有一元化的可能性。後人的批評都反對二元化，主張情景交融，無跡可尋，那是虛實法的最佳境界。

　　周弼的詩法雖然格式固定，仍有變化的餘地，定法之中藏有活法，由於不甚明朗，後人大多忽視。吳喬和朱庭珍都歸結於活法，所謂「變化莫測」、「無施不可」、「詩家妙悟」，均強調心靈自由運作的能力。詩不可無法，又不可執著於法。後人對周弼的批評雖然不盡合理，卻使詩法的理論得到意外的進展。

第四章　金、元的詩法理論

第一節　金　代

一、趙秉文：批評師心之弊

　　〈答李天英書〉論及兩個相關的問題：一是天才與積學，一是師心與師古。〔註1〕積學和師古是爲了獲得規矩法度，作詩若不從此入手，終身無成；因此，趙秉文極力貶斥天才師心的偏見。

　　李經，字天英。趙秉文在信中恭維他「天才英逸，不假繩削」，事實上諷刺他自恃天才，作詩不循法度。李純甫稱許李天英是李賀第二，劉祁評李天英「爲詩刻苦，喜出奇語，不蹈襲前人」，〔註2〕可知其人專尙奇怪，不願遵守法度，所以趙秉文非常直率地對症下藥，強調創造必先師古，批評師心之非。〈答李天英書〉是一篇極爲精彩的論辨文章，趙秉文云：

　　　　足下之言「措意不蹈襲前人一語」，此最詩人妙處，然亦從
　　　　古人中入，譬如彈琴不師譜，稱物不師衡，上匠不師繩墨，
　　　　獨自師心，雖終身無成可也。

〔註1〕〈答李天英書〉，《閑閑老人滏水文集》卷十九，《四部叢刊》本。
〔註2〕《歸潛志》卷二，《知不足齋叢書》本。

不蹈襲前人一語，有意和古人不同，勢必連古人的規矩法度也一併漠視。譜、衡、繩墨均代表普遍的法則，是心靈活動必須遵循的標準，師心自用不能成事，如同孟子所說「不以規矩不能成方圓」。李天英說「唐宋詩人，得處雖能免俗，殊乏風雅」，則唐宋詩人均不足取法，何等自負！宋濂〈答章秀才論詩書〉的主題和趙秉文〈答李天英書〉相同，其云：

> 近來學者類多自高，操觚未能成章，輒闊視前古為無物，
> 且揚言曰：「曹、劉、李、杜、蘇、黃諸作雖佳，不必師；
> 吾即師，師吾心耳！」故其所作往往猖狂無倫。〔註3〕

趙秉文批評李天英的詩「殊不可曉」，「鳳鳴不可得聞，時有梟音」，勸他要「以故為新，以俗為雅」——這是黃庭堅的主張。趙秉文又云：

> 故為文當師六經、左丘明、莊周、太史公、賈誼、劉向、
> 揚雄、韓愈；為詩當師三百篇、離騷、文選、古詩十九首，
> 下及李、杜；學書當師三代金石、鍾、王、歐、虞、顏、
> 柳：盡得諸人所長，然後卓然自成一家，非有意于專師古
> 人也，亦非有意于專擯古人也。自書契以來，未有擯古人
> 而獨立者……豈遽汗漫自師胸臆，至不成語，然後為快哉！

趙秉文確信傳統的精華值得學習，然而師古只是必經的過程，自成一家才是最後的目標。自成一家的時候，專師古人和專擯古人的念頭不復存在，此說契合姜夔的理論：「不求與古人合而不能不合，不求與古人異而不能不異。」李天英執著於「專擯古人」，尚未望見卓然自成一家的境界。《關尹子》曰：「善弓者師弓不師羿，善舟者師舟不師奡，善心者師心不師聖。」可以指經過間接的學習（師羿、師奡、師聖），達到直覺的領悟，在直接的體驗中自得法度，從「有待」到「無待」，能夠自成一家。

趙秉文曰：「太白、杜陵、東坡，詞人之文也，吾師其辭不師其意；淵明、樂天，高士之詩也，吾師其意不師其辭。」師古不外乎二

〔註3〕《宋文憲公全集》卷三十七，《四部備要》本。

途，師其辭或師其意。宋濂亦曰：「第所謂相師者或有異焉。其上焉者師其意，辭固不似而氣象無不同；其下焉者師其辭，辭則似矣，求其精神之所寓，固未嘗近也。」趙、宋兩人修正了李翱「創意造言皆不相師」的偏論。

趙秉文又以書法爲喻：「所貴徧學古人，昔人謂之法書，豈是率意而爲之也？又須眞積力久，自楷法中來，前人所謂未有未能坐而能走者。」「前人」指蘇軾，他說：

> 今世稱善草書者，或不能眞（按：楷書）、行（按：比楷書簡易），此大妄也！眞生行，行生草，眞如立，行如行，草如走，未有未能行立而能走者也。〔註4〕

草書似乎沒有法度，不假繩削，卻是從法度中變化而來。元代郝經曰：「蓋楷則孟子七篇，草則莊周十萬言耳！楷則子美之詩，草則太白之詩也。然既知法，又貴知變也，非變法而自爲法，則不能名家，在人足迹之下矣。」〔註5〕眞積力久是爲了熟知古人之法，「飛動」則是變化之妙，趙秉文說：

> 飛動乃吾輩胸中之妙，非所學也。若世人能積學而不能飛動，吾輩能飛動而不能積學，皆一偏之弊耳！

飛動便是不被古人法度所拘。如何飛動？其妙出於己心，不能外得。積學而不能飛動，則知法而不知變；飛動而不能積學，則是躐級求變而不知法。飛動應有積學的基礎，自成一家者須兼備積學和飛動。所謂「精神所注，間出奇逸」，正是飛動之妙，但並非有意出奇。

趙秉文認爲李天英「似受之天，而不受之人」，希望他「以古人之心爲心，不願足下受之天而不受之人」，主張天才仍須認眞學習。「才」與「法」的關係，成爲後代詩論的重要問題，在明代的部分將詳細討論。沈德潛說：

> 蓋詩之爲道，人與天兼焉。而趣、而法、而氣、而格、而

〔註 4〕《蘇東坡全集》，前集卷二十三，〈書唐氏六家書後〉。
〔註 5〕《陵川集》卷二十，〈敘書〉。

學，從乎人者也，而才則本乎天者也。人可強，而天不可
強。〔註6〕

趙秉文建議李天英積學、法古，都屬於「人可強」的一面。總之，〈答
李天英書〉的思想雖受蘇、黃的影響，卻提示了「才與學」（才與法）、
「師古與師心」等重要論題，對後代的詩論有一定的啓發作用。

二、元好問：不煩繩削而自合、技進於道

關於詩法的觀念，元好問（1190～1257）晚年有「不煩繩削而自
合」、「技進於道」之說。〈楊叔能小亨集引〉作於己酉（1249），主張
吟詠情性是詩的本質，他說：

> 有所記述之謂文，吟咏情性之謂詩，其爲言語則一也。唐
> 詩所以絕出于三百篇之後者，知本焉爾矣！何謂本？誠是
> 也。……故由心而誠，由誠而言，由言而詩也，三者相爲
> 一。……唐人之詩，其知本乎？……優柔饜飫，使人涵泳
> 于先王之澤，情性之外，不知有文字。〔註7〕

心誠而有眞詩，心──言──詩一貫，詩是情性的自然流出。「情性
之外，不知有文字」，出自皎然《詩式》：「但見性情，不覩文字」，強
調性情是詩的本質，優先於文字。作於甲寅（1254）的〈新軒樂府引〉
曰：

> 唐歌詞多宮體，又皆極力爲之。自東坡一出，情性之外，
> 不知有文字，眞有「一洗萬古凡馬空」氣象。……詩三百
> 所載小夫賤婦、幽憂無聊賴之語，特猝爲外物感觸，滿心
> 而發，肆口而成者爾。……自今觀之，東坡聖處非有意於
> 文字之爲工，不得不然之爲工也。〔註8〕

張耒的〈東山樂府序〉已提出「滿心而發，肆口而成」，只因情性不
能不流露，所以無意於文字的雕琢工巧──此即所謂情性之外，不知

〔註6〕《沈歸愚詩文全集》，《歸愚文鈔》卷十二，〈李玉洲太史詩序〉，中
研院史語所傅斯年圖書館藏。
〔註7〕《遺山先生文集》卷三十六，《四部叢刊》本。
〔註8〕同前注。

有文字。元好問作於庚戌（1250）的〈陶然集詩序〉，提出比較完整又相當重要的詩論。《陶然集》的作者是元好問的朋友楊飛卿，其人「死生於詩」。元好問云：

> 或病吾飛卿追琢功夫太過者，予釋之曰：「詩之極致，可以動天地，感鬼神，故傳之師，本之經，真積之力久而有不能復古者。自『匪我愆期，子無良媒』……之什觀之，皆以小夫賤婦，滿心而發，肆口而成，見取於采詩之官，而聖人刪詩亦不敢盡廢。後世雖傳之師，本之經，真積力久而不能止焉者，何古今難易不相侔之如是耶？蓋秦以前，民俗醇厚，去先王之澤未遠，質勝則野，故肆口成文，不害為合理。使今世小夫賤婦，滿心而發，肆口而成，適足以污簡牘，尚可辱采詩官之求取耶？」（《文集》卷三十七）

後人作詩費盡追琢的功夫，和秦以前匹夫匹婦的滿心而發、肆口而成正好相反，古今作詩之難易，其差別懸絕。因此，元好問雖然想要復古，卻有所不能，因為秦以後的民俗澆薄，滿心而發、肆口而成儘是醜惡之言，一無可取——這種「是古非今」的偏見，以為民間的真詩只存於古代的社會。古代的百姓是否真能出口成詩，不須采詩官的追琢修飾，也是一大疑問。除非人性越來越敗壞，後代絕對劣於古代，否則人類應該仍然具有滿心而發，肆口而成的潛能，實現這種潛能就可以創造真詩。金聖歎說：「詩非異物，只是人人心頭舌尖所萬不獲已，必欲說出之一句說話耳！」〔註9〕這是古今無別的真理。

　　元好問認為秦以前之詩不煩繩削，不拘格律，所以甚易，和唐以後相比，尤其明顯：「故文字以來，詩為難；魏晉以來，復古為難；唐以來，合規矩準繩尤難。夫因事以陳辭，辭不迫切而意獨至，初不為難，後世以不得不難為難耳！」規矩準繩隨詩史之演進而逐漸累積、定型，至唐代格律大備，作詩不得不難。元好問列舉杜甫、唐子西等人證明作詩之難。明代蘇伯衡的〈空同子瞽說〉有一段對話：

〔註9〕《聖歎尺牘》，〈與家伯長文昌〉。見《貫華堂選批唐才子書》附錄，正中。

（尉遲楚問）「有法乎？」曰：「初何法？典謨、訓誥、國
風、雅、頌初何法？」「難乎？易乎？」曰：「吾將言其難
也，則古詩三百篇多出於小夫婦人；吾將言其易也，則成
一家言者一代不數人。」〔註10〕

古人作詩是否沒有法度可供遵循，所以不難？後人有明確的規矩準
繩，所以作詩不易？李維楨曰：「三百篇、騷、選、歌行、近體絕句
莫不有成法焉，有至境焉，異曲而同工，古不必備，今不必劣也。」
〔註11〕詩法不備於古，然而三百篇亦有成法。《四庫提要》以爲兩漢
文章「渾渾灝灝，文成法立，無格律之可拘」。〔註12〕也就是說在文
章完成以前，作者心中沒有「作文應合乎某種格律」的先入之見，一
旦文章完成卻又法度森嚴。「文成法立」是一個重要的觀念，最早見
於元代郝經的〈答友人論文法書〉：

古之爲文也，理明義熟，辭以達志，爾若源泉，奮地而出，
悠然而行，奔注曲折，自成態度，匯于江而注之海，不期
於工而自工，無意於法而皆自爲法，故古之爲文，法在文
成之後，辭由理出，文自辭生，法以文著，相因而成也，
非與求法而作之也。〔註13〕

古人在寫作時是否完全「無意於法」？詩文均自然流出，自有法度？
元好問認定秦以前的詩人滿心而發、肆口而成，等於說古代詩人「無
意於法」，不煩繩削；後人不能滿心而發、肆口而成，斤斤計較「合
規矩繩墨」，所以古人作詩易，後人作詩難。但是，如何證明古人無
意於法、無格律之可拘？恐怕非常困難。明代唐順之曰：

漢以前之文，未嘗無法，而未嘗有法，法寓於無法之中，
故其爲法也，密而不可窺。唐與近代之文，不能無法，而
能毫釐不失乎法，以有法爲法，故其爲法也，嚴而不可犯。
密則疑於無所謂法，嚴則疑於有法而可窺。然而，文之必

〔註10〕《蘇平仲文集》卷十六，《四部叢刊》本。
〔註11〕《大泌山房集》卷二十一，〈亦適編序〉。
〔註12〕《四庫全書總目提要》卷一九五，商務影印武英殿本。
〔註13〕《陵川集》卷二十三。

有法，出乎自然而不可易者，則不容異也。〔註14〕

這段文字模稜兩可，其實不難了解。唐順之主張文必有法——普遍的、永恆的法——古今無別，但是法有兩種類型，漢以前以無法爲法，而法寓於無法之中，即無意於法而自有法；唐以後以有法爲法，即有意於法，「法」成爲一個被充分意識到的觀念。至於漢以前的文法是否密而不可窺，那是有待另外討論的問題。如果說漢以前「文法」的觀念尚未提昇到自覺的階段，那麼從漢至唐應是逐漸明朗的階段，到唐代以後完全呈現，詩法的觀念也可作如是觀。

元好問的理論並不周密，但依據以上的推論，似乎可以說：元好問認爲古今作詩難易不相侔，差別在於「有法」和「無法」。從有法到無法，就是不煩繩削而自合，技進於道。他說：

> 今就子美而下論之，後世累以詩爲專門之學，求追配古人，欲不死生於詩，其可已乎？雖然，方外之學有「爲道日損」之說，又有「學至於無學」之說；詩家亦有之，子美夔州以後、樂天香山以後、東坡海南以後，皆不煩繩削而自合，非技進於道者能之乎？詩家所以異於方外者，渠輩談道不在文字、不離文字，詩家聖處不離文字、不在文字，唐賢所爲情性之外，不知有文字云耳。（〈陶然集詩序〉）

爲道日損（《老子》第四十八章），必至於「無爲」。《韓非子・喻老》，王壽焚其書，「是學不學也」，是從有形之學復歸於智慧者之不學（參陳啓天《韓非子校釋》）。小乘有「學人」與「無學人」，得阿羅漢果名「無學」（參印順《勝鬘經講記》）。元好問曰：「竊嘗謂子美之妙，釋氏所謂學至於無學者耳。……夫金屑丹砂芝朮參桂，識者例能指名之，至於合而爲劑，其君臣佐使之互用，甘苦酸鹹之相入，有不可復以金屑丹砂芝參朮桂而名之者矣！故謂杜詩無一字無來處亦可也，謂不從古人中來亦可也。」〔註15〕元好問解釋「學至於無學」指泯去痕

〔註14〕《荆川先生文集》卷十，〈董中峯侍郎文集序〉。
〔註15〕《遺山先生文集》卷三十六，〈杜詩學引〉。

迹，就詩法觀念而言，指法極無迹。「不煩繩削」的觀念淵源於莊子：

> 且夫待鉤繩規矩而正者，是削其性者也；待繩約膠漆而固
> 者，是侵其德者也……天下有常然。常然者，曲者不以鉤，
> 直者不以繩，圓者不以規，方者不以矩，附離不以膠漆，
> 約束不以纏索。(〈駢拇篇〉)

鉤繩規矩象徵一切外在的規範，用以矯正、束縛人性，等於荀子所說
的「師法」、「禮義」(〈性惡篇〉)，然而莊子反對繩削，主張順其本性
(常然)。情性是詩歌的原始衝力，潛在衝力的表現可分為三個連續
的階段，一是「猝為外物感觸」，情性感物而動；二是「滿心而發」，
情感蓄積充滿，不得不發；三是「肆口而成」，我手寫我口，獨抒性
靈，不拘格套，亦即內容的真實生動保證了形式的完美。自從韓愈提
出「不煩於繩削而自合」(〈樊紹述墓誌銘〉)以後，「不煩繩削」一詞
在北宋成為文學批評的專門術語，元祐六年(1091)邢恕的〈康節先
生伊川擊壤集後序〉曰：

> 余嘗讀阮籍、陶潛詩，愛其平易渾厚，氣全而致遠；二人
> 之學固非先生比，然皆志趣高邈，不為時俗所汩沒，事物
> 所侵亂，其胸中所守者完且固，則其為詩不煩於繩削而自
> 工。〔註16〕

胸中所守者完且固，其詩自工，強調詩乃性情志趣的自然流出，不須
人為法度的修正，此種理論的模式如同歐陽修所謂：「聖人之文雖不
可及，然大抵道勝者，文不難而自至也。」(答吳充秀才書)黃庭堅
更是一再運用「不煩繩削」，代表作品的自然風格，元好問顯然受他
影響。黃庭堅云：

> 好作奇語，自是文章病，但當以理為主，理得而辭順，文
> 章自然出群拔萃。觀杜子美到夔州後詩，韓退之自潮州還
> 朝後文章，皆不煩繩削而自合矣。〔註17〕

「理」是一個涵義複雜的名詞，本文不能深究。理可以指人情及

〔註16〕見《伊川擊壤集》附錄，《四部叢刊》本。
〔註17〕《豫章黃先生文集》卷十九，〈與王觀復書〉。

事物之「所以然」，因此「理得則事明」，[註18] 文章應該「明理以立體」，[註19]「理定而後辭暢」。[註20] 黃庭堅〈與王觀復書〉引用劉勰《文心雕龍·神思篇》之言「意翻空而易奇，文徵實而難工」；「以理為主，理得而辭順」之說與《文心雕龍》亦有關係。理得辭順則不煩繩削，自然合乎詩文的法則。郝經〈答友人論文法書〉暢論文章以理為主：「理者法之源，法者理之具；理致夫道，法工夫技。明理，法之本也。」又說「有理則有法」。因此，理先，法後。黃庭堅在與王觀復的另一封信中說：

> 所寄詩多佳句，猶恨雕琢功多耳！但熟讀杜子美到夔州後古律詩便得，句法簡易而大巧出焉，平淡而山高水深，似欲不可企及。文章成就，更無斧鑿痕，乃為佳作耳。

王觀復的詩「雕琢功多」，楊飛卿的詩也是「追琢功夫太過」，元好問所討論的問題直接承自黃庭堅，昭然可知。不煩繩削並非否定繩削，因為文學藝術必須經由人工創作，不煩繩削指創作完成時「無斧鑿痕」，泯去繩削的痕迹，人工合乎天造。黃庭堅又云：

> 寧律不諧，而不使句弱；用字不工，不使語俗：彼庾開府之所長也，然有意於為詩也。至於淵明，則所謂不煩繩削而自合者。雖然，巧於斧斤者多疑其拙，窘於檢括者輒病其放。[註21]

庾信有意於作詩，不使句弱，不使語俗。陶淵明「無意於為詩」，不矜工巧，不拘於法度，不煩繩削而自合——這是「自然」的境界。此外，黃庭堅也欣賞李白的行草「不煩繩削而自合」，[註22] 可與「蕭然出於繩墨之外而卒與之合」一語並觀，而且更無語病。

　　《莊子·養生主篇》云：「臣之所好者道也，進乎技矣！」元好

〔註18〕《文心雕龍·附會篇》。
〔註19〕《文心雕龍·徵聖篇》。
〔註20〕《文心雕龍·情采篇》。
〔註21〕同注17，卷二十六，〈題意可詩後〉。
〔註22〕同前注，〈題李白詩草後〉。

問據此另造「技進於道」一詞。不煩繩削而自合指超越人工技巧和法度檢括，達到只見情性，不見文字，無意於為詩的自然之妙。後人作詩不能不「合規矩準繩」，那是「學」、「繩削」、「技」的階段，必須進至滿心而發、肆口而成，自然合理的階段，那是「無學」、「不煩繩削」、「道」的境界。「不煩繩削」的觀念源於莊子，黃庭堅給予文學的闡釋，元好問又把「為道日損」、「學至於無學」、「技進於道」等觀念和「不煩繩削而自合」相結合，使理論更為充實。

三、小　結

金代的詩論深受宋人的影響，因此創見不多，但是提出一些很有意義的問題，承先啟後，仍有可取之處。

趙秉文強調師古，反對師心，後代擬古派和性靈派的爭論由此可見端倪。主張法古，必然肯定一個前提：「法已具備於古人的作品中。」後人必須鑽研古人之法，奉為規矩準繩。針對這個前提，有反對者，有折衷者。〈答李天英書〉的主旨在於矯正師心之弊，所以沒有明顯的折衷之論，但是趙秉文也知道：師古雖為必經之路，並非最終目的。卓然自成一家和飛動之妙，乃師古以後的自由變化，需要個人獨運機杼，別開生面。

元好問認為詩的本質是吟詠情性，理想的狀態是「滿心而發，肆口而成」，同時代的王若虛評歐陽修〈醉翁亭記〉「條達逃快，如肺肝中流出，自是好文章」，﹝註23﹞兩人的觀點近似性靈派。古人作詩是否沒有「合規矩準繩」的困擾，所以作詩甚易？這個疑問無法獲致確定的答案。後人崇拜古人的作品，以為古人「文成規矩」、「文成法立」，是偉大的立法者，他們無意於法，然而法度森嚴。事實上，古人也要遵循常法（如言有物與言有序），與後代的格律相比，常法較寬鬆自由。不管古代如何，後代作家確實面臨兩難的處境：完美的詩來自滿心而發、肆口而成，又不能不合規矩準繩，性情和法度如何相融無礙？

﹝註23﹞《滹南遺老集》卷三十六，《四部叢刊》本。

　　「不煩繩削而自合」意味著自然型態的嚮性，然而所有的文學藝
術都需要人為的加工，如果將不煩繩削解釋為「否定一切法度規矩的
運用」，亦有違常理。南宋的汪藻說：「古之作者無意於文也，理至而
文則隨之，如印印泥，如風行水上，縱橫錯綜，燦然而成者，夫豈待
繩削而後合哉？」〔註 24〕和黃庭堅的觀點相同。似乎有意則有待繩
削，無意則無待繩削，然而如何確知作者是無意於創作，或有意於創
作？「理得」、「理至」，均指了然於心，但未必能了然於口及手，作
者必須學習表達的技巧，必須選擇、安排以獲得妥當的形式。法國雕
塑家羅丹（Auguste Rodin, 1840～1917）說：

　　　　藝術就是感情。如果沒有體積、比例、色彩的學問，沒有
　　　　靈敏的手，最強烈的感情也是要癱瘓的。〔註 25〕

強烈的感情滿心而發，不能保證肆口而成和文成法立，感情仍須理性
的自我約束和調整，順其自然流出可能導致表達的失敗。藝術和文學
都需要技巧、法則，繩削的工夫是創作者必經的鍛鍊。黃庭堅和元好
問均對雕琢太過的現象有所不滿，主張「不煩繩削而自合」，然而不
必繩削而自合法度並非初學者所能遽及，那是熟習技巧法則以後，由
艱辛到平易，由人工到自然，不勉而成的境界。朱熹說：「學者其毋
惑於不煩繩削之說，而輕為放肆以自欺也哉！」（〈跋病翁先生詩〉）
這個忠告很有意義。

第二節　元　代

一、方　回

（一）從「有法」到「無法」

　　方回（1227～約 1306）六十二歲時作〈虛谷桐江續集序〉，論及

〔註 24〕　《浮溪集》卷十七，〈鮑吏部集序〉，《四部叢刊》本。
〔註 25〕　〈羅丹的遺囑〉，引自《羅丹藝術論》，雄獅圖書公司。

作詩有法或無法的問題。他藉問答的方式提出自己的主張：

> 客或過予廬，見予之無一時不讀書，無一日不作詩也，則
> 問之曰：「讀書作詩，亦各有法乎？」予應之曰：「讀書有
> 法，作詩無法。」客疑之，則先問予讀書之法。予謂：「學
> 也者，所以學爲人，而求見道也……此予之讀書法也。」
> 然客猶疑予之作詩不無法也，則詰之曰：「子之詩，初學張
> 宛邱，次學蘇滄浪，梅都官，而出入於楊誠齋、陸放翁，
> 後乃悔其腴而不癯也，惡其弱而不勁也，束之以黃、陳之
> 深嚴，而參之以簡齋之開宏。古體詩其始慕韓昌黎，而懼
> 乎博之過，慕柳柳州而懼乎褊之過，慕元道州而懼乎短澀
> 之過，慕韋蘇州而懼乎諄譫之過，既而亦於子朱子有得，
> 追謝尾陶，擬康樂、和淵明，亦頗近矣。而謂作詩無法，
> 是欺我也！」〔註26〕

方回讀書取法五經一聖九賢，一聖指孔子，九賢指周朝之四子：顏、
曾、思、孟，宋朝之五子：周、二程、張、朱。客詰問方回作詩亦有
取法的對象，豈可說作詩無法？客大概認爲：「作詩有方法，不外乎
向前人學習，並且知道各家之利弊。」方回如此回答：

> 予疑思久之，而復其說曰：「此皆予少年之狂論，中年之癖
> 習也。去歲適六十一矣，始悟平生六十年之非，所作詩滯
> 礙排比，有模臨法帖之病，翻然棄舊從新，信筆肆口，得
> 則書之，不得亦不苦思而力索也。然後自信作詩不容有法，
> 惟於讀書之法則當終身守之而勿失耳！」

方回的體悟類似姜夔。學詩必須選取師法的對象，本文緒論指出：「文
學的典型」是「法」的涵義之一。典型的觀念在宋代相當突出，例如
陳師道說「學詩當以子美爲師」（《後山詩話》），唐庚說「作文當學司
馬遷，作詩當學杜子美」（《唐子西文錄》）。吳可云：

> 看詩且以數家爲率，以杜爲正經，餘爲兼經也——如小
> 杜、韋蘇州、王維、太白、退之、子厚、坡、谷四學士之
> 類也。如貫穿出入諸家之詩，與諸體俱化，便自成一家，

〔註26〕《桐江續集》卷三十二，商務《四庫珍本》初集。

而諸體俱備。若只守一家，則無變態，雖千百首皆只一體
也。〔註 27〕

「正經」是主要的典型，「兼經」是次要的典型，兩者配合學習，則
無只守一家之弊，最後的理想是與諸體俱化，融會貫通而自成一家。
朱熹也說：「作詩先用看李、杜，如士人治本經，本既立，次第方可
看蘇、黃以次諸家詩。」〔註 28〕「本經」即吳可所謂的「正經」。嚴
羽曰：「即以李杜二集枕藉觀之，如今人之治經。」(《滄浪詩話》)
觀點類似朱熹。嚴羽又云：「推原漢魏以來，而截然謂當以盛唐爲法。」
這就是後代所說的「詩必盛唐」。畫論則有北宋的郭若虛曰：「吳生
之作，爲萬世法，號曰畫聖，不亦宜哉！」〔註 29〕吳道子的畫是永
恆的典型。方回就不同的詩體選出不同的典型，見解超越前人，他
在八十歲時作〈送俞唯道序〉，詳述一生的學詩過程，其云：

> 大概律詩當專師老杜、黃、陳、簡齋（按：此即《瀛奎律
> 髓》的一祖三宗），稍寬則梅聖俞，又寬則張文潛，此皆詩
> 之正派也。五言古陶淵明爲根柢，三謝尚不滿人意，韋、
> 柳善學陶者也。七言古須守太白、退之、東坡規模。絕句
> 唐人後惟一荊公，實不易之論。但不當學姚合、許渾，格
> 卑語陋，恢拓不前。唐二孟，近世呂居仁、尤、蕭、楊、
> 陸，但可爲助。〔註 30〕

後人因詩學觀點的不同，選擇的典型互有出入，但基本的模式已由方
回建立。法古是方回學詩的途徑，然而法古的弊害甚大，他覺悟到「滯
礙排比，有模臨法帖之病」，拘牽於古人的典型，不能突破，此時「學
即病」，因此「作詩不容有法」。一旦突破古典的範圍，信筆肆口，得
則書之，創造的能力被釋放出來，正如楊萬里說：「學詩須透脫，信
手自孤高。」透脫才能生動變化。袁枚亦云：

〔註 27〕　《藏海詩話》，《續歷代詩話》本。
〔註 28〕　《朱子語類》卷一四〇。
〔註 29〕　〈圖畫見聞志敍論〉，引自《中國畫論類編》第 61 頁。
〔註 30〕　《桐江集》卷一，《宛委別藏》本，商務。

> 人閒居時，不可一刻無古人；落筆時，不可一刻有古人。平
> 居有古人，而學力方深；落筆無古人，而精神始出。〔註31〕

作詩須以學習古人的作品為基礎，因此就法古（模擬）的階段而言，學詩有法；創作是獨立自主的活動，必須發揮個人的才氣膽識，自由抒寫，相對於法古而言，作詩無法。

（二）《瀛奎律髓》析論詩法

〈瀛奎律髓序〉云：「所選詩格也，所註詩話也。」方回從四十九類題材選出代表作品，並且分析作法，基本上肯定作詩不能無法。此書成於至元癸未（1283），分類及解說都比周弼的《唐三體詩》詳細。以下摘要三點評述。

1. 詩法無窮

卷一僧處默〈勝果寺〉詩。方回曰：「『到江吳地盡，隔岸越山多』，后山縮為一句『吳越到江分』，高矣！譬之『共君一夜話，勝讀十年書』，山谷縮為一句曰『話勝十年書』是也。因書諸此，以見詩法之無窮。」

濃縮法近似「不易其意而造其語」的換骨法，因襲的痕迹明顯，方回未免偏愛。但是他由此領會詩法無窮，觸處皆是。劉克莊曰：「才力有定稟，文字無止法。」〔註32〕作法是鑽研不盡的。

2. 詩法之全

卷一張祜〈金山寺〉詩。方回曰：「大曆十才子以前，詩格壯麗悲感，元和以後漸尚細潤，愈出愈新，而至晚唐。以老杜為祖，而又參此細潤者時出用之，則詩之法盡矣！」

方回認為作詩之法不外乎以盛唐的壯麗悲感為主，配合晚唐的細潤工夫。卷四十二李白〈贈昇州王使君忠臣〉，方回亦云：「盛唐人詩氣魄廣大，晚唐人詩工夫纖細，善學者能兩用之，一出一入，則不可及矣！」這是指導作法的扼要之言，與前引「詩法之無窮」並不矛盾。

〔註31〕《隨園詩話》卷十，漢京。
〔註32〕《後村先生大全集》卷九十九題跋，〈姚鐮縣尉文稿〉。

3. 活　法

卷三許渾〈姑蘇懷古〉。方回曰：「學詩者若止如此賦詩，甚易而不難；得一句即撰一句對，而無活法，不可爲訓！」

宋代流行許渾的詩，周弼以許渾詩集教人，范晞文亦云：「七言律詩極不易……用物而不爲物所贅，寫情而不爲情所牽，李杜之後，當學者許渾而已。」〔註33〕方回卻一再批評許渾的律詩對偶太切。他說：

（1）渾太工而貪對偶，劉却自然頓挫耳。（卷三，劉滄〈長洲懷古〉評語）

（2）其詩出於元白之後，體格太卑，對偶太切。（卷十四，許渾〈曉發鄞江北渡寄崔韓二先輩〉評語）

對偶太切，被方回視爲死法，因爲「太工則拘，拘則狹」，〔註34〕拘狹則不能氣象恢拓、變化活動。他說：「詩律中年悟，嫌工更恐肥。」〔註35〕工與肥都是死法。方回〈讀張功父南湖集并序〉云：

討至於老杜而集大成……〈撲棗詩〉云：「不爲困窮寧有此，祇緣恐懼轉須親。」〈憶梅詩〉云：「幸不折來傷歲暮，若爲看去亂鄉愁。」……此等詩不麗不工，瘦硬枯勁，一斡萬鈞，惟山谷、後山、簡齋得此活法，又各以其數萬卷之心胸氣力鼓舞跳盪。初學晚生，不深於詩而驟讀之，則不見奧妙，不知雋永，乃獨善許丁卯體，作偶儷嫵媚態。……梁溪之橢淡細膩，誠齋之飛動馳擲，石湖之典雅標致，放翁之豪蕩豐腴，各擅一長。……南湖……蓋所謂得活法於誠齋者。生長於富貴之門，韑轂之下，而詩不尚麗，亦不務工。〔註36〕

〔註33〕《對牀夜語》卷二。

〔註34〕《瀛奎律髓》卷三十五，項斯〈宿胡氏溪亭〉，方回云：「五六（按：鶴住松枝定，螢歸葛葉垂）劉後村深喜，然覺太工，太工則拘，拘則狹。」

〔註35〕《桐江續集》卷六，〈計桐江續薰九卷，卷百首，書其末〉。

〔註36〕《桐江續集》卷八，〈讀張功父南湖集并序〉。

不麗不工，瘦硬枯勁，只是杜詩之一體，方回却獨有所好。這些詩句語言不求華麗，對偶不求工切，而且大量運用虛字，例如不爲、寧有、祇緣、轉須、幸不、若爲等等，在聲調、語意、情味上造成頓挫、斡旋的效果，所以說「一斡萬鈞」。方回不以實字爲工，而以虛字爲工，他說：

> 句之中以虛字爲工，天下之至難也。
>
> 凡爲詩非五字七字皆實之爲難，全不必實而虛字有力之爲難。（《瀛奎律髓》卷四十三）

方回云：「我詩初學張文潛，晚悟后山拜山谷。頗通大道合自然，拙朴有餘巧不如。近世後生宗許渾，可謂諺云狗尾續。」（《桐江續集》卷二十七，〈贈葉宗貴一山〉）不求工麗，瘦硬枯勁，以虛字爲工，都是拙朴的表現。拙朴而能枯淡瘦勁，情味深幽，有斡旋之力，便是活法。他評陳師道的詩「淡中藏美麗，虛處著工夫，力能排天斡地」、「全是骨，全是味」，〔註37〕評趙蕃「江西苦於麗而冗，章泉得其法而能瘦、能淡、能不拘對，又能變化而活動」，〔註38〕都是活法的典型例子。

楊萬里的活法是「飛動馳擲」，亦即「彈丸法」，方回沒有特別推崇，因爲他最欣賞「不麗不工，瘦硬枯勁，一斡萬鈞」的活法。方回又云：「然南渡以來，精於四六而顯者，詩輒凝滯不足觀，駢語橫於胸中，無活法故也。」〔註39〕凝滯則不能流動，有「活法」則能靈活變化。

方回又有「出脫」之說，出脫指不爲題目所拘，也是活法。《瀛奎律髓》卷十二，潘閬〈落葉〉詩評曰：

> 三四（幾番經夜雨，一半是秋風）有議論，五六（靜擁莎階下，閒堆蘚徑中）只是體貼，尾句（嚴松與嚴檜，寧共此時同）卻有出脫，不如此非活法也。

〔註37〕分別見《瀛奎律髓》卷十陳師道〈春懷示隣曲〉及卷十六陳師道〈元日〉評語。
〔註38〕同前注卷十，趙蕃〈出郭〉評語。
〔註39〕同注36。

卷二十四杜甫〈送韋郎司直歸成都〉，方回評曰：「尾句必換意，乃詩法也。」出脫就是尾句換意，開拓新境界，如王若虛所說「不窘于題，而要不失其題」。〔註40〕吳喬說：

> 結句收束上文者，正法也；宕開者，別法也。上官昭容之評沈宋，貴有餘力也。「曲終人不見，江上數峯青」，貴有遠神也。〔註41〕

「出脫」就是「宕開」。總之，《瀛奎律髓》一書強調作詩有法，詩法無窮所以分析不盡，在無窮的詩法中有提綱挈領之法。方回標榜活法，反對拘狹凝滯，主張斡旋生動，和呂本中、楊萬里的活法是相通的。《瀛奎律髓》編成五年以後，方回在〈虛谷桐江續集序〉不再肯定作詩有法，自信作詩不容有法，其中的轉變大可注意。徐增曰：「余三十年論詩，祇識得一法字，近來方識得一脫字。」「故作詩者先從法入，後從法出，能以無法爲有法，斯之謂脫也。」〔註42〕模臨法帖，極言拘執之病；信筆肆口，得則書之，超脫之極，無法可拘。方回的詩法觀念從「效法典型」發展爲「無法可拘」，由此可見活法理論的優越性。

二、楊　載

（一）《詩法家數》考證

　　楊載（1271～1323），字仲弘，杭州人。《詩法家數》一書舊題楊載所作，《四庫提要》卷一九七云：「是編論多庸膚，例尤猥雜……載在元代號爲作手，其陋何至於是？必坊賈依托也。」張心澂《僞書通考》據《四庫提要》之說，斷定該書爲僞。今人朱榮智曰：

> 然證以元史本傳（卷一九○）「於詩文尤有法。嘗語學者曰：詩當取材於漢魏，而音節則以唐爲宗。」與《詩法家數》所云：「今之學者倘有志乎詩，須先將漢魏盛唐諸詩，日夕沈潛諷詠，熟其詞，究其旨。」意甚相似。足見是書雖有

〔註40〕《滹南詩話》卷二。
〔註41〕《圍爐詩話》卷一。
〔註42〕《而庵詩話》，《清詩話》本。

微疵，不能據此而認定非楊氏之作也。〔註43〕

朱氏的考證似乎不足，爲之補充如下。楊載的著作，在他生前均未結集出版，黃溍於泰定元年（1324）撰〈楊仲弘墓誌銘〉曰：「凡所譔著，未及詮次以行，而人多傳誦之。」〔註44〕楊載到底有多少著作？黃溍亦莫能詳說。致和元年六月（1328），范椁作〈翰林楊仲弘詩集序〉亦云：「仲弘有子尙幼，其殘藁流落，未有能爲輯次者。友人杜君伯原自武夷命僕曰：將就其平生所得詩，刻諸山中……。」〔註45〕可以確知楊載詩集由杜本（字伯原）輯刻，《詩法家數》尙未出現。杜本，清江人，學者稱爲清碧先生，元史卷一九九有傳，詩集名爲《清江碧嶂集》。翁方綱云：「杜清碧即撰宋末遺民詩《谷音》者，漁洋先生評其自作殊庸膚，無足採者也。清碧嘗自謂得楊仲宏詩法。」〔註46〕杜本所得的「詩法」是什麼？其門人蔣易曰：

> 易事先生武夷山中，請學爲詩。先生言：「今代詩人，雄渾有氣無若浦城楊仲弘（按：楊載先人居建州浦城，其父遷至杭州）。仲弘詩法得於句章任叔植士林，其後叔植之詩乃不及仲弘，可謂青出於藍矣！仲弘嘗言：『取材於漢魏，而音節以唐人爲宗。』此吾詩法也，小子識之！」易始知先生詩法得於句章、浦城者爲多，故其賦咏在任、楊之間。〔註47〕

任士林（1253～1309），字叔實，奉化人，「於文沈厚正大，一以理爲主」，〔註48〕「長吟短韻，清雅有餘，無一點塵俗氣」，〔註49〕大德間曾教諭上虞，後又講道會稽，授徒杭州，楊載可能是他的學生之一。任士林、趙孟頫（1254～1322）、袁桷（1266～1327）、楊載、杜本（1276

〔註43〕《元代文學批評之研究》第212頁，聯經。
〔註44〕《黃學士文集》卷三十三，《四部叢刊》本。
〔註45〕《翰林楊仲弘詩集》卷首，《四部叢刊》本。
〔註46〕《石洲詩話》卷五，廣文。
〔註47〕〈清江碧嶂集序〉，見《清江碧嶂集》卷首，學生書局景印汲古閣刻本。任士林，字叔實，序稱「叔植」似有訛誤。
〔註48〕趙孟頫《松雪齋文集》卷八，〈任叔實墓志銘〉，《四部叢刊》本。
〔註49〕陸文圭《牆東類稿》卷五，〈任叔實遺藁序〉，商務《四庫珍本別輯》。

～1350）等人，在杭州宗陽宮相處過一段時間。〔註50〕任士林傳授什
麼詩法給楊載，我們不能確知。楊載常標榜的詩法是「取材於漢魏，
而音節以唐人爲宗」，謝榛評曰：「此近體之法。古詩不泥音律，而調
自高也。」（《四溟詩話》卷一）楊載主張詩必漢魏盛唐，反映了元仁
宗延祐年間詩壇上復古的作風。歐陽玄（1273～1357）云：

> 近時學者於詩無作則已，作則五言必歸黃初，歌行樂府七
> 言蘄至盛唐。〔註51〕

> 我元延祐以來，彌文日盛，京師諸名公咸宗魏晉唐，一去金
> 宋季世之弊，而超（趨）於雅正，詩丕變而近於古。〔註52〕

元人所提出的唐宋詩優劣論和唐宋詩之分，均源於南宋人的理論。
〔註53〕宋詩不如唐詩，必須復宋代以前之古，即漢魏晉盛唐之古，

〔註50〕趙孟頫曰：「余始聞叔實，夢寐思見之。數年，叔實自四明來杭，余
始識叔實……而宗陽杜宗師館之。」引同註48。杜宗師即杜道堅（1237
～1318），元初住持杭州宗陽宮，參考《松雪齋文集》卷九〈隆道沖
眞崇正眞人杜公碑〉。危素〈元故徵君杜公伯原父墓碑〉云：「及壯，
超然有遺世之意。杜眞人堅（按：應稱道堅）居虎林宗陽宮，若吳
興趙文敏公（趙孟頫）、四明袁文清公（袁桷）、浦城楊推官仲弘（楊
載）、錢塘仇儒學仁近（仇遠）、薛助教宗海（薛漢），多會館中。退
則深居靜室，盡閱其所藏書。」引同註47。聚會的時間應在大德元
年以前。杜本和范梈同里，楊載可能因爲杜本的關係聞知其名。
〔註51〕《圭齋文集》卷八，〈蕭同可詩序〉，《四部叢刊》本。
〔註52〕同前注，〈羅舜美詩序〉。釋來復〈蛻菴集序〉曰：「至若德機范公之
清淳，仲弘楊公之雅贍，伯生虞公之雄逸，曼石揭公之森嚴，更唱
迭和於延祐、天歷間，足以鼓舞學者而風屬天下，其亦盛矣哉！」
見張翥《蛻菴集》卷首，商務《四庫珍本》五集。
〔註53〕戴表元（1244～1310）批評學宋詩者不暇爲唐，「唐且不暇爲，尚安
得古？」並且以此自愧。見《剡源戴先生文集》卷八，〈洪潛甫詩序〉，
《四部叢刊》本。吳澄曰：「黃太史必於奇，蘇學士必於新，荊國丞
相必於工，此宋詩之所以不能及唐也。」此說源於張戒：「王介甫只
知巧語之爲詩……山谷只知奇語之爲詩……。」（歲寒堂詩話卷上）
吳澄之說見《吳文正集》卷十八，〈王實翁詩序〉。張戒批評蘇軾以
議論作詩，黃庭堅又專以補綴奇字：「蘇黃習氣淨盡，始可以論唐人
詩」。嚴羽批評宋人：「以文字爲詩，以才學爲詩，以議論爲詩」，缺
乏一唱三歎之音（滄浪詩話）。劉克莊引游默齋序張晉彥詩云：「近
以來學江西詩，不善其學，住往音節聱牙，意象迫切，且議論太多，

楊載的「詩法」顯然以選取古代的典型爲主，今傳《詩法家數》曰：

> 今之學者，倘有志乎詩，須先將漢魏盛唐諸詩，日夕沈潛
> 諷詠，熟其詞，究其旨，則又訪諸善詩之士，以講明之。
> 若今人之治經，日就月將，而自然大得，則取之左右逢其
> 源。苟爲不然，我見其能詩者鮮矣！
> 詩體三百篇，流爲楚詞，爲樂府，爲古詩十九首，爲蘇李
> 五言，爲建安黃初，此詩之祖也；文選劉琨、阮籍、潘、
> 陸、左、郭、鮑、謝諸詩，淵明全集，此詩之宗也；老杜
> 全集，詩之大成也。

這些話在詳細解說「取材於漢魏，而音節以唐人爲宗」的意義。楊載
的「詩法」必然不僅提綱挈領的兩句，何況「取材於漢魏，而音節以
唐人爲宗」亦語焉不詳，詳細的解說實有需要，上引《詩法家數》顯
然是根據楊載的緒論再作闡述。蔣易〈清江碧嶂集序〉作於至正十七
年五月（1357），距楊載卒年已三十五年，當時若有《詩法家數》一
書，蔣易追溯其師杜本的詩法淵源不可能不知，若知亦應列出書名，
今乃不然！所以，很可能在元代滅亡以前《詩法家數》尚未出現，整
理出版當在明朝。陶宗儀是元末明初人，熟悉元代掌故，《南村輟耕
錄》有一則重要的資料：

> 虞伯生先生集、楊仲弘先生載同在京日，楊先生每言伯生
> 不能作詩。虞先生載酒請問作詩之法，楊先生酒既酣，盡
> 爲傾倒，虞先生遂超悟其理。繼有詩送袁伯長先生楠扈駕

失古詩吟詠性情之本意。」以爲切中時人之病，見《後村詩話》後
集卷二，廣文。南宋末年的方岳（《宋詩話考》上卷作方嶽）說：「本
朝諸公喜爲論議，往往不深諭唐人主于性情，使雋永有味，然後爲
勝。」見《深雪偶談》，廣文。元代范梈論唐宋之分，同於方岳之見，
其云：「唐人以詩爲詩，宋人以文爲詩。以詩爲詩者，主於達性情，
故去三百篇爲近；以文爲詩者，主於立議論，故去三百篇爲遠：此
唐宋之所以分也。」范梈雖分別唐宋，但不作優劣之論，後人引此
說多主張唐優宋劣。范梈之言見明代熊逵編《清江詩法》卷三《說
詩要指》，中央圖書館藏。朱紱編《名家詩法彙編》卷八《傅與礪詩
法正論》所引大致相同，廣文。

上都，以所作詩介他人質諸楊先生，先生曰：「此詩非虞伯生不能也。」或曰：「先生嘗謂伯生不能作詩，何以有此？」曰：「伯生學問高，余曾授以作詩法，餘莫能及。」又以詣趙魏公孟頫，詩中有「山連閣道晨留輦，野散周廬夜屬槖（橐）」之句，公曰：「美則美矣，若改山爲天，野爲星，則尤美。」虞先生深服之。故國朝之詩稱虞、趙、楊、范、揭焉……。〔註54〕

虞集、袁桷均於大德初年入京，〔註55〕范梈於大德十年（1306），〔註56〕楊載於皇慶元年（1312），〔註57〕揭傒斯於延祐元年（1314）。〔註58〕虞、楊同在京日，約在至大四年與延祐二年之間。趙孟頫於至元二十三年入京，至元二十九年外放，至大三年召還。〔註59〕因此，陶宗儀所記之事符合時間及地點的客觀條件。然而，楊載祕授的作詩之法是什麼？我們很難確知。《詩法家數》曰：「賦比興者，皆詩製作之法也。」又曰：「大抵詩之作法有八。」對後代影響最大的，乃律詩要法的起承轉合（又

〔註54〕《南村輟耕錄》卷四「論詩」條，《四部叢刊》本。虞集《道園學古錄》卷三，〈送袁伯長扈從上京〉云：「日色蒼涼暎赭袍，時巡毋乃聖躬勞。天連閣道晨留輦，星散周廬夜屬槖（橐）。白馬錦韉來窈窕，紫駞銀甕出蒲萄。從官車騎多如雨，祇有楊雄賦最高。」《四部叢刊》本。楊載亦有〈送伯長扈駕〉（七律）兩首，見《楊仲弘詩集》卷六。作者不詳的《靜居緒言》曰：「道園載酒詣仲弘，究論體格，尋源溯委，得六朝、三唐風趣。」見《清詩話續編》。

〔註55〕參考《元史》卷一八一〈虞集傳〉，卷一七二〈袁桷傳〉，鼎文新校本。袁桷入京的確實年代爲大德元年（1297），見畢沅《續資治通鑑》卷一九二，世界。

〔註56〕范梈生於至元九年（1271），年三十六始客京師，時爲大德十年。參考《元史》卷一八一〈范梈傳〉。

〔註57〕黃溍〈楊仲弘墓誌銘〉曰：「年幾四十不仕……周御史景遠強之至京師，俄以母喪去。貫戶部數言其材能干朝，遂以布衣召入，擢翰林國史院編修官，與修武宗實錄。」《元史》卷二十四〈仁宗本紀〉，至大四年五月命翰林國史院纂修先帝（武宗）實錄及累朝皇后功臣列傳，推測楊載正式入京爲官當在次年皇慶元年，范梈曰：「皇慶初，仲弘與余同爲史官。」見〈翰林楊仲弘詩集序〉。

〔註58〕參考《元史》卷一八一〈揭傒斯傳〉、《續資治通鑑》卷一九八。

〔註59〕參考《元史》卷一七二〈趙孟頫傳〉。

稱起承轉結）。楊載和虞集（1272～1348）年輩相同，卻「每言伯生不
能作詩」，於作詩之法相當自負，《詩法家數》的作者說：「余于詩之一
事，用工凡二十餘年，乃能會諸法，而得其一二，然於盛唐大家數，抑
亦未敢望其有所似焉。」以盛唐為極至，而於詩法一事亦自負鑽研有得。
陶宗儀師張翥、李孝、杜本，[註60]《南村輟耕錄》所記必非無據。陶
宗儀建文初（1399）尚在，他既不能說明楊載祕授的詩法為何，可能亦
不知道有《詩法家數》一書。

　　李東陽（1447～1516）曰：「律詩起承轉合，不為無法，但不可
泥。」（《懷麓堂詩話》）「起承轉合」一詞必是承自前人，而且在當時
已經成為普遍的詩法，所以李東陽雖強調圓活生動、自然之妙，仍主
張起承轉合之律不可廢。嘉靖丙申（1536）梅南翁〈重刻翰林楊仲弘
詩集序〉曰：

> 宋以文為詩，而元人迺謂：「唐詩主於達性情，故於三百篇
> 為近；宋詩主於立議論，故於三百篇為遠。」是元人之言，
> 唐人之心也，謂元之詩無盛唐之法可乎？是故名家不一，
> 而仲弘楊先生推先行輩，淵源有自，法度可循，足為一代
> 宗匠……故自言用工二十餘年，始能會諸法，而得其一二。
> 今其法具在是集也。（《翰林楊仲弘詩集》卷首）

序稱楊載自言「用工二十餘年，始能會諸法，而得其一二」，則今傳
《詩法家數》的作者被梅氏認定為楊載，這點大可注意。楊載、范梈
的詩法著作均由明人整理出版，嘉靖二十四年（1545）黃省曾編《名
家詩法》八卷，包括白樂天金鍼集、嚴滄浪詩體、范德機木天禁語、
楊仲弘詩法、詩家一指、詩學禁臠、沙中金集，[註61] 萬曆五年（1577）
朱紱刻《名家詩法彙編》十卷 [註62]，前七卷的內容和《名家詩法》

〔註60〕錢謙益《列朝詩集小傳》甲集，〈陶南村宗儀傳〉，世界。
〔註61〕《名家詩法》，廣文影印明刊本。黃省曾的《五嶽山人集》無《名家
　　　　詩法》的序跋，簡錦松認為此書編者未能確定是黃省曾，見《李何
　　　　詩論研究》第227、235頁。
〔註62〕《名家詩法彙編》，廣文影印明刊本。

相同，卷四爲楊仲弘詩法，卷八多出傅與礪詩法正論及詩文正法、黃
子肅詩法、揭曼碩詩法正宗及正法眼藏，都是元人的詩法著作。朱紱
〈刻名家詩法彙編題辭〉云：

> 至我皇朝楊、王、黃氏，先後蒐比諸集。

在黃省曾以前，楊成、王用章亦蒐集刻行詩法書籍，〔註63〕如果眞的
如《四庫提要》所說《詩法家數》必坊賈依托，那麼依托者不外乎下
列數人：

> 《名家詩法》卷四楊仲弘詩法，題「吳郡黃省曾編次，劉
> 佑校正。」
> 《名家詩法彙編》卷四楊仲弘詩法，題「明三山楊成考訂，
> 吳會黃省曾校正，潛川談輅編次。」

楊成、黃省曾等人公然造假的可能性如何？我們無法推測。但是可以
確定今傳《詩法家數》於明代稱爲「楊仲弘詩法」，可能當時以「詩
法」爲書名者不僅一種，所以需要加上「楊仲弘」表示區別。《楊仲
弘詩法》「律詩要法」曰：

> 七言律難於五言律。七言下字較粗實，五言下字較細嫩。
> 七言若可截作五言，便不成詩，須字字去不得方是。所以
> 句要藏字，字要藏意，如連珠不斷方妙。

李夢陽於正德十年（1515）或十一年（1516）所作〈再與何氏書〉曰：
「七言若剪得上二字，言何必七也？」〔註64〕大概李夢陽讀過《楊仲
弘詩法》，或是此說如同李東陽所評的起承轉合，都是當代人認可的
說法，而其源頭爲《楊仲弘詩法》。明人出版的元人詩法，並非沒有
僞託的可能，例如《詩法源流》三卷，〔註65〕卷首有楊載的自序（至
治壬戌四月，1322），《四庫提要》斥爲「俚拙萬狀，亦必出僞託」，

〔註63〕《名家詩法彙編》卷一至卷七，均題「明三山楊成考訂」，卷八題「明
荊南王用章刊定」。

〔註64〕簡錦松考證何景明〈與李空同論詩書〉、李夢陽〈駁何氏論文書〉、〈再
與何氏書〉均作於正德十年七月中旬以後至正德十一年之間。見《李
何詩論研究》第34頁。

〔註65〕《詩法源流》，廣文影印，題「嘉禾懷悅用和編集」。

卷一《詩法正論》，即《名家詩法彙編》卷八的傅與礪詩法正論，卷二《詩法家數》即傅與礪詩文正法，卷三《詩解》的序文和楊仲弘詩法相同，但漏去「詩之戒有十」及「詩之爲難有十」兩段文字，序文之後列杜詩三十三格。謝榛（1495～1575）曰：

> 楊仲宏律詩三十四格，謂自杜甫門人吳成、鄔遂傳其法，
> 然窘於法度，殆非正宗。（《四溟詩話》卷二）

謝榛似未注意僞託的問題。又如《名家詩法彙編》卷四，編者附注：「楊載字仲弘，襄城人。」「嘗選唐詩名《唐音》行世。」按：楊士弘字伯謙，襄城人，至正四年（1344）編成《唐音》十五卷。《名家詩法彙編》將楊載（字仲弘）和楊士弘混爲一人，編者的知識大有問題，而黃省曾編次的《名家詩法》卻沒有犯這麼嚴重的錯誤。

　　總之，我認爲《楊仲弘詩法》（今傳之《詩法家數》）並非全僞，雖然明人有依托的可能，若無理論的淵源亦難以依托，至於《詩法源流》顯然不能採信。

（二）律詩與絕句要法：起、承、轉、合

　　起承轉合的詩法理論似乎先由楊載提出，之後被范梈修正。楊、范交誼甚篤，楊載〈送范德機〉曰：「往歲從君直禁林，相於道義最情深。」（《詩集》卷六）范梈亦云：

> 皇慶初，仲弘與余同爲史官，會時有纂述事，每同舍下直，
> 已而猶相與回翔留署，或至見月，月盡繼燭，相語刻苦澹
> 泊，寒暑不易者唯余一二人耳。（〈翰林楊仲弘詩集序〉）

楊載喜談詩法，與范梈同事，兩人有機會互相切磋；二人齊名，杜本曰「海內共師楊范體」。〔註66〕他們都有起承轉合的理論，而且同中有異，這並非偶然。

　　日人兒島獻吉郎曰：「起承轉合爲詩底四法，元之范梈始對近體之詩而命名的篇法上的稱呼。而以之應用於文章之篇法，則是在陳繹

〔註66〕《清江碧嶂集》，〈哭楊范二君〉。

曾底《文章歐冶》裏論古文底體段用起承轉結底稱呼爲始。」〔註67〕
陳繹曾生卒年不詳，天曆、至順（1328～1332）年間尚在。元代出現
詩、文的起承轉合法，兩者必然相互影響。日人諸橋轍次的《大漢和
辭典》卷二「起承轉結」條：

> 《范德機詩法》：作詩有四法，起要平直，承直（按：直當
> 改爲要）春容，轉要變化，合要淵永。（按：以上文字大致和
> 傅與礪《詩法正論》引范梈之言類似）

今人曹逢甫亦云：「元代范梈首先用『起、承、轉、合』四個字爲近
體詩分段之謂。」〔註68〕爲何以上三位都忽略了楊載？楊載提出起承
轉合的詩法，至少當與范梈同時，而范梈晚卒，因此有機會發展更成
熟的理論。

　　以下根據歷代詩話本的《詩法家數》，分析起承轉合的理論。《詩
法家數》強調「作詩有定法」，以標示規範爲主。其云：「五言七言，
句語雖殊，法律則一。」又云：「登臨之詩，不過感今懷古，寫景歎
時，思國懷鄉，瀟洒遊適，或譏刺歸美，有一定之法律也。」律詩要
法的起承轉合，淵源於唐宋的詩格，析論如後：

　　1. **破題**（起、第一聯）

　　　或對景興起，或比起，或引事起，或就題起。要突兀高遠，
　　　如狂風捲浪，勢欲滔天。

《詩人玉屑》卷十二引《金針詩格》曰：「第一聯謂之破題。欲如狂
風卷浪，勢欲滔天；又如海鷗風急，鸞鳳傾巢，浪拍禹門，蛟龍失穴。」
徐寅《雅道機要》曰：「破題備物象，語帶容易，勢須緊險。」僧文
彧《詩格》有五種破題。〔註69〕《詩法家數》的破題和《金針詩格》
的關係最密切。破題就是發端，鍾嶸評謝朓詩「善自發詩端」（《詩品》

────────────────

〔註67〕《中國文學通論》上卷第十章第 112 頁，孫俍工譯，商務。程兆熊
　　　　《中國文話》第三十八講亦採此說，學生。
〔註68〕〈四行的世界——從言談分析的觀點看絕句的結構〉，《中外文學》
　　　　第十三卷第八期，第 34 頁。
〔註69〕見清・顧龍振編《詩學指南》卷四，廣文。

卷中），它是一首詩的開始，因此稱爲「起」。《詩法家數》云：「起句要高遠」、「凡詩中有賦起、有比起、有興起」。突兀高遠則一鳴驚人，聲勢浩大，便於瀾占地步，沈德潛說：「起手貴突兀……直疑高山墜石，不知其來，令人驚絕。」（《說詩晬語》卷上）

　　2. 頷聯（承，第二聯）

　　　　或寫意，或寫景，或書事，用事引證，此聯要接破題，要
　　　　如驪龍之珠，抱而不脫。

《詩人玉屑》引《金針詩格》曰：「第二聯謂之頷聯，欲似驪龍之珠，善抱而不脫也。亦謂之撼聯者，言其雄贍道（邁）勁，能揮闔天地，動搖星辰也。」《詩法家數》的譬喻出自《金針詩格》。徐寅《雅道機要》曰：「頷聯爲一篇之眼目，句須寥廊（廓）古淡，勢須高舉飛動，意須通貫，字須仔細裁剪。」僧文彧《詩格》曰：「詩有頷聯，亦名束題，束盡一篇之意。」第一聯已說破題意，第二聯須繼承之，兩聯連結緊密，所以說抱而不脫。《詩法家數》不主張頷聯須震撼高舉，此與《金針詩格》及《雅道機要》不同，沈德潛云：「三四貴勻稱，承上斗峭而來，宜緩脉赴之。」此說與《詩法家數》相合。

　　3. 頸聯（轉，第三聯）

　　　　或寫意、寫景、書事、用事引證，與前聯之意相應相避。
　　　　要變化，如疾雷破山，觀者驚愕。

《詩人玉屑》引《金針詩格》曰：「第三聯謂之警（頸）聯，欲似疾雷破山，觀者駭愕，搜索幽隱，哭泣鬼神。」《詩法家數》的比喻出於此。徐寅《雅道機要》曰：「腹中句勢須平，律細膩，語似拋擲，意不疏脫。」僧文彧《詩格》曰：「詩之中腹亦云頸聯，與頷聯相應，不得錯用。」日人三浦晉有「八比」之說，大意爲：唐代取士考律詩六韻十二句，除起、結二聯外，中間四韻八句稱爲「八比」，八句中的第一聯叫承題、頷比，第二聯叫頸比、中比，第三聯叫腹比，第四聯叫後比。〔註70〕因此，律詩結構的稱呼類似唐人的試律。徐寅、僧

〔註70〕三浦晉，《詩轍》卷二，第128頁，日本京都中文出版社。據三浦晉

文或都強調此聯語意和上聯相應,《詩法家數》另外補充「相避」和「變化」,其云「頸聯轉意要變化」,與頷聯的「抱而不脫」正好相對。絕句的第三句、律詩的第三聯都是變化的關鍵,稱它爲「轉」,相當傳神,沈德潛曰:「五六必聳然挺拔,別開一境,上既和平,至此必振起也。」

4. 結句（合、結、第四聯）

或就題結,或開一步,或繳前聯之意,或用事,必放一句
作散場,如剡溪之棹,自去自回,言有盡而意無窮。

《滄浪詩話》:「有頷聯,有頸聯,有發端,有落句。」(詩體)《詩人玉屑》引《金針詩格》曰:「第四聯謂之落句,欲如高山放石,一去不迴。」用高山放石解釋「落句」,顯然是望文生義,《詩法家數》不採此說。楊萬里已評《金針詩格》之非,他說:「金針法云:『八句律詩,落句要如高山轉石,一去無回。』予以爲不然。詩已盡而味方永,乃善之善也。」(《誠齋詩話》) 一去不迴,無餘味可言,詩必不佳。徐寅《雅道機要》曰:「斷句勢須快速,以一意貫兩意,或背斷,或正斷,須有不盡之意堆積於後,脈脈者有情。」僧文或《詩格》曰:「詩之結尾亦云斷句,亦云落句,須含蓄旨趣。」以上兩家的說法比《金針詩格》妥當,《詩法家數》主張言有盡而意無窮,和他們的說法相同。僧文或將詩尾分成三類:句意俱未盡,句盡意未盡,意句俱到(俱盡)。姜夔則分成四類,多出「意盡詞不盡」(《白石道人詩說》),「如剡溪之棹」的比喻亦出於姜夔:「詞盡意不盡,剡溪歸棹是也。」

的〈詩轍跋〉,此書刻成於日本天明乙巳秋(天明五年、乾隆五十年,一七八五),本文參考的部分,均請教日本同學渡邊雪羽小姐,在此致謝。三浦晉之說當有所依據。毛奇齡曰:「唐制試士,改漢魏散詩,而限以此語,有破題、有承題、有頷比、有頸比、有腹比,有後比,而後結以收之。六韻之首尾即起結也,其中四韻即八比也。」引自《中國文學通論》上卷第137頁。吳喬亦云:「七律頗似八比。」見《答萬季野詩問》。

　　起承轉合也是絕句要法，第一句爲起，第二句爲承，第三句爲轉，第四句爲合。《詩法家數》云：

> 絕句之法，要婉曲回環，刪蕪就簡，句絕而意不絕，多以第三句爲主，而第四句發之。有實接，有虛接（按：以上概括周弼之說）……大抵起承二句固難，然不過平直敍起爲佳，從容承之爲是。至如宛轉變化工夫，全在第三句，若于此轉變得好，則第四句如順流之舟矣。

黃永武先生曰：絕句之法，本以「婉曲回環」「句絕而意不絕」爲主，所謂「多以第三句爲主，而第四句發之」，是賈（島）詩常用的手法，後來楊仲弘以爲這正是絕句的訣巧。（《中國詩學鑑賞篇》，〈讀者的悟境〉）《詩法家數》的作者沒有把律詩的起承轉合法直接套用於絕句，很有見識。律詩的篇幅較大，允許大開大闔，絕句的篇幅小，以婉曲回環爲主，雖然絕句適用起承轉合的結構法，與律詩的性質仍有差別。律詩的起要「突兀高遠」，絕句卻要「平直敍起」；律詩的轉要「如疾雷破山」，充滿震撼的力量，絕句卻要「宛轉變化」。今人曹逢甫從言談分析的觀點證明楊載的理論，他發現絕句的轉折語詞絕大多數出現在第三句，承和轉的方法最重要的各有八種及十種，他的第一點結論很有創見：

> 大部分的絕句都可以用「起、承、轉、合」的結構原則來解釋。少數不符合這個原則的作品，要不是在結構上被認爲有缺陷……就是想突破這個傳統另闢蹊徑……如果這個結論是正確的話，那麼我們是不是可以說絕句的創作只有一種方法呢？答案是「是」，也是「不是」。「是」，因爲很少有絕句能脫離這個大原則而仍然是絕句的。「不是」，因爲「起、承、轉、合」每一項的方法都很多，可能的組合數目也就成千上萬了。這也許就是所謂的「原則」雖然只有一個，但其中變化運用之妙則「存乎一心」了。〔註71〕

起、承、轉、合是不變的結構原則，楊載的律詩要法與絕句要法的確

〔註71〕引同註68，第93頁。

是重要的發明。就起承轉合的「法律」而言，律詩絕句的結構有定法；就「大匠能與人以規矩，不能使人巧」而言，運用之妙是「定法之中仍有活法」。楊載所祕傳的作詩之法，極可能以起承轉合之法爲主，《詩法家數》云：「一篇之中，先立大意，起承轉結，三致意焉，則工緻矣。」可見起承轉合是楊載詩法的重點。

三、范　梈

（一）《木天禁語》與《詩學禁臠》考證

范梈字亨父，一字德機，清江人，耽詩工文，用力精深。（元史卷一八一）舊題范德機著的《木天禁語》和《詩學禁臠》，作者到底是誰？《四庫提要》認爲《木天禁語》「蓋與楊載《詩法家數》出一手僞撰」，而《詩學禁臠》「亦必非眞本」，張心澂的《僞書通考》從之。《名家詩法》卷五有「詩家一指」，不題撰者姓名，內容非常雜亂；《名家詩法彙編》卷二題爲「范德機詩家一指」，可能是編者妄加。因此，本節不討論「詩家一指」的眞僞問題。

《木天禁語》內篇曰：「茲集開元、大曆以來，諸公平昔在翰苑所論祕旨，述爲一編，以俟後之君子，爲好學有志者之告。」此書並非一人的著作，而是編纂所成。元代翰苑諸公不外乎楊載、范梈、趙孟頫、揭傒斯等人，此書「五言短古篇法」云：

> 編修楊仲弘曰：「五言短古，眾賢皆不知來處，乃只是選詩結尾四句，所以含蓄無限意，自然悠長。」此論惟趙松雪翁承旨深得之，次則豫章三日新婦曉得，清江知之，卻不多用。

楊載在皇慶元年～延祐二年（1312～1315）之間爲翰林國史院編修官，趙孟頫在延祐三年（1316）爲翰林學士承旨，「豫章三日新婦」指揭傒斯，〔註72〕「清江」當然指范梈。〔註73〕《木天禁語》的編者

〔註72〕揭傒斯〈范先生詩序〉曰：「……遷翰林院國史編修官，與浦城楊載仲弘、蜀郡虞伯生集齊名，而余亦與之遊。伯生嘗評之曰：楊仲弘

熟悉虞、楊、范、揭的掌故，很可能是元人。「氣象」條云：

> 又詩之氣象，猶字畫然，長短肥瘦，清濁雅俗，皆在人性
> 中流出，得八法便成妙染而洗吾舊態也：此趙松雪翁與中
> 峯和尚述者，道良之語也，漫錄於此耳。〔註74〕

此書兩次稱呼「趙松雪翁」，編者當是趙孟頫的晚輩。「音節」條云：

> 馬御史云：「東夷、西戎、南蠻、北狄，四方偏氣之語，不
> 相通曉，互相憎惡。惟中原漢音，四方可以通行，四方之
> 人皆喜於習說。蓋中原天地之中，得氣之正，聲音散布，
> 各能相入，是以詩中宜用中原之韻，則便官樣不凡。」

這一段話深寓「漢語本位」的民族意識，對異族語言不存好感，其時
代背景以元代最有可能。周德清的《中原音韻》爲北曲而作，自序曰：
「欲作樂府，必正言語；欲正言語，必宗中原之音。」〔註75〕序作於
泰定甲子（1324）。洪武八年（1375）編成的《洪武正韻》亦強調「中
原雅音」，〔註76〕凡例曰：「天地生人，即有聲音，五方殊習，人人不
同，鮮有能一之者……欲知何者爲正聲，五方之人皆能通解者斯爲正
音也。」《中原音韻》以關、鄭、白、馬的作品爲準，《洪武正韻》反
對根據方言制韻，和《木天禁語》所主張的統一音韻，基本的看法相
同。因此，似可推測《木天禁語》編於元末明初之間。

　　《木天禁語》曰：「唐人李淑，有《詩苑》一書，今世罕傳，所
述篇法止有六格，不能盡律詩之變態。今廣爲十三，櫽括無遺……目
曰屠龍絕藝，此法一洩，大道顯然。」北宋李淑的《詩苑類格》今已
失傳，《木天禁語》爲何稱他爲唐人？大概當時祕傳的《詩苑類格》

> 詩如百戰健兒，范德機詩如唐臨晉帖。以余爲三日新婦，而自比漢
> 庭老吏也……」《揭文安公文集》卷八，《四部叢刊》本。
> 〔註73〕虞集亦云：「清江先生最好奇，十年不出鬢如絲。」見《道園學古錄》
> 卷三，〈和范德機從楊搞進士見寄〉。
> 〔註74〕引文據《歷代詩話》本《木天禁語》。按：「此趙松雪翁」以下，《名
> 家詩法》及《名家詩法彙編》均缺。
> 〔註75〕《中原音韻》，廣文影印元刊本。
> 〔註76〕《洪武正韻》宋濂原序，商務影印文淵閣《四庫全書》第二三九冊。

標爲「唐人李淑作」，否則便是《木天禁語》的編者無識使然。其七言律詩十三種篇法巧立名目，和《詩法家數》的起承轉合指點明確大不相似，若說同出一人僞撰，豈有必要？元人的詩法著作顯然屬於唐宋詩格的系統，《詩法家數》的起承轉合法有因襲唐宋詩格的痕迹，《木天禁語》亦然，上述七律篇法依附「唐人李淑詩苑」，而內篇曰：「古今論著，類多言病而不處方……是編猶古今本草，所載無非有益壽命之品。」正如白樂天〈金鍼集序〉曰：「目曰《金鍼集》，喻其詩病而得鍼醫，其病自除。」〔註77〕《木天禁語》最後說：「謹之愼之，不可妄授。」亦如徐衍《風騷要式》曰：「前代詩人亦曾微露天機，少彰要道。白樂天云：鴛鴦繡了從交教，莫把金針度與人。禪月亦云：千人萬人中，一人兩人知。以是而論，不可妄授。」〔註78〕謝榛《四溟詩話》保存不少詩格的資料，和《木天禁語》有關者如下：

　　1. 詩法曰：「《事文類聚》不可用，蓋宋事多也。」（按：見《木天禁語・字法》）後引蘇黃之詩以爲式。教以養生之訣，繼以致病之物，可乎？（《四溟詩話》卷一）

　　注意謝榛稱「詩法」而不稱《木天禁語》，可證以「詩法」爲書名者不止一種，而謝榛也沒有明言「詩法」爲《范德機詩法》。南宋祝穆編《古今事文類聚》前、後、續、別四集共一百七十卷，序云：「自羲農以至我宋，各循世代之次，紀事而必提其要，纂文而必拔其尤，編成輒以《古今事文類聚》名之。」〔註79〕其書記載宋事尤詳，乃理所當然。元代富大用增補新、外集五十一卷，以官制爲主，〔註80〕元代祝淵又增補遺集十五卷，都詳於宋事。因此，《木天禁語》所謂「《事文類聚》不可用」，可能包括元代增補的部分。《四溟詩話》卷二引趙子昂曰：「作詩但用隋唐以下故事便不古也，當以隋唐以上

〔註77〕引自《名家詩法彙編》卷五。
〔註78〕引同注69。
〔註79〕引自《新編古今事文類聚》卷首，萬曆三十二年金谿唐富春德壽堂刊本，中央圖書館藏。祝穆序作於淳祐六年（丙午，一二四六）。
〔註80〕其書有元泰定三年（1326）盧陵武溪書院刊本，中央圖書館藏。

爲主。」詩中不可用宋事，應是元代才興起的觀點。

2. 唐人詩法六格，宋人廣爲十三，曰：一字血脈、二字貫串、三字棟梁、數字連序、中斷、鈎鎖連環、順流直下、單拋、雙拋、內剝、外剝、前散、後散，謂之屠（屠）龍絕藝。作者泥此，何以成一代詩豪邪？（《四溟詩話》卷一）

朱榮智說：「范氏論七言律詩之篇法，自立名目，分爲十三格，過於繁瑣，轉成拘泥矣！故明謝榛四溟詩話評曰……。」認爲謝榛批評的對象是范梈，忽視了謝榛所說「宋人廣爲十三」並不指范梈，而且謝榛不可能不知范梈是元人，〔註81〕難道他看見的詩法（木天禁語）題爲宋人所撰？這是一大疑問。

《詩學禁臠》包括十五種格，舉唐人七律十五首爲例，分析篇法結構。各聯的稱呼如下：

（1）第一聯、初聯、起聯。

（2）第二聯、次聯、頷聯。

（3）第三聯、頸聯。

（4）第四聯、末聯、結尾、落聯。

和《詩法家數》的用語大致相同，分析的方法亦類似《詩法家數》，但更加細密。因此，似可推測《詩學禁臠》一書是起承轉合法的實踐，和楊仲弘詩法（《詩法家數》）的關係比較密切。

（二）《詩法正論》與《說詩要指》的理論

《木天禁語》、《詩學禁臠》並沒有提出特殊的詩法理論。范梈有兩位弟子，楊中字伯允，傅若金字與礪（1304～1343），〔註82〕范梈的詩論可能由其弟子傳述、記錄。范梈的同鄉後學熊逵編輯《清江詩

〔註81〕《四溟山人全集》卷二十一〈詩家直說〉（即《四溟詩話》卷一）亦作「宋人廣爲十三」，偉文影印萬曆刊本第 1150 頁。《四溟詩話》卷二引范德機曰：「絕句則先得後兩句，律詩則先得中四句。」引文出自《詩法正論》。《說詩要指》推翻此說，認爲這種作法違背起承轉合的先後次序。

〔註82〕引同注 72。

法》三卷（中央圖書館藏舊鈔本），卷一《木天禁語》，卷二《詩學禁臠》，卷三《說詩要指》。熊逵曰：

> 逵嘗時與友人楊子羽嘗，卒業於郡守東圩錢公之門，距今三十餘載矣。……子羽過余，論里中詩人必稱德機范先生……范先生所著有《木天禁語》、《詩學禁臠》，而《說文要指》則其門人所集錄者也。《說文要指》三卷，首說文，次說字，次說詩。今說文、說字二卷皆亡，所存惟《說詩要指》，亦無刻本，獨子羽得之手抄。(嘉靖四十一年，一五六二，〈清江詩法序〉)

門人集錄的手抄本爲語錄體，就詩法理論而言，它的價值在《木天禁語》和《詩學禁臠》之上，而且可信度比較高。《說詩要指》「詩（吟）法玄微」之後，編者按語：

> 此廬陵楊中之說，本於范先生，而載友集以爲詩法玄微。然其間多駁而不純，泛而不切，故今刪其繁而去其謬，撮其大旨如此。

似可推測：《說詩要指》、《詩法正論》分別由楊中、傅若金整理，兩人各有所記，內容不完全一致，因此研究范梈的詩法理論當根據這兩部語錄。

范梈肯定「作詩有法」。門人問「然則作詩亦有法耶？」范梈曰：「安得無法！匠石必以規矩而成方圓，射御必不失其馳而後舍矢如破。曲藝尚爾，況於詩乎？」(《說詩要指》)《名家詩法彙編》卷六《范德機詩學禁臠》，編者序曰：

> 德機以詩名天下，編集唐人之詩，具爲格式，其若公輸子之規矩，師曠之六律乎？無規矩，公輸子之巧無所施；無六律，師曠之聰無所用。學詩者得此編而詳味之，庶乎可造唐人之閫奧矣。(按：《清江詩法》卷二、《詩學禁臠》卷末亦有此段文字)

如果《詩學禁臠》是范梈所作，那等於良匠示人以規矩，強調作詩必須有法。《說詩要指》云：「有起而後有承，有承而後有轉，有轉而後

有合，此秩然之序也。」秩然之序必不可亂，等於《詩法家數》所謂的「法律」。《詩法正論》引先生（范梈）曰：

> 作詩成法有起、承、轉、合四字。以絕句言之，第一句是起，第二句是承，第三句是轉，第四句是合。律詩則第一聯是起，第二聯是承，第三聯是轉，第四聯是合。

又說：

> 屈宋班馬固用此法，唐宋諸賢亦未能有外是法者，如歐公〈秋聲〉、坡翁〈赤壁〉等賦，已極變化，而起承轉合截然不亂。又不特騷與賦也，凡為文何莫不由斯道哉！

一切文章都離不得起承轉合，則起承轉合乃普遍之法，金聖歎亦云：「詩與文，雖是兩樣體，却是一樣法。一樣法者，起承轉合也。除起承轉合，更無文法；除起承轉合，亦更無詩法也。」〔註83〕范梈肯定起承轉合的普遍性，顯然比楊載的詩論更為周延。因此，作詩必須「不失法度」，「法度既立，須熟讀三百篇而變化以李杜，然後旁及諸家，而詩學成矣。」（《詩法正論》）

范梈、楊載的詩法理論有歧異的部分，可能是范梈對楊載的修正。楊載主張律詩起要突兀高遠，范梈則曰：「大抵起處要平直……起處戒陡頓……起處若必突兀，則承處必不優柔，轉處必至窘束，合處必至匱竭矣。」（《詩法正論》）范梈的理由是：調高則無以為繼。但《詩法家數》「讚美」條已說「第一聯要平直」，可知楊載的理論並非一概而論，頗能「相題行事」。范梈不僅修正楊載的理論，甚至他自己的看法也有歧異，清人已指出其中的「矛盾」。《師友詩傳續錄》云：

> （劉大勤）問：范德機謂「律詩第一聯為起，第二聯為承，第三聯為轉，第四聯為合」；又曰：「起承轉合，施之絕句則可，施之律詩則未盡然。」似乎自相矛盾？
>
> （王士禎）答：起承轉合，章法皆是如此，不必拘第幾聯、

〔註83〕《聖歎尺牘》，〈示顧祖頌、孫聞、韓寶昶、魏雲〉，見《貫華堂選批唐才子詩》附錄。王士禎也說：「勿論古文今文、古今體詩，皆離此四字不可。」見《師友詩傳續錄》，《清詩話》本。

　　　　第幾句也。律，絕分別，亦未前聞。

王士禛認爲不必硬性規定律詩第幾聯、第幾句爲起承轉合，但是沒有
回答劉大勤的疑問，只說「律、絕分別，亦未前聞」，不了了之。劉
大勤的疑問是有根據的，《說詩要指》就有律、絕分別之論，范梈曰：

　　　　起承轉合四字，施之絕句則可，施之於律則未盡然。且以
　　　　律詩論之：首句是起，二句是承，中二聯則襯貼題目，如
　　　　經義之大講，七句則轉，八句則合耳。

又曰：

　　　　夫作經義文論之法，惟大講爲實，故昔人作論謂之論腹，
　　　　作詩亦然，何獨第二聯爲承、第三聯爲轉耶？泥此則非律
　　　　詩之法度矣！……故起承轉合四字，於絕句爲切當，餘不
　　　　可盡泥也。

元仁宗皇慶年間定科擧條制，經義格律「有破題、接題、小講，謂之
冒子。冒子後入官題，官題下有原題，有大講，有餘意，亦曰從講；
又有原經，亦曰考經，有結尾。」〔註84〕可知元代有「大講」的專稱，
范梈由此獲得啓示，進而提出律詩的新格式，第一句是起，第二句是
承，中兩聯是大講，必須襯貼題目，乃全詩中堅，第七句是轉，第八
句是合。吳喬發現起承轉合有兩種類型，第一種四聯各爲起承轉合，
第二種首聯是起，中二聯爲承，第七句轉，第八句合，〔註85〕部分暗
合范梈之說。日人三浦晉也引用范梈的理論，可證日本有《說詩要指》
的傳本。〔註86〕王士禛或許是未見此書，所以無法回答劉大勤的問
題。在此，可以替王士禛回答：「范梈的詩論，其弟子楊中、傅若金
各有所記，歧異之處未必是范梈自相矛盾，而是理論的發展、演變導
致前後說法的不同。」如果這個推論可以成立，那麼《說詩要指》的
理論比《詩法正論》更爲成熟，代表范梈最後的見解。《說詩要指》
「總論」曰：

〔註84〕引自《四庫珍本》六集，元王充耘《書義矜式》提要。
〔註85〕《圍爐詩話》卷二。
〔註86〕見《詩轍》卷二，第158頁。

> 詩無（按：抄本作興，據文意改為無）定法，不可拘道前
> 面是如何著語，中二聯是如何安排，後二句是如何結束，
> 此皆是大病痛處。只據自己胸中流將出去，不拘性情風月，
> 皆可著語，只是要不失題目上意思。這四十個平仄（按：
> 指五律）只一面棋盤相似，三十二個子隨儞如何使用，一
> 局有一局造化，詩道亦然。若是有個硬椿的法，便是模故
> 紙相似，何可謂之詩？

只據自己胸中流將出去，不可拘泥定法。作詩有法但無定法，法正
如「胸有成竹」，《說詩要指》云：「先運起一個意思，却逐旋安排句
法，如人造屋相似，胸中先定下繩墨間架，然後用工。」胸中的繩
墨間架並非外在的「硬椿的法」，因此不致於成為刻板的模仿。下棋
一局有一局造化，律詩亦一首有一首的作法，但當以意為主，則造
化在心，心活法亦活。總之，起承轉合乃詩文之大法，其原則具有
普遍性，但運用之妙不可拘以一律，普遍性和特殊性兩者並不矛盾。
《說詩要指》曰：「大概詩原於德性，發於才情，心聲不同，有如其
面，故法度可學，而神意不可學。」（亦見《詩法正論》）「神意」存
乎一心，法度有客觀的標準。范椁曰：「吾平生作詩，薰成讀之，不
似古人，即焚之而改作。今人作詩尚險譎，得意處自謂能過古人，
噫！使詩可以險詐求工，古人當先為之矣。」（見《說詩要指》，《詩
法正論》引文小有不同）范椁既主張神意不可學，各人有各人的面
目，為何又求似古人？所謂「似古人」，指詩意之不尚險譎，並非字
字模擬求似。范椁曰：「詩貴乎實而已！實則隨事命意，遇景得情，
如傳神寫真，各盡其態，自不至有重複蹈襲之患矣。」（見《說指要
指》，《詩法正論》引文稍異）實則事、意、情、景皆有有生動感，
何必模擬？虞集評范椁詩如「唐臨晉帖」，這句話的含義不一，若是
貶意則指模擬太過，若是褒意則指詩有古風。當時揭傒斯已不滿此
評，重新下評語。虞集的批評含有幾分戲謔，我們不必因此懷疑范
椁理論的妥當性。

四、小　結

元代的詩法理論居於承先啓後的地位，相當有特色。

方回的《瀛奎律髓》標示作詩之法和取法的典型，〈桐江續集序〉卻自信作詩不容有法，他經歷了有法到無法的過程。「滯礙排比，模臨法帖」，被法度所拘，不能自由；「信筆肆口，得則思之，不得亦不苦思而力索」，則詩不強作，順其自然流出，正如行雲流水，當行則行，當止則止，這是活法的境界。

楊載、范梈的詩法著作涉及眞僞的問題，因此考證實有必要，過濾分析之後，本文推測起承轉合法是楊、范二人的理論重點。楊載提出定法，將起承轉合視爲律詩及絕句的共同法則，范梈推廣爲詩文的普遍法則。絕句的結構適用起承轉合法，楊、范並無異見，至於律詩的起承轉合是否必然對應一、二、三、四聯，范梈的見解非常突出，大大修正楊載之說，也修正了自己的理論。范梈反對拘泥起承轉合之法，強調作詩之法「只是自己性情中流出」，和元好問的「滿心而發，肆口而成」，方回的「信筆肆口」都有相通之處。詩無定法，則法爲活法，范梈是起承轉合法理論的完成者。

起承轉合法確立於元代，清人的反應仍然熱烈。金聖歎利用許多譬喻形容起承轉合的性質，他分析唐人律詩的手法類似《詩法家數》和《詩學禁臠》，但此楊、范多出「解數」之說。吳喬雖然也討論起承轉合法，但評價不高：「凡守起承轉合之法者，則同婦女足指，弓彎纖月，娛目而已！受幾許痛苦束縛，作得何事？」（《圍爐詩話》卷二）王夫之評爲「陋人之法」。薛雪評曰：「此是擔板漢參卻死語，臘月三十日，依舊手忙腳亂。」（《一瓢詩話》）以上三人都是負面的批評。冒春榮曰：「詩之五言八句，如制藝之起承轉合爲篇法也。」「凡詩無論古今體、五七言，總不離起承轉合四字，而千變萬化出於其中……法則一而出入變化乎法者固不一也。」（《葚原詩說》）冒氏的解說最爲中肯，法則一是「有定法」，變化不一是「無定法」。陳僅承認起承轉合是「不易之法」，但是「變化在手，不可板分也」（《竹林

答問》)。朱庭珍歸納律詩的起承轉合有兩式，又說：「然詩家貴參活法，忌泥死法，千變萬化，不可執一律拘。是又在人能神而明之，有定實無定也。」（《筱園詩話》卷四）也是強調神明變化。劉熙載曰：「起承轉合四字，起者起下也，連合亦起在內；合者合上也，連起亦合在內；中間用承用轉，皆兼顧起合也。」〔註87〕起承轉合連爲一體而不可分，劉氏之說符合《詩學禁臠》的「起聯應照格」。

　　起承轉合法的影響，類似周弼的虛實法，前人的端緒由後人加以引申、補充、修正和批判，詩法的理論漸趨成熟圓滿。任何「定法」必然遭到批評，變化的活法必取代定法──這是詩法觀念發展的一條定律。

〔註87〕《藝概》卷六〈經義概〉，廣文。

第五章　明代的詩法理論

　　在明代的詩論中，詩法的理論相當突出，可以視爲理論的成熟期。明代重要的文學集團，有前七子、後七子、公安、竟陵等派別，文學理論的區分也大致如此，本章第一節李夢陽、何景明代表前七子，第二節李攀龍、王世貞代表後七子，第三節李維楨、屠隆、胡應麟代表前後七子的折衷派，第四節袁宏道、袁中道代表公安派。

　　李、何辯論詩法的問題，是批評史上的一件大事。李攀龍強調遵循古人的法則，確定法古的典型，作風接近李夢陽。王世貞的理論比較圓融，自覺到模擬之弊，有一些修正的意見，作風接近何景明；王世貞也論及法與才、意、氣的關係，頗有創見。李維楨的基本立場屬於七子派，繼承王世貞提出折衷的理論。袁宏道否定七子派的「法」，強調師心獨創，袁中道則修正袁宏道的偏激論調。

　　本章不討論竟陵派，理由如下。鍾惺批評嘉、隆間人（指李、王）學古，只取古人「極膚、極狹、極套者」，而公安派矯之曰：「何古之法？須自出眼光！」然亦不足以服人，﹝註1﹞所以竟陵派有意避免後七子和公安派的弊病，標新立異，獨樹一幟。李、王標榜大家的名作，取爲典型，鍾惺則曰：「名之所在，非詩之所在也。」「每於古今詩文喜拈其不著名而最少者，常有一種別趣別理，不墮作家氣。」﹝註2﹞

────────────

﹝註1﹞《隱秀軒文集》往集，〈再報蔡敬夫〉，偉文。
﹝註2﹞見《唐詩歸》卷十五李白、卷十六王季友，鍾惺評語。萬曆四十五

雖能避免膚套，卻走入狹徑。公安派不願學古，至處不過「玉川、玉蟾之睡餘」，鍾惺則曰：「平氣精心，虛懷獨往，外不敢用先入之言，而內自廢其中拒之私，務求古人精神所在。」〔註3〕因此，竟陵派所關懷的是讀者的鑑賞問題，亦即如何「引古人之精神以接後人之心目」，〔註4〕如何自出眼光，「專其力，壹其思，以達於古人，覺古人亦有焰焰雙眸從紙上還矚人」，〔註5〕鍾、譚評選《詩歸》，目的在於拈出古人精神，使讀者耳目志氣有所歸依。他們欣賞靈慧而氣厚的作品，〔註6〕若能深覽古人，得其精神，則「雖選古人詩，實自著一書」，〔註7〕古人、人我、述作合而為一。《詩歸》中的評語偶爾涉及法的範疇，但是非常零碎。〔註8〕綜合上述的理由，本章不討論竟陵派。

第一節　前七子派

一、李夢陽與何景明辯論詩法

　　李、何創作態度的差異，是導致兩人辯論的主要原因。李夢陽比何景明更重視擬古，明顯的例子有：

　　　1.《空同先生集》卷十四：五言杜詩體四十首。

　　　年刊本《古詩歸》十五卷、《唐詩歸》三十六卷，中央圖書館藏。
〔註3〕同註1仄集，〈隱秀軒集自序〉。
〔註4〕同註1，〈詩歸序〉。
〔註5〕譚元春，〈詩歸序〉，《新刻譚友夏合集》卷八，偉文。
〔註6〕《唐詩歸》卷十二常建，鍾云：「初盛唐之妙，未有不出於厚者。常建清微靈洞，似厚之一字不必為此公設，非不厚也，靈慧之極有所不覺耳。靈慧而氣不厚，則膚且佻矣，不可不知。」
〔註7〕同註1，〈與蔡敬夫〉。
〔註8〕例如《古詩歸》卷四蔡琰〈悲憤詩〉，鍾云：「若無法又若有法。」卷五〈蒿里曲〉，譚云：「如此用『聚斂』，知古人化舊為新之法。」卷六〈古詩〉，譚云：「周公東山詩法。」卷八傅云〈雜詩〉，譚云：「作六句詩，法當如是。」《唐詩歸》卷四張諤〈九日〉，譚云：「無贅響，無飾語，律詩至此聖矣，當以為法。」卷十孟浩然〈廣陵別薛八〉，鍾云：「此等作正王元美所謂篇法之妙，不見句法。」卷三十張籍〈野居〉，鍾云：「法緊氣寬，古詩至此，不得以中唐限之矣。」

2. 卷十五：效陶體四首、效唐初體十七首。

3. 卷二十：用唐初體五首、用張王體、用李賀體。

4. 卷二十二：效李白體。

《何大復先生全集》卷三〈七述〉擬枚乘〈七發〉，卷八有擬古詩十八首。《昭明文選》第三十、三十一卷〈雜擬〉，收擬古的詩作，《詩品》評江淹「善於摹擬」，《詩源辨體》評陶淵明〈擬古九首〉「絕無摹擬之跡」。李、何都嘗試過「摹體以定習」，李夢陽下的功夫可能比何景明多，「法古」是他的基本立場。正德十年（1515）六月以後，李夢陽在大梁寄給在京師的何景明一封書信，認爲何景明的作品「有乖於先法」，勸他以柔澹、沈著、含蓄、典厚救俊亮之偏。〔註9〕何景明答書，指出兩人創作態度不同：

> 追昔爲詩，空同子刻意古範，鑄形宿鏌，而獨守尺寸；僕則欲富于材積，領會神情，臨景構結，不倣形迹。詩曰：「惟其有之，是以似之。」以有求似，僕之愚也。……凡物有則，弗及者，及而退者，與過焉者，均謂之不至。譬之爲詩，僕則可謂弗及者，若空同求之則過矣！〔註10〕

何景明在弘治十五年（1502）登第，和李夢陽爲文社交，兩人均醉心復古：「稽述往古，式昭遠模，擯棄積俗，肇開賢蘊，一時修辭之士翕然宗之，稱曰李何云。」（王廷相，〈何氏集序〉）復古目標雖同，創作的態度不一，李何的歧異早就存在，到正德十年才明朗化，兩人不客氣地相互針砭。若非含忍甚久，何景明不可能反應如此激烈，正是所

〔註 9〕 參考簡錦松《李何詩論研究》附錄：〈李夢陽、何景明年譜簡編〉。李夢陽這封信失傳，根據《空同先生集》（偉文）卷六十一〈駁何氏論文書〉可以推知其內容。

〔註10〕 《何大復先生全集》卷三十二，〈與李空同論詩書〉，偉文。按：偉文圖書公司另又影印《何文肅公文集》五冊（康熙三十三年重刻本何文肅公椒邱文集），作者題爲何景明，乃張冠李戴。觀原書序跋，再參考明史卷一八三，不難斷定此書作者爲何喬新。沈雲龍選輯《明人文集叢刊》，有《椒丘文集》（嘉靖元年廣昌刊本，文海影印），作者是何喬新，正確無誤。

謂如鯁在喉，一吐爲快！何景明批評李夢陽固守古人的範本，擬議而
不能泯其迹，「如小兒倚物能行，獨趣顚仆。」「不倣形迹」和「鑄形
宿鏌」針鋒相對。「以有求似」，「有」指富于材積、領會神情、臨景構
造，強調材料的儲存、融化和創作的眞實生動；「似」並非有意模擬的
形似，而是無意求似而似，無意求合而合：「於古人之文務得其宏偉之
觀，超曠之趣，至其矩法，則閉戶造車，出門合轍。」〔註11〕何景明
承認矩法的存在，但反對創作時尺寸古法，作者和古法的關係應該以
不妨害創作的自由爲原則。

　　李夢陽因爲何景明的刺激，深入思考詩法的問題，提出一些有價
值的理論。他辯解自己沒有停在初步模擬的階段，認爲法同而情感、
語言不同。他說：「規矩者，法也；僕之尺尺而寸寸之者，固法也。」
「予之同，法也……子以我之尺寸者，言也。」（〈駁何氏論文書〉）
他又強調模擬必須求似：「夫文與字一也，今人模擬古帖，即太似不
嫌，反曰能書，何獨至於文而欲自立一門戶耶？」〔註12〕

　　事實上，何景明深表反感的就是這種「尺尺寸寸」的態度。作詩
既尺寸古法，又如模擬古帖不嫌太似，很難避免落入尺寸古語的窠
臼。詩是語言的藝術，法則和語言密切結合，尺寸古法之時，古人的
用語必然同時發生影響，李攀龍便是尺寸古法又尺寸古語的實例。李
夢陽認爲尺寸古法不會造成語言的模擬，未免過於樂觀而忽視了理論
所隱藏的陷阱。王世貞說：

> 獻吉才氣高雄，風骨遒利，天授既奇，師法復古……仲默
> 才秀於李氏，而不能如其大，又義取師心，功期舍筏。（《藝
> 苑巵言》卷六）

李夢陽「師法復古」，何景明「義取師心」，表示創作的態度不同。明史
文苑傳：「夢陽主摹倣，景明則主創造」。郭紹虞說：「何、李二家，宗
古的主張雖同，而作品的風格有異。李重氣骨，何主才情；李重擬議，

〔註11〕引同前書，卷一，〈述歸賦序〉。按：作於正德二年。
〔註12〕《空同先生集》卷六十一，〈再與何氏書〉。

何主變化。」〔註13〕師古——師心，摹倣——創造，擬議——變化，都指出李何的差異適成對比。但是我們仍須追問：李何的差異是根本的，或程度上的？李、何均標榜師法的典型，古詩取漢魏晉，近體詩取初盛唐，〔註14〕何景明雖然強調和李夢陽的創作態度不同，而由於師法典型的影響，他們的作品不可能完全泯去擬議之迹。潘德輿曰：

> 吾讀李空同樂府五古，學漢、魏、三謝，真似漢、魏、三謝也；七古七律學老杜，真似老杜也；七絕學太白、龍標，真似太白、龍標也。何大復摹古之心稍淡于李，而古貌未能脫化，則似古者亦多。〔註15〕

李、何的差異只是程度上的，並非絕對的不同。何景明要「不做形迹」，實際上可能蹊徑猶存；李夢陽要「守之不易，久而推移，因質順勢，融鎔而不自知」，實際上未必能夠順其自然而推移變化。因此，理論和實際必有差距。總之，以上的分析可以證明李、何的辯論是由於創作態度的不同，這種不同在理論上是截然對立的。

二、李、何的詩法理論

（一）法則的普遍性、作者和法則的關係

　　李、何均肯定法則的普遍性。何景明說「凡物有則」，這個觀念出自詩經大雅〈烝民〉：「天生烝民，有物有則。民之秉彝，好是懿德。」朱熹曰：「言天生眾民，有是物必有是則。蓋自百骸九竅五藏，而達之君臣父子夫婦長幼朋友，無非物也，而莫不有法焉，如視之明、聽之聰、貌之恭、言之順、君臣有義，父子有親之類是也。是乃民所執之常性，故其情無不好此美德者。」〔註16〕有物有則，指一切事物莫

〔註13〕《中國歷代文學論著精選》中冊第 268 頁，〈與李空同論詩書〉註 1，華正。
〔註14〕詳細的比較歸納，可參考《李何詩論研究》第 144～146 頁。
〔註15〕《養一齋詩話》卷六，郭紹虞編選，富壽蓀校點《清詩話續編》下冊，木鐸。
〔註16〕《詩集傳》卷十八，藝文。

不有天賦的法則，民之秉彝指善良的人性，「則」和「彝」都有「永恒不變」的涵義。凡物有則的觀念，在本文第二章第一節揚雄的部分已經討論，何景明不過重申此說。詩必有其則，何景明曰：

> 詩也者，難言者也。體物而肆采，撰志而約情，慎憲而明則。〔註17〕

憲、則代表詩的法度。因此，李夢陽批評何景明的「舍筏」之喻意指「舍法」，並不正確。何景明在〈述歸賦序〉主張「閉戶造車，出門合轍」，與古人的矩法不謀而合，而非有意求合；在上引這段文字中，又主張慎憲明則，前後並無矛盾。如何慎憲明則？「明而辨之，存乎識。」作詩不能「遺法」，但是對於法則的選擇應該明辨，須有己見，所以關於「普遍之法」是什麼？他的主張就和李夢陽不同。

　　客觀、普遍的法則必然存在，這是不爭的真理，而作者與法則應維持何種關係？乃何景明亟思解決的難題，王世貞、李維楨等人都注意這個問題，李夢陽也因為何景明的刺激而提出一些意見。何景明曰：

> 凡物有則，弗及者，及而退者，與過焉者，均謂之不至。(〈與李空同論詩書〉)

何景明的理論是折衷派的先聲。和李夢陽的尺寸古法比較，何景明當然是弗及者。「至」表示和法則的關係恰到好處，不及、及而退、超過，均非理想。到底應該保持在那一點上面？何景明沒有明確的主張。

　　李夢陽用「規矩」、「方圓」比喻法的性質，強調法的權威。我們必須注意，規矩、方圓都是非常「硬性」的名詞，李夢陽由此推出「必須尺寸古法」的強迫觀念。他說：

> 古之工如倕如班，堂非不殊，戶非同也；至其為方也，圓也，弗能舍規矩，何也？規矩者，法也。僕之尺尺而寸寸之者，固法也。(駁何氏論文書)
> 文必有法式，然後中諧音度，如方圓之於規矩，古人用之，非自作之，實天生之也。今人法式古人，非法式古人也，

實物之自則也。(答周子書)

「法是客觀存在的事物的內在規律，任何一種藝術，都有其自身的規律，亦即有其法。」〔註18〕李、何都肯定詩必有法，李夢陽更強調法的普遍性和權威性。何景明雖說「凡物有則」，卻未曾主張「法式具備於古人的作品中」。李夢陽的推論如下：

1. 文必有法式，法式如同規矩，不以規矩不能成方圓。
2. 法式是天生的，古人用之，所以「學不的古，苦心無益」(答周子書)。
3. 因此必須尺寸古法，法式古人等於遵循自然的法則。

李夢陽認爲守之不易自能變化而成一家面目，變化之後「不泥法而法嘗由」。在變化之前一定要尺寸古法——這是何景明堅決反對的一點。「不泥法而法嘗由」，是苦思所得的折衷論，影響很大。李夢陽是否眞的「不泥法」？恐怕未必。他說：「且仲默『神女賦』、『帝妃篇』、『南遊日』、『北上年』四句接用，古有此法乎？」古無此法就禁止如此作，正是極端拘泥古法而不敢變化。道濟曰：「古人未立法之先，不知古人法何法？古人既立法之後，便不容今人出古法！千百年來，遂使今之人不能出一頭地也。」〔註19〕古人仰則觀象於天，俯則觀法於地（《易‧繫辭下》），因此說「法象莫大乎天地」（《易‧繫辭上》），《老子》也說「人法地，地法天，天法自然」(第二十五章)，就這方面而言，法則是天所啓示的。然而法則的來源不只是「天生之」，也有人生之的「制而用之謂之法」，〔註20〕法亦出於人類的發明創造。古人所立之法是否全備？是否爲最高的權威？如果創作之時必思「古有此法乎？」心靈焉得自由？勢必陷入尺尺寸寸的模擬，而難有出脫之日。李夢陽又說：「蓋君詩徒知神情會處，下筆成章爲高，而不知

〔註18〕同注13，第279頁。
〔註19〕石濤論畫，引自俞劍華編《中國畫論類編》上冊第165頁，河洛。
〔註20〕《易‧繫辭上》第十章。孔穎達疏：「言聖人裁制其物而施用之，垂爲模範，故云謂之法。」《周易註疏》第156頁，藝文。

高而不法，其勢如搏巨蛇，駕風螭，步驟即奇，不足訓也。」「不法」便是「奇而失正」，反對出奇等於反對自由變化。因此，「守之不易」能否導致變化而不自知？實際上大有問題。

（二）李、何所提出的詩法

李夢陽曰：「夫子近作乖於先法者何也？蓋其詩讀之若搏沙弄泥，散而不瑩；又麤者弗雅也，如月蝕詩『妖遮赤道行』是耳。然闊大者鮮把持，又無鍼線。」（〈再與何氏書〉）雅不雅是風格的問題，在這段文字中只是附帶提到，並不重要，李夢陽批評的著眼點是：「何景明的作品無篇法可言，結構鬆散而不緊密。」李夢陽在失傳的第一封信中已批評何景明乖於先法（古法），這封信作進一步的說明。何景明針對「乖於先法」的質疑提出答辯：

> 僕嘗謂詩文有不可易之法者，辭斷而意屬，聯類而比物也。
> 上考古聖立言，中徵秦漢緒論，下采魏晉聲詩，莫之有易也。（〈與李空同論詩書〉）

何景明上考、中徵、下采，普遍觀察、慎思明辨，歸納出詩文不易之法。辭斷，指字面不必連鎖謹嚴，而有跳脫疏闊之處，乍看之下當然覺得散漫無針線，李夢陽的批評必非無的放矢。意屬，指內在的意脈連而不絕。如何而能意屬？必須「聯類而此物」，意象的運用最為重要，也就是說意象之間的內在關聯造成意屬的效果。劉勰說：

> 詩人感物，聯類不窮。（《文心雕龍·物色篇》）
> 比者，附也……切類以指事……寫物以附意……。夫比之為義，取類不常。（〈比興篇〉）

「聯類而比物」即創造意象之法，「神用象通」，聯類比物就是結構物象。何景明在信中說：「夫意象應曰合，意象乖曰離。」聯類比物須使「意」與「象」應。意象須寄托於語言，但是意屬不一定也要辭屬，想像力可以使表面孤立的意象發生關係。何景明重視意脈的內在關聯，忽視字面的外在連繫。前七子的王廷相（1474～1544），比何景明（1483～1521）大十歲，兩人在弘治十五年同時進士及第，他有一

篇相當重要的文章〈與郭价夫學士論詩書〉，〔註21〕其中部分主張和
何景明的詩論互相呼應：

> 夫詩貴意象透瑩，不喜事實黏著。
>
> 言徵實則寡餘味也，情直致而難動物也，故示以意象，使
> 人思而咀之，感而契之。
>
> 意者，詩之神氣，貴圓融而忌闇滯。……篇者，詩之體質，
> 貴貫通而忌支離。……比類攝故，辭斷意屬，如貫珠累累
> 者，精於篇者也。

王廷相對意象的詮釋比何景明完備。李夢陽諷刺何景明：「支離失眞
者，以舍筏登岸自寬也。」王廷相則主張篇法貴貫通而忌支離，所謂
「貫通」就是「貫珠累累」，辭斷而意屬。王廷相顯然是李、何理論
的折衷者，見解持平通達。由王廷相的補充說明，我們找到何景明「詩
文不可易之法」的淵源，北宋范溫曰：

> 古人律詩，亦是一片文章，語或似無倫次，而意若貫珠。……
> 然所謂意若貫珠，非唯文章，書亦如是……故唐文皇稱右
> 軍書云：「煙霏雲歛，狀若斷而還連；鳳翥龍盤，勢如斜而
> 反直。」今人不求意處關紐（郭紹虞《宋詩話輯佚》注：「意
> 處」《竹莊詩話》引作「意思」，《詩林廣記》引作「意趣」。），
> 但以相似語言爲貫穿，以停穩筆畫爲端直，豈不淺近也哉？
>
> 〔註22〕

「語或似無倫次」就是「辭斷」，「而意若貫珠」就是「意屬」，只要

〔註21〕《王氏家藏集》卷二十八，偉文。卷二十七〈與郭价夫〉曰：「自過
　　　　江後，即不得奉聞起居……今將入潁景也已，安所爲以答此生
　　　　邪？……詩論當再上。」因此，隨後又有〈與郭价夫學士論詩書〉，
　　　　王廷相當時將入晚年，考其內容揉合李、何的見解並加以折衷，寫
　　　　作年代當在李、何辯論之後（正德十一年以後）。據「自過江後」推
　　　　測，王廷相在嘉靖二年（1523，五十歲）晉湖廣按察使，嘉靖九年
　　　　1530，五十七歲）晉南京兵部尚書，寫作年代約在嘉靖初年，以上
　　　　參考張鹵〈少保王肅敏公傳〉，《王氏家藏集》卷首。
〔註22〕《苕溪漁隱叢話》前集卷七引《詩眼》。張健先生認爲何景明所主張
　　　　的「辭斷而意屬」正與此暗合，見《中國文學批評論集》第187頁，
　　　　天華。

意思關紐（意脈相接）即可，不必靠字面連繫。方東樹說：「古人文
法之妙，一言以蔽之，曰語不接而意接。血脈貫續，詞語高簡，六經
之文皆是也。」〔註23〕也認爲這是詩文通則。李夢陽作於嘉靖三年
（1524）的〈答周子書〉，仍然批評何景明：

> 今其流傳之辭，如搏沙弄螭，渙無紀律，古之所云開闔、
> 照應、倒插、頓挫者，一切廢之矣。〔註24〕

辭斷意屬誠爲高妙之法，魏禧評西漢文「似無間架，無鍼線，然錯綜
曲折，照應率拂，最巧妙」，〔註25〕似無篇法，實有篇法；又論古樂
府「語不倫而意屬者，辟如複岡斷嶺，望之各成一山，察之皆有脊脉
相連」，〔註26〕山的脊脈類似文章的意脈。然而，如果運法不熟，辭
斷而意不屬，勢必如李夢陽所評「渙無紀律」。辭斷而意屬，法寓於
無法之中，如果真的無法，將不成文章。

李夢陽的批駁非常凌厲，他以爲何景明的「不易之法」不足爲法：

> 假令僕即今爲文一通，能使辭不屬、意不斷，物聯而類比
> 矣，然於中情思澀促、語嶮而硬、音生節拗、質直而壟、
> 淺謏露骨、爰瘵爰枯，則子取之乎？故辭斷而意屬者，其
> 體也，文之氣勢也；聯而比之者，事也；柔澹者思，含蓄
> 者意也；典厚者義也，高古者格、宛亮者調，沈著雄麗清
> 峻閒雅者才之類也；而發於辭，辭之暢者其氣也，中和者
> 氣之最也。夫然又華之以色，永之以味，溢之以香。是以
> 古之文者，一揮而眾善具也，然其翕闢頓挫，尺尺而寸寸
> 之，未始無法也，所謂圓規而方矩者也。（〈駁何氏論文書〉）

李夢陽先批評何景明的作品乖於古法，因此何景明答覆「辭斷意屬，
聯類比物」就是他所奉持的古法（篇法），沒有什麼不當，李夢陽卻
轉移辯論的重心，提出「一揮而眾具」的主張，貶抑何景明之法只是

〔註23〕《昭昧詹言》卷一，〈通論五古〉。
〔註24〕《空同先生集》卷六十一〈答周子書〉之後附有山陰周祚的來信，
　　　　寫作時間爲嘉靖三年，參考〈李何年譜簡編〉。
〔註25〕《魏叔子文集》卷七，〈與王若先生〉，商務。
〔註26〕魏禧《日錄》卷二〈雜說〉，書同前注。

片面的。一首好詩的完成，當然不只是憑藉「辭斷意屬、聯類比物」，尚有其他的條件配合，何景明喜好「清俊響亮」（俊語亮節），但不否定李夢陽所標榜的柔澹、沈著、含蓄、典厚，他反對的是：「閑緩寂寞以爲柔澹，重濁剋切以爲沈著，艱詰晦塞以爲含蓄，野俚輳積以爲典厚。」李夢陽批駁何景明不知「一揮而眾善具」，顯然是強詞奪理。李夢陽曰：

> 古人之作，其法雖多端，大抵前疎者後必密，半闊者半必細，一實者必一虛，疊景者意必二：此予之所謂法，圓規而方矩者也。沈約亦云：「若前有浮聲，則後須切響；一簡之內，音韻盡殊；兩句之中，輕重悉異。」即如人身以魄載魂，生有此體即有此法也。詩云：「有物有則。」故曹、劉、陸、阮、李、杜能用之而不能異，能異之而不能不同。
>
> （〈再與何氏書〉）

李夢陽一再強調法爲定法，如同畫方圓必用規矩，沒有例外，作詩一定要合乎這些定則，此即「尺尺而寸寸之」的態度。何景明的不易之法「辭斷而意屬，聯類而比物」，在實際創作時反而變成不定之法，因爲如何辭斷意屬和聯類比物，不像前疎後必密等等有定規可循。「能用之而不能異」，表示法無不同；「能異之而不能不同」，表示殊途同歸，萬變不離其宗。李夢陽沒有察覺到何景明的法和他的法性質有別，愈辯愈是南轅北轍，這可能是何景明不再答辯的原因之一。

（三）擬議與變化、守法與捨法

《易‧繫辭上》曰：「擬之而後言，議之而後動，擬議以成其變化。」擬議指深入觀摩探討，擬議之後才可發爲言行，成就變化不測的事業，由於君子的言行影響如神，因此不可不慎，擬之而後言，議之而後動，便是慎重的態度。「擬議以成變化」是明代前後七子的重要理論，語義轉爲：向古人的作品學習、模擬，而以自成一家爲目的。朱熹認爲「文有定格」，贊成模倣古人，他是道道地地的擬議論者：

做文章若是子細看得一般文字熟，少間做出文字，意思語
詠自是相似。讀得韓文熟，便做出韓文底文字；讀得蘇文
熟，便做出蘇文底文字。若不曾子細看，少間却不得用。……
（以擬古詩爲例）……意思語脉皆要似他底，只換却字。
某後來依如此做得二、三十首詩，便覺得長進。蓋意思、
句語、血脈、勢向皆効它底。大率古人文章皆是行正路，
後來杜撰底皆是行狹隘邪路去了。而今只是依正底路脉做
將去，少間文章自會高人。〔註27〕

朱熹主張一句一句地模擬，意思、句法、血脈、體勢都要相似，這是
尺尺而寸寸之的態度，但不可抄襲古人的成言。李夢陽所謂文有法
式，學必的古，取徑亦與朱熹相同。朱熹認爲模擬成熟之後，可以自
成一家，〈跋病翁先生詩〉云：

此病翁先生少時所作〈聞箏詩〉也。規模意態全是學文選
樂府諸篇，不雜近世俗體，故其氣韻高古，而音節華暢，
一時輩流少能及之。逮其晚歲，筆力老健，出入眾作，自
成一家，則已稍變此體矣。〔註28〕

朱熹認爲與其變而失正，不如穩守古本舊法以終其身，觀點非常保
守。何景明的態度比朱熹激進，他說：

故曹劉阮陸，下及李杜，異曲同工，各擅其時，並稱能言，
何也？辭有高下，皆能擬議以成其變化也。……故法同則
語不必同矣。……今爲詩不推類極變，開其未發，泯其擬
議之迹，以成神聖之功，徒敘其已陳，修飾成文，稍離舊
本，便自扤楗，如小兒倚物能行，獨趨顛仆，雖由此即曹
劉、即阮陸、即李杜、且何以益於道化也？佛有筏喻，言
捨筏則達岸矣，達岸則捨筏矣。（〈與李空同論詩書〉）

擬議須根據古人的作品，目的在得其共同之法而不必因襲其詞，這一
點和朱熹相同。何景明的「變化」指語言的創造，語言的創造是文學
成就的重要特徵，因此「法同則語不必同」乃顛撲不破的眞理，李夢

〔註27〕黎靖德編《朱子語類》卷一三九，漢京。
〔註28〕《朱文公文集》卷八十四，〈跋病翁先生詩〉，商務。

陽也必須加以肯定。向古人的作品學習，難免受到古人用語的影響，所以在變化的階段中須「泯其擬議之迹」，消除語言的蹈襲，「自創一堂室，開一戶牖，成一家之言，以傳不朽」。必須注意何景明「法同」的見解，成一家之言並非「成一家之法」。何景明用了一個引起爭議的比喻──捨筏之喻。《阿梨吒經》佛言：「我爲汝等長夜說筏喻法，欲使棄捨，不欲使受。若汝等知我長夜說筏喻法尚可以捨是法，況非法耶？」〔註29〕典故的原義如此，所以李夢陽抓住把柄不放，猛攻何景明捨法的不是，近人也多主張何景明「捨筏」之喻意指捨法，〔註30〕似乎誤解了何景明的本意。如果細讀何景明的文字，並且觀察其詩法理論演進的趨向，似乎可以說：何景明的理論不可能發展成「捨法」，捨法的觀念和何景明的基本主張是衝突的。析論如下：

第一：〈與李空同論詩書〉提出「詩文不可易之法」，認爲作詩「法同而語不必同」，這是大前提，不可能推到「捨法」的結論。其次，泯其擬議之迹指消去蹈襲古語的痕迹，泯迹並不是捨法。最後，所謂「稍離舊本，便自杌楻，如小兒倚物能行」和「捨筏則達岸矣，達岸則捨筏矣」有對應的關係，「筏」比喻「舊本」和所倚之「物」，到了不做形迹，成其變化的階段，當然是捨去舊本，不爲曹劉、不爲阮陸、

〔註29〕引同注13，269頁。《般若經》：「知我說法如筏喻者，法尚應捨，何況非法！」印順曰：「眾生在生死海中，受種種苦迫，佛爲了濟度他們，說種種法門，以法有除我執，以空相破法執，使眾生得脫生死而到達無餘涅槃。當橫渡生死苦海時，需要種種法門，但度過中流，必須不執法、非法相，才能出離生死，誕登彼岸。」引自《般若經講記》53～54頁，正聞出版社。
〔註30〕郭紹虞註釋〈與李空同論詩書〉「佛有筏喻」：「此以喻學古有得以後，應捨棄古人陳法。」引同前注。元鍾禮說：「何景明將古人法式比成筏，而認爲可以捨。」見《明清格調詩說研究》第65頁，六十八年台大中文研究所碩士論文。鈴木虎雄《中國詩論史》第130頁引王世貞〈何大復集序〉：「工易者，惡津筏者，往往左袒何子，而齮李子，則又似非何子意也。」在「惡津筏者」下註「津筏謂古詩之法」，則鈴木虎雄亦認爲何景明捨筏之喻指捨法。《中國詩論史》，洪順隆譯，商務。

不爲李杜，如此才能出一頭地，成一家之言。〈與李空同論詩書〉的
捨筏之喻，其涵義究竟爲何？何景明的文章是最後的判斷依據，文章
的意脈結構顯示「筏」並不代表「法」，也就是說，何景明借用佛經
捨筏的比喻，僅取類似的一部分（捨筏、捨法、捨去舊本，其類似點
都是捨去工具、媒介），並沒有採用這個比喻的全部原義。就何景明
而言，法不可易、不能不同，已經肯定了法是不可取消的。胡應麟的
見解先得我心，他說：

> 「舍筏」之云，以獻吉多擬則前人陳句，欲其一切舍去，
> 蓋芻狗糟粕之謂，非規矩謂也。獻吉不忿（按：不服氣），
> 拈起「法」字降之，學者但讀獻吉書，遂以舍筏爲廢法，
> 與何規李本意全無關涉。細繹仲默書自明。〔註31〕

細繹〈與李空同論詩書〉，可以證明胡應麟的仲裁正確。

第二：何景明的詩法理論，大致有三個重要階段的演進。（1）正
德二年的〈述歸賦序〉曰：「僕嘗以漢之文人工于文而昧於道，故其
言雜而不可據，疵而不可訓；宋之大儒知乎道而吝乎文，故長于循轍
守訓，而不能比事聯類，開其未發。故僕嘗病漢之文其道駁，宋之文
其道拘，反復求斯，尚未有得。要之，鄙意則欲博大義，不守章句，
而於古人之文，務得其宏偉之觀，超曠之趣，至其矩法，則閉戶造車，
出門合轍，不煩登途比試矣！」〈與李空同論詩書〉的理論雛型已見
於此序。（a）他批評宋儒循轍守訓；論詩書也說「後世俗儒專守訓詁，
執其一說，終身弗解」，諷刺李夢陽不敢稍離舊本。（b）他批評宋儒
缺少文學的成就，不能比事聯類，開其未發；論詩書也說「聯類而比
物」，〔註32〕主張推類極變，開其未發。（c）取古人文章的宏偉之觀、

〔註31〕《詩藪》，内編卷五（近體中，七言），廣文。
〔註32〕「比事」和「比物」是否有別？李夢陽〈駁何氏論文書〉云：「聯而
　　　　比之者，事也。」他以爲比物就是比事。簡錦松說：「聯類比物」，
　　　　即安插事類，事類乃作品的素材。我認爲「事」僅能指古代的典故，
　　　　所謂「援古以證之」，物則指物象。康海說：「比物陳興，不期而與
　　　　會者，詩之道也。」比物陳興（比興）似即「聯類而比物」之意。
　　　　見《對山文集》卷四，〈太微山人張孟獨詩集序〉，偉文。李夢陽〈缶

超曠之趣，這種「不尺寸古法」的態度，並沒有說明「矩法」是什麼，有待論詩書的補充。（2）閉戶造車，出門合轍，未免過於灑脫。他在正德六年左右〔註33〕說：「詩也者，難言者也！體物而肆采，撰志而約情，慎憲而明則。」作詩甚難，須兼備體物（比物）、肆采、撰志、約情、慎憲、明則等條件，可證何景明並非不知作詩當「一揮而眾善具」。慎憲而明則和「利近遺法，無以純體」的主張，比〈述歸賦序〉更強調法則的重要性。（3）正德十年的〈與李空同論詩書〉代表成熟的詩法理論。（a）明確指出詩文不易之法爲「辭斷而意屬，聯類而比物」，聯類而比物的觀念配合辭斷而意屬，是一大進展。〔註34〕（b）提出「擬議以成其變化」的理論，「法同則語不必同」爲千古名言。何景明的理論進展有其趨向，提出詩文不易之法和「法同則語不必同」是理論的總結，在此同時不可能又主張「捨法」，否則豈非過於突兀？前後七子基本上都承認法的普遍性，很難產生「捨法」的觀念，必須到了公安派的袁宏道，「捨法」的觀念才眞正明朗化，袁宏道說「法不相沿」，「獨抒性靈、不拘格套」，否定法的普遍性。何景明和李夢陽雖有歧見，也不太可能因辯論而突然變成「性靈派」。總之，李夢陽對何景明的誤解太過嚴重，釐清誤解之後，我們肯定：何景明的「擬議以成其變化」著重語言的創造，不論如何變化，詩文不易之法是不可取消的。

　　李夢陽說：「假令僕竊古之意，盜古形，剪截古辭以爲文，謂之『影子』誠可。若以我之情，述今之事，尺寸古法，罔襲其辭，猶班圓倕之圓，倕方班之方，而倕之木非班之木也，此奚不可也？」（駁

音序〉：「夫詩，比興錯雜，假物以神變者也。」和何景明的「聯類而比物」幾無差別。

〔註33〕以下引同注17。《李何詩論研究》第154頁推測此文作於正德六年左右，第262頁則以爲〈何子內篇〉在正德六年以後數年之內輯成，其著成年代仍在〈與李空同論詩書〉之前。

〔註34〕邵紅：詩之不可易之法是求意象，用「聯類而比物」，以使「辭斷而意屬」。見《明代文學批評資料彙編》緒論第43頁，成文。

何氏論文書）這段辯駁無懈可擊，然而何景明說他「高處是古人影子耳」〔註35〕又豈是無根之言？《空同先生集》卷十四有五言杜詩體四十首，都是弘治十八年至正德初年的作品，我們不妨抽樣比較，看他是否真的「罔襲其辭」。例如從軍四首：

	李夢陽	杜 甫
第一首	壯丁戰盡死，	
	次選中男行。	次選中男行。（新安吏）
	哀哉良家子，	我本良家子。（後出塞五首之五）
	行者常吞聲。	吞聲行負戈。（前出塞九首之一）
第二首	天寒雨雪凍，	
	指墮曾冰間。	指落曾冰間。（前出塞九首之七）
第三首	丈夫死國讐，	男兒生世間，
	安能戀里閭。	及壯當封侯。
	生當取封侯，	戰伐有功業，
	怨別祗區區。	焉能守舊邱。（後出塞五首之一）
第四首	府帖昨夜下，	府帖昨夜下。（新安吏）
	燒荒有我名。	

又如卷十五效陶體四首之一：「飄飄緣原風，皛皛明川月」，因襲陶詩〈辛丑歲七月赴假還江陵夜行塗口〉：「涼風起將夕，夜景湛虛明。昭昭天宇闊，皛皛川上平。」稍加檢視，不難發現李夢陽襲取古辭、古意，痕迹顯然。至於何景明的「擬古詩十八首」，也是未能泯去擬議之迹。李夢陽在嘉靖三年（1524）作〈詩集自序〉——收弘治、正德間詩，題為《弘德集》——坦承自己的作品從擬古入手：

> 于是廢唐近體諸篇，而為李杜歌行，王子曰：「斯馳騁之技也。」李子于是為六朝詩，王子曰：「斯綺麗之餘也。」于是詩為晉魏，曰：「比辭而屬義，斯謂有意。」于是為賦騷，

〔註35〕〈與李空同論詩書〉沒有這句話，而有「其高者不能外前人也」，語氣較緩和。郭紹虞曰：「文字不同，可能是何氏最後編集時所修改。」引書同註13，第270頁。

曰：「異其意而襲其言，斯謂有蹊。」于是爲琴操古歌詩，
曰：「似矣！然糟粕也。」于是爲四言，入風出雅，曰：「近
之矣！然無所用之矣，子其休矣！」李子聞之，闇然無以
難也。〔註36〕

擬議古作，有意求似，因此難免「有蹊」。王子（王叔武，卒於正
德十六年）的異與之言他能接受，何景明的針砭卻使他惱羞成怒。
徐禎卿（1479～1511）主張「繩古以崇辭」、「詩貴先合度」（《談藝
錄》），和李夢陽同道，盛年之時，擬議而未能變化。李夢陽〈迪功
集序〉曰：

夫追古者未有不先其體者也，然守而未化，故蹊徑存
焉。……今詳其文……議擬以一其格……即有蹊徑，厥儷
鮮已。〔註37〕

李夢陽並非不知擬議之後，須求變化。翁方綱質問：「豈空同果能化
歟？」〔註38〕根據作品分析，李夢陽在弘治、正德間仍然「守而未化」。
〈駁何氏論文書〉卻相當樂觀，認爲變化不難：

守之不易，久而推移，因質順勢，融鎔而不自知。於是爲
曹、爲劉、爲阮、爲陸、爲李、爲杜，即今爲何大復，何
不可哉！此變化之要也。故不泥法而法嘗由，不求異而其
言人人殊……。

〈答周子書〉亦云：「積久而用成，變化叵測矣。斯古之人所以始同
而終異，異而未嘗不同也，非故欲開一戶牖，築一堂室也。」「守之
不易」就是呂本中所說的「左規右矩」，「融鎔而不自知」就是吳可
所說的「與諸體俱化」，自成一家而詩有變態。擬議到變化的程序爲：
一、守之不易：

李夢陽不僅「守法不易」，而且「守舊本不易」。他辯稱守法不易
可以避免語言的蹈襲，其實是違心之論。格調派在第一個階段，「必

〔註36〕《空同先生集》卷五十。
〔註37〕同前書，卷五十一。
〔註38〕《石洲詩話》卷八，廣文。

以臨摹字句爲主」。〔註39〕

二、久而推移，因質順勢，融鎔而不自知：

這是關鍵性的階段，要花費一生的大部分時間（如病翁先生從少到老），而且未必能夠自自然然與諸體俱化。李夢陽當時四十五歲左右，似乎還不能「久而推移」。

三、變化成功：

變化成功指兼備眾體，可以爲曹劉阮陸李杜——在何景明看來，這不足取，因爲尚可分辨出各家的風貌，仍然有迹。變化成功亦可自成一家：「即今爲何大復，何不可哉！」而何景明特別強調自成一家，不願被古人籠絡。

守之不易，勢必「滯礙排比，有模臨法帖之病」（方回語）。第二階段與古人融爲一體，似乎理所當然，而實不必然。像杜甫那樣「盡得古人之體勢，而兼今人之所獨專」（元稹語），最後能自成一家，成功的例子並不多見。李夢陽顯然過於樂觀。葉燮曰：

> 夫作詩者，要見古人之自命處、著眼處、作意處、命辭處、出手處，無一可苟，而痛去其自己本來面目，如醫者之治結疾，先盡蕩其宿垢，以理其清虛，而徐以古人之學識神理充之。（按：以上第一階段）久之，而又能去古人之面目（按：此爲第二階段）；然後匠心而出，我未嘗摹擬古人，而古人且爲我役。（按：此爲第三階段）〔註40〕

何景明、葉燮都主張「去古人之面目」，李夢陽沒有這種主張。葉燮的第二階段是關鍵所在，可能比李夢陽的第二階段更難。吳喬曰：

> 丙申、丁酉（順治十三、十四年），余在都中，與臥子高足張青琱相晨夕，熟聞此集中議論。積久難忍，因調之曰……又嘗語之曰：「君須進生大黃一斤，瀉去腹中陳臥子，始有語話分。」〔註41〕

〔註39〕《石洲詩話》卷一。
〔註40〕《原詩》內篇卷一，《清詩話》下冊，藝文。
〔註41〕《圍爐詩話》卷六，廣文。

葉燮的第一階段是「大瀉」(痛去自己本來面目)繼之「大補」(以古人學識神理充之)，第二階段勢必又要「大瀉」(去古人之面目)，否則如何遺形取神，自出匠心？本文第三章第二節呂本中的部分，已討論過模擬到創造的過程，其實就是擬議到變化的過程，在文學批評史中，這個問題有其連貫性。總之，何景明反對「守之不易」的態度，強調和古人不同；李夢陽認為「守之不易」是必經的階段，不必故意求與古人異，到最後自然「不能不異」。李夢陽提出「不泥法而法嘗由」，很有創見，他知道「泥法」(力盡規摹)的階段必須超越，從尺寸古法到不泥法而法嘗由(並非捨法)，李夢陽完成了理論的建構。

三、小　結

　　李、何辯論的主要原因是創作態度不同，但這種不同只是程度上的差別。李、何都從擬古入手，何之誚李，猶五十步之笑百步。胡應麟云：「今人因獻吉祖襲杜詩，輒假仲默舍筏之說，動以牛後雞口為辭，此未覯何集者。就仲默言，古詩全法漢魏，歌行短篇法杜、長篇王楊四子，五七言律法杜之宏麗，而兼取王岑高李之神秀。」〔註42〕潘德輿曰：「蓋空同之失，大復亦革之而未盡。」〔註43〕而何景明創作態度的轉變，在正德二年的〈述歸賦序〉已見端倪，賦云：「曷章句之足守兮，發矩彟之自然。」不守章句亦即不尺寸古語和古法，發矩彟之自然指文章自然合乎法度，不必刻意求合。他的轉變比李夢陽早，所以標榜變化和自成一家。正德十年李、何發生辯論，李夢陽的創作態度適逢轉變，因此他否認「尺寸古語」，而「尺寸古法」的態度更為強硬，所以李、何的歧異始終存在。

　　李、何的辯論針鋒相對，李夢陽誤解何景明的捨筏之喻，本節已經詳細辨正；更有趣的是李、何的理論竟有互補的現象，可謂真理愈辯愈明。例如何景明說：「凡物有則，弗及者，及而退者，與過焉者，

〔註42〕《詩藪》，續編一。
〔註43〕《養一齋詩話》卷十。

均謂之不至。」李夢陽的尺寸古法是過焉者，可是李夢陽的結論「不泥法而法嘗由」，等於何景明理論的最佳詮釋！

擬議以成其變化的觀念源遠流長，到了明代才正式成爲文學主張。擬議是爲了參古定法、摹體定格，變化是爲了創新、自成一家。「有擬議而無變化，則永遠停滯不前；空言變化而無所依據，則成爲空中樓閣。」〔註44〕李夢陽偏重擬議，何景明偏重變化。然而是否真能變化，滅去蹊徑，理論不足爲憑，分析作品才有客觀的論斷。

第二節　後七子派

一、李攀龍

（一）尺寸古語和尺寸古法

李攀龍繼承李夢陽的復古之業。王世貞曰：「于鱗所許，亡過北地李生矣！其次爲仲默，又次昌穀。」〔註45〕李攀龍對李夢陽的詩文亦有所不滿，「所爲推獻吉者，多其剗除草昧功也。」〔註46〕李攀龍擬古之作很多，例如：

1. 《滄溟先生集》卷一、卷二：古樂府。
2. 卷二：四言效阮公二首。
3. 卷三：古詩後十九首。〔註47〕
4. 卷四：建安體三首、代建安從軍公讌詩十八首、效應璩百一詩。
5. 卷六：圓硯效徐庾體。

〔註44〕黃海章，〈從《易經》中所見到的一些文學原理〉，《中國文學批評論文集》。

〔註45〕《弇州山人四部稿》卷五十七，〈贈李于鱗序〉，偉文。

〔註46〕〈明故嘉議大夫河南按察司按察使李公墓誌銘〉，《滄溟先生集》卷三十二附錄，偉文。

〔註47〕偉文影印《滄溟先生集》題爲〈古詩前後十九首〉，據李氏的引言及《四庫珍本》八集《滄溟集》改爲〈古詩後十九首〉。

擬古的標準及目的爲何？卷一古樂府有一段序言：

> 胡寬營新豐，士女老幼相攜路首，各知其室，放犬羊雞鶩
> 於通塗，亦競識其家：此善用其擬者。至伯樂論天下之馬，
> 則若滅若沒，若亡若失，觀天機也，得其精而忘其麤，在
> 其內而忘其外，色物牝牡，一弗敢知：斯又當其無，有擬
> 之用矣。古之爲樂府者，無慮數百家，各與之爭片語之間，
> 使雖復起，各厭其意，是故必有以當其無，有擬之用；有
> 以當其無，有擬之用，則雖奇而有所不用也。易曰：「擬
> 議以成其變化，日新之謂盛德。」不可與言詩乎哉？

胡寬營新豐，酷似原來的樣子，擬古樂府也應該使人一看便知出處，
這和李夢陽的「鑄形宿鏌，獨守尺寸」如出一轍，和何景明的「不倣
形迹」正好相反。今人王貴苓指出：「在所能見到的前後七子主要人
物的文集裏，大部分的作品——不管是詩經體、楚辭體、或樂府歌行，
都可使我們聯想到原作的形態。」〔註48〕除非不模擬，否則形迹必難
泯除。而李攀龍以爲：酷似原作，才能稱爲模擬。乾脆主張：胡寬營
新豐是擬古的標準。王世貞曰：「于鱗擬古樂府，無一字一句不精美，
然不堪與古樂府並看，看則似臨摹帖耳！」〔註49〕李攀龍擬古樂府，
其作風正如李夢陽所說：「今人模擬古帖，即太似不嫌，反曰能書。」
能書就是「善用其擬者」。

伯樂曰：「良馬可形容筋骨相也；天下之馬者，若滅若沒，若亡
若失。」（《列子‧說符篇》）張湛注：「天下之絕倫者，不於形骨毛色
中求，故髣髴恍惚，若存若亡，難得知也。」〔註50〕李攀龍卻主張擬
古應該先求形似，亦即「當其有，有擬之用」，反對「當其無，有擬
之用」的作風。「當其無」的「無」，指「色物牝牡，一弗敢知」而言，
表面沒有古作的形迹，其實仍是擬古，而既然是擬古，就要「名實相

〔註48〕引自〈明代前後七子的復古〉，《中國古典文學論文精選叢刊‧文學
　　　　批評‧散文與賦類》，第 246 頁。張健先生主編，簡錦松助編，幼獅。
〔註49〕《藝苑巵言》卷七。
〔註50〕《列子》卷八〈說符〉，《四部備要》本，中華。

符」──必求形似。「當其無，有擬之用」，爲了和古人爭勝，不踐形
迹，專意出奇，這種擬古並不足取。

「擬議以成其變化」已見上節，「日新之謂盛德」亦出於《易·
繫辭上》。「擬議成變，日新富有」是李攀龍的口號，〔註51〕作爲擬古
的最終目標。但是，李攀龍擬議有餘，變化不足。王世貞曰：

> 李于鱗文，無一語作漢以後，亦無一字不出漢以前。其自
> 敘樂府云：「擬議以成其變化。」又云：「日新之謂盛德。」
> 亦此意也。若尋端議擬，以求日新，則不能無微憾。世之
> 君子乃欲淺摘而痛訾之，是訾古人矣！（《藝苑卮言》卷七）

王世貞流露稍微的不滿，但又曲爲迴護。錢謙益就不客氣地說：「易云
擬議以成其變化，不云擬議以成其臭腐也！」「影響剿竊，文義違反，
擬議乎？變化乎？」〔註52〕的確，像胡寬營新豐、臨摹古帖式的擬古，
豈可能達到變化日新的目的？他似乎沒有想到：在第一階段的求似之
後，必須進至捨棄舊本、不爲古役的階段，才可能變化日新。李、王
交誼最深，王世貞對李攀龍的「微詞」等於是間接的批評。王世貞曰：

> 其稍有可商者，必欲以古語傅時事，不盡合化工之妙耳，
> 然亦未易言也。〔註53〕
> 于鱗每稱：「屬文言屬者，取古辭比今事而聯屬之耳。」謂
> 其臆創詰曲不解之語則非也。〔註54〕

可知李攀龍的一貫作風是以古語傅合時事，和李夢陽所強調的「罔襲
其辭」正好相反。這種極端的論調有其理由，李攀龍將文字分爲雅、
險、俚三類，文學用語須以經傳中常見的雅字爲主，只要博古則古字
夠用，採用古字是復古的表現。他說：

> 蓋古者字少，寧假借必諧聲韻，無弗雅者。書不同文，俚
> 始亂雅。不知古字既已足用，患不博古耳，博則吾能徵之

〔註51〕見《弇州山人四部稿》卷八十三〈李于鱗先生傳〉，徐中行《徐天目
　　　　先生集》卷十三〈重刻李滄溟先生集序〉。
〔註52〕《列朝詩集小傳》丁集上，〈李按察攀龍〉，世界。
〔註53〕《弇州山人四部稿》卷一二一，〈與吳明卿書〉。
〔註54〕同前書卷一二八，〈答汪惟一書〉。

> 矣。今之作者，限於其學之所不精，苟而之俚焉；屈於其
> 才之所不健，掉而之險焉，而雅道遂病。然險可使安，而
> 俚常累雅……。據薛君所為，累押字不見經傳者屬俚，見
> 經傳而僻、若不可單舉者屬險，凡以復雅道而陰裁俚字，
> 復古之一事，此其志也。〔註55〕

如果散文宗法秦漢以前，則秦漢以前古書中的常用字彙為雅；如果古
詩宗法漢魏，近體詩宗法盛唐，則漢魏盛唐詩中的常用字彙為雅。其
結果必如袁宗道所評：

> 凡有一語不肖古者即大怒，罵為野路惡道……。今却嫌時
> 制不文，取秦漢名銜以文之，觀者若不檢一統志，幾不識
> 為何鄉貫矣！〔註56〕
> 試將諸公一編抹去古語陳字，幾不免於曳白矣！其可愧如
> 此，而又號于人曰：「引古詞傳今事，謂之屬文。」〔註57〕

雅、俚之分並非絕對，袁宗道說：「今人所詫謂奇字奧句，安知非古
之街談巷語耶？」李攀龍迷信古書中的文字為雅，排斥大眾的俚語，
以此作為尺寸古語的理由，顯然忽視了活的語言和紀錄文字相互影響
的事實。〔註58〕而且，李攀龍認為法已備於古人，後人的著作不論如
何求新，所言均不出古人的範圍，於是尺寸古語和尺寸古法乃合而為
一。他說：

> 今之不能子長文章者，曰：「法自己立矣，安在引於繩墨？」
> 即所用心，非不濯濯，唯新是圖，不知其言終日，卒未嘗
> 一語不出於古人，而誠無他自異也！徒以子長所逡巡不為
> 者，彼方且得意為之，若是其自異爾，奈何欲自掩於博物
> 君子也？關中故多文章家，即祭酒在著作之庭且三十年，
> 為文章其用心寧屬辭比事未成，而不敢不引於繩墨也。原

〔註55〕《滄溟先生集》卷十八，〈三韻類押序〉。
〔註56〕《白蘇齋類集》卷二十，〈論文上〉，偉文。
〔註57〕同前註，〈論文下〉。
〔註58〕王夢鷗先生〈古人論文對「語言」之基本態度〉：「紀錄文字受活語
　　　　言的浸潤與活語言受紀錄文字的浸潤，二者之間僅有程度之差，而
　　　　其事實則一。」《古典文學論探索》，第19頁，正中。

夫法有所必至，天且弗違者乎！〔註59〕

李夢陽說法則天生，乃物之自則，李攀龍顛倒過來說古人之法天且弗違，所以後人更「不敢不引於繩墨」，李攀龍反對「法自己立」、「語自己出」，這種理論太過極端，難怪會引起公安派的激烈反動。王世貞的〈李于鱗先生傳〉引述李攀龍的看法：

> （于鱗）以爲紀述之文厄於東京，班氏姑其狓狓者耳。不以規矩，不能方圓；擬議成變，日新富有。今夫尚書、莊、左氏、檀弓、考功、司馬，其成言班如也，法則森如也，吾掇其華而裁其衷、琢字成辭，屬辭成篇，以求當於古之作者而已。

李攀龍古文宗法先秦、西漢，以典型爲規矩，模擬古文的成言和法則，卻沒有注意到：「以求當於古之作者」，和「成變日新」是相衝突的。王世貞又云：

> 蓋于鱗以詩歌自西京逮於唐大曆，代有降而體不沿，格有變而才各至，故于法不必有所增損，而能縱其夙授神解於法之表。句得而爲篇，篇得而爲句，即所稱古作者其已至之語，出入于筆端而不見跡，未發之語爲天地所祕者，創出於胸臆而不爲異。

「法不必有所增損」是李攀龍的重要觀點，源自李夢陽的「尺寸古法」，兩者意義相同。清代沈宗騫的畫論，折衷色彩濃厚，既重古法，亦重性情，其論「摹古」云：

> 時有今古之不同，而心同、手同、法同、安在古今人不相及也？且所用之法，古人已盡之矣，士生明備之後，苟能得古人所用之法以爲法，則心手間自超凡軼俗矣。〔註60〕

古法既已全備，後人只要「明法」、「守法」，不必有所增減，這是尺寸古法的根本理由。〈李于鱗先生傳〉以贊美作結，所謂古人已至之語出入于筆端而不見迹，指擬議而能泯其迹；古人未發之語創出於胸

〔註59〕《滄溟先生集》卷二十五，〈王氏存笥稿跋〉。
〔註60〕《芥舟學畫編》卷一，引自《中國畫論類編》下冊第894頁。

臆而不為異，指語言的創新——這可能是王世貞的理想，未必是李攀龍文學成就的定論。

（二）文必先秦兩漢，詩必漢魏盛唐

劉勰提出「參古定法」的主張，這個觀念在宋、元蓬勃發展，於明代達到顛峯。李攀龍的見解上承前七子，因此本節將先評述前七子的共同意見，以便和李攀龍比較。

明史卷二八六李夢陽傳曰：「倡言文必秦漢，詩必盛唐，非是者弗道。」文必秦漢，詩必盛唐，是兩句非常響亮的口號，代表文學典型的確立；然而，何人在何時提出？原先的內容為何？均有待探討。

唐海（1475～1540）〈太微山人張孟獨詩集序〉曰：「嗟乎！明興百七十年，詩人之生亦已多矣，顧承沿元宋，精典每艱；忽易漢唐，超悟終鮮。惟李、何、王、邊洎徐迪功五六君子，蹶起於弘治之間，而詩道始有定向。」〔註61〕詩道始有定向，其義為何？嘉靖十一年（1532）康海所作〈渼陂先生集序〉曰：

> 我明文章之盛，莫極於弘治時，所以反古昔而變流靡者，
> 惟時有六人焉：北郡李獻吉、信陽何仲默、鄠杜王敬夫、
> 儀封王子衡、吳興徐昌穀、濟南邊廷實，金輝玉映，光照
> 宇內，而予亦幸竊附於諸公之間。乃於所謂孰是孰非者，
> 不溺於剖劘，不怵於異同，有灼見焉，於是後之君子言文
> 與詩者，先秦兩漢、漢魏盛唐，彬彬然盈乎域中矣！〔註62〕

據此序，明史李夢陽傳的「文必秦漢，詩必盛唐」應修正為：「文必先秦兩漢，詩必漢魏盛唐。」而且，這個主張並非李夢陽一人的創見，乃弘治年間前七子彼此切磋所得的「灼見」，於是「詩道始有定向」。前七子真正集合一起，在弘治十八年（1505），是年春天徐禎卿進士及第，李夢陽等六人均在京師。唐海卒後，王九思撰〈明翰林院修撰儒林郎康公神道之碑〉云：

〔註61〕《對山文集》卷四。

〔註62〕同前，卷三。

> 蓋公在翰林時，論事無所遜避，事有不可輒怒罵，又面斥
> 人過……公又嘗為之言曰：「本朝詩文，自成化以來，在館
> 閣者倡為浮靡流麗之作，海內翕然宗之，文氣大壞，不知
> 其不可也。夫文必先秦兩漢，詩必漢魏盛唐，庶幾其復古
> 耳！」自公為此說，文章為之一變。〔註63〕

康海於弘治十五年與何景明、王廷相同時進士及第，授翰林院修撰，迄正德五年因劉瑾案牽連落職為民，九年之間（1502～1510）均在翰林院。在前引兩篇序文中，康海對於詩道始有定向之事不願居功，態度謙遜，王九思歸功於康海一人，恐怕是溢美而不合事實。李夢陽在前七子中最為先進，和何景明齊名，何卒於正德十六年，李卒於嘉靖八年，兩人對文壇的影響力很大，而且卒前都在仕途；康海自正德五年離開政治圈，對文壇的影響力大不如李、何。大概在嘉靖年間，一般人已公認李、何是復古運動的功臣，且認為李夢陽功勞最大。唐海不願當初的「切磋之功」遭到埋沒，因此強調復古的宗旨乃七人共同的「灼見」；王九思同情康海，認為康海首倡復古。我們可以看看明人對弘治復古運動的回顧：

1. 王九思，〈刻太微後集序〉：「今之論者，文必曰先秦兩漢，詩必曰漢魏盛唐，斯固然矣。然學力或歉，模倣太甚，未能自成一家之言，則亦奚取於斯也！」〔註64〕序作於嘉靖年間，可以證明康海所說：「後之君子言文與詩者，先秦兩漢、漢魏盛唐，彬彬然盈乎域中矣！」而王九思已發現模倣太甚的弊端。在此序中，他沒有說誰先提出復古的主張。

2. 王世貞，〈何大復集序〉：「去其始可一甲子，詩而亡舉大曆下者，文亡舉東京下者，即誰力也？」〔註65〕宗臣亦云：「千載榛蕪，李何再闢，俾海內學士大夫重覩古昔。」〔註66〕二人均歸功李、何。

3. 王世懋，〈康對山集序〉：「先生當長沙柄文，天下文靡弱矣，

〔註63〕《渼陂續集》卷中，見偉文影印《渼陂集》。
〔註64〕同前，卷下。
〔註65〕《弇州山人四部稿》卷六十四。
〔註66〕《宗子相集》卷十四，〈三報張範中〉，偉文。

關中故多秦聲，而先生又以太史公質直之氣倡之，一時學士風移，
先生卒用此得罪廢，而使先秦兩漢之風至於今復振，則先生力也。」
〔註67〕康海首倡文必先秦兩漢，因此得罪李東陽。

　　4. 李贄肯定弘治復古之功，他說李夢陽主張「文莫如先秦西漢，
古詩莫如漢魏，近體詩莫如初盛唐」，〔註68〕又說李夢陽「文稱左遷，
賦尚屈宋，詩古體宗漢魏，近體法李杜」，〔註69〕李贄說的最詳細，
但是「文莫如先秦西漢」有問題，「西漢」似應改稱「兩漢」。

　　5. 袁宏道，〈敘小修詩〉：「蓋詩文至近代而卑極矣！文則必欲準
於秦漢，詩則必欲準於盛唐。」〔註70〕袁中道曰：「自宋元以來，詩
文蕪爛，鄙俚雜沓。本朝諸君子出而矯之，文準秦漢，詩則盛唐，人
始知有古法。」〔註71〕兩人的態度一否定、一肯定，但是可以推知：
到了公安派，文必先秦兩漢、詩必漢魏盛唐被簡化為「文必秦漢，詩
必盛唐」。

　　根據上面的分析，我們似可推測：康海強調文必先秦兩漢，李夢
陽強調詩必漢魏盛唐，〔註72〕這兩大主張獲得其他同志的認可，成為前
七子復古運動的主要號召，李夢陽以領袖自居，而康海亦有創始之功。

　　大概在嘉靖二十七年左右，透過李先芳的介紹，李攀龍認識王世
貞，並且約為盟友，王世貞的〈王氏金虎集序〉追憶其事：

　　　　是時有濮陽李先芳者，雅善余，然又善濟南李攀龍也，因見

〔註67〕引自《對山文集》卷首。卷首附諸家評語，李川父曰：「弘治間武功
　　　　康太史以馬遷之文倡，北郡李按察近體詩以杜倡，而古體則以漢魏
　　　　倡，學者翕然宗之。」據此，王九思說康海首倡「文必先秦兩漢，
　　　　詩必漢魏盛唐」，只有一半可信。
〔註68〕《續藏書》卷二十六，〈副使李公傳論〉，學生。
〔註69〕同前，〈副使何公傳論〉。
〔註70〕《袁中郎全集》卷一，偉文。
〔註71〕《珂雪齋集選》卷十，〈中郎先生全集序〉。天啓二年刊本，中央圖
　　　　書館藏。
〔註72〕邵紅：「七子結盟時，夢陽重詩，康海重文，這一點是可以肯定的。」
　　　　見〈明代前七子的時代背景及文學理論（續）〉，《幼獅學誌》第十八
　　　　卷第二期，第101頁。

攀龍於余。余二人者，相得甚驩，間來約曰：「夫文章者，天地之精而不朽之盛舉也……詩變而屈氏之騷出，靡麗乎長卿。聖矣樂府，三詩之餘也。五言古，故（蘇）李其風乎，而法極黃初矣！七言暢於燕歌乎，而法極杜李矣！律暢於唐乎，而法極大曆矣！書變而左氏、戰國乎，而法極司馬史矣！生亦有意乎哉！」於是吾二人者益日切劘爲古文辭，眾大譁咻罾之，雖濮陽亦稍稍自疑引辟去，而徐中行，梁有譽來，已宗臣來，已吳國倫來……（按：王世貞嘉靖二十六年進士及第，徐中行等四人均嘉靖二十九年進士及第）〔註73〕

李攀龍在結盟時，提出四點基本主張。第一，五言古法極黃初。「極」有「極至」、「觀止」之意，表示取法的下限。因此，五言古的典型取至魏文帝爲止。第二，七言法極杜李。七言歌行的典型取至杜甫、李白爲止。第三，律詩法極大曆。李攀龍對大曆時代的律詩如果有所取法，必定不是全部，嚴羽說「大曆之詩，高者尙未失盛唐，下者漸入晚唐矣。」李攀龍當是取其高者，因爲自高棅以來已嚴分盛唐之界，〔註74〕李攀龍應該熟知。李攀龍〈報劉子威〉書：「蓋曰：漢魏以逮六朝，皆不可廢，惟唐中葉不堪復入耳。見誠是也，於不佞奚疑哉！」〔註75〕既說唐中葉不堪復入，法極大曆便有問題。殷士儋曰：「蓋文自西漢以下，詩自天寶以下，若爲其毫素污者，輒不忍爲。」〔註76〕據此說，李攀龍不取大曆之詩。王世貞曰：「蓋于鱗以詩歌自西京逮於唐大曆……」（李于鱗先生傳），可能李攀龍曾經

〔註73〕《弇州山人四部稿》卷七十一。

〔註74〕高棅曰：「唐詩之變漸矣……再變而爲盛唐，開元、天寶之詩是也。三變而爲中唐，大曆、貞元之詩是也。……」見《唐詩品彙》叙目。又〈凡例〉引林鴻之言：「開元、天寶間神秀聲律粲然大備，故學者當以是楷式。」高棅以爲確論。《唐詩品彙》，商務《四庫珍本》六集。〈唐詩正聲序〉亦云：「原漢魏，溯六代，以入於唐，又進而造乎開元、天寶之域，然後則曰止斯可矣！止斯可矣！是謂道也。」《唐詩正聲》，臺大久保文庫本。

〔註75〕《滄溟先生集》卷二十六。

〔註76〕引同註46。

有此一說，但不是定論。如果依據前後七子的共同標準判斷，李攀龍不取大曆之詩為是。徐中行曰：「王元美與余輩推之壇坫之上，聽其執言惟謹：文自西京以下，詩自天寶以下不齒。同盟視若金匱罔渝。」（〈重刻李滄溟先生集序〉）〈王氏金虎集序〉的「法極大曆」，就是「貞元而後，方足覆瓿」（《藝苑卮言》卷一），王世貞主張近體詩取至大曆為止。近體詩的部分，李攀龍漏掉了絕句，可能是當時尚未有所主張。第四，古文的典型取至司馬遷的史記為止，比前人嚴苛。他曾說「秦漢以後無文矣」，〔註77〕「漢」指西漢或東漢？指西漢的可能性較大，因為不取東漢以下是他的一貫見解。

李攀龍〈選唐詩序〉〔註78〕有一些重要的意見：

1. 五古：「唐無五言古詩，而有其古詩，陳子昂以其古詩為古詩，弗取也。」鍾惺曰：「每讀唐人五言古妙處，未嘗不恨李于鱗孟浪妄語。」〔註79〕許多人不滿李攀龍此說，王士禎卻有同情的了解，他說：「滄溟先生論五言，謂唐無五言古詩，而有其古詩也，此定論也。常熟錢氏但截取上一句，以為滄溟罪案，滄溟不受也。要之，唐五言古固多妙緒，較諸十九首陳思陶謝，自然區別。」〔註80〕李攀龍既主張取法乎上，五古的典型當然不取唐代，這正是「法極黃初」的具體說明，立場不同者斥他「孟浪妄語」，亦不足為怪。

2. 七古：「七言古詩唯杜子美不失初唐氣格，而縱橫有之；太白縱橫，往往彊弩之末，間雜長語，英雄欺人耳。」言下之意，七古歌行以初唐氣格為上，對李白頗有微辭。

3. 絕句：稱李白的五、七言絕句，「實唐三百年一人」。絕句法極太白，可補充〈王氏金虎集序〉。

4. 五律、排律：「諸家槩多佳句。」沒有特別標榜取法何人，然

〔註77〕《滄溟先生集》卷二十八，〈答馮別駕〉。
〔註78〕同前，卷十八。
〔註79〕《唐詩歸》卷八，王維〈哭殷遙〉評語。
〔註80〕《師友詩傳錄》，《清詩話》上冊。

大概以盛唐爲主。

5. 七律:「七言律體,諸家所難,王維、李頎頗臻其妙。即子美篇什雖眾,憒焉自放矣。」七律法極王維、李頎,不取杜甫憒焉自放的作品,則精嚴者仍然可取。

吳師宏一曰:「七子論體製,原爲常人立典型,是取法乎上的意思,因此在理論上自有其價值,不可厚非。」〔註81〕此爲持平之論。作詩必從學詩入門,學詩必須選擇典型,典型自以古人之作爲宜,因爲古人的作品歷經不同時代的品鑒,是優是劣,大致上有客觀的標準,而近代或當代的作品尙未獲得定論,想選爲典型大有困難。劉勰說:「童子雕琢,必先雅製……故宜摹體以定習,因性以練才。」(《文心雕龍・體性篇》)又說:「名理有常,體必資於故實。」(〈通變篇〉)都是不刊之論。或「熟讀之以奪神氣」,〔註82〕或尺尺寸寸模擬,都需要樹立典型。王廷相云:

> 工師之巧,不離規矩;畫手邁倫,必先擬摹。風騷樂府,
> 各具體裁;蘇李曹劉,辭分界域。欲擅文圃之撰,須參極
> 古之遺,調其步武,約其尺度,以爲我則,所不能已也。
> 久焉純熟,自爾悟入。(《與郭价夫學士論詩書》)

吳國倫曰:「師心者非往古而捐體裁……藉令體裁可捐,則方員何取於規矩?」〔註83〕古人的「體裁」代表規矩。胡應麟曰:「文章自有體裁,凡爲某體,務須尋其本色,庶幾當行。」〔註84〕在各種體裁中選出最具本色的作品,便是典型。不以規矩不能成方圓,法式古人乃必經之途,至於如何而能「擺脫形模、不犯舊跡」,那是另一階段的問題。

〔註81〕《清代詩學初探》第一章第 54 頁,牧童。

〔註82〕見《四溟詩話》卷三。卷一亦曰:「學李杜者,勿執於句字之間,當率意熟讀,久而得之,此提魂攝魄之法也。」

〔註83〕《甔甀洞稿》卷三十九,〈胡祭酒集序〉,偉文。

〔註84〕《詩藪》內編卷一(古體上,雜言)。

二、王世貞

（一）法極無跡

　　「無迹」的觀念有其淵源。義存禪師曰：「我若東道西道，汝則尋言逐句；我若羚羊挂角，你向什麼處捫摸？」〔註85〕道膺禪師曰：「如好獵狗，只解尋得有蹤迹底，忽遇羚羊掛角，莫道迹，氣亦不識。」〔註86〕無迹指不涉理路，不落言筌，因此嚴羽說：「盛唐諸人，惟在興趣，羚羊挂角，無跡可求。」皎然詩式「詩有六至」，其四為「至苦而無迹」，「取境」條曰：「取境之時，須至難至險，始見奇句。成篇之後，觀其氣貌，有似等閒不思而得，此高手也。」有似等閒，不費思索，就是無迹。王安石：「看似尋常最奇崛，成如容易卻艱辛。」表面容易，其實用了不少功夫，而讀者不知。王世貞曰：

> 一起一伏，一頓一挫，有力無跡，方成篇法，此是秘密大
> 藏印可之妙。（《藝苑巵言》卷一）

起伏頓挫之中，有一斡萬鈞之力，然而沒有用力的痕迹，類似皎然與王安石之說。黃庭堅曰：「文章成就，更無斧鑿痕，乃為佳作耳。」何景明曰：「泯其擬議之迹。」袁枚曰：「織錦有迹，豈曰蕙娘。修月無痕，乃號吳剛。白傅改詩，不留一字。今讀其詩，平平無異。意深詞淺，思苦言甘。寥寥千年，此妙誰探！」（《續詩品‧滅迹》）都指出無迹的境界，代表至高的文學成就。禪家的無迹和文學家的無迹不盡相同，前者是超越語言思想的執著，後者指文學造詣的圓滿純熟。

　　王世貞暢論篇法、句法、字法，強調有物有則，「轂率規矩定，而後取機於性靈」〔註87〕，先肯定作詩不可無法，進而有「法極無跡」的高論。其云：

> （七言律）篇法有起，有束，有放，有斂，有喚，有應，

〔註85〕道原《景德傳燈錄》卷十六，〈福州雪峯義存禪師〉，《四部叢刊》本。
〔註86〕同前，卷十七，〈洪州雲居道膺禪師〉。
〔註87〕《弇州山人續稿》卷一八二，〈與顏廷愉書〉。沈雲龍主編《明人文集叢刊》，文海。

　　　　大抵一開則一闔，一揚則一抑，一象則一意，無偏用者。

　　　　句法有直下者，有倒插者，倒插最難，非老杜不能也。字

　　　　法有虛、有實，有沈、有響，虛響易工，沈實難至，五十

　　　　六字如魏明帝凌雲臺材木，銖兩悉配，乃可耳。篇法之妙，

　　　　有不見句法者；句法之妙，有不見字法者：此是法極無跡，

　　　　人能之至，境與天會，未易求也。(《藝苑卮言》卷一)

篇法包含句法，句法包含字法，層次分明；然而，如果篇法渾成，則
不見句法；句法渾成，則不見字法。王世貞所說的篇法，正如唐順之
所說的「開闔首尾經緯錯綜之法」。〔註88〕法極無跡可以包括不見篇
法，不見句法、不見字法三者。「極」是人能之至，並非不用功力，而
是功力的極至；「境與天會」是自然湊合，乘興便作，似乎不關人力，
然而若無「漸修」亦難有「頓悟」，悟入必從功夫中來。王世貞曰：

　　　　西京建安，似非琢磨可到。要在專習凝領之久，神與境會，

　　　　忽然而來，渾然而就，無階級可尋，無色聲可指。三謝固

　　　　自琢磨而得，然琢磨之極，妙亦自然。(《藝苑卮言》卷一)

神與境會就是「境與天會」，如皎然所謂「雖取由我衷，而得若神表」，
〔註89〕「造極之旨，必在神詣」。〔註90〕不勉而至、不思而成的境界，
妙造自然，其實是琢磨之極，而能泯去痕跡，「無階級可尋，無色聲
可指」最能形容法極無跡的高妙。又曰：

　　　　風雅三百、古詩十九，人謂無句法，非也！極自有法，無

　　　　階級可尋耳。(《藝苑卮言》卷一)

　　　　(三百篇) 間一潛咏，覺其篇法、句法、字法宛然自見，特

　　　　不落階級，不露蹊逕，所謂羚羊挂角，無跡可尋耳。〔註91〕

在王世貞看來，詩經與漢魏古詩都是法極無跡，因此他特別發明此義，
並且視爲不易達到的標準，可以這樣說：法極無跡是第一義，尺寸古法
是第二義。清代李鍈曰：「詩不可以無法，而又不可以滯於法。行乎其

〔註88〕《荊川先生文集》卷十，〈董中峯侍郎文集序〉，《四部叢刊》本。

〔註89〕《詩式》五卷本，卷一序，《十萬卷樓叢書》。

〔註90〕同前，卷五序。

〔註91〕《弇州山人續稿》卷一六五，〈跋古隸風雅〉。

所不得不行，止乎其所不得不止，無用法之跡，而法自行乎其中，乃爲眞法。」〔註92〕這段話如果用來解釋王世貞的法極無跡，最爲恰當。

（二）法不累氣，才不累法；意與法相爲用

王世貞探討法與才、意、氣的關係，提高了理論的層次，也擴充了理論的內涵。

才指天賦的能力。王充說：「文辭美惡，足以觀才。」（《論衡・佚文篇》）就文學而言，才是表現的能力。才有高下、淺深之別（《論衡・案書篇》）。葛洪曰：「夫才有清濁，思有修短，雖竝屬文，參差萬品。」（《抱朴子・辭義篇》）文學作品的差異，決定於作者的才思，而才是天賦的質性，故有清濁之別。劉勰的《文心雕龍》相當重視天賦之才，例如「才力居中，肇自血氣」（〈體性篇〉）、「才有庸儁」（同上）、「人之秉才，遲速異分」（〈神思篇〉）、「才自內發，學以外成」（〈事類篇〉），主要的涵義指表達的能力。〔註93〕顏之推曰：「但成學士，自足爲人；必乏天才，勿強操筆也。」（《顏氏家訓・文章篇》）勸告缺乏天才的人不要從事寫作，以免流布醜拙。天才是創作的最重要條件。葉燮也說，才受之於天，而且膽能生才，使表達能力不受拘束。

意指內心的思想，《易・繫辭上》：「書不盡言，言不盡意。」《大學》：「欲正其心者，先誠其意。」人類的思想變動不居，劉勰說：「詩有恆裁，思無定位。」陸機〈文賦〉曰：「恆患意不稱物，文不逮意。」文以意爲主的見解淵源於此，〔註94〕他並且把內心的營構行爲稱爲「意匠」。范曄說：「情志所託，故當以意爲主，以文傳意。以意爲主，則其旨必見；以文傳意，則其詞不流。」〔註95〕正式提出文以意爲主的理論。王昌齡曾深入探討文意的相關問題。杜牧曰：「凡爲文以意

〔註92〕《詩法易簡錄・自序》，蘭臺。
〔註93〕參考王金凌《文心雕龍文論術語析論》第 52 頁，華正。
〔註94〕參考王夢鷗先生〈陸機文賦所代表的文學觀念〉，《古典文學論探索》第 107 頁。
〔註95〕《宋書》卷六十九〈范曄傳〉，鼎文新校本。

爲主，氣爲輔，以辭彩章句爲之兵衞。未有主強盛而輔不飄逸者，兵
衞不華赫而莊整者。」﹝註96﹞比前人多提出一項「氣」的因素，而氣
是意的輔佐。

　　「氣」和「才」都是天賦的：「氣之始義當爲血氣，可理解爲生
命之元質，或生命之活力。」﹝註97﹞曹丕的《典論‧論文》首先提出
「文以氣爲主」：「氣爲人材質生命之總稱，文章風格決定於人之質
性，創作即爲生命材質之直接呈現。」﹝註98﹞葛洪認爲才有清濁，氣
有強弱。劉勰也說氣有剛柔，作文必須養氣，使氣盛思銳。韓愈說：
「氣盛則言之短長，與聲之高下者皆宜。」文章是作者生命活力的表
現，因此氣盛是創作過程的動力和保證創作成功的主要條件。

　　才、意、氣的涵義均相當複雜，以上的引述雖不完備，但是可以
作爲下文的討論基礎。王世貞曰：

> 吾於詩文不作專家，亦不離調。夫意在筆先，筆隨意到，
> 法不累氣，才不累法，有境必窮，有證必切，敢於數子云
> 有微長。庶幾未之逮也，而竊有志耳。(《藝苑卮言》卷七)

創作之前必須立意，筆隨意到正如行雲流水，在這種狀態中，「法不
累氣，才不累法」，法與才、氣各不衝突，維持恰到好處的關係。先
談法與氣的關係，顏之推曰：

> 凡爲文章，猶人乘騏驥，雖有逸氣，當以銜勒制之，勿使
> 流亂軌躅，放意塡坑岸也。﹝註99﹞

逸氣是一股衝力，任其奔放，將導致混亂，「銜勒」象徵約束制衡，

﹝註96﹞《樊川文集》卷十三，〈答莊充書〉，《四部叢刊》本。僞託的《魏文
　　　帝詩格》曰：「文以意爲主，以氣爲輔，以詞爲衞。」引自《詩人玉
　　　屑》卷六。
﹝註97﹞莊耀郎《原氣》，第20頁，七十三年師大國文研究所碩士論文。
﹝註98﹞同前，第159頁。
﹝註99﹞《顏氏家訓‧文章篇》。引文據周法高《顏氏家訓彙註》，中研院史
　　　語所專刊之四十一。「銜勒」，宋本《顏氏家訓》作「銜策」，周法高
　　　曰：「此言行文貴有節制，自當用銜勒，若策者，所以鞭馬而使疾行，
　　　非本意矣。」

等於後代所說的法。南宋吳子良曰：

> 爲文大概有三：主之以理，張之以氣，束之以法。〔註100〕

氣擴張流動，是積極的因素，法代表約束的消極因素，一張一束，剛好均衡。李德裕說：「鼓氣以勢壯爲美，勢不可以不息，不息則流宕而忘反。」（〈文章論〉）見解類似顏之推。若不流宕忘反，則須束之以法。王世貞曰：

> 尚法則爲法用，裁而傷乎氣。〔註101〕

尚法則以裁制爲主，必然傷害氣的活力，如何解決這個衝突？他提出「裁有擴而縱有操」的主張，亦即法的裁制和氣的擴張剛好平衡的理想狀態，如此則「法不累氣」。其次談法與才的關係。王世貞〈李愚谷先生集序〉曰：

> 夫以李先生爲文章號稱名家數十年，而終不敢以其才而溢先民之法，意至而言，意竭即止，大要不欲使辭勝意如此。〔註102〕

「意至而言，意竭即止」就是先民之法，才是表現的能力，也應該遵循這條法則。大抵氣盛則表現能力強，才與氣的關係非常密切，以後七子的宗臣（1525～1560）爲例，自負才氣，「橫放雄屬，莫可得而羈笯」〔註103〕，王世貞〈宗子相集序〉曰：

> 子相才高而氣雄……當其所極意，神與才傅，天竅自發……。夫以于鱗之材，然不敢盡斥矩矱而創其好，即何論世貞哉！子相獨時時不屑也。……以子相之詩，足無憾於法，乃往往屈法而伸其才；其文足盡於才，乃往往屈才

〔註100〕《林下偶談》卷二，商務《叢書集成初編》，題「宋荆溪吳氏著」，參考羅根澤《兩宋文學批評史》第八章，知作者爲吳子良。毛先舒曰：「以才裁物，以氣命才，以法馭氣，以不測用法。」《詩辯坻》卷一，《清詩話續編》。

〔註101〕《弇州山人四部稿》卷六十七，〈五嶽山房文稿序〉。卷六十六〈五嶽黃山人集序〉云：「尚裁者服其法。」

〔註102〕同前，卷六十六。

〔註103〕同前，卷八十六，〈明中憲大夫福建提刑按察司提學副使方城宗君墓誌銘〉。

　　而就法。〔註104〕

王世貞和李攀龍都不敢橫放而違背法度，宗臣卻仗其才高氣雄，縱其意之所至，不屑於遵守矩矱，作詩往往「屈法而伸其才」。王世貞認為才的舒展不可漫無拘束：「才不可盡，則引矩以囿之。」〔註105〕這就是歛才就法，或稱歛才就格。毛先舒曰：「詩須博洽，然必歛才就格，始可言詩。亡論詞采，即情與氣，亦弗可溢。胸貯幾許，一往傾瀉，無關才多，良由法少。」〔註106〕又曰：「才子者，有情有才，亦假法以範之，時有過差，時或不及。」宗臣堪稱才子，作詩屈法而伸才，作文屈才而就法，均未能恰到好處。王世貞的「才不累法」針對屈法而伸才的情形而言，反過來說，亦應「法不累才」。王世貞討論較多的是法與意的關係，〈五嶽山房文稿序〉云：

　　尚法則為法用，裁而傷乎氣；達意則為意用，縱而舍其津筏。（按：王世貞以舍筏喻舍法）……吾來自意而往之法，意至而法偕至，法就而意融乎其間矣。夫意無方而法有體也，意來甚難而出之若易，法往甚易而窺之若難，此所謂相為用也。左氏，法先意者也；司馬氏，意先法者也。然而，未有不相為用者也。……不屈闕其意以媚法，不骪骳其法以殉意，裁有擴而縱有操，則既亦彬彬君子矣。

這篇文論亦可視為詩論。當時論文有尚法、達意二派，王世貞乃加以折衷。尚法的結果造成傷氣，達意的結果造成捨法，弊病顯然。「傷氣」其實也就是「傷意」。元代郝經論書法，已舉出法和意如何平衡的問題：

　　小楷則精緻蕭散，秀逸而存風骨，傾欹而見正大，出奇示變於規矩準繩之中。太嚴則傷意，太放則傷法……無意而皆意，不法而皆法，凡行草之理皆在其中。〔註107〕

〔註104〕同前，卷六十五。
〔註105〕同前，卷六十八，〈王少泉集序〉。
〔註106〕《詩辯坻》卷一。吳偉業亦云「毋使才而礙法」，見《梅村家藏稿》卷五十四，〈致孚社諸子書〉，引自《清代文學批評資料彙編》第80頁。
〔註107〕《陵川集》卷二十，〈敘書〉。

楊慎《升庵詩話》卷六引之，並曰：「皆名言也。」王世貞可能受到郝經的影響，發揮其說而成為文學理論，主張意法「相為用」，相融不分。就一般的創作過程而言，必先立意，然後以文達意，蘇軾說：「詞至於能達，則文不可勝用矣。」（〈答謝民師書〉）行雲流水形容能達，然而「常行於所當行，常止於不可不止」，自然的法則內在於表達的過程之中，因此可以說「意至而法偕至」，意法相融不可分離。王世貞進一步分辨意、法的不同性質，「意無方」就是「思無定位」，翻空而易奇；「法有體」就是「術有恆數」，具體而可以把握。他比較《左傳》、《史記》，認為左丘明重法，法先於意，司馬遷重意，意先於法，前者似拘，後者似放，然而不論以法運意或以意運法，意和法「未有不相為用者」，這個論調類似呂本中比較《莊子》、《左傳》所下的結語：「二書不可偏廢也。」不屈闕其意以媚法，即不可「太嚴傷意」，清代方薰論畫曰：「古人畫人物亦多畫外用意，以意運法，故畫具高致；後人專工於法，意為法窘，故畫成俗格。」〔註108〕意為法窘的情形應該避免。不骫骳其法以殉意，即不可「太放傷法」，豪放之中仍有法度。王世貞曰：

> 夫文出於法而入於意，其精微之極，不法而法，有意無意，
> 乃為妙耳。〔註109〕

「吾來自意而往之法」，意先法者也；「文出於法而入於意」，法先意者也。不法而法，有意無意，超越了「法先意」和「意先法」的區別，是非常高妙的理論。「因意見法」〔註110〕和「意融法中，不出法外」〔註111〕都是意法相為用的狀態，不法而法、有意無意則進而消除相為用之迹，這是「人能之至，未易求也！」

三、小　結

　　李攀龍尺寸古法又尺寸古語，以胡寬營新豐為模擬的標準，可謂

〔註108〕引自《中國畫論類編》上冊第 541 頁。
〔註109〕《弇州山人四部稿》卷一二五，〈復戚都督書〉。
〔註110〕同前，卷六十八，〈黃淳父集序〉。
〔註111〕同前，卷一二六，〈答陳淮安玉叔書〉。

李、何以來詩法理論的一大退步。王世貞深知其病，他說：「剽擬雷同，信陽之舍筏，不免良箴；北地之效顰，寧無私議？」「中興之功，則濟南爲大矣！今天下人握夜光，途遵上乘，然不免邯鄲之步，無復合浦之還，則以深造之力微，自得之趣寡。」（《藝苑巵言》卷五）東施效顰、邯鄲學步，這些評語都深中擬古派的要害。他認爲最正確的方向是：「情景妙合，風格自上，不爲古役，不墮蹊逕。」〔註112〕觀念非常接近何景明。前後七子各有修正派，能指出向上一路，不必等到公安派的口誅筆伐，他們早已「悟今是而昨非」。

　　前七子建立了文學的典型：「文必先秦兩漢，詩必漢魏盛唐。」李攀龍主張文必先秦西漢，比前人嚴格；五古取至黃初，比前人明確；七古及近體取至天寶爲止，看法同於前人。王世貞與李攀龍定交，「自是詩知大曆以前，文知西京而上」（《藝苑巵言》卷七），王世貞說「西京之文實。東京之文弱，猶未離實也；六朝之文浮，離實矣。唐之文庸，猶未離浮也；宋之文陋，離浮矣，愈下矣。元無文。」（《藝苑巵言》卷三）也是文法西漢以上。古體、近體的典型，亦不外乎漢魏、盛唐。王世貞是一位批評家，他對詩文的評鑒都比李攀龍詳盡。李攀龍不取大曆之詩，王世貞則不取貞元以下，這點稍有不同。確立典型，是一種價值判斷。典型既立，既可自我提升，也會自我設限，最大的弊病便是因擬古而成爲古人影子，損害創造的能力。李、何、李、王的弊病輕重有別，而受擬古之害則一，明末陳子龍評曰：「特數君子者，摹擬之功，能事頗極；自運之語，難皆超乘。」又曰：「規摹昔製，不遺餘力，若加椎駁，可議甚多。」〔註113〕

　　王世貞論篇法、句法、字法，類似李夢陽「尺寸古法」的態度，接著提出「法極無跡」，大放異彩。法極無跡，即嚴羽所謂「羚羊掛

〔註112〕《藝苑巵言》卷五。《弇州山人四部稿》卷六十八，〈王少泉集序〉亦云：「能脫摹擬，洗蹊逕，以超然於法之外。」
〔註113〕見《安雅堂稿》卷三，〈李舒章彷彿樓詩稿序〉、〈六子詩稿序〉，偉文。

角，無跡可求，如空中之音，相中之色，水中之月，鏡中之象」的境界。〔註114〕神與境會、興與境詣，不可強求，已是胡應麟「興象風神，無方可執」、「法所當先，悟不容強」的先聲。

王世貞注意法與才、意、氣的關係，可知他的思想較有深度與廣度。法是不可或缺的制衡因素，如果能在創造活動中和才、意、氣維持均衡，相用而不衝突，那便是理想的狀態，然而實際上必有所偏重，我們也很難說那一點是均衡點。在《藝苑卮言》，王世貞另有一些特殊的見解，例如他評李陵詩「工出意表，意寓法外」（卷二），所以不可能是偽作；評淮南子「雖似錯雜，而氣法如一，當由劉安手裁」（卷三）。意寓法外，似指意不拘於法，意味不盡；氣法如一，指文氣和文法如出自一人之所爲。他又有「主氣」、「主意」之分，例如：「七言絕句，盛唐主氣，氣完而意不盡工；中晚唐主意，意工而氣不甚完。」（卷四）氣完和意工難以兩全。李、杜五言古詩及七言歌行的區別，在於李白以氣爲主，杜甫以意爲主（卷四），這也是王世貞的創見。

第三節　七子折衷派

李維楨（1547～1626）和屠隆（1542～1605）、胡應麟（1551～1602）、趙用賢（1535～1596）、魏允中等五人，王世貞標榜爲末五子。〔註115〕王世貞的文學理論反映了修正和折衷的趨向，李維楨、屠隆、胡應麟三人繼承這個趨向，使其明朗化。本節以李維楨爲主，屠隆、胡應麟爲輔，因爲李維楨的折衷理論比較豐富，具有代表性。

一、師古者有成心，師心者無成法

師古的理由在於：古人是完美的立法者，他們的作品等於規矩，後人應該從古人的作品中揣摩法則，擬古求似乃必經之途。師心的理由在於：創造活動應該是個人性靈的自由表現，師古求似、尺寸古法

〔註114〕賀裳《載酒園詩話》卷一有此說，《清詩話續編》。
〔註115〕見《弇州山人續稿》卷三，〈末五子篇〉。

卻妨礙了心靈的自由，而擬古根本就不是創造，無價值可言。

師古師心之辯，金代趙秉文已開其端，他強調師心者終身無成。明初宋濂批評師心之非，並且提出折衷的理論。高啓認爲格、意、趣是作詩之要，格以辯其體，「體不辯則入於邪陋，而師古之義乖」，體格須法古人：「故必兼師眾長，隨事摹儗，待其時至心融，渾然自成，始可名大方而免夫偏執之弊矣。」〔註116〕李夢陽的「久而推移，因質順勢，融鎔而不自知」，呼應高啓之說。陳獻章曰：「初須訪古，久而後成家也。今且選取唐宋名家詩數十來首，諷誦上下，効其體格音律，句句字字，一毫不自滿，莫容易放過。若於此悟入，方有蹊徑可尋。」〔註117〕亦主張由師古悟入。唐代張璪論畫，有兩句名言：「外師造化，中得心源。」即師自然與師心。明代畫家王紱曰：

> 外師造化，未嘗定爲何法何法也；內得心源，不言得之某氏某氏也。……一二稿本，家傳師授，輾轉摹倣，無復性靈，正如小兒學步，專藉提攜，纔離保姆，立就傾仆矣。〔註118〕

王紱批評專師古本者缺乏性靈，摹倣而不敢獨立。何景明後來也用了「如小兒學步」的比喻。前後七子的基本立場都是從師古入手，他們不論如何辯論、修正，均未有師心的主張，因爲師心必然導致師古理論的全盤否定。在後七子的時代，師古的嚴重弊病已經呈現，師心的主張乘機而起，對七子派的理論根基造成致命的威脅，若不願自我否定，只能自我調整，走上折衷之路。李維楨曰：

> 蓋本朝人文極盛，成弘而上，不暇遠引，百年內外約有三變：當其衰也，幾不知有古，德靖間二三子反之，而化裁未盡；嘉隆間二三子廣之，而模擬遂繁；萬曆間二三子厭之，而雅俗雜揉。一變再變，觭于師古，三變觭於師心。〔註119〕

〔註116〕《高太史鳬藻集》卷二，〈獨菴集序〉，《四部叢刊》本。
〔註117〕《白沙子》卷四，〈批答張廷實詩笺〉，《四部叢刊》本。
〔註118〕引自《中國畫論類編》上冊第99～100頁。
〔註119〕《大泌山房集》卷十一，〈董元仲集序〉。

師心的論調出現於萬曆年間，是針對後七子的反動。屠隆批評擬古派「模辭擬法，拘而不化，獨觀其一則古色蒼然，總而讀之則千篇一律也。」〔註120〕千篇一律，難怪人心厭之。矯枉過正，由師古變爲師心，李維楨評曰：

> 自有文字以來，成法具在，而師心者失之，若驅市人而使野戰，若舍規矩準繩而爲輪輿；師古者泥之與無法同，若瀾眉加半額白，疊光明錦爲負販袴。〔註121〕

師古者泥法，師心者無法，兩者都是極端，李維楨加以客觀的批評，不偏袒一方。師心者如驅市人野戰，必敗無疑，這個比喻又見於〈來使君詩序〉和〈書程長文詩跋〉。〔註122〕〈來使君詩序〉曰：

> 已讀其詩，而知使君之所以談兵，即其所以談詩者。夫詩有音節抑揚開闔文質淺深，可謂無法乎？意象風神，立於言前而浮於言外，是寧盡法乎？師古者有成心，而師心者無成法，譬之歐市人而戰，與能讀父書者，取敗等耳。

師古者有成心，被古法所拘，正如趙括徒能讀父兵書，膠柱鼓瑟，不知合變，法爲死法，〔註123〕也是必敗無疑──這個譬喻對尺寸古法的人而言，非常恰當。李維楨有一個重要的見解：詩的音節抑揚開闔文質淺深（音律、章法、語言）有法可學，但是意象風神不得模擬。亦如元代范梈（或傅若金）所謂「法度可學，而神意不可學」，師古有其極限。胡應麟云：

> 作詩大要，不過二端：體格聲調、興象風神而已。體格聲調，有則可尋；興象風神，無方可執。……譬則鏡花水月，體格聲調，水與鏡也；興象風神，月與花也。必水澄鏡朗，

〔註120〕《由拳集》卷二十三，〈文論〉，偉文。

〔註121〕《大泌山房集》卷十，〈張觀察集序〉。

〔註122〕同前注，卷十九〈來使君詩序〉，卷一三一〈書程長文詩跋〉。屠隆也用過這個比喻，見《栖眞館集》卷十一，〈梅粉館七生社艸敘〉。

〔註123〕《資治通鑑》卷五，趙王以趙括代廉頗爲將，藺相如曰：「王以名使括，若膠柱鼓瑟耳。括徒能讀其父書傳，不知合變也。」胡三省注曰：「鼓瑟者，絃有緩急，調弦之緩急在柱之運轉，若膠其柱，則絃不可得而調，緩者一於緩，急者一於急，無活法矣。」

　　　　然後花月婉然。〔註124〕

體格聲調又稱爲格律音調，李夢陽所歸納的作法、李維楨所說的音節抑揚等等均屬之。興象是詩中清晰鮮明的藝術形象，興借象存，象能啓興，風神是美感經驗傳達成功所呈現的風味神韻。〔註125〕李維楨的「意象風神」和胡應麟的「興象風神」相同。胡應麟認爲體格聲調比較具體，事實上，由於形式及聲調是入手之處，所以擬古者都注意到體裁和音調，務求體正格高，胡應麟稱何景明擬古詩十八首「格調翩翩，幾欲近之」，又主張擬樂府須辨其世代、覈其體裁，務必「形神酷肖，格調相當」，李維楨也認爲師古者揣摩古人的格調「不可謂無法」——所以模擬逐繁。胡應麟認爲，興象風神雖然無方可執，但它們須憑藉具體的體格聲調才能呈現，因此，應該先求體正、格高、聲雄、調鬯，而興象風神在「形迹俱融」以後可能「自爾超邁」，有悟存焉，不容勉強。李維楨說：「意象風神，立於言前而浮於言外，是寧盡法乎？」意象風神代表個人的精神與風格，非模擬學習所能獲得，師古者若無自己的意象風神，擬古僅得格調的形似。

　　李維楨曰：「蓋詩有法存焉，離之者野狐外道，泥之者小乘縛律。」〔註126〕古人的作品法度森嚴，「三百篇騷選歌行近體絕句，莫不有成法焉」〔註127〕，師心者卻有意忽視，他說：「詩之法具在方策，而信心者往往離之。」〔註128〕按法而後體正，袁宗道（1560～1600）也有相同的觀點，其云：

　　　　今天下人握夜光，家抱連城，類憚於結撰，傳景輒鳴自鑿一
　　　　堂，猥云獨喻千古，全捨津筏，猥云憑陵百代，而古人體裁
　　　　一切弁髦，而不知破規非圓，削矩非方，即令沈思出寰宇之

〔註124〕《詩藪》內編卷五（近體中，七言）。
〔註125〕參考陳國球〈興象風神析義——胡應麟詩論研究之一〉。《幼獅學誌》
　　　　　第十八卷第一期。
〔註126〕《大泌山房集》卷二十，〈謝工部詩集序〉。
〔註127〕同前，卷二十一，〈亦適編序〉。
〔註128〕同前，卷二十，〈玉光齋詩草序〉。

外，醞釀在象數之先，終屬師心，愈遠本色矣！〔註129〕

何景明主張自創一堂室、自開一戶牖，勸李夢陽捨棄舊本如同捨棄津筏，這個主張成為師心者的藉口，不知文體各有傳統的規格、各有本色，任意穿鑿等於破規削矩，所以師心者無法，無法則體裁不正。袁宗道雖反對師心，也批評「胡寬營新豐」式的擬古，認為那是優孟衣冠，「抱形似而失真境，泥皮相而遺神情」，因此他算是折衷派，比袁宏道穩重。李維楨所批評的「萬曆二三子」、「野狐外道」，可能針對袁宏道（1568～1610）。李維楨目睹公安派的興起，他說：

> 夫中郎詩自為一格，不祖述而親風雅，方為天下標幟。〔註130〕

他對公安派的「後進小生」深表不滿，批評他們不知師古，更立一格。〈金陵近草題辭〉〔註131〕顯然是借題發揮，其云：

> 許生《金陵近草》百餘篇，余獨喜其跋畫冊語云：「詩畫同源異派，作畫者不根據古人，率意布景，山川林木縱法點綴，竟不知作何物，而託之曰能自變化出奇，何其妄耶！」蓋弘正以來，詩追古法，至嘉隆益備益精，極盛之後，難乎其繼，噉名者才不足，而思陵駕前人，信心信腕，更立一格，不知其所掇拾，僅唐中晚、宋元之剩語，而漢魏六朝唐初盛所不屑道也，安在其為奇為變化哉！生詩必師古而後出之，於畫亦然……余取而題諸首，以箴夫後進小生志大言大，行不掩言者。

他引許生跋畫冊語，加以引申，藉以抨擊不拘格套的公安派。畫有寫意一派，縱法點綴如作詩之信心信腕，和李維楨同時的范允臨曰：「今吳人目不識一字，不見一古人真蹟，而輒師心自創。」〔註132〕謝肇淛亦曰：「今人畫以意趣為宗，不復畫人物及故事……不知自唐以前，名畫未有無故事者。蓋有故事，便須立意結構，事事考訂，人物衣冠制

〔註129〕《白蘇齋類集》卷七，〈刻文章辨體序〉。

〔註130〕《大泌山房集》卷二十一，〈董文嶽詩序〉。

〔註131〕同前，卷一三一。

〔註132〕引自《中國畫論類編》上冊第126頁。

度、宮室規模大略、城郭山川形勢向背，皆不得草草下筆；非若今人任意師心，鹵莽滅裂，動輒托之寫意而止也。」〔註133〕而袁宏道論畫，主張「師物不師人、師心不師道」，〔註134〕論詩主張新奇，無定格式，可知李維楨所抨擊的後進小生，指袁宏道的可能性極大。

野狐外道和小乘縛律，一太放，一太拘，兩者均非。李贄（1527～1602）曰：「拘於律則為律所制，是詩奴也，其失也卑，而五音不克諧。不受律則不成律，是詩魔也，其失也亢，而五音相奪倫。」〔註135〕如果小乘縛律是詩奴——不敢變化，野狐外道就是詩魔——隨意變化。胡應麟曰：

> 漢唐以後談詩者，吾於宋嚴羽卿（羽當改為儀）得一悟字，
> 於明李獻吉得一法字，皆千古詞場大關鍵。第二者不可偏廢，
> 法而不悟，如小僧縛律，悟不由法，外道野狐耳。〔註136〕

胡應麟提出「法而悟」、「悟由法」，解決了守法度和求變化的矛盾。今人陳國球云：胡應麟主張學詩應重「法」，但又不應始終受「法」所限，所以以「悟」為「法」的超脫，然而「悟」實在由「法」而來；由「法」而「悟」就是胡應麟詩論中的一段理想的學詩至成家的歷程。〔註137〕李維楨的「法而不泥」，可以和胡應麟的「法而悟」相提並論。〔註138〕李維楨說：「以魯男子之不可，學柳下惠之可，善學者也；卿自用卿法，我自用我法，善用者也。」〔註139〕善學者不必模擬如一，

〔註133〕同前，127頁。
〔註134〕《袁中郎全集》卷一，〈敘竹林集〉。
〔註135〕《焚書》卷三，〈讀律膚說〉，河洛。
〔註136〕同注124。
〔註137〕〈悟與法：胡應麟的詩學實踐論〉。《故宮學術季刊》第一卷第二期，第58頁。
〔註138〕《大泌山房集》卷十二，〈獨秀軒集敘〉：「本於性靈，式於先進，文而不靡，法而不泥，余目中不多見也。」卷二十一〈董文嶽詩序〉：「法非不程，而有所不盡泥。」卷二十三〈汗漫遊序〉：「神理運而法不必泥。」
〔註139〕同前，卷十三〈王行父集序〉。魯男子之事，見《詩經·小雅·巷伯·毛傳》。

善用法者不被法拘。〈汗漫遊序〉曰：

> 譬之斷輪削鐻，相馬解牛，天機得而形不必拘，神理運而
> 法不必泥，時出而日新，擬議而成變化。

他融合了莊子、列子、易繫辭的思想，指出不拘形、不泥法而能日新
變化的境界，呼應李夢陽的「不泥法而法嘗由」和何景明的「閉戶造
車，出門合轍」。法而悟和法而不泥，代表折衷派理論的重大成就，
有師承亦有獨造，有古法亦有性靈，這種理論既可救七子派擬古之
病，亦可攻公安派師心之非。李維楨重新詮釋何景明的捨筏之喻：

> 惟步趨形骸割裂餖飣者，口實法古而去古彌遠，害古彌甚，
> 大復先生是以有舍筏之喻，豈其信心縱腕，屑越前規？要
> 在神明默成，不即不離。〔註140〕

何景明的捨筏之喻不是捨法，李維楨所見和胡應麟相同。法古雖是
必經之途，然而「神而明之，存乎其人」，神明默成就是心生妙悟，
深造自得。王世貞曰：「法合者，必窮力以自運；法離者，必凝神
而竝歸。合而離，離而合，有悟存焉。」（《藝苑卮言》卷一）不即
不離就是合而離、離而合，自由和法度在妙悟中維持某種機動的關
係，互相成全又互不相礙。不即不離，便是法而不泥。李維楨〈陳
憲使詩序〉曰：

> 余觀陳觀察抑之詩，無一不自學出，而中有妙悟……古法
> 秩然，神采煥然……。（《大泌山房集》卷二十一）

因此，李維楨的詩法理論和胡應麟的「法而悟，悟由法」可以相通。
無一不自學出，所以古法秩然；中有妙悟，所以神采煥然。屠隆曰：

> 摹古而不損神采，乃貴古法。
> 詩道有法，昔人貴在妙悟。
> 法度師古，神采匠心。
> 古法蒼然，神采燁然。〔註141〕

〔註140〕同前，卷二十一，〈閻汝用詩序〉。
〔註141〕《鴻苞》卷十七，〈論詩文〉。萬曆刊本，中研院史語所傅斯年圖書
　　　　館藏。

法古而有神采，正如屈原「雖取鎔經意，亦自鑄偉辭」。屠隆又說：「模古欲法，自鑄欲心。」〔註142〕神采出於匠心，法度來自師古，擬議而能創造，這就調和了師古和師心的對立。法在古人，悟由我心，唯有妙悟才能突破擬古的困境，這又和呂本中的活法理論遙遙相契。

神采煥然，則有一家之面目，跳離尺寸古語的窠臼。李維楨說：「爲詩文取古人所已言而襲之，非也；必欲得古人所未言而用之，亦非也。臭腐可爲神奇，神奇亦可爲臭腐，存乎其人何如耳。」〔註143〕師古者陳熟，師心者鶩新，兩者均非。作詩本于性靈，觸情而出，即事而作，〔註144〕以自我之情寫自見之景，以自受之才運自然之語，〔註145〕則體格雖法古，語不襲古，〔註146〕這種理論有一些性靈派的色彩，但主要是繼承李夢陽的「以我之情，述今之事，尺寸古法，罔襲其辭」。馮琦說：「法在古人，事在今日」，所見同於李維楨；又說：「必不得已，寧不得其調與法（古調古法），而無失其情與事（今情今事）。」〔註147〕李維楨恐怕不敢如此主張。

二、無法何文？無才何法？

《大泌山房集》卷十一〈太函集序〉暢論才與法，相當出色。李維楨曰：「文章之道，有才有法。無法何文？無才何法？」無法則不能屬文，無才則不能運法。又云：

> 法者，前人作之，後人述焉，猶射之彀率，工之規矩準繩也。知巧則存乎才矣。拙工拙射，按法而無救於拙，非法之過，才不足也。將舍彀率規矩準繩，而第以知巧從事乎？

〔註142〕《栖眞館集》卷十六，〈與湯義仍奉長〉，引自《明代文學批評資料彙編》第514頁。

〔註143〕《大泌山房集》卷二十四，〈程仲權詩序〉。

〔註144〕同前，卷二十，〈王吏部詩選序〉。

〔註145〕同前，卷二十三，〈陸長倩詩序〉。

〔註146〕同前，〈許覺父詩序〉、〈邵仲魯詩草序〉。

〔註147〕《宗伯集》卷十，〈于宗伯集序〉，萬曆三十五年康氏刊本，中央圖書館藏。

才如羿輸，與拙奚異！

李維楨認爲法是古今相傳的客觀標準，固定而不變，如同射箭若欲中的，張弓的弧度必不可差，又如匠人欲爲方圓、欲知水平曲直，必須依據規矩準繩，因此孟子曰：「大匠不爲拙工改廢繩墨，羿不爲拙射變其彀率。」（〈盡心上〉）孟子認爲規矩和巧是兩回事，規矩可以傳授，巧妙須由心悟，李維楨將孟子所說的巧和才結合，這是特點所在。守彀率未必中的，循規矩準繩未必創造完美的作品，關鍵在才力，才能知巧，力能達到目標，所以「無才何法」是如何運法的問題。才雖重要，又不可捨法求巧，因爲捨法以後，巧亦難以成事，孟子說：「離婁之明、公輸子之巧，不以規矩不能成方員。」李維楨主張勤能補拙，他說「巧生於習」（〈王行父集序〉），「伏習久而巧生焉」。〔註148〕由拙成巧，須靠熟習。但他強調「才之所賦，天實爲之，人力其如何哉！」（〈太函集序〉）果眞「巧拙有素」，後天的學習何補於先天的缺憾？他又說：

> 劉知幾以才學識爲三長，而考亭稱司馬遷高於才識，意若病
> 其未學。余則以爲識先於學，而才實兼之，未有無識而可言
> 學，無學而可言識，學識不備而可言才者。才者天授，非人
> 力也，故長於文或不得長於詩，長於詩或不得長於文，即其
> 所長評之，而各體亦有至有不至焉，其才使之然也。〔註149〕

學與識可以佐才，才必須兼備學與識。至於各人天賦的才能不同，遂有適性發展的歧異，人力無法加以改變。「法一耳，而才有至有不至焉。」文學成就的差別，仍然決定於天賦的才能。「才」是創造、綜合、變化的能力，它能追琢塼埴、經緯錯綜、牢籠驅馭。李維楨曰：

> 所貴乎才者，作於法之前，法必可述；述於法之後，法若
> 始作；游於法之中，法不病我；軼於法之外，我不病法。
> 擬議以成其變化，若有法，若無法，而後無遺憾。

這段文字非常精彩。才若自我立法，所立之法必可傳述；才若遵循已有之法，所述之法有如自我創作。「游於法之中，法不病我」，指「才

〔註148〕《大泌山房集》卷一二九，〈蔡伯達七言律詩引〉。
〔註149〕同前，卷十一，〈王奉常集序〉。

合于法」。〔註150〕而且「法不隱才」。〔註151〕能「無一不合古法，而中有自我」，〔註152〕亦即法不碍才；「軼於法之外，我不病法」，才能自由超越定法，王世貞說過「超然於法之外」，但是也不致於損害法的有效性。「我」代表「才」，出入自由，既能游於法之中，又能軼於法之外，此種理論模式類似呂本中的：「規矩備具，而能出于規矩之外；變化不測，而亦不背於規矩。」若有法，若無法，遙契楊萬里的「有待而未嘗有待」。李維楨的理論近承王世貞，上溯呂本中、楊萬里，表現綜合折衷的特色。

王世懋曾對李維楨說：「天地間物皆足以供吾兄（按：王世貞）之用，某則必有所取舍。」（〈王奉常集序〉）有所取舍便是歙才就法。王世貞晚年縱橫自如，李維楨曰：

> 弇州以才騁法，而法不勝才。人生幾何，其書充棟，微傷率耳！（〈太函集序〉）

王世貞批評宗臣「屈法而伸其才」，欣賞「抑才以就格，完氣以成調」的作品，〔註153〕他自己卻也是「法不勝才」，可知理論和實際的差距往往存在。李維楨〈吳叔承詩序〉引詹東圖之言曰：

> 才無所不通，約法以就才；意靡所不妙，緣法以寓意。（〈大泌山房集卷二十四〉）

以才和意為主，以法為輔，仍然肯定法不可或缺。總之，就才與法的關係而論，過和不及的情形均應避免，而如何維持「法不病我」、「我不病法」、「若有法」、「若無法」，只能說「有悟存焉」！

三、小 結

李維楨享年八十，王世貞卒時他四十四歲，袁宏道卒時他六十四歲，生平涵蓋面甚廣，適合作為折衷派。他的理論都是「扣其兩端」，

〔註150〕同前，卷十九，〈董司寇詩集序〉。
〔註151〕同前，卷二十三，〈吳凝父稿序〉。
〔註152〕同前，卷一二九，〈馮長卿詩題辭〉。
〔註153〕《弇州山人續稿》卷四十，〈沈嘉則詩選序〉。

深知七子派擬古之病與公安派捨法之非，左右批評，莫不如意。李維楨的應酬文章太多，文學的成就不高，但是他的文學理論卻表現了深廣的綜合能力。

　　李維楨的友人屠隆也是折衷派，今人的研究指出：「屠隆文學思想最成熟的時期，大致與性靈派公安三袁最活躍的時期相當。」屠隆和三袁的友人交遊密切，「他受到公安三袁理論影響，自是十分可能的事。」〔註154〕李維楨大袁宏道二十二歲，《大泌山房集》中的文學理論都相當成熟，有沒有可能像屠隆那樣，也受到公安派的影響？我認為受公安派影響的可能性甚小，因為李維楨嚴厲批評公安派，而且一些類似公安派的觀點不必取自公安派，從王世貞的修正說就可引伸出來，而李維楨個人獨立思考所得更為重要。例如他說：「余友鄒孚如嘗言王元美《卮言》抑白香山太過，余謂此少年未定之論，晚年服膺香山，自云有白家風味，其續集入白趣更深。香山邃於禪旨……其詩隨語成韻，隨韻成適……真率切至，最感動人……。香山、弇州互相發也，袁中郎、蘇潛父皆香山分身。」〔註155〕他從王世貞晚年的轉變，發現王世貞和袁宏道有相通之處。又如王世貞以「神與境觸，師心獨造，偶合古語」為上，李維楨則說「神理運而法不必泥」、「觸情而出，即事而作」，這些類似公安派的觀點大可不必取自袁宏道。前文推測〈金陵近草題辭〉抨擊的對象是袁宏道，此外，李維楨的〈徐文長詩選題辭〉曰：

> ……而袁中郎晚好之，盛為題品，天下方宗鄉中郎，群然推許；而大雅之士謂中郎逐臭嗜痂，不可為訓。夫詩文自有正法，自有至境，情理事物孰有不經古人道者，而取古人所不屑道高自標幟，多見其不知量也。昔顏延年薄湯惠休詩「委巷間歌謠耳」，方當誤後生，如文長集中疵句累字，誤人不小。〔註156〕

〔註154〕以上引文見周志文〈屠隆的文學理論〉，《幼獅學誌》第十七卷第四期第151頁。
〔註155〕《大泌山房集》卷一二九，〈讀蘇侍御詩〉。
〔註156〕同前，卷一三二。

李維楨從正統派的立場批評徐渭和袁宏道不循正法，採用民間俗語與古人所未道的新題材。李維楨雖折衷，仍然不失本色，他的本色與七子派較近，與公安派較遠。

第四節　公安派

一、袁宏道：法不相沿，獨抒性靈

　　《明史》卷二八八〈袁宏道傳〉曰：「先是王李之學盛行，袁氏兄弟獨心非之。宗道在館中與同館黃輝力排其說，於唐好白樂天，於宋好蘇軾，名其齋曰白蘇；至宏道益矯以清新輕俊，學者多舍王李而從之，目為公安體，然戲謔嘲笑間雜俚語，空疏者便之。」因袁宏道而有「公安體」之稱，而且他建立公安派的主要理論，最具特色。其兄袁宗道的文學理論甚少，僅有〈論文〉上下篇較可觀，其弟袁中道轉變為折衷派，因此，就理論的影響力而言，袁宏道堪稱公安派的領袖。

　　袁宏道存心和七子派對立，他說：「世人喜唐，僕則曰唐無詩；世人喜秦漢，僕則曰秦漢無文；世人卑宋黜元，僕則曰詩文在宋元諸大家。」〔註157〕因為惡之深，難免矯枉過正，所以他的理論多走偏鋒，雖然凌厲，並不圓融。他又自道：「至於詩文，乖謬尤多，以名家為鈍賊，以格式為涕唾，師心橫口，自謂於世一大戾而已！」〔註158〕師心橫口，吐棄格律，表現狂飆的精神，難怪於人心厭倦擬古之時，可以一新耳目，奪王、李之席。

　　袁宏道的理論集中攻擊七子派的兩大要害：尺寸古語和尺寸古法。對於前者，他說：「人事物態有時而更，鄉語方言有時而易，事今日之事，則亦文今日之文而已矣！」〔註159〕「寧今寧俗，不肯拾

〔註157〕《袁中郎全集》卷二十二尺牘，〈與張幼于〉。
〔註158〕同前，卷二十五，〈與袁無涯〉。
〔註159〕同前，卷二十二，〈與江進之〉。

人一字」。〔註160〕觀點承襲袁宗道。他譏笑明人擬古樂府「無異拾唾」，自己曾經漫擬數篇，不尺寸古語，而有民歌的趣味。〔註161〕擬古而尺寸古語，和獨抒性靈的主張本不能相容，但是對於人事物態和語言，他只強調「變」的一面，忽視了「不變」的一面，要求文學的語言「寧今寧俗，不肯拾人一字」勢必走入極端，有意標新立異，正如李維楨所評：「取古人所不屑道高自標幟。」他的朋友江盈科（字進之）的看法比較穩重，其云：

> 夫詩人所引之物，皆在目前，各因其時，不相假借。……
> 至于引用故事，則凡已往之事與我意思互相發明者，皆可
> 引用，不分今古，不論久近。……其實字眼之古不古、雅
> 不雅，係用之善不善，非係于漢不漢也。〔註162〕

詩中的景物，當然取眼前所見，不必假借古人。詩文免不了用事，「今日之文」只要「用舊合機」、「用人若己」，也可以引用故事，典故有傳統的用語，不肯拾人一字是不可能的。字眼雖古雅，仍須考慮是否安排得恰到好處。所以，江盈科的主張比袁宏道持平。

　　袁宏道反對師古，他說：「善畫者，師物不師人；善學者，師心不師道；善爲詩者，師森羅萬象，不師先輩。法李唐者，豈謂其機格與字句哉？法其不爲漢、不爲魏、不爲六朝之心而已，是眞法也！」（《敍竹林集》）善爲詩者是否眞的不師先輩？杜甫被後人尊爲詩聖，他就說過「別裁僞體親風雅，轉益多師是汝師」、「孰知二謝將能事，頗學陰何苦用心」。以公安派所推崇的白居易、蘇軾而論，白居易作諷諭詩師法杜甫，蘇軾勸作詩者入門的正途是「法度法前軌」。「善爲詩者，師森羅萬象」，亦即直接師法自然。次論善畫者是否不師人？元代趙孟頫算是善畫者，明代高濂曰：

> 趙松雪則天分高朗，心胸不凡，摘取馬和之、李公麟之描
> 法，而得劉松年、李營丘之結構，其設色則祖趙伯駒、李

〔註160〕同前，卷二十四，〈又與馮琢菴師〉。
〔註161〕同前，卷二十六，〈擬古樂府附雜體〉，序言。
〔註162〕《雪濤小書》，詩評「用今」條，廣文。

嵩之濃淡得宜，而生意則法夏珪、馬遠之高曠宏遠。及其
成功，而全不類此數輩。〔註163〕

趙孟頫也是法古而後自成一家，既「師物」亦「師人」。詩文有格，
體式必須法古，例如近體詩必法唐人之格，袁宗道並不贊成唾棄體
裁，因爲這等於破規削矩，袁宏道說「不法字句」是對的，「不法機
格」則不對。再論唐人是否眞的存心不爲漢、不爲魏、不爲六朝？唐
詩是否全無淵源？這恐怕是袁宏道個人的成心，而非唐人之心。他的
結論因此大有問題，所謂眞法等於師一己之心，他稱贊業師王以明「爲
詩能以不法爲法，不古爲古」，亦即「我用我法，自我作古」，「心法」
絕對自由，完全擺脫傳統的影響。

　　袁宏道爲江盈科的《雪濤閣集》作序，這篇文章最有代表性，等
於公安派的宣言。他說：

古人之法，顧安可驟哉！夫法因于敝而成于過者也。矯六
朝駢麗釘餖之習者，以流麗勝。釘餖者，固流麗之因也，
然其過在輕纖，盛唐諸人以閎大矯之。已閎矣，又因閎而
生莽，是故續盛唐者以情實矯之。已實矣，又因實而生俚，
是故續中唐者以奇僻矯之。然奇則其境必狹，而僻則務爲
不根以相勝，故詩之道至晚唐而益小。有宋歐蘇輩出，大
變晚習，于物無所不收，於法無所不有，於情無所不暢，
於境無所不取，滔滔莽莽，有若江河。今之人徒見宋之不
唐法，而不知宋因唐而有法者也，如淡非濃，而濃實因于
淡。然其敝至以文爲詩，流而爲理學，流而爲歌訣，流而
爲偈誦，詩之弊又有不可勝言者矣。近代文人，始爲復古
之說以勝之。〔註164〕

今人解釋袁宏道的理論曰：

中郎認爲自古以來，沒有一成不變而可以令人遵循的法
律，他從文學史的演進來說明這個觀點……某一個時代奉
爲金科玉律的「法」，常常是爲了矯正前代頹敝的法律的缺

〔註163〕引自《中國畫論類編》上冊第123頁。
〔註164〕《袁中郎全集》卷一，〈雪濤閣集序〉。

失而訂立下來的，可是它本身又不能免於「成住壞空」的鐵則。〔註165〕

根本問題在於：文學史的潮流能否稱爲「法」？除了袁宏道，似乎別無第二人如此說「法」。袁宏道的文學史觀建立在「相生相尅」的循環論上，有正必有反，有肯定必有否定，而公安派的歷史任務就是「否定七子派的復古」。以唐代爲例。他分爲初、盛、中、晚四階段：

1. 初唐之法：流麗。→過在輕纖。
2. 盛唐之法：濶大。→過在莽。
3. 中唐之法：情實。→過在俚。
4. 晚唐之法：奇僻。→過在狹而不根。

他認爲各階段各有主導時代的風格，可以稱爲「法」，「法」都是爲了矯前代之弊而生。有兩個問題必須考慮：第一，各階段是否有定於一尊的風格主流，引導所有作家的創作趨向？第二，各階段的人是否自覺到這種趨向是爲了矯前代之弊？顯然，袁宏道的文學史觀過於抽象概括，不能切合實際。初唐的作風多承襲六朝輕靡駢麗之習，自覺要矯弊者不多，王勃想用「氣骨剛健」取代龍朔年代的纖微雕刻，陳子昂則以「漢魏風骨」矯正齊梁以來的彩麗競繁，氣骨剛健和漢魏風骨都不是「流麗」。盛唐氣象宏濶，似乎是針對初唐的輕纖所作的矯正，權德輿說：「開元天寶以來，稍革頹靡，存乎風興。」〔註166〕但是殷璠認爲衍變是漸進的，他說：「都無興象，但貴輕艷……自蕭氏以還，尤增矯飾；武德初，微波尚在；貞觀末，標格漸高；景雲中，頗通遠調；開元十五年後，聲律風骨始備矣！」〔註167〕。王世貞說：「衰中有盛，盛中有衰，各含機藏隙。」（《藝苑卮言》卷四）盛唐的「濶大」、「風骨」肇因於初唐，未必全是針對初唐的弊病而後產生，初唐豈無

〔註165〕陳萬益《晚明性靈文學思想研究》，第 102～103 頁，六十六年台大中文研究所博士論文。
〔註166〕《權載之文集》，〈左武衛冑曹許君集序〉（補刻），《四部叢刊》本。
〔註167〕〈河嶽英靈集序〉，《四部叢刊》本。

濶大？豈無風骨？袁宏道過於強調「革」，卻忽略了「因」。盛唐的風格也不是濶大所能概括，王世懋曰：「盛唐散漫無宗，人各自以意象聲響得之。」（《藝圃擷餘》）中唐之法爲情實，元白張王的樂府似可當之，然而中唐的言情寫實之風深受當時政治社會環境的影響，並不是爲了矯盛唐之莽。中唐已有奇僻之風，韓愈、孟郊、賈島、李賀均是，李賀則奇僻兼穠艷。晚唐的詩風以艷麗爲主，奇僻一派祖襲中唐。總之，就唐代的文學史而言，袁宏道的理論很難成立。但袁宏道畢竟提出一個重要的觀念：法因于弊，而且法立則弊生。依相生相尅的文學史觀看來，「法」沒有持久的穩定性，並不是代代相傳的規矩定則，因此後人不必繼承古法：

> 唯夫代有升降，而法不相沿，各極其變，各窮其趣，所以
> 可貴。〔註168〕

「法不相沿」是非常激烈的主張，徹底動搖七子派的理論根基。七子派及其修正者均肯定「法必相沿」，這是必須堅持的一點，因此，李維楨、屠隆和袁宏道仍然壁壘分明。法不相沿，所以不必師古，只要師心；法不相沿等於「無法」，所以應該「捨法」，儘量凸顯創造的自由。袁宏道說：

> 僕竊謂王、李固不足法，法李唐猶王、李也。唐人妙處，
> 正在無法耳！如六朝漢魏者，唐人既以爲不必法；沈宋李
> 杜者，唐之人雖慕之亦決不肯法：此李唐所以度越千古也。
> 兄丈冥識玄解，正以無法法唐者。〔註169〕

袁宏道否定了參古定法，心中沒有任何「偶像」（典型），只有一己的性靈，於是「無法」等於「師心」。〈敘小修詩〉稱許袁中道的詩文「大都獨抒性靈，不拘格套，非從自己胸臆流出，不肯下筆」，不拘格套就是「無法」，解放以後的性靈在表現時有絕對的自由，他欣賞徐渭的詩「盡翻窠臼，自出手眼」，也是強調絲毫不拘格套。他從民歌得

〔註168〕同注164，〈敘小修詩〉。
〔註169〕同前，卷二十三，〈答張東阿〉。

到很大的啓示：

> 故吾謂今之詩文不傳矣，其萬一傳者，或今閭閻婦人孺子
> 所唱〈擘破玉〉、〈打草竿〉之類，猶是無聞無識眞人所作，
> 故多眞聲。不效顰於漢魏，不學步於盛唐，任性而發，尚
> 能宣于人之喜怒哀樂嗜好情欲，是可喜也。（〈敘小修詩〉）

眞人具有眞心，眞心不受聞見的影響，無格套可拘，只要「任性而發」
就是眞詩，這顯然是李贄〈童心說〉的觀念。「眞聲」出于最原始的
心靈，獨一無二，沒有前人的影響，因此必然新奇，〈答李元善〉曰：

> 文章新奇，無定格式，只要發人所不能發，句法、字法、
> 調法一一從自己胸中流出，此眞新奇也。〔註170〕

性情靈感在表現出來以前，當然是「無定格式」，一旦要求表現，必
有格式，否則性靈無從寄托。袁宏道的「無定格式」幾乎等於「否定
格式」，他強調不必遵守格式，任由性靈流出，結果自然合度。他說：

> 進之才高識遠，信腕信口，皆成律度。（〈雪濤閣集序〉）

「皆成律度」就是「不煩繩削而自合」。袁宏道對法度的問題缺乏深
思，所以如此輕率。清代賀裳批評他：

> 從來文章必有所自能者，技成而善化轍跡耳。故細心以觀，
> 雖韓柳之文，李杜之詩，未嘗無所本，而曰「唐人妙處正
> 在無法」，豈其然哉？拙者字比句擬，剽竊成風，幾乎萬口
> 一響，若此誠陋，然曰「信腕信口，皆成律度」，亦終無是
> 理也。〔註171〕

縱使作者爲天才，其心中必有「格式」的觀念，文體在歷史的演進中
獲得固定的格式，「文有定格」的事實無法推翻。文有定格，亦有作
法，作法雖變化多端，必有人人共遵的定法。既否定「定格」「定法」，
又能信腕信口皆成律度，恐怕如朱熹所謂「輕爲放肆以自欺」。作者
在實際創作時，不可能拋棄定格，句法字法調法亦不可能一一獨創。
「眞新奇」變成鄙俚怪僻，鄒迪光評曰：

〔註170〕同前，卷二十四，〈答李元善〉。
〔註171〕《載酒園詩話》卷一。

> 街談巷語，遵爲典謨；齊諧虞初，等之訓詁。取蘇長公咳
> 唾之餘，饗以千金；即袁中郎優俳之語，亦當法物。尋聲
> 逐響，希光跂景；轉相傳效，互相摹傚。〔註172〕

人人模擬新奇，格套遂定，正如鍾惺所說「有迹者必敝，有名者必窮。」
錢謙益評曰：

> 中郎之論出，王李之雲霧一掃，天下之文人才士始知疏瀹
> 心靈，搜剔慧性，以蕩滌摹擬塗澤之病，其功偉矣！機鋒
> 側出，矯枉過正，於是狂瞽交扇，鄙倍公行，雅故滅裂，
> 風華掃地！〔註173〕

絕對的自由造成可怕的放縱，破壞力之大，連錢謙益也無法否認。葉
燮批評公安派「抹倒體裁聲調氣象格力諸說」，「而入于瑣屑滑稽隱怪
荊棘之境」，其罪過甚於嘉隆七子。〔註174〕譚元春說：「古今眞文人，
何處不自信，亦何嘗不自悔。」〔註175〕袁宏道在晚年後悔從前的詩
文太披露、少蘊藉，精神趨向收斂，不願露鋒芒、逞才華，〔註176〕
〈答黃平倩〉曰：「然詩文之工，決非以草率得者，望兄勿以信手爲
近道也。」〔註177〕他過去提倡的不拘格套、信腕信口、以無法爲法，
和「草率」相差無幾，當天下群趨「楚風」之時，袁宏道的自悔已無
力挽回狂瀾，公安派也難逃被否定的命運。

二、袁中道

（一）以意役法，不以法役意

郭紹虞說：「小修比中郎爲後死，或者對於公安末流之弊，看得清
楚一些，或者對於攻擊公安之論調也不能不接受一些。」〔註178〕郭氏

〔註172〕〈石語齋集自序〉，萬曆末年原刊本，中央圖書館藏。
〔註173〕《列朝詩集小傳》丁集中，〈袁稽勳宏道〉。
〔註174〕《原詩》外篇卷三。
〔註175〕《新刊譚友夏合集》卷八，〈袁中郎先生續集序〉。
〔註176〕參考《晚明性靈文學思想研究》第126～127頁。
〔註177〕《袁中郎全集》卷二十五。
〔註178〕《中國文學批評史》，第366頁。

的推測正確。袁中道是公安派的修正者，折衷以後的理論相當圓融。

　　袁中道自述：「僕束髮即知學詩，即不喜爲近代七子詩，然破胆驚魂之句自謂不少，而固陋朴鄙處，未免遠離於法。」〔註179〕袁宏道所欣賞的「疵處」和「勁質而多懟，峭急而多露」(敘小修詩)，可能就是袁中道自評的固陋朴鄙處，他承認那種作品「遠離於法」，並非佳作。年青時的作風遠離於法，和袁宏道的「鼓勵」當有關係。〈石頭上人詩序〉曰：

> 石頭初作詩，步趨唐律，已晤中郎，始稍變其故習，任其
> 意之所欲言，而不復兢兢盡守古法。(《珂雪齋前集》卷十)

石頭上人會見袁宏道之後，從步趨唐律變爲任其意之所欲言，這豈只是「稍變」，而是「巨變」！袁宏道勸人離法，以解放性靈，此爲一例。〈中郎先生全集序〉曰：

> 自宋元以後，詩文蕪爛，鄙俚雜沓，本朝諸君子出而矯之，
> 文準秦漢，詩則盛唐，人始知有古法。及其後也，剽竊雷
> 同，如贗鼎偽觚，徒取形似，無關神骨，先生出而振之，
> 甫乃以意役法，不以法役意，一洗應酬格套之習，而詩文
> 之精光始出。

這篇序文有兩點值得注意，第一：袁中道承認七子復古之功，他只反對擬古而不眞的作風。第二：他說袁宏道以意役法，並非蔑法、無法，出於迴護的心理，本無可厚非，但是不合事實，因爲「以意役法，不以法役意」是袁中道個人的見解。像石頭上人受袁宏道影響，任其意之所欲言，豈有法可言？又根據上文袁宏道的理論分析，可以推測袁宏道不太可能提出這麼成熟的理論。袁中道年青時「遠離於法」，和「以意役法」、「不以法役意」的層次相去甚遠，因此這是晚年的見解。他在萬曆四十六年（1618，四十九歲）作〈珂雪齋前集自序〉曰：

> 文法秦漢，古詩法漢魏，近體法盛唐，此詞家三尺也，予

〔註179〕《珂雪齋前集》卷十，〈蔡不瑕詩序〉，偉文。

敬佩焉，而終不學之，非不學也，不能學也。古之人，意
至而法即至焉。吾先有成法，據於胸中，勢必不能盡達吾
意，達吾意而或不能盡合於古之法，合者留，不合者去，
則吾之意其可達於言者有幾？而吾之言其可傳於世者又有
幾？故吾以爲斷然不能學也，姑抒吾意所欲言而已矣。抒
吾意所欲言，即未敢盡遠於法，第欲以意役法，不以法役
意，故合於古法者存，不合於古法者亦存。總之，意中勃
鬱，不可復茹，其勢不得不吐，姑倒囷出之以自快，而不
暇擇焉耳！豈誠謂我用我法，而可目無古人爲也？

這是元代郝經〈答友人論文法書〉以來，罕見的一篇詩法理論，思辨
深密，遠在袁宏道之上。在袁中道之前，王世貞已提出法與意的問題，
主張意法相爲用，並無偏重。袁宏道主張「獨抒性靈，不拘格套」，
其實就是主張達意，重意輕法，因此袁中道的自序可以視爲公安派性
靈理論的補充，雖然有一些微妙的修正，仍保持了公安派的本色。依
理論結構的次序分析如下：

1. 成法不能學

七子派主張文法秦漢，詩法漢魏盛唐，亦即作文作詩必須學習古
人的成法，心中須存著古代的典型。然而詩文以達意爲主，心中的成
法勢必阻礙達意的自由，因此，只求達意，不在乎詩文合古法不合古
法，言能達意才可能傳於後，亦即自成一家，所以成法不能學。郝經
曰：「苟志於人之法而爲之，何以能名家乎？故三國六朝無名家，以
先秦二漢爲法而不敢自爲也；五季及今無名家，以唐宋爲法而不敢自
爲也。」不敢自爲，則無膽識，不能自由表現。李維楨說「師心者無
成法」，很能道出公安派的基本特徵。

2. 以意役法，不以法役意

袁中道說：「抒吾意所欲言，即未敢盡遠於法。」在此他向七子
派作一個小小的讓步。未敢盡遠於法，表示並非完全捨法，但是必須
以意爲主，以法爲從，重意輕法仍然維持了公安派的特色，所以讓步
非常有限。以意役法，意至而法即至，這裏的「法」也是七子派所強

調的古法，但是以意役法保證了作者心靈主體的自由。如何操縱古
法，主權在我，這和七子派的「守法」不同，「守法」的心態必然造
成以法役意，主從顛倒。

3. 達意自快，不得不然

柳宗元〈復杜溫夫書〉：「引筆行墨，快意累累，意盡便止，亦何
所師法？」(《柳宗元集》卷三十四) 元好問說：「滿心而發，肆口而
成。」唐順之說，只要心地超然，有眞精神和千古不可磨滅之見，但
直據胸臆，信手寫出，如寫家書，便是絕好文字。〔註180〕達意須擇
「意滿」之時，滿則不得不流出，不傾盡不止，而且速度極快，如彈
丸、如追亡逋(蘇軾之說)，實際上沒有時間考慮合不合古法的問題，
因此不能批評作者目無古人、我用我法。

最後，袁中道說：「不惟不強合古之法，而亦不肯奢用己之意
矣！」反映了他晚年沖澹、自然的心境。強合古法則傷意，奢用己意
則傷法，如今意法無碍，和之天均。

（二）性情與法律互補

公安派的「性靈」一詞和「性情」同義，是內心所發的眞情。袁
中道認爲性情和法律互救其窮，他說：

> 是故性情之發，無所不吐，其勢必互異而趨俚，趨於俚又
> 將變矣，作者始不得不以法律救性情之窮。法律之持無所
> 不束，其勢必互同而趨浮，趨浮又將變矣，作者始不得不
> 以性情救法律之窮。〔註181〕

求異趨俚俗是公安派之窮，求同趨浮濫是七子派之窮。性情之發太
縱，須用法律裁之；法律的約束太嚴，須以活潑的性情「脫其粘而釋
其縛」(袁宏道語)。言下之意，公安派和七子派可以互補，不必互相

〔註180〕《荊川先生文集》卷七，〈答茅鹿門知縣〉。
〔註181〕同註179，〈花雪賦引〉。天啓二年，袁中道作〈珂雪齋集選序〉曰：
　　　　「夫厄言俚語，信口而出，滔滔莽莽，無復檢括，是固無足道。若
　　　　夫摭故詆新，喜同惡異，拘執格套，逼塞靈源，此其病與緪背規矩
　　　　者正等。」折衷的立場非常明確。

否定。他勸〈花雪賦〉的作者周伯孔「毋捨法，毋役法爲奇」，乃針對公安派輕視法律、好求新奇的弊病而言。〈阮集之詩序〉曰：

> 國朝有功於風雅者，莫如歷下……及其後也，學之者浸成格套，以浮響虛聲相高，凡胸中所欲言者，皆鬱而不能言，而詩道病矣！先兄中郎矯之，其意以發抒性靈爲主，始大暢其意所欲言……及其後也，學之者稍入俚易，境無不收，情無不寫，未免衝口而發，不復檢括，而詩道又將病矣！（《珂雪齋前集》卷十）

這正是〈花雪賦引〉的具體說明。欲救公安派之病，不可不用法律加以檢括，以無法爲法的極端論調必須修正。那麼，作者和法律應維持什麼關係？袁中道說：

> 縛則爲三日婦，脫則爲浪戰胡兒，不即不離之間頗難。〔註182〕
> 三日新婦與野戰驕兵，等一病也。〔註183〕

李維楨有「不即不離」之說，袁中道認爲甚難，因爲太即則縛，太離則脫，拘束和放縱都是缺點。袁中道贊許阮集之「雖不爲法縛，而亦不爲才使」（〈阮集之詩序〉），法和才的均衡並非易事，那是「屢變」以後的結果。〈答夏濮山〉曰：

> 舟中細玩佳作，不爲法度所縛，不爲才情所使……今之作者不法唐人，而別求新奇，原屬野狐……。（《珂雪齋前集》卷二十四）

大抵公安派偏重才的表現和情的發洩，而且題材無所不取。袁中道說「楚人之文，發揮有餘，蘊藉不足」〔註184〕，發洩太盡不如「言有盡而意無窮」，又說「有不必寫之情」、「有不必收之景」，能夠自我節制，知取捨，便是不爲才情所使。袁宏道不師法古人，袁中道卻認爲不法唐人是野狐外道，修正的幅度極大。〈蔡不瑕詩序〉更明確地表示：

> 詩以三唐爲的，舍唐人而別學詩，皆外道也。……昔吾先

〔註182〕同前，〈答蔡觀察元履〉。
〔註183〕同前，〈答須水部日華〉。
〔註184〕同前，卷六，〈淡成集序〉。

> 兄中郎其詩得唐人之神，新奇似中唐，溪刻處似晚唐，而
> 盛唐之渾含尚未也，自嵩華歸來，始云：「吾近日稍知作詩。」
> 天假以年，蓋浸浸乎未有涯也。……近任子祈年、彭年亦
> 知學詩，予嘗謂之曰：「若輩當熟讀漢魏及三唐人詩，然後
> 下筆，切莫率自肸（矜）臆，便謂不阡不陌可以名世也。」

袁宏道存心立異，不從盛唐入手，因此風格近似中晚唐，晚年雖悟昔
日之偏，但天不假年，難造盛唐渾含之境。袁宏道在晚年願學古人，
已經修正了自己，袁中道順此發揮，建議晚輩學詩須熟讀漢魏三唐，
態度傾向七子派，往日的「信腕信口」其實是「不阡不陌」，覺悟何
等透徹！袁中道云：「學古詩者，以離而合為妙。」〔註185〕不求形似
而求神似，則能避免七子派模擬字句的弊病。

袁中道最卓越的思想見於〈曹醫序〉，他說：

> 道也、文也、事也、技也，一也。自得者能用法，能使法
> 為我用，雖離法而自立法，慧力之所變化宜爾。初乃驚耳
> 目，久乃安之、神之。（《珂雪齋前集》卷九）

自得而用法，則法不病我。慧力能神明變化，可以離古法而自立我法。
這種理論比〈珂雪齋前集自序〉更富有啟發性，乃是最有價值的創見。

三、小　結

在中國文學批評史中，袁宏道的詩法理論最為奇特，最為偏激。
擺脫束縛的衝動變成一股強烈的破壞力量，於是否定典型，否定任何
普遍性的法，以充分展現絕對自由的性靈，幾乎完全忽視了創造活動
所應遵循的法則。他的理論雖然雄辯，但是非常脆弱，缺乏深度。晚
年悟昔日之非，已來不及提出更成熟的理論。

袁中道和李維楨都是折衷派，而且都保持了各自的本色。袁中道
的詩法觀念非常優越，他慎重批判七子派和公安派，完成了公安派的
詩法理論。主張性情法律相救以及師法漢魏三唐，縮小了派系對立的
鴻溝；指出慧力之變化可以自己立法，乃是明代詩法理論的最佳總結。

〔註185〕同前，卷九，〈四牡詩序〉。

第六章　清代的詩法理論

　　清代和前代的關係，誠如葉燮所說：「夫惟前者啓之，而後者承之而益之；前者剏之，而後者因之而廣大之。使前者未有是言，則後者亦能如前者之初有是言；前人已有是言，則後者乃能因前者之言而另爲他言。總之，後人無前人，何以有其端緒？前人無後人，何以竟其引伸乎？」〔註 1〕就中國傳統的文學和文學理論而言，清代繼承了前人，並且加以總結。清代的詩論有因襲、有創造，具備了一代的特色。

　　本章分爲三節。第一節清代初期，主要包括順、康兩朝，討論金聖歎、吳喬、徐增、王夫之、葉燮；第二節清代中期，包括雍、乾、嘉三朝，討論沈德潛、袁枚、翁方綱；第三節清代晚期，在道光以後，討論方東樹、朱庭珍。分期未必符合被討論者的生卒年代，例如方東樹生於乾隆三十七年，其《昭昧詹言》作於道光年間，因此列入晚期。

第一節　清代初期

一、金聖歎、吳喬：探討起承轉合法

　　馮舒、馮班兄弟是常熟人，金聖歎是吳縣人，兩地相鄰，時代相

〔註 1〕《原詩・內篇》。

同，三人均論起承轉合法，可知這是明末清初吳中論詩的風氣。二馮
評點《才調集》，理論不多，金聖歎解說唐人律詩、杜詩及古詩二十
首，他的尺牘有豐富的詩論，所以金聖歎的成就顯然在二馮之上，清
人的起承轉合法當以金聖歎作爲代表。金聖歎和二馮另有一點不同，
二馮大致師承元人，金聖歎卻不言師承。馮武曰：

> 兩先生……論詩法則微有不合處。默庵（馮舒）得詩法於
> 清江范德機——有《詩學禁臠》一編，立十五格以教人—
> —謂起聯必用破，頷聯則承，腹聯則轉，落句則或緊結或
> 遠結。鈍吟（馮班）謂詩意必顧題，固爲喫緊，然高妙處
> 正在脫盡起承轉合，但看韋君所取，何嘗拘拘成法？圓熟
> 極，則自然變化無窮爾。〔註2〕

二馮的不同並不衝突。馮舒強調定法，所以紀昀評他「病在拘定起聯、
頷聯、腹聯、落句四處，便落入鈍機。」馮班強調變化，法極無迹，
他說：「起承轉合，不可不知，却拘不得，須變化飛動爲佳。」〔註3〕
正如徐增所言「先從法入，復從法出」，次序不可顛倒，不先入則亦無
後來之出，所以紀昀曰：「二說相參，乃得之。」二馮的觀點可以互補。
根據馮武的話，可以肯定二馮都受到范梈的影響，而馮班的意見也暗
合范梈「詩無定法」、「一局有一局造化」的妙論。〔註4〕金聖歎不提楊
載和范梈，卻以爲「起承轉合」的名稱及規定均出於唐人，言下之意，
他直接繼承唐人，重新發揚起承轉合法，〈答徐翼雲學龍〉曰：

> 承問唐律詩之「律」字，此爲法律之「律」，非音律之律也。
> 自唐以前，卻無此稱，特是唐人既欲以詩取士，因而又出
> 新意，創爲一體，二起、二承、二轉、二合，勒定八句，
> 名曰律詩。如或有人更欲自見其淹贍者，則又許於二起二
> 承之後，未曾轉筆之前，排之使開，平添四句，得十二句，
> 名曰排律。此皆自古以來之所未有，而爲唐之天子之所手

〔註2〕引自紀昀《刪正二馮評閱才調集》凡例，鏡煙堂十種之三。
〔註3〕引同前書卷一，白居易〈代書一百韻寄微之〉，馮班評語。
〔註4〕說詳第四章第二節。

　　自定奪者也。當時天下非無博大精深之士，然而一皆頫首
　　其中，兢兢不敢或畔，於是以其爲一代煌煌之令甲也，特
　　尊其名曰「律」。〔註5〕

王世貞已經說過：「律爲音律、法律，天下無嚴於是者，知虛實平
仄不得任情而度，明矣！」（《藝苑巵言》卷四）金聖歎未免只知其
一。他認爲「律」專指起承轉合的定法，楊載的《詩法家數》已啓
此說，並且參酌唐人詩格而正式提出起承轉合的名稱，不知道金聖
歎爲何忽視了？金聖歎將律詩的起承轉合與明代的制義相提並
論，倒是頗有見地，兩者均是「一代煌煌之令甲」，作者必須遵其
法度，顯然金聖歎重視「定法」的觀念。他用春夏秋冬的秩然不亂
比喻起承轉合：

　　其四句之前開也，情之自然成文，一二如獻歲發春，而三
　　四如孟夏滔滔也；其四句之後合也，文之終依於情，五六
　　如涼秋轉杓，而七八如玄冬蕭蕭也。〔註6〕

明代袁了凡用過這個比喻，他說：「八股文字，與天地造化相侔。首
二比春也，次二比夏也，次二比秋也，末二比冬也。」〔註7〕金聖歎
可能從八股文得到一些啓示。吳喬曰：

　　王龍標七絕，如八股之王濟之也。起承轉合之法，自此而
　　定，是爲唐體，後人無不宗之。
　　遵起承轉合之法者亦有二體。一者合乎舉業之式，前聯爲
　　起，如起比虛做，以引起下文；次聯爲承，如中比實做；
　　第三聯爲轉，如後比又虛做；末聯爲合，如束題，杜詩之
　　〈曲江對酒〉是也。一者首聯爲起，中二聯爲承，第七句
　　爲轉，第八句爲合，如杜詩之〈江村〉是也。八比前後虛

〔註5〕《聖歎尺牘》，引自《貫華堂選批唐才子書》（附錄）第 315 頁，正
　　　中。
〔註6〕《貫華堂選批唐才子書》自序。〈與宋轅三德宏〉亦云：「一二須條
　　　達如春，三四須蕃暢如夏，五六須摯斂如秋，七八須肅穆如冬。」
　　　引同前注，第 326 頁。
〔註7〕引自兒島獻吉郎《中國文學通論》上卷第 138 頁，台灣商務。

實一定，七律不然。〔註8〕

金聖歎說「詩文一樣法」，「文」指八股文，「法」指起承轉合，吳喬
顯然在詮釋和補充金聖歎之說。金聖歎所論的起承轉合都屬於「舉業
之式」，這種定格不可改變，所以吳喬批評他：

> 正意出過即須轉，正意在次聯者居多，故唐詩多在第五句
> 轉，金聖歎以爲定法，則固矣！昌黎〈藍關詩〉，第三聯方
> 出正意，第七句方轉。〔註9〕

既然有例外，金聖歎的「定法」就不是普遍的法則。吳喬指出一些變
化的例子，但是仍在起承轉合的原則之中，當然，他看得比金聖歎仔
細，所以這條補充相當重要。如果金聖歎也注意到例外的情形，他的
理論可能會更有彈性，但是對學詩者而言，必須提供定法才有用處，
〈與季日接晉〉曰：

> 初欲作詩，且先只作前解，且先只學唐人一二起法，三四
> 承法。唐人一二起如鬱勃，則三四承之必然條暢，條暢所
> 以宣洩其鬱勃也。唐人一二起如閒遠，則三四承之必然緊
> 陷，緊陷所以逼取其閒遠也。……堆金砌碧起者，必雪淡
> 承之。此是唐人前解四句一定方法。〔註10〕

在金聖歎看來，鬱勃──條暢、閒遠──緊陷、叙意──寫景、小處
──大處、順──逆、空──實、直──曲、逼──寬等等互相對立
又互相銷融的格式，乃律詩起承的一定方法，這不是金聖歎個人的臆
測，而是分析唐人作品，歸納所得的定律，古人之法因後人的解說而
「金針盡度」，學者由此入門不難。〔註11〕徐增說「作詩須從看詩起」，
金聖歎採用精讀的方式，細密推敲，結合客觀的分析和主觀的感受，

〔註8〕《圍爐詩話》卷二，廣文。
〔註9〕同前註。卷六亦云：「唐人之中二聯無虛實者，以第七句轉，末句收，
　　　凱（袁凱）不知此法。」
〔註10〕引同註5，第324～325頁。
〔註11〕《唱經堂杜詩解》卷三〈韋諷錄事宅觀曹將軍畫馬圖引〉，金聖歎曰：
　　　「先生（杜甫）既繡出鴛鴦，聖歎又金針盡度，寄語後人，善須學
　　　去也。」大通書局。

使古人的詩法、詩意無不可解，作風雖然類似鍾、譚的評點《詩歸》，手法卻比鍾、譚精嚴。〔註12〕吳喬曰：

> 李杜詩中之法度，讀者推求而見之，作者初無此意，有此意，則舉子業矣！郢人輪扁皆然。〔註13〕

推求而見之，非精讀不可，所以讀詩必須細心，眼光要透過紙背。但是吳喬說古人本來無意安排法度，恐怕未必。他對以上的主張有所修正：

> 唐人七律，賓主起結，虛實轉折，濃淡避就照應，皆有定法。意為主將，法為號令，字句為部曲士卒。（《圍爐詩話》卷二）

唐人以意運法，法為定法，例外甚少。他說：

> 七律自沈、宋以至溫、李，皆在起承轉合規矩之中。唯少陵一氣如下，如古風然，乃是別調。
>
> 唐人七言絕句，大抵由於起承轉合之法。唯李、杜不然，亦如古風，浩然長往。〔註14〕

古風不必完全合乎格律，七律、七絕中的古風體只能算是少見的例外，大部分的作品仍是遵循起承轉合的法則。吳喬修正以後的意見，相當圓融。金聖歎將《莊子》內七篇的整體結構視同〈秋興〉八首，並曰：

> 大抵聖賢立言有體，起有起法，承有承法，轉合有轉合之法，大篇如是，小篇亦復如是，非如後世塗抹小生，視為偶然而已，吾不信天下事有此偶然又偶然也！〔註15〕

他相信古人的詩文都必然遵循起承轉合法，絕無偶然，這就太過拘泥，

〔註12〕參考陳萬益《金聖歎的文學批評考述》第55～60頁，台大文史叢刊之四十二；吳師宏一〈清初詩學中的形式批評〉，《國立編譯館館刊》第十一卷第一期，第1頁、第20頁。

〔註13〕《逃禪詩話》，廣文。《逃禪詩話》著成年代不明，內容二百四十四則，有一百六十五則和《圍爐詩話》相同，它可能是《圍爐詩話》的稿本，參考江櫻嬌《圍爐詩話研究》第二章，七十二年東吳大學中研所碩士論文。

〔註14〕《答萬季野詩問》，《清詩話》上冊，藝文。

〔註15〕引同註11。

他解釋《莊子》內七篇的結構根本缺乏說服力。也就是說，把〈秋興〉八首和《莊子》內七篇相提並論，忽視了莊子散文恣縱不儻、不拘定法的特質。吳喬說「起承轉合，唐詩之大凡耳，不可固也。」〔註16〕又認爲守起承轉合之法者，如婦人纏足。吳喬一再強調定法仍有例外，勸人不可執著，的確比金聖歎通達。

金聖歎的「解數」乃元人所未言，而且和起承轉合的關係密切，他說：「唐人詩，多以四句爲一解，故雖律詩，亦必作二解，若長篇則或至作數十解。夫人未有解數不識，而尚能爲詩者也。」〔註17〕解是詩意的段落，律詩分前解、後解，古詩大多四句一解，也有兩句半解的，根據解數說明起承轉合的邏輯結構，並且強調字句在整體脈絡中的意義，所以「分解」並非割裂，不妨害全篇作品的「一氣混行」。〔註18〕律詩的起承爲前解，轉合爲後解，這種分法有其理由，他說：

> 且三四、五六初亦並不合成一群，三四自來只是一二之羨文，五六自來只是七八之換頭……三四生性自來是向前，五六生性自來是向後。（〈與張才斯志皐〉）

> 三四自來無不承一二，卻從無（按：原文沒有無字，據全文上下語意增補）橫枝蟲出兩句之理。若五六，便可全棄上文，徑作橫枝蟲出，但問七八之肯承認不承認耳。（〈答管叔勝私希仁〉）

這些觀察比前人深入，其目的在於矯正一般人欣賞律詩只看三四五六句的習慣。他認爲三四句和五六句的關係比較疏遠，所以，起承轉合雖然是一個整體，其實是由前半和後半組成的，這才是律詩分前解後解的眞正理由。今人曹逢甫研究絕句的結構，發現前兩句、後兩句各可合爲一個較大的單位，兩個單位最後又合成一個完整的

〔註16〕引同注14。

〔註17〕引同注11，卷一〈贈李白〉評語。

〔註18〕以上參考《金聖歎的文學批評考述》第108～114頁：論金聖歎評詩的「分解說」。

主旨。〔註19〕他用圖表示如下：

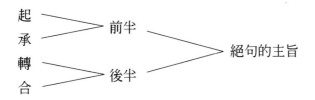

前半就是「前解」，後半就是「後解」，曹逢甫的結論和金聖歎的律詩分解說不謀而合。徐增曰：「不知解數，則不成章法」、「律分二解，合來只算一解」。看法正確。總之，解數和起承轉合都是最基本的詩法，金聖歎「苦口婆心」也是希望學詩者從基本學起，未曾自矜高妙。徐增是金聖歎的知己，他說：

> 解數及起承轉合，今人看得容易，似爲不足學，若欲精於
> 此法，則累十年不能盡。宗家每道佛法無多子，愚謂詩法
> 雖多，而總歸於解數起承轉合，然則詩法亦無多子也。學
> 人當於此下手，儘力變化，至於大成，不過是精於此耳。
> 向來論詩，皆屬野狐，正法眼藏畢竟在此不在彼也。〔註20〕

解數和起承轉合屬於章法，依金聖歎的評語看來，章法包括了句法字法，學者從此入手可以「總綱紀而攝契」，所以不得輕視，至於如何變化，不外乎熟極生巧。徐增之說極爲中肯。

二、徐　增

　　郭紹虞說：「而庵論詩，好作大言欺人，有時強作解事，不免入于玄；又受金聖歎影響，好以解數言詩，有時牽強附會，又不免落于

〔註19〕〈四行的世界——從言談分析的觀點看絕句的結構〉，《中外文學》
　　　　第十三卷第八期，第 94 頁。
〔註20〕《而庵詩話》，《清詩話》上冊第 523 頁。日人近藤元粹的《螢雪軒
　　　　叢書》第六卷收《徐而庵詩話》，於眉批妄加譏彈，頗不虛心。例如：
　　　　「開口則曰解數解數，不知指何物爲解數？唐賢豈有如此套語乎？」
　　　　不知「解數」一詞是金聖歎的發明。所據之版本「則累十年不能盡」
　　　　作「則累千年不能盡」，批曰：「僅僅一詩法，而累千年不能盡，何
　　　　等駑才。」不知徐增不可能如此誇張。

陋。」〔註 21〕郭紹虞對徐增的詩論評價很低。吳師宏一說：「徐增固在推衍金聖歎之說，但他在詩話中的理論，實在要比金聖歎所說的，要來得完整有系統，而且立論比較深入精到。」〔註 22〕這是公平之論。因此，研究徐增的詩論，應該兼顧金聖歎的影響和他自己的創見。

（一）真性情與真法律

徐增曰：「今之詩人，務求捷得，不從性情法律處下手，其所謂性情，非眞性情，其所謂法律，非眞法律。」〔註 23〕金聖歎已經注意性情和法律的關係，他說：「詩如何可限字句？詩者，人之心頭忽然之一聲耳！不問婦人孺子，晨朝夜半，莫不有之。」（〈與許青嶼之漸〉）類似袁宏道主張的獨抒性靈，不拘格套。他接著說：

> 唐之人撰律，而勒令天下之人，必就其五言八句或七言八句。若果篇必八句，句必五言七言，斯豈又得稱詩乎哉？弟固知唐律詩，乃斷斷不出天下人人口中之一聲。弟何以知之？弟與之分解而後知之。

就律詩而言，婦人孺子豈能一出口便自然合律？詩源於心頭舌尖所萬不獲已，是眞性情的流露，但是需要「裁之成章，潤之成文」（〈與家伯長文昌〉）。性情儘管「新奇」，仍須合乎「格式」，婦人孺子有詩，那是素樸的、未經繩削的心聲，卻不是律詩。金聖歎又曰：

> 詩非無端漫作，必是胸前特地有一緣故，當時欲忍更忍不住，於是不自覺衝口直吐出來，即今之一二起句是也。但其衝口直吐出來之時，必需借一發端，或指現景，或引故事，或竟直敘，或先空歎，當其作勢振落之際，法更不得不先費去十數來字，而於是其胸前所有特地之一緣故，乃竟只存得三四字矣！因而緊承三四，快與疏說。（〈答沈文人永令〉）

金聖歎的創作論折衷了性情和法律。性情充滿鬱勃，忍不住要衝口而出，然而就在衝口而出之際，作者必須選擇發端的方式，選擇便是剪

〔註21〕校點本《清詩話》前言，明倫。
〔註22〕〈清初詩學中的形式批評〉，引同註12，第24頁。
〔註23〕《而庵詩話》。

裁，結果一團話只存得三四字，性情經過繩削再表露出來，已不等於婦人孺子心頭之一聲，但仍是眞性情。徐增受到金聖歎的影響，正式主張作詩應兼重性情和法律。有性情而無法律，則「日就於容易便利，於是皆走活法而避死法」，作者不虛心學習字法、句法、章法，雖然性情獨到，終非盡美盡善。徐增曰：

> 詩須到十分，今人儘有妙到九分，獨有一分不到，此一分不到，則九分終不到也。一分者，法是也。夫百丈之吳綾蜀錦，不知裁剪成服，而斜披橫纏於體，可乎？（《而庵詩話》）

法即使只佔「一分」，卻不可或缺。如同製衣，性情是材料（吳綾蜀錦），法是裁剪的工夫，不經裁剪則無成品。有法律而無性情，則「譬彼畫家，多蓄粉本，依樣葫蘆，以爲古人不是過」，有師承之規矩，卻無性情，也是不能自成一家。因之，性情濟之以法律，才是眞性情，法律濟之以性情，才是眞法律。

（二）才可攝法，以法約才

徐增曰：「詩總不離乎才也，有天才，有地才，有人才。吾於天才得李太白，於地才得杜子美，於人才得王摩詰。太白以氣韻勝，子美以格律勝，摩詰以理趣勝。」（《而庵詩話》）天才、地才、人才之分，用意在說「才各有偏勝」，所以太白、子美、摩詰各有所長，學者應該「合三人之所長而爲詩」，這個理想很高。才須學，古人所作「皆由眞才實學」，因此學者合三家之長以外，仍須：「舉天地間之一草一木，古今人之一言一事，國風漢魏以來之一字一句，乃大而至兩方聖人之六經三藏，皆得會於胸中，而充然行之於筆下。」如此作詩，豈非以考據爲詩？以學問爲詩？若非大才，必爲學問所累，而且人不可能盡識天下物，盡讀天下書。郭紹虞評他「好作大言欺人」，大概指以上的理論而言。不過，徐增提出「全才」的觀念，則甚有價值，他說：

> 詩本乎才，而尤貴乎全才，才全者能總一切法，能運千鈞筆故也。夫才有情，有氣，有思，有調，有力，有略，有量，有律，有致，有格。情者，才之醞釀，中有所屬；氣

者，才之發越，外不能過；思者，才之徑路，入於縹緲；
調者，才之鼓吹，出以悠揚；力者，才之充拓，莫能搖撼；
略者，才之機權，運用由己；量者，才之容蓄，洩而不窮；
律者，才之約束，守而不肆；致者，才之韻度，久而愈新；
格者，才之老成，驟而難至。具此十者，才可云全乎？然
又必須時以振之，地以基之，友以澤之，學以足之。（《而庵
詩話》）

王世貞曰：「才生思，思生調，調生格。思即才之用，調即思之境，
格即調之界。」〔註24〕徐增可能由此獲得啟發，發展成「全才」的觀
念。「才全者能總一切法」，「一切法」是佛家語，指萬有之事理，亦
即才全者能綜攝情、氣、思、調、力、略、量、律、致、格等十者，
才是「體」，十者為「用」。徐增曰：「律者，才之約束，守而不肆。」
在其他九項之中，氣是才的擴散，「外不能過」，它的本性反對拘束；
量是才之容蓄，可以洩而不窮，但是不應該過度發洩。律的約束對象，
主要是氣和量兩者，可能也包括其他，使它們的運作都能恰到好處，
如徐增所說「我無不達之情，而詩亦無不合之法。」王世貞主張才不
累法、斂才就法，徐增更進一步，主張「才可攝法」、「以法約才」，
也就是說，能夠以法約才是全才的特徵之一。侯方域曰：「夫天下之
眞才未有肯畔於法者，凡法之亡，繇於其才之僞也。」〔註25〕所以，
馳騁縱橫，卒與法合。全才者有法，眞才者合法，兩說相得益彰。

（三）先從法入，後從法出

徐增曰：「余三十年論詩，祇識得一『法』字，近來方識得一『脫』
字。詩蓋有法，離他不得，卻又即他不得，離則傷體，即則傷氣。故
作詩者先從法入，後從法出，能以無法為有法，斯之謂脫也。」（《而
庵詩話》）袁中道感歎「不即不離」甚難，因為太即則縛，太離則脫。
徐增認為離則傷體裁，即則傷發越之氣，並且重新將「脫」字定義，

〔註24〕《藝苑卮言》卷一。
〔註25〕《壯悔堂文集》卷一，〈倪涵谷文序〉，《四部備要》本。

和袁中道的取義不同。

徐增曰：「夫五言與七言不同，律與絕句不同。字有字法，句有句法，章有章法。不知連斷，則不成句法；不知解數，則不成章法。總不出頓挫與起承轉合諸法耳，即蓋代才子，不能出其範圍也。」可知徐增非常重法。又說：「學詩須從板實起，後來可得嶙峋；若遽事流動，便是應酬活套法也。」板實就是腳踏實地學習古人的規矩法度，不投機取巧，要「耑心致志，面如灰，鼻如冰，十年廿年，討其消息」，火候未到，不應躐等妄求流動變化，以「活法」自欺欺人。因為重法，所以重視師承，他說：

> 詩人自宋元來，而論詩者備矣，其去唐已遠，要皆得之揣摹，無有師承，規矩放失，至於今日，頹波莫掩，有志之士，為之慨然。

把宋元明三代的詩學評為「無有師承，規矩放失」，顯然不妥。徐增強調規矩來自師承，同時又強調個人的妙悟：

> 夫作詩必須師承，若無師承，必須妙悟。雖然，即有師承，亦須妙語，蓋妙悟、師承不可偏舉者也。是故由師承得者，堂構宛然；由妙悟得者，性靈獨至。……蓋杜陵嚴於師承，尚有尺寸可循；摩詰純乎妙悟，絕無迹象可即。作詩者能於師承、妙悟上究心，則詣唐人之域不難矣。

宋人公認杜甫的詩法有其師承，黃庭堅說：「杜之詩法出審言，句法出庾信，但過之爾。」楊萬里曰：「忽夢少陵談句法，勸參庾信謁陰鏗。」杜甫兼備眾體，示人以規矩，陳師道說：「學詩當以子美為詩，有規矩故可學。」徐增稱杜詩堂構宛然，有尺寸可循，看法同於前人。他說王維純乎妙悟，因為「摩詰精大雄氏之學，篇篇字句，皆合聖教」，類似皎然盛誇謝靈運：「及通內典，心地更精，故所作詩，發皆造極，得非空王之道助耶？」未免由於個人的偏好而稱譽過實。王維性靈獨至，作詩出於靈心妙運，不由師承，所以「絕無迹象可即」，表現一種超脫的境界，胡應麟曰：「法而不悟，如小僧縛律；悟不由法，外道野狐耳。」徐增的觀點不完全同於胡應麟，但是可以比較溝通。如

果杜甫是「法」的典型，王維就是「悟」的典型，這樣劃分並非絕對二元化，只能說「妙悟師承，詣有偏至」，否則杜甫豈無妙悟？王維豈無師承？徐增的理論有一些漏洞，第一：「即有師承，亦須妙悟，蓋妙悟、師承不可偏舉者也。」表示必須兼有法、悟，沒有明白表示由法的階段進至悟的階段。第二：王維「純乎妙悟」，是有法？是無法？或以無法爲有法？徐增沒有說明。因此，我們不能斷定「妙悟」就是徐增所謂的「脫」。

徐增曰：「少陵詩人宗匠，從『熟精文選理』中來，此古人之脫化也。」脫化指先學習再自成一家，正如「先從法入，後從法出」的脫，並非一開始就能變化自得，必須歷經深造的階段。先入後出，等於呂本中所說的規矩備具而能出于規矩之外，以及李維楨所說的游於法之中、軼於法之外。李維楨曰：「若有法，若無法，而後無遺憾。」徐增則曰「能以無法爲有法」，語意更弔詭，也可以說比李維楨的理論更突出。焦竑曰：

> 學書有臨摹二法……蓋摹得其形，臨得其意，自不同也。
> 至於得心應手，神融象滋，無意而皆意，不法而自法，斯
> 妙於書者已。……少明詩始期合轍，終乃舍筏。〔註26〕

焦竑之說可以印證徐增的詩論。始期合轍就是先從法入，終乃舍筏就是後從法出。不法而自法指不泥古人之法，能自得而立法，等於以無法爲有法，「無法」極言超脫，「有法」指法寓於無法之中。清初賀貽孫論制義之法曰：

> 行文有法，而不爲一成之法，其不爲一成之法者，巧之從
> 心不踰也。……今之爲制義者，憚于法之嚴，而託於無法
> 以爲巧；格于巧之難，又託于無巧以爲法。……吾所謂法
> 者，法習而巧出焉；吾所謂巧者，巧至而法生焉。……如
> 手足之持行，不言而喻；如身目之視聽，不戒以孚；如夏
> 雲奇峯，因風生態；如水潦行地，隨物賦形：蓋有無意而

〔註26〕《焦氏澹園集》卷二十二，〈題陳少明詩〉，偉文。

合，不知其所以然而然者矣。若是者，古文之至，而亦制
義之至也。〔註27〕

巧並不等於單純的「無法」，而是習久生巧，巧能生法，「法」乃從心
所欲不踰之矩，不是一成之法。就不守一成之法而言，可謂無法；就
巧能生法而言，可謂有法，正如袁中道所說「雖離法而自立法，慧力
之所變化宜爾。」巧的境界是「無意而合」──無意合法而自合矩度，
是「不知其所以然而然」──則巧不可傳亦不可學，人能之至，有悟
存焉。舞刀者習久生巧，不思而中，不言而喻，天賦所鼓，自然冥契：

偏反陰側，變怪百端，而條理錯綜，不紊不亂，不自知其
所以然而忘焉，而化焉，斯已矣！〔註28〕

忘焉、化焉，亦如《莊子・達生篇》的工倕「指與物化而不以心稽，
故其靈臺一而不桎。」忘法，心之適也，「脫」正是無往而不適的自
由。法從自由之心流出，那是最高層次的創造。

三、王夫之：「法尚應捨，何況非法？」

　　王夫之反對「死法」，態度非常激烈，因此他的詩法理論以「破
執」爲特色。他說：

詩文俱有主賓，無主之賓，謂之烏合。俗論以比爲賓，以
賦爲主；以反爲賓，以正爲主：皆塾師賺童子死法耳！立
一主以待賓，賓無非主之賓者，乃俱有情而相浹洽。〔註29〕

「主」就是「意」，他說：「意猶帥也。無帥之兵，謂之烏合。」「煙
雲泉石，花鳥苔林，金鋪錦帳，寓意則靈。」意近似情，賓指外在的
景物，詩文以情景融洽爲上。他贊成情意爲主，景物爲賓，「立主御
賓，順寫現景」，〔註30〕反對一般人以比爲賓、以賦爲主，以反爲賓、

〔註27〕《水田居文錄》卷二，〈與友人論文書〉二。見《國朝文錄》第七冊，
　　　　李祖陶輯，道光十九年刊本。
〔註28〕賀貽孫《激書》卷一，〈習巧〉。《豫章叢書》。
〔註29〕《夕堂永日緒論・內篇》，戴鴻森《薑齋詩話箋注》卷二。
〔註30〕王夫之《唐詩評選》卷三，丁仙芝〈渡揚子江〉評語。《船山遺書全
　　　　集》。

以正爲主，也就是說，比賦反正的區分不如情意景物的區分，前者爲死法，後者爲活法。根據此則詩話可知王夫之肯定「善法」，否定「劣法」。又曰：

> 古詩無定體，似可任筆爲之，不知自有天然不可越之榘矱……所謂榘矱者，意不枝，詞不蕩，曲折而無痕，戌削而不競之謂。

古詩無固定的形式，但是有自然而不得違反的法度。不枝、不蕩、不競，均表示法度的制衡約束，作者不得任性而發；曲折而無痕表示章法的轉折變化，如天衣無縫，不露痕迹，這並非無法。張篤慶（字歷友）曰：

> 按長短句本無定法，惟以浩落感慨之致，卷舒其間，行乎不得不行，止乎不得不止，因自然之波瀾以爲波瀾，易所云「風行水上渙」，乃天下之大文也。要在熟讀古人詩，吟詠而自得之耳。昔人云：「法在心頭，泥古則失。」是已。然而起伏頓挫，亦有自然之節奏在。〔註31〕

七言長短句波瀾卷舒，變化不測，因此沒有定法可言，泥古則失；可是其中仍有自然的節奏，行乎不得不行，止乎不得不止，亦即「天然不可越之榘矱」，作者亦不可忽略。王夫之曰：

> 「海暗三山雨」接「此鄉多寶玉」不得，迤邐說到「花明五嶺春」，然後彼句可來，又豈嘗無法哉？非皎然、高棅之法耳。若果足爲法，烏容破之？非法之法，則破之不盡，終不得法。詩之有皎然、虞伯生，經義之有茅鹿門、湯賓尹、袁了凡，皆畫地成牢以陷人者，有死法也。死法之立，總緣識量狹小，如演雜劇，在方丈臺上，故有花樣步位，稍移一步則錯亂。若馳騁康莊，取塗千里，而用此步法，雖至愚者不爲也。

眞法不能破，非法破之不盡，「非法」就是死法。立死法的人，都是識量狹小，不能馳騁千里。死法扼殺創作的自由，因此王夫之堅決反

〔註31〕《師友詩傳錄》，《清詩話》上冊。

對。上面這段議論氣勢凌厲，如果仔細檢驗，恐怕不盡實在。例如，皎然到底立了什麼死法？王夫之曰：「皎然一狂髡耳，日蔽于八句之中，情窮于六義之始，于是而有開合收縱、關鎖喚應、情景虛實之法，名之曰律。鉗梏作者，俾如登爰書之莫逭，此又宋襄之伯，設爲非仁之仁、非義之義，以自蹙而底於刜也。」〔註32〕皎然的《詩式》、《詩議》都沒有「開合收縱、關鎖喚應、情景虛實之法」。情景虛實之法始於南宋的周弼則可以確定，本文第三章第二節已推測王夫之沒有看過周弼的《唐三體詩》。皎然根本反對人爲法律的束縛，他批評四聲八病是「弊法」（《詩式》），又曰：「律家之流，拘而多忌，失於自然，吾常所病也。」（《詩議》）所以，皎然不可能立死法鉗梏作者，王夫之的話也就大有問題。前人立法，或指導創作，或有益於鑑賞，他們歸納出來的法則技巧，在當時具有某種程度的妥當性，並非全無價值，一概視爲「皆畫地成牢以陷人」，似乎不太公平。又曰：

> 起承轉收，一法也。試取初盛唐律驗之，誰必株守此法者？
> 法莫要於成章，立此四法則不成章矣！且道「盧家少婦」
> 一詩作何解？是何章法？又如「火樹銀花合」，渾然一氣；
> 「亦知戍不返」，曲折無端。其他或平舖六句，以二語括之；
> 或六七句意已無餘，末句用飛白法颺開，義趣超遠：起不
> 必起，收不必收，乃使生氣靈通，成章而達。……杜更藏
> 鋒不露，摶合無垠，何起何收？何承何轉？陋人之法，烏
> 足展騏驥之足哉！

王夫之論起承轉收（合），的確比金聖歎高明。金聖歎強調二起二承二轉二合是唐代之法律，人人必須遵守，事實上，不可能每位唐代詩人的每一首律詩都株守此法，范梈早就看出這個問題，所以他說：「起承轉合四字，施之絕句則可，施之於律詩則未盡然。」吳喬一再指出例外，亦有見地。金聖歎忽略了一個關鍵性的問題：唐人作律詩是有意合乎起承轉合之法，或無意求合而合？他認定唐人都是有意求合，

〔註32〕王夫之《古詩評選》卷六，〈五言近體序〉。《船山遺書全集》。

但必須分析每一首唐律或絕大多數的唐律，才能證明他的看法，可是金聖歎分析的作品數量相當有限。王夫之強調唐人無意求合，因此例外甚多。可是若說完全無意求合，也未免矯枉過正，因為唐代詩格所論的破題、頷聯、警聯（腹句）、落句（斷句），已是起承轉合的雛型；而起承轉合的名稱和理論，在元代才確定、成熟，因此，「唐人未必株守此法」的折衷意見應可成立。王夫之承認情事有初終、起止：

> 所謂章法者，一章有一章之法也，千章一法則不必名章法矣！事自有初終，意自有起止，更天然一定之則，所謂範圍而不過者也。〔註33〕

一章有一章之法，正如范梈所說「一局有一局造化」，作者可以自由變化。事有初終，意有起止，一首詩的結構亦有次序，那是天然之則（天然之榘矱），守此原則即可，不必刻意安排起承轉收，因為那是「畫地成牢」、「立法自敝」。王夫之曰：

> 樂記云：「凡音之起，從人心生也。」固當以穆耳協心為音律之準。「一三五不論，二四六分明」之說，不可恃為典要。……足見凡言法者，皆非法也。釋氏有言：「法尚應捨，何況非法？」藝文家知此，思過半矣。

「穆耳協心」乃音律的標準，那是自然的法則；「一三五不論，二四六分明」不能成立，應該加以否定。王夫之的結論「足見凡言法者，皆非法也」，卻推論太過，因為法有死活、自然人為之別，他也肯定了活法和自然之法。王夫之論制義曰：

> 無法無脈，不復成文字，特世所謂「成弘法脈」者，法非法，脈非脈耳。〔註34〕

他認為題目決定文法，法不外乎「因情因理，得其平允」，不可「豫擬一法，截割題理而入其中」；法的功用在於「合一事之始終，而俾成條貫」，不可枝離破碎；脈如人身之十二脈，縈繞周回，流轉不窮，並非傀儡之絲，無生氣而但憑操縱。王夫之對於「法」有立有破，又

〔註33〕王夫之《明詩評選》卷五，楊慎〈近歸有寄〉評語。《船山遺書全集》。
〔註34〕《夕堂永日緒論・外篇》，引自《薑齋詩話箋注》附錄。

說「法尚應捨，何況非法？」豈非自我矛盾？戴鴻森箋注曰：

> 捨，佛學術語，內心平等而無執著，名爲捨。船山借以喻
> 對待詩法的態度，亦取「無執著」之意，與丟棄不顧之「捨」
> 稍有別。〔註35〕

捨是「捨棄」，還是「無執著」？的確易生歧見。對那些非法之法而言，應斷然捨棄；對那些「天然不可越之榘矱」、「天然一定之則」而言，的確不可捨棄，但是必須肯定創作活動有一種境界：作者不執著任何法度，卻又自然合度。

四、葉　燮

（一）法與巧

　　葉燮在康熙二十三年（1684）左右著《汪文摘謬》，指摘汪琬的十篇文章，其中第六篇〈吳公紳芙蓉江唱和詩序〉，汪琬運用許多比喻證明詩法的重要，葉燮一一批駁，認爲汪琬於詩法無所發明，比喻不當。〔註36〕我們可以從「什麼不是詩法」的反面觀點，推知葉燮所認可的詩法具有什麼特質。

　　汪琬曰：「雖有肥毳，無鹽醯和劑之法，不可食也。雖有綺羅，無刀尺裁制之法，不可無（舞？）也。雖有管絃鍾鼓，無吹彈考擊均調之法，不可悅心而娛耳也。」

　　葉燮摘曰：「此則猶作詩者之叶韻平仄也，以叶韻平仄爲法，何待發明告誡之諄諄乎？使法如是之淺，則不必言，若更有深焉者，而以此三者之法擬之，非其倫矣。」以調味、製衣、彈奏之法比喻詩法，葉燮認爲太淺，可以不必談，在叶韻平仄以外，有更深的詩法。《原詩・內篇》曰：「而所謂詩之法，得毋平平仄仄之拈乎？村塾曾讀《千家詩》者，亦不屑言之。」和《汪文摘謬》的立場相同。

〔註35〕引同前書，第83頁。
〔註36〕《汪文摘謬》，葉德輝《郋園全書》第一七六冊。〈吳公紳芙蓉江唱和詩序〉，《堯峯文鈔》未收。

汪琬曰：「推而極之，則蕭何之治民，韓信之治兵，張蒼之治曆，降而至於彈棊蹴踘、承蜩弄丸之伎，蓋皆有法存焉。」

葉燮摘曰：「且治民豈有定法哉！」可知葉燮反對以定法為詩法。又曰：「韓信固專於治兵矣，夫古固有六韜、司馬等法矣，然信能驅市人而戰，妙在不用古法。為將之道，臨機應變，運用在乎一心，必泥于法，吾知其敗不旋踵也。」《原詩・外篇》曰：「詩而日作，須有我之神明在內。如用兵然，孫吳成法，懦夫守之不變，其能長勝者寡矣！驅市人而戰，出奇制勝，未嘗不愈于教習之師。」說不泥法則是，說韓信能驅市人而戰，愈于教習之師則非。孔子曰：「以不教民戰，是謂棄之！」驅市人而戰，必敗無疑，因為烏合之眾不知戰技，亦無戰鬥意志，將帥豈能指揮致勝？所以，教民七年可以即戎（《論語・子路篇》）。《呂氏春秋》批評「驅市人而戰之，可以勝人之厚祿教卒」等等說法，是「不通乎兵者之論」。〔註37〕韓信破趙以後，諸將問他為何違反兵法「右倍山陵，前左水澤」的規定？韓信曰：

> 此在兵法，顧諸君不察耳。兵法不曰「陷之死地而後生，置之亡地而後存」？且信非得素拊循士大夫也，此所謂驅市人而戰之，其勢非置之死地使人人自為戰，今予之生地皆走，寧尚可得而用之乎？（《史記》卷九十二，〈淮陰侯列傳〉）

韓信不用「右倍山陵，前左水澤」的兵法，但是採用另一條兵法：「陷之死地而後生，置之亡地而後存。」背水為陣，出奇致勝。這不能說「妙在不用古法」，只能說「妙在活用古法（成法）」。韓信的部卒並非市人，因為他上任不久，恐怕軍心未附，故有「驅市人而戰之」的比喻。守法不變常敗，驅市人而戰必敗，前者泥古，後者師心。葉燮反對定法，觀點正確，但不應該推到另一個極端。

葉燮又曰：「治兵與民，巧與法可互用，曆則依成法而無一毫之巧可用也。」「彈棊蹴踘，法與巧相半者也；承蜩弄丸，有巧而無法，

〔註37〕《呂氏春秋・仲秋紀・簡選篇》，許維遹集釋，世界。

此又與治曆相反者也。」葉燮將法和巧的關係分為四類：

1. 治曆：有法無巧。
2. 彈棊蹴踘：法巧相半。
3. 治兵治民：法巧互用。
4. 承蜩弄丸：有巧無法。

葉燮認為四者不同類，不可混為一談。法是規則定律，巧是靈活變化，把承蜩弄丸歸入「有巧無法」似乎不當，承蜩弄丸巧中藏法，並非無法。那麼，詩法與巧妙的關係也可以依照以上的分類推論得之。

（二）死法為定位，活法為虛名

葉燮的詩法觀念，主要見於《原詩・內篇》。他說：「法者虛名也，非所論于有也。又法者定位也，非所論于無也。」國家的法律是「定位」，因為五服五章刑賞生殺等等均與特定的事物一一對應。詩文之法是虛名，葉燮曰：

> 然則詩文一道，豈有定法哉！先揆乎其理，揆之于理而不謬，則理得；次徵諸事，徵之于事而不悖，則事得；終絜諸情，絜之于情而可通，則情得。三者得而不可易，則自然之法立。故法者，當乎理、確乎事、酌乎情，為三者之平準，而無所自為法也，故謂之曰「虛名」。

文學的內容不外乎言理、敘事、抒情，三者互相發明，不能分離：「夫情必依乎理，情得然後理真，情理交至，事尚不得邪？」詩中的理事情有時妙入神境，非凡庸者所能擬議：「要之，作詩者實寫理事情，可以言，言可以解，解即為俗儒之作。惟不可名言之理，不可施見之事，不可徑達之情，則幽渺以為理，想像以為事，惝恍以為情，方為理至事至情至之語，此豈俗儒耳目心思界分中所有哉！」葉燮輕視「實寫」，重視「興象風神」，後者只能「遇之乎默會意象之表」，「虛實相成，有無互立」，「至虛而實，至渺而近，灼然心目之間」，那是最高的境界。他的學生沈德潛說：

> 先生論詩，一曰生，一曰新，一曰深。凡一切庸熟、陳舊、

> 浮淺語，須掃而空之。〔註38〕

葉燮爲了避免庸熟、陳舊、浮淺，有些理論未免「推之太過，入於艱澀」。〔註39〕葉燮認爲，詩文之法不是定法，不能實指，它存於理事情之中：「當乎理，確乎事，酌乎情，爲三者之平準。」每一篇作品各有其理事情之平準，因此，法爲自然之法，絕非定法和死法。這種深刻、獨到的見解，表現了不凡的思辨能力。葉燮進而辨明「死法爲定位，活法爲虛名」。他用設問的方進行論辨：

> 彼曰：「凡事凡物皆有法，何獨于詩而不然？」是也，然法
> 有死法，有活法。若以死法論，今譽一人之美，當問之曰：
> 「若固眉在眼上乎？鼻口居中乎？若固手操作而足循履
> 乎？」夫妍媸萬態，而此數者必不渝，此死法也。彼美之
> 絕世獨立，不在是也。……死法則執塗之人能言之，若曰
> 活法，法既活，而不可執矣，又焉得泥于法？

今人程兆熊曰：「且照葉氏之說，既是眉在眼上，鼻口居中，必不可渝；則美之絕世獨立，雖不在是，究亦在是。蓋不即耳目口鼻之常，則神而明之，終不可能。」〔註40〕倩盼之姿等於神韻，若非五官端正，亦無從表現絕世獨立之美。就詩而論，格調是定法，神韻是活法，彼此的關係如胡應麟所說：「必水澄鏡朗，然後花月婉然。」葉燮顯然忽視定法的功用與價值。他說活法不可執，亦如胡應麟所說：「興象風神，無方可執。」葉燮又云：

> 而所謂詩之法，得毋平平仄仄之拈乎？村塾曾讀《千家詩》
> 者，亦不屑言之。若更有進，必將曰：「律詩必首句如何起，
> 三四如何承，五六如何接，末句如何結。古詩要炤應，要
> 起伏，析之爲句法，總之爲章法。」此三家村詞伯相傳久
> 矣，不可謂稱詩者獨得之祕也。若舍此兩端，而謂作詩另
> 有法，法在神明之中，巧力之外，是謂變化生心。變化生

〔註38〕《清詩別裁集》卷九，廣文。
〔註39〕陳惠豐《葉燮詩論研究》第 146 頁，六十六年師大國文研究所碩士論文。
〔註40〕《中國詩學》第二十三講，學生。

> 心之法，又何若乎？則死法爲定位，活法爲虛名。虛名不
> 可以爲有，定位不可以爲無。不可爲無者，初學能言之；
> 不可爲有者，作者之匠心變化，不可言也。

葉燮的詩法不包括平仄聲律、起承轉合、起伏照應，那些都是死法，
初學者能言之，這種主張類似王夫之。神明出於心，荀子曰：「心者，
形之君也，而神明之主也。」（〈解蔽篇〉）揚雄《法言・問神篇》：

> 或問神？曰：心。

> 人心其神矣乎！

變化無方稱爲「神」，「明」指心之「虛靈不昧」（朱熹之語）。法在神
明之中，則法不外於心；法在巧力之外，神明之法不能以巧求得，亦
不能以力求得。變化生心，其妙不可得而言，這種心法當然是活法：
「當其神明在心，變化於法，左宜右有，無所不可。」〔註41〕從呂本
中以來，變化不測是活法的主要特徵，葉燮的活法也是如此，但是在
葉燮的理論中，古法沒有適當的地位，他極端強調獨創，近乎師心。
他說：「七言律詩是第一棘手難入法門，融各體之法，各種之意，括
而包之於八句，是八句者詩家總持三昧之門也。」（《原詩・外篇》）
他承認各體各有作法，七律集法之大成，並非目中無法。又云：「杜
甫七言長篇，變化神妙，極慘淡經營之奇。」他分析〈贈曹將軍丹青
引〉起接、主賓、層次轉折、包羅收拾的章法，最後說：

> 余論作詩者，不必言法，而言此篇之法如是，何也？不知
> 杜此等篇，得之於心，應之於手，有化工而無人力，如夫
> 人從心不踰之矩，可得以教人否乎？使學者首首印此篇以
> 操觚，則窒板拘牽，不成章矣！（《原詩・外篇》）

葉燮的基本態度是「不必言法」，由於以古法教人，易成格套，格套
爲死法，作者豈能變化生心？心法「寸心知」，非人力所能授受，所
謂「學我者死」，葉夢得和葉燮見解相同。葉夢得曰：

> 詩人以一字爲工，世固知之，惟老杜變化開闔，出奇無窮，

〔註41〕葉燮《已畦文集》卷十三，〈與友人論文書〉。二棄草堂刊本，台大
　　　　烏石文庫。

> 殆不可以形迹捕。……今人多取其已用字模放用之，偪塞
> 狹陋，盡成死法。不知意與境會，言中其節，凡字皆可用
> 也。〔註42〕

意與境會，言中其節，不須模倣求似，此即活法。葉燮曰：「必言前人
所未言，發前人所未發，而後為我之詩。若徒以效嚬效步為能事，曰
此法也，不但詩亡而法亦亡矣！余之後法，非廢法也，正所以存法也。」
（《原詩‧內篇》）效嚬效步，盡成死法，葉燮一再駁斥的就是這種死
法，他肯定的是「變化生心之法」。葉燮並非目無古人，他說：「學詩
者不可忽略古人，亦不可附會古人。」可以取古人之學識神理，但是
絕不可尺寸古語，亦不可尺寸古法。葉燮以「觸興」為創作的動機：

> 當其有所觸而興起也，其意、其辭、其句劈空而起，皆自
> 無而有，隨在取之于心。（《原詩‧內篇》）

隨在取之于心，必無暇法古，法古則非「新詩」。作者必須心中有識，
自立不倚，敢獨抒性情，我用我法：

> 非薄古人為不足學也，蓋天地有自然之文章，隨我之所觸
> 而發宣之，必有克肖其自然者，為至文以立極，我之命意
> 發言，自當求其至極者。昔人有言：「不恨我不見古人，恨
> 古人不見我。」又云：「不恨臣無二王法，恨二王無臣法。」
> 斯言特論書法耳，而其人自命如此。……識明則膽張，任
> 其發宣而無所於怯，橫說豎說，左宜而右有，直造化在手。
> （《原詩‧內篇》）

創作乃「擄寫揮灑樂事」，人為的定規戒律妨害心思的自由，都應取
消。作者只要自求理得事得情得，平準在心，不必考慮合不合古法。
在葉燮的理論系統中，古法幾無立足之地，這一點非常類似袁宏道，
但是他的理論更嚴密，更有說服力。

（三）以才御氣，以才御法

張玉書〈已畦詩集序〉評論葉燮的詩風：「鋪陳排比、頓挫激昂

〔註42〕《石林詩話》卷中，《歷代詩話》上冊，木鐸。

類少陵，詰曲離奇、陳言刊落類昌黎，吐納動盪、渾涵光芒類眉山。
緣情繪事，妙入至理，而自嫻古法。其才氣之縱軼，寧或涉於頹放險
怪，爲世所詢姍，而必不肯爲局縮依傍之態。」〔註43〕葉燮於古人少
許可，僅推崇杜、韓、蘇三家爲豪傑特立之士，沈德潛說他「論詩以
少陵、昌黎、眉山爲宗」〔註44〕，論詩既有宗主，詩風難免類似，類
似並非亦步亦趨地有意學古，因爲：「古人之詩可似而不可學，何也？
學則爲步趨，似則爲脗合。學古人之詩，彼自古人之詩，與我可似？
似古人之詩，則古人之詩亦似我，我乃自得。」〔註45〕獨立不倚是葉
燮的創作態度，所以，自嫻古法和「刻覈有法」〔註46〕並不是有意尺
寸古法。從張玉書的序文，可知葉燮憑恃才氣創作，寧不諧俗，不肯
隨俗，在理論上自然不會主張斂才就法和以法束氣。

　　理、事、情構成詩文及萬物的內涵，需要「氣」的總持條貫才能
表現生命的活力。《原詩・內篇》曰：

> 然具是三者（指理事情），又有總而持之，條而貫之者，曰
> 氣。事理情之所爲用，氣爲之用也。譬之一木一草，其能發
> 生者理也，其既發生則事也，既發生之後，夭喬滋植，情狀
> 萬千，咸有自得之趣，則情也，苟無氣以行之，能若是
> 乎？……吾故曰三者藉氣而行者也。得是三者，而氣鼓行于
> 其間，絪縕磅礡，隨其自然所至即爲法，此天地萬象之至文
> 也，豈先有法以馭是氣者哉！不然，天地之生萬物，含其自
> 然流行之氣，一切以法繩之，夭喬飛走，紛紛于形體之萬殊，
> 不敢過于法，不敢不及于法，將不勝其勞，乾坤亦幾乎息矣。

這段話等於一篇「氣化的創造論」。戴震曰：「道，猶行也；氣化流行，
生生不息，是故謂之道。」〔註47〕氣，自然流行於天地之間，萬物之

〔註43〕《巳畦詩集》卷首。版本同註41。
〔註44〕《歸愚文鈔》卷十六，〈葉先生傳〉，乾隆刊本。
〔註45〕《巳畦文集》卷八，〈黃葉邨莊詩序〉。
〔註46〕鄧之誠評葉燮「詩文宗韓杜，刻覈有法」。見《清詩紀事初編》卷三，
　　　　鼎文。
〔註47〕《戴震集》下編，《孟子字義疏證》卷中，里仁。

生死繫乎氣之聚散，氣的自由運行不受外在法則的制約，法則內在於
氣，氣法一體，因此，氣至而法亦至。這種氣化的創造論，可以運用
到文學的創作論上，葉燮以泰山出雲為喻：

> 天地之大文，風雲雨雷是也。風雲雨雷變化不測，不可端
> 倪，天地之至神也，即至文也。……雲之態以萬計，無一
> 同也，以至雲之色相，雲之性情，無一同也……此天地自
> 然之文，至工也。……蘇軾有言：「我文如萬斛源泉，隨地
> 而出。」亦可與此相發明也。(《原詩·內篇》)

泰山出雲，氣鼓行其中，自自然然，生動變化，雲族未嘗事先商量如
何起伏、照應、開闔，正如文章初無定質，如萬斛泉源，隨物賦形，
行於所當行，止於不可不止，法不前定，順其自然為法。

葉燮提出識、膽、才、力，作為創作主體的基本條件，可惜他沒
有進一步說明氣和才膽識力的關係。才膽識力的涵義及彼此的關係如
下：

1. 識：剖析縷分、兼綜條貫的智慧。具有隻眼，是非明，取捨
   定。
2. 膽：識明則膽張。無所畏怯稱為膽。
3. 才：惟膽能生才。不受拘束的表現能力稱為才。
4. 力：力以載才。力大則才堅，能夠自成一家，舉重若輕，勝
   任愉快。杜、韓、蘇三人最有才力。

葉燮曰：「夫內得之于識而出之為才，惟膽以張其才（按：前云「膽
能生才」，「生」亦指擴充而言。），惟力以克荷之。」又曰：「大約才
識膽力，四者交相為濟，苟一有所歉，則不可登作者之壇。四者無緩
急，而要在先之以識，使無識則三者俱無所託。」(《原詩·內篇》)
在說明「力」時，他以登山為喻，一人無力，一人有力，有力者「神
旺而氣足」，氣足和力大有直接的關係。《原詩·外篇》曰：

> 李白天才自然，出類拔萃，然千古與杜甫齊名則猶有間，
> 蓋白之得此者，非以才得之，乃以氣得之。從來節義勳業
> 文章，皆得於天，而足於己，然其間亦豈能無分劑？雖所

得或未至十分，苟有氣以鼓之，如弓之括，力至引滿，自
可無堅不摧，此在彀率之外者也……觀白揮灑萬乘之前，
無異長安市上醉眠時，此何如氣也？……歷觀千古詩人，
有大名者，舍白之外，孰能有是氣者乎？

就弓括的比喻看來，氣力一體，所以無堅不摧。貴妃捧硯，力士脫靴，
而李白無所畏懼，這種氣很像富貴不能淫、威武不能屈、說大人則藐
之的浩然之氣。今人張靜二曰：

「才」「膽」「識」「力」四者跟「氣」根本難以須臾分離。
養「識」，可說就是養「氣」；故「識」既得養，即有氣識。
內得之於「識」，要「出」之以爲「才」時，有賴「氣」的
發宣，故稱才氣。膽量的體現同樣需賴「氣」的推動，故
膽氣合稱。而「力」的表現根本就是「氣」的運用，故稱
氣力或力氣。〔註48〕

葉燮說，氣總持條貫理事情，張靜二據此推衍爲氣亦總持條貫才膽識
力，這樣推論恐怕不盡正確。第一，氣的觀念相當複雜，它和才膽識
力的關係更是深奧，葉燮可能尚未考慮到。他運用的一些例子暗示氣
力一體，膽氣不分，又強調李白主氣，以氣得之，不以才得之，而杜
韓蘇三家才力最大，氣和才力又可分別看待，顯示葉燮的觀念尚未成
熟，所以缺乏一貫的見解。第二，才氣、膽氣、力氣之稱，並無不可，
「氣識」則前所未聞，養識未必就是養氣。《文心雕龍・養氣篇》曰：
「凡童少鑒淺而志盛，長艾識堅而氣衰。」分析綜合的能力稱爲識，
主要由積學而得，和養氣沒有直接的關係。第三，葉燮另有「以才御
氣，而法行乎其間」的理論，不可忽視。張玉書〈已畦詩集序〉作於
康熙二十五年（1686）陰曆三月十三日（上巳後十日），其云：

於是星期（按：葉燮字星期）抵掌語余曰：「放廢十載，屏
除俗慮，盡發篋衍所藏唐宋元明人詩，探索其源流，玫鏡其
正變。蓋詩爲心聲，不膠一軌，揆其旨趣，約以三語蔽之，

〔註48〕〈葉燮的詩文理論——以「氣」爲主的創作觀〉，《中外文學》第十
卷第八期，第15頁。

日情日事日理，自雅頌詩人以來，莫之或易也。三者具備而
縱其氣之所如，上摩青旻，下窮物象，或笑或啼，或歌或罷，
如泉流風激，如霆迅電擊，觸類賦形，騁態極變，以才御氣，
而法行乎其間，詩之能事畢矣。世之縛律爲法者，才茌而氣
苶（茶），徒爲古人傭隸而已，烏足以語此。」

葉燮最遲在康熙二十三年春已著成《原詩》，所以和張玉書暢論理事
情與才氣法。〔註49〕這段話可以補充《原詩》的理論。作者具備了理
事情之後，縱其氣之所如，以氣主導創作的活動，氣是不受拘束的，
因此「以才御氣」的「御」同於列子「御風而行，冷然善也」的「御」，
成玄英疏：「乘風遊行，冷然輕舉，所以稱善也。」氣本身能夠自由
運行，以才乘氣，則「藻耀而高翔」，若無盛氣，則「才力沈膇，垂
翼不飛」。以才御氣，氣至而法亦至，法隨氣而行，故曰：「法行乎其
間。」如果被法律束縛，勢必才弱氣衰，因此，葉燮反對「以法繩氣」
和「斂才就法」。《原詩·內篇》曰：

吾見世有稱人之才，而歸美之曰：「能斂才就法。」斯言也，
非能知才之所由然者也。夫才者，諸法之蘊隆發現處也，若
有所斂而爲就，則未斂未就以前之才，尚未有法也，其所爲
才，皆不從理事情而得，爲拂道悖德之言，與才之義相背而
馳者，尚得謂之才乎？夫於人之所不能知，而惟我有才能知
之，於人之所不能言，而惟我有才能言之，縱其心思之氤氳
磅礡，上下縱橫，凡六合以內外，皆不得而囿之，以是措而
爲之辭，而至理存焉，萬事準焉，深情托焉，是之謂有才。
若欲其斂以就法，彼固掉臂遊行於法中久矣，不知其所就
者，又何物也？必將曰所就者乃一定不遷之規矩，此千萬庸
眾人皆可共趨之，而由之，又何待於才之斂邪？

王世貞主張「才不累法」、「才不可盡，則引矩以囿之」，李維楨批評
王世貞「法不勝才」，吳偉業說「毋使才而礙法」，王、李雖爲折衷論

〔註49〕《原詩》的著成年代，吳師宏一考證「早不過於康熙十九年，晚不
過於康熙二十三年春」，見〈葉燮原詩研究〉，《國立編譯館館刊》第
六卷第二期。

者，基本上都同意斂才就法。葉燮認為「法由才生」，才不必收斂、不必遷就。才的性質類似氣，都不受拘束，縱其才而為文辭，自然可以理得、事得、情得，這是活法。才能生法，又能在法之中遊行自在，才根本沒有任何必須屈就的對象，庸人無才，所以要屈就「一定不遷之規矩」。《原詩・內篇》又曰：

> 故文章家止有以才御法而驅使之，決無就法而為法之所役，而猶欲誚其才者也。吾故曰「無才則心思不出」，亦可曰「無心思則才不出」，而所謂規矩者，即心思之肆應各當之所為也。蓋言心思，則主乎內以言才；言法，則主乎外以言才。主乎內，心思無處不可通，吐而為辭，無物不可通也，夫孰得而範圍其言乎？主乎外，則囿於物而反有所不得于我心，心思不靈，而才銷鑠矣！

在「以才御法」和「斂才就法」兩說之間，葉燮贊成「以才御法」，「御」是駕馭的意思。事實上，才既能生法並且遊於法之中，根本無所謂「以才御法」。葉燮將內在的心思和外在的法則作一對比，心思活動是才的主要功能，而「規矩」就是心思活動恰到好處所產生的內在標準；一般人的「法」是外在的律則，用以束縛內在的心思，心思既不能活潑靈妙，才必「萎然疲薾」，所以外在的法應該取消。

五、小　結

　　金聖歎、吳喬是起承轉合法的呼應者。金聖歎分析唐人律詩的章法，執著於二起二承二轉二合的固定格式。吳喬提出兩種模式，並且注意到一些例外，可以補充金聖歎之說。金、吳二人都過於強調定法，徐增「先從法入，後從法出」的理論比較圓融。「以無法為有法」非常玄妙，本文引焦竑、賀貽孫之說加以疏證，未必十分正確。道濟曰：「至人無法，非無法也，無法而法乃為至法。」〔註50〕也是妙論。道濟又說「有法必有化」，化就是「脫」的境界。我們如

〔註50〕《苦瓜和尚畫語錄》，引自《中國畫論類編》上冊第 148 頁。

果把徐增的理論簡化爲「有法必有脫」，則可契合胡應麟「法而悟」、「悟必由法」的見解。

王夫之「破妄顯眞」，否定死法，肯定自然之法，批評起承轉合法尤其中的。由於他的基本立場是「有破有立」，所以，「法尙應捨，何況非法」應是著重於捨棄不合理的人爲規定。

葉燮是一位卓越的詩論家，刻意獨樹一幟，今人對他的評價很高。他的詩法理論偏重活法，才氣所至則有自然之法，亦即理得事得情得之平準，但這完全沒有客觀的標準可循，法自我立，法由心生，可謂極端的師心之論。他對「嘉隆七子」（後七子）矯正太過，古法、定法、外在之法在他的理論中幾乎沒有地位。氣總持條貫理事情三者，而葉燮論才膽識力之時，卻將氣略而不談，這是《原詩》的一大漏洞。郭紹虞認爲葉燮所謂的氣「也可以說是才膽識力四者之總名，至少可說是膽與力二者之總名」，〔註51〕似乎過於籠統。張玉書〈已畦詩集序〉引述葉燮的對話，其中有「縱其氣之所如」、「以才御氣，而法行乎其間」的理論，我認爲可以代表葉燮的成熟見解，郭紹虞的「總名」之說顯然不能成立。

第二節　清代中期

一、沈德潛：以意運法，才爲法斂

沈德潛是葉燮晚年的學生，他的詩論雖然受到葉燮的影響，但是不乏修正、折衷之論，有他自己的特色。沈德潛也主張活法，他說：

> 詩貴性情，亦須論法，亂雜而無章，非詩也。然所謂法者，行所不得不行，止所不得不止，而起伏照應，承接轉換，自神明變化於其中。若泥定此處應如何，彼處應如何（如磧沙僧解《三體唐詩》之類），不以意運法，轉以意從法，則死法矣！試看天地間水流雲在，月到風來，何處著得死

〔註51〕《中國文學批評史》第 442 頁。

法？〔註52〕

袁中道、徐增都談過性情和法律。沈德潛所謂的「性情」，以溫柔敦厚，止乎禮義爲準，「法」則有章法、句法、字法。只重性情而不講究詩法，勢必亂而不整、無結構可言。古詩亦有章法，例如他評蔡琰〈悲憤詩〉「段落分明，而滅去脫卸轉接痕迹，若斷若續，不碎不亂」，評〈古詩爲焦仲卿妻作〉曰：「極長詩中，具有剪裁也。」〔註53〕不碎不亂、具有剪裁，表示有法。他分析杜詩有倒插法、反接法、透過一層法、突接法，詳論五律的起承轉收，又曰：「一首有一首之章法。一題數首，又合數首爲章法，有起有結，有倫序，有照應，若闕一不得，增一不得，乃見體裁。」(《說詩晬語》卷下) 由此看來，沈德潛相當重法。他理想中的法爲活法，以意運法，如行雲流水，能神明變化。他反對「以時文法解說杜詩」，因爲那種法是死法，杜甫豈可能如此拘泥。昔人論七古長篇作法，有分段、過段、突兀、用字、讚歎、再起、歸題、送尾，王士禎認爲令初學者知章法則可，若以爲「不易之式」則不可：

　　神龍行空，雲霧滅沒，鱗鬣隱現，豈令人測其首尾哉！〔註54〕

神龍行空，比喻神明變化，豈有定法可窺！沈德潛〈答滑苑祥書〉，論作文之法曰：

　　根本旣立，次言體、法。體與法有不變者，有至變者……有闢有闔，有呼有應，有操有縱，有頓有挫，如刑官用三尺，大將將數十萬兵而紀律不亂，此法之不變者也。……泯闔闢呼應操縱頓挫之迹，而意動神隨，縱橫百出，即在作者亦不知其然而然，此法之至變者也。吾得其不變者，而至變者存焉。〔註55〕

此說類似邵長蘅〈與魏叔子論文書〉的觀點。〔註56〕不變之法如法律，

〔註52〕《說詩晬語》卷上，《清詩話》下冊。
〔註53〕《古詩源》卷上，新陸書局。
〔註54〕《師友詩傳續錄》，《清詩話》上冊。
〔註55〕《歸愚文鈔》卷十五。
〔註56〕見《靑門麓槀》卷十一，《常州先哲遺書》第一集。

嚴而不可犯；至變之法，運法而無迹。法本身是刻板的，固定的，運法之時，加入作者的「意動神隨」，故能極盡錯綜變化之妙。創作活動的本質是自由的，「運法」和「守法」大不相同，運法以個人的心思爲主，法只是媒介、工具，守法則以法爲主，個人的心思反而要去遷就一成不變的規律。葉燮反對定法，唯恐定法拘束心靈，沈德潛解除這個憂慮，他認爲熟悉定法並不妨害自由變化。又曰：

> 既觀乎道以探文之源，復準乎體與法以究文之流，而且運之以才，輔以以情，深之以養，達之以氣，夫然而發而爲文，若吾未嘗標新矜異於古人，而古人自不足拘攣繩縛乎吾，則其言自吾而立。

他認爲文本乎道，源頭在六經四子，文章的體式和作法有其客觀的標準，根據體法的標準可以探究流變，如想自成一家之言，還要配合才、情、氣等因素。「運之以才」表示才主導創作活動，因此必然以才運法，這和《說詩晬語》的「以意運法」可以互補。〈汪荼圃詩序〉曰：

> 夫天下之物，以實爲質，以虛爲用。學，其實也；才，其虛也。以實運實則滯，以虛運實則靈。〔註57〕

也可以說「以才運法則靈」，靈與滯相反，靈則活，滯則死。〈李玉洲太史詩序〉曰：

> 古來論詩家，主趣者有嚴滄浪，主法者有方盧谷，主氣者有楊伯謙，主格者有高廷禮，而近代朱竹垞則主乎學，之五者均不可廢也，然不得才以運之，恐趣非天趣，法非活法，氣非浩氣，格非高格，即學亦徒見其汗漫叢雜而無所歸。（《歸愚文鈔》卷十二）

沈德潛認爲才總持條貫趣、法、氣、格、學五者，才爲天授，五者在乎人力。可能因爲李重華的作風以「肆才」爲主，所以沈德潛特別發揮「重才」的理論。以才運法，則法爲活法，此與「以意運法」的情形相同。才和法的關係不止於以才運法，還有「才爲法斂」。〈李玉洲太史詩序〉讚揚李重華之才「益縱橫自得，出天入淵，而不可控制」，

〔註57〕《歸愚文鈔》卷十二。

才是否真的不必拘束？〈王東漵柳南詩草序〉（《歸愚文鈔》卷十二）引王東漵之言曰：「傑魁之才，肆而好盡，此又學錢（謙益）而失之。」肆才必有好盡之弊。袁宏道的獨抒性靈不拘格套，其實也是貴性情而輕法，才情刻露而乏裁制。〈王鳳喈詩序〉曰：

> 予慨詩教之壞，前此四十餘年，禰宋祧唐，有隊仗，無意
> 趣，有暋逸，無蘊蓄，覺前人之情與景涵、才爲法斂者，
> 劚削不存。〔註58〕

沈德潛主張「託物連類」「借物引懷」，又說「意主渾融，惟恐其露」，情與景涵始有蘊蓄意趣；同樣，才爲法斂則能免於縱放粗屬。「優游婉順，無放情竭論」，〔註59〕作者應該節制自己的才情。因此，才的發揮仍須合乎客觀的法則。「不拘成法而自閑乎法」，〔註60〕那是用法的最佳理想，運法自如而不被法拘束，可以視爲成熟的折衷論。

二、袁　枚

（一）格律莫備於古，性情遭遇在我

錢泳曰：「沈歸愚宗伯與袁簡齋太史論詩，判若水火。宗伯專講格律，太史專取性靈。……然格律太嚴，固不可；性靈太露，亦是病也。」〔註61〕他的折衷雖然不錯，將沈、袁的差異誇大成「判若水火」卻不符事實。沈德潛豈不取性情？他說「詩貴性情，亦須論法」，又說：「詩之眞者在性情，不在格律辭句間也。」〔註62〕性情既眞，則有天趣，近似袁枚所標榜的性靈。而「談格律，整隊仗，校量字句，擬議聲病，以求言語之工」，不如「先有不可磨滅之概，與挹注不盡之源，蘊於胸中」，〔註63〕可見格律並非第一重要。袁枚又豈是不講

〔註58〕同前，卷十四。李重華，號玉洲，其《貞一齋詩說》曰：「古人應試，
　　　　無不斂才就法，不如此，亦不能入彀。」《清詩話》下冊。
〔註59〕同前，卷十一，〈施覺菴考功詩序〉。
〔註60〕同前，卷十三，〈李客山文稿序〉。
〔註61〕《履園譚詩》，《清詩話》下冊。
〔註62〕同注60，〈南園倡和詩序〉。
〔註63〕同注57，〈繆少司寇詩序〉。

格律？以下將探討「法」（格律）在袁枚詩學中的地位。

袁枚〈答沈大宗伯論詩書〉、〈答施蘭垞論詩書〉的寫作時間可能相隔不遠，大概都在乾隆二十六年（1761）以後。〔註64〕〈答沈大宗伯論詩書〉曰：

> 然格律莫備於古，學者宗師自有淵源；至於性情遭遇，人人有我在焉，不可貌古人而襲之，畏古人而拘之也。

格律既備於古，當然可以向古人學習，而個人的性情遭遇不必學古，見解中肯。〈答施蘭垞論詩書〉曰：

> 揚子曰：「斲木爲棋，捼木爲鞠，皆有法焉。」唐人之法本乎漢晉，宋人之法本乎三唐。終宋之世，無斥唐人者，子忽欲尊宋而斥唐，是率其子弟，攻其父兄也。

袁枚在〈答沈大宗伯論詩書〉中強調「變」，他說：「唐人學漢魏，變漢魏；宋學唐，變唐。其變也，非有心於變也，乃不得不變也。」「變唐詩者，宋元也；然學唐詩者，莫善於宋元，莫不善於明七子，何也？當變而變，其相傳者心也；當變而不變，其拘守者迹也。」格律的演變有它的極限，胡應麟曰：「詩至於唐而格備，至於絕而體窮。」〔註65〕後人取法最完美的作品，所謂古體必宗漢魏，近體必宗盛唐，理由充分。性情遭遇日新而不窮，詩的內容和風貌可以盡量變化，唐代以後的詩人只能在這方面創新。袁枚說「唐人之法本乎漢晉，宋人之法本乎之唐」，詩法的傳承有其連續性，並非袁宏道所謂的「法其不爲漢、不爲魏、不爲六朝之心而已」。法本於前人，我仍可變化：「子孫之貌，莫不本於祖父，然變而美者有之，變而醜者有之。若必禁其不變，則雖造物有所不能也。」（〈答沈大宗伯論詩書〉）「本」強調法的師承淵源，而變爲必然之事，法與變可以並行不悖。乾隆三十二年（1767），袁枚著《續詩品》，

〔註64〕參考吳師宏一《隨園詩話考辨》第31頁，自印本。兩封書信均見《小倉山房文集》卷十七，〈答施蘭垞論詩書〉曰：「足下見僕答沈宗伯書，不甚宗唐，以爲大是，蒙辱讜言，欲相與昌宋詩以立教。」可知寫於〈答沈大宗伯論詩書〉之後。

〔註65〕《詩藪·內編》卷一（古體上，雜言）。

內容以作法爲主，見解更明確。「布格」用了盤丸的比喻：

> 我用何格？如盤走丸。橫斜操縱，不出於盤。〔註66〕

盤象徵規矩，靈活變化終不出於規矩之外。「知難」曰：「談何容易，著墨紙上。」「勇改」曰：「人功不竭，天巧不傳。」詩出於苦心，豈是任性而發？袁枚的「性靈」一詞有兩層涵義，它是「性情」的同義詞，兼指「靈妙的寫作技巧」，〔註67〕經由艱苦的學習，才有「一片性靈，筆能曲達」〔註68〕的成就。「著我」曰：

> 不學古人，法無一可。竟似古人，何處著我？

法度師古，然而自我之性情面目仍須凸顯出來，「法」「我」兩得，理論比公安派完備。清代的畫家，對於法和性靈的關係也有很好的見解，王昱主張「以性靈運成法」，〔註69〕董棨曰「用古人之規矩，而抒寫自己之性靈」，〔註70〕沈宗騫曰：「夫天下無離性情以爲法者，無古人之成法，無以發我之性情耳。」〔註71〕性情和法律的論題，清人作了以上的總結。黃鉞《二十四畫品》列有「性靈」一則，其云：「聽其自然，法爲之死。」〔註72〕這是偏至之論。

（二）有性情便有格律，格律不在性情外

《隨園詩話及補遺》是袁枚晚年的著作，〔註73〕他的理論有沒有連貫性？有何轉變？這是值得探討的問題。他在晚年傾向於重視性情（性靈），貶抑格律。《隨園詩話》卷一第二則可以視爲性靈說的「開宗明義」章：

> 楊誠齋曰：「從來天分低拙之人，好談格調，而不解風趣，

〔註66〕《續詩品》，《清詩話》下冊。
〔註67〕見吳師宏一《清代詩學初探》第 235 頁。
〔註68〕《隨園詩話補遺》卷五，顧學頡校點本，漢京。
〔註69〕引自《中國畫論類編》上冊，第 190 頁。
〔註70〕同前，上冊，第 256 頁。
〔註71〕同前，下冊，第 895 頁。
〔註72〕同前，上冊，第 442 頁。
〔註73〕《隨園詩話》十六卷編成於七十歲至七十三歲間，《補遺》十卷編成於七十五歲至八十二歲間。參考《隨園詩話考辨》，第 7～16 頁。

何也？格調是空架子，有腔口易描；風趣專寫性靈，非天才不辨。」余深愛其言。

格調的涵義相當複雜，引文中的「格調」「風趣」，近似胡應麟所說的「體格聲調」和「興象風神」。袁枚〈再答李少鶴〉云：「體格是後天空架子，可仿而能；神韻是先天眞性情，不可強而至。」〔註74〕有眞性情自有神韻，風趣（風韻趣味）和神韻可能同義。袁枚認爲性情和性靈相等，格律和格調相等，一爲先天，一爲後天，性情決定格律，格律來自性情。他說：

> 須知有性情，便有格律，格律不在性情外。三百篇半是勞人思婦率意言情之事，誰爲之格？誰爲之律？而今之談格調者，能出其範圍否？況皐、禹之歌，不同乎三百篇；國風之格，不同乎雅頌；格豈有一定哉？許渾云：「吟詩好似成仙骨，骨裏無詩莫浪吟。」詩在骨不在格也。

元好問嚮往古代那些小夫賤婦「滿心而發，肆口而成」的詩歌，他們不拘格律，不煩繩削，袁枚顯然也是醉心「不煩繩削而自合」的境界。「有性情，便有格律」，和「不學古人，法無一可」比較，前者更重性情；和沈德潛的「詩貴性情，亦須論法」比較，差異立現。清代有一批專門標示格律的著作，性質等於唐人的詩格，王士禎的《律詩定體》、《古詩平仄論》，趙執信的《聲調譜》，翁方綱的《五言詩平仄舉例》、《七言詩平仄舉例》，翟翬的《聲調譜拾遺》等等，蔚爲大觀，袁枚非常反感，批評這些著作「桎梏性靈」：

> 不料今之詩流，有三病焉：其一、塡書塞典，滿紙死氣，自矜淹博。其一、全無蘊藉，矢口而道，自夸眞率。近又有講聲調而圈平點仄以爲譜者，或蜂腰、鶴膝、疊韻、雙聲以爲嚴者，誷誷然矜獨得之祕。不知少陵所謂「老去漸於詩律細」，其何以謂之律？何以謂之細？少陵不言。元微之云：「欲得人人服，須教面面全。」其作何全法，微之亦不言。蓋詩境甚寬，詩情甚活，總在乎好學深思，心知其意，以不失孔

〔註74〕《小倉山房尺牘》卷十，《隨園五種》上冊，廣文。

> 孟論詩之旨而已。必欲繁其例，狹其徑，苛其條規，桎梏其
> 性靈，使無生人之樂，不已傎乎！唐齊己有《風騷旨格》，
> 宋吳潛溪有《詩眼》，皆非大家真知詩者。〔註75〕

第一種病以學問為詩，缺乏性靈；第二種病以「俚鄙率意」為性靈。
一種不真，一種不雅，必須性情學問兼備才佳。第三種病以條規縛人，
使詩境變狹，詩情變滯，對性靈的危害最大，所以袁枚的批評最嚴厲。
袁枚曰：「後之人未有不學古人而能詩者也，然而善學者得魚忘筌，
不善學者刻舟求劍。」〔註76〕第三種病正是刻舟求劍。他反對人為的
條規，又說「格律不在性情外」，他沒有否定格律，只是強調以性情
的自然流露為主，詩成而法立，不是先求古法而後有詩。一般人所講
的格律是外在的空架子，用外在的模子規範性靈；他所講的格律包含
於性情之中，由內容決定形式，亦即性情決定格律。他說：

> 方大章秀才詩，初學明七子，後受業門下，幡然改轍，專
> 主性靈，可謂一變至道。〔註77〕

專主性靈是第一要義，因為有了性靈自然就有了自己的格調，去模仿
別人的格調，反而喪失了自己的性靈。又說：

> 人必先有芬芳悱惻之懷，而後有沈鬱頓挫之作……後人無
> 杜之性情，學杜之風格，抑末也。〔註78〕

性情決定風格，由此可知。專主內在的性情（性靈），以性情決定格
律（格調、風格），是袁枚晚年詩論的特色；中年時代雖然重視自我
的性情，並不忽視或貶抑外在的格律，甚至強調「法」的傳承，主張
「法」須取資於古人。袁枚晚年對於古法的態度相當灑脫，《隨園詩
話》卷五云：

> 宋史：「嘉祐間，朝廷頒陣圖以賜邊將。王德用諫曰：『兵

〔註75〕《隨園詩話補遺》卷三。郭紹虞評袁枚曰：「此真無知妄說，非特誤
　　　　『范』為『吳』，且以此書與《風騷旨格》並論，可謂大誤。」見《宋
　　　　詩話考》第 134 頁。
〔註76〕《隨園詩話》卷二。
〔註77〕《隨園詩話補遺》卷十。
〔註78〕《隨園詩話》卷十四。

機無常，而陣圖一定；若泥古法，以用今兵，慮有僨事者。』」
技術傳：「錢乙善醫，不守古方，時時度越之，而卒與法會。」
此二條，皆可悟作詩文之道。〔註79〕

拘泥古法則不能應變出奇，有法等於無法：「房琯學古車戰，乃至大
敗，是即琯之無法也。」〔註80〕霍去病不學孫吳之法，卻能取勝，雖
然無法（古法）等於有法——臨機應變的活法。錢乙不拘泥古人的藥
方，超越古法但是又能合法，法乃神明之法，所謂「變化不測，而又
不背於規矩」。袁枚暗示：性靈不受古法限制，它能超越古法而且自
合法度。綜觀袁枚的詩法理論，有內在的一貫性，晚年的超脫乃思想
成熟的表現。他始終以性靈作為詩論的核心，以性靈統攝格律、學問、
人功，精神雖然繼承袁宏道，理論卻更完滿。

三、翁方綱：「文成而後法立」或「法立而後文成」？

這一小節將分析翁方綱的〈詩法論〉。〔註81〕

翁方綱曰：「歐陽子援揚子制器有法以喻書法，則詩文之賴法以
定也審矣。」首先肯定法的必要性。又曰：「忘筌忘蹄，非無筌蹄也。
律之還宮，必起於審度，度即法也。顧其用之也無定方，而其所以用
之者，實有立乎法之先，而運乎法之中者，故法非徒法也，法非板法
也。」所謂「律之還宮」，《漢書·律曆志》曰：「宮，中也，居中央，
暢四方，唱始施生，為四聲綱也。」「五聲之本，生於黃鐘之律。九
寸為宮，或損或益，以定商角徵羽。」〔註82〕音律以宮聲為準，法度

〔註79〕以上引文與宋史原文頗有出入，但是大旨不差。《宋史》卷二七八〈王
　　　　德用傳〉，帝嘗遣使問邊事，德用曰：「咸平景德中，賜諸將陣圖，
　　　　人皆死守戰法，緩急不相救，以至于屢敗。誠願不以陣圖賜諸將，
　　　　使得應變出奇，自立異效。」帝以為然。卷四六二〈方技下〉，〈錢
　　　　乙傳〉曰：「乙為方，不名一師，於書無不窺，不靳靳守古法，時度
　　　　越縱舍，卒與法會。」《宋史》，鼎文新校本。
〔註80〕《小倉山房續文集》卷三十，〈書茅氏八家文選〉。
〔註81〕〈詩法論〉，《復初齋文集》卷八。沈雲龍主編《近代中國史料叢刊》
　　　　第四十三輯，文海。
〔註82〕《漢書》卷二十一上，鼎文。

精確一定。然而法爲人用，人本身所具備的各種條件，造成用法的結果多樣不一，正如曹丕所說：

> 譬諸音樂，曲度雖均，節奏同檢，至於引氣不齊，巧拙有
> 素，雖在父兄，不能以移子弟。（《典論・論文》）

引氣不齊，造成不同的演奏效果，有巧拙優劣之分。以我用法，個人的先天、後天因素貫注其中，故曰：「法非徒法。」如此用法，則法爲活法，故曰：「法非板法。」翁方綱接著討論詩法：

> 且以詩言之：詩之作，作於誰哉？則法之用，用於誰哉？
> 詩中有我在也，法中有我以運之也。即其同一詩也，同一
> 法也，我與若俱用此法，而用之之理，用之之趣，各有不
> 同者，不能使子面如吾面也。同一時，同一境，同一事之
> 作，而其用法之所以然，父不能得之於子，師不能傳之於
> 弟。即同一在我之作，而今歲不能仿昨歲語，今日不能用
> 昨日語，況其隔時地，分古今，而強我以就古人之法，強
> 執古人以定我之法，此則蔑古之尤者也，而可謂之效古哉？
> 故曰：「文成而法立」。

詩爲我作，法爲我用。詩題、詩法相同，兩人所作卻各有特色，因爲用法之所以然和用法之意趣互不相同。時、境、事等客觀條件相同，如何「自出機杼」，如葉燮所說「詩而曰作，須有我之神明在內」，神而明之存乎心悟，父子師徒不能相傳授，也就是說：「法」可傳，「用法之法」不可傳。個人的作品亦有差異性，也是由於用法變化不定，因此風貌不一。就「用法」而論，我自用我法，古人不能牽制我，故曰：「文成而法立。」和翁方綱同時的紀昀曰：

> 其心思如水瀉地，縱橫曼衍，其氣機如雲出岫，宕漾自如，
> 皆洋洋纏纏，初無定範，意盡言止而文成法立焉。〔註83〕

「文成法立」指「初無定範」，結果自成法度。不強執古人以定我之法，就是「初無定範」。用法雖然不可泥古，學法卻不可不求諸古人，「文成法立」的「法」仍然合乎古法。所以，翁方綱的理論分爲兩個

〔註83〕《紀文達公遺集》卷九，〈耳溪文集序〉。

層次：第一，就法必學古而言，法爲定法；第二，就用法必須靈心自運而言，法爲活法。翁方綱沒有充分說明，因此〈詩法論〉感覺上分爲前後兩橛，似乎自相矛盾。他說：

> 法之立也，有立乎其先，立乎其中者，此法之正本探原也。有立乎其節目，立乎其肌理界縫者，此法之窮形盡變也。杜云「法自儒家有」，此法之立本者也；又曰「佳句法如何」，此法之盡變者也。夫惟法之立本者不自我始之，則先河後海，或原或委，必求諸古人也。夫惟法之盡變者，大而始終條理，細而一字之虛實單雙，一音之低昂尺黍，其前後接筍、乘承轉換、開合正變，必求諸古人也，乃知其悉準諸繩墨規矩，悉校諸六律五聲，而我不得絲毫以己意與焉。

翁方綱將法分爲兩大類：正本探原和窮形盡變。把杜甫〈偶題〉的「法自儒家有」講成「法之立本者」，相當牽強。儒家之法是什麼？其《石洲詩話》卷一曰：

> 杜公之學，所見直是峻絕。其自命稷契，欲因文扶樹道教，全見於《偶題》一篇，所謂「法自儒家有」也。此乃羽翼經訓，爲風騷之本，不但如後人第爲綺麗而已。〔註84〕

則立本之法指以天下爲己任，因文扶樹聖教。翁方綱的詮釋近乎穿鑿，因爲〈偶題〉的「法自儒家有」和「致君堯舜上，再使風俗淳」（〈奉贈韋左丞丈二十二韻〉）、「許身一何愚，竊比稷與契」（〈自京赴奉先詠懷五百字〉）的政治抱負無關，「法」專指其家傳之詩學。〔註85〕翁方綱曰：

> 愚在江西三年，日與學人講求山谷詩法之所以然，第於中

〔註84〕《石洲詩話》，廣文。
〔註85〕「法自儒家有，心從弱歲疲」，趙彥材曰：「公自謂也。言文章之法，自是吾儒家者流所有；而吾之用心，已自弱冠時疲苦至今也。如公之家則又累世儒矣，蓋其祖審言已有文稱也。」南宋郭知達《九家集注杜詩》卷三十引，《杜詩引得》第二冊，成文。張遠注「法自儒家有」曰：「公祖審言以詩名家，故云儒家有，即所謂詩是吾家事也。」楊倫《杜詩鏡銓》卷十五引，華正。

得二語，曰：「以古人爲師，以質厚爲本。」〔註86〕

乾隆二十四年（1759），翁方綱二十七歲，典試江西，歷時三年，此時深受黃庭堅的影響。「以古人爲師，以質厚爲本」是翁方綱的治學宗旨，並且以此教人。他又說，以質厚爲本和姜夔的「離而能合」是「詩文書法之總訣」，〔註87〕強調師古而不泥古。正本探原和窮形盡變之法都「必求諸古人」，就是以古人爲師。黃庭堅所強調的「以質厚爲本」，大概指「養心冶性」、「以此心術作爲文章」，〔註88〕以及積學法古，〔註89〕性情、學問、文章合爲一體。翁方綱也主張「由性情而合之學問」、「使經籍與性情合爲一事」、「讀書以養其源，提躬以植其本」，此爲正本探源之法。〔註90〕那麼，〈詩法論〉所引用的「法自儒家有」，其取義仍不外乎強調：「法必有師承淵源，所以必求諸古人。」《石洲詩話》的詮釋既不妥當，可以不必採用。

　　窮形盡變之法包括章法、句法、字法和聲律，就是翁方綱所強調的「詩必研諸肌理」、「詩必以肌理爲準」的肌理。〔註91〕他說：「昔李何之徒，空言格調，至漁洋乃言神韻，格調神韻皆無可著手也，予故不得不近而指之曰肌理。」〔註92〕肌理必求諸實際，注重結構，「視作品爲秩序而條理的有機體」，詩的內容要求眞實的性情和事境，詩的形式要求局部的字質和整體結構巧妙組合，表現細密的文理。〔註93〕古

〔註86〕《復初齋文集》卷三，〈漁洋先生精華錄序〉。

〔註87〕同前，卷十二，〈送張肖蘇之汝陽序〉。

〔註88〕《豫章黃先生文集》卷二十五，〈書贈韓瓊秀才〉。

〔註89〕同前，卷十九，〈與徐師川書〉四首之一：「詩政欲如此作，其未至者，探經術未深，讀老杜、李白、韓退之詩不熟耳！」卷二十六〈跋書柳子厚詩〉，認爲王觀復「讀書未破萬卷，觀古人之文章未能盡得其規摹」，所以「未能從容中玉珮之音，左準繩右規矩」。

〔註90〕以上參考李豐楙《翁方綱及其詩論》第47～49頁，六十三年政大中文研究所碩士論文。

〔註91〕見《復初齋文集》卷四，〈延暉閣集序〉、〈志言集序〉。

〔註92〕同前，卷十五，〈仿同學一首爲樂生別〉。

〔註93〕參考李豐楙〈翁方綱肌理說的理論及其運用〉，《文學評論》第二集，書評書目出版社。

人的繩墨規矩精嚴，具有客觀的權威，後人絲毫不能加以改變。古人
的章法、句法、字法、聲律既然都是一成而不可變，為什麼又稱為「法
之窮形盡變者」？是否意指古人之法雖然看似千變萬化，其實莫不合
乎一定的法律？〈詩法論〉的矛盾好像不容易解釋，例如，翁方綱在
前面反對「強我以就古人之法，強執古人以定我之法」，在後面又主張
法必求諸古人，我不得絲毫以己意與焉，前後顯然不通。前者如果是
「文成而法立」，後者就是「法立而後文成」。若非將前半、後半視為
不同的層次，恐怕無法解決理論上的困難。〈詩法論〉結語云：

> 故曰禹之治水，行其所無事也。行乎所不得不行，止乎所
> 不得不止，應有者盡有之，應無者盡無之，夫然後可以謂
> 之詩，夫然後可以謂之法矣。

《孟子》：「禹之行水也，行其所無事也。」(〈離婁下〉)陸游：「沛
然要似禹行水，卓爾熟如丁解牛。」(〈六藝示子聿〉)「行其所無事」
表示心不泥法，順其自然而文成法立。法始終在古人的規範之中，所
以，古人所有之法我亦盡有，古人所無之法我亦盡無，萬變不離其宗，
杜甫可以稱作「永恒之宗」。翁方綱曰：

> 詩至於杜，而天地之元氣暢洩於此。天地之大，無所不包；
> 日月之明，無所不照；天縱之聖，無所不能……且杜法之
> 該中晚唐、該極宋元者，正見其量之足而神之全也……若
> 論杜詩，則自有詩教以來，溫柔敦厚必歸諸杜，興觀群怨
> 必合諸杜；上下古今，萬法源委必衷諸杜。〔註94〕

萬法必折衷於杜甫，所以〈詩法論〉引用杜甫的詩句很有深意，杜甫
是兼備法之正本探原與法之窮形盡變的典型，值得後人效法。

〈詩法論〉所說「忘筌忘蹄，非無筌蹄也」，暗示「從有法到忘
法」，忘法則能「行其所無事」，〈神韻論〉發揮此說，非常精彩：

> 綜而計之：所謂置身題上者，必先身入題中也；射者必先

〔註94〕《復初齋文集》卷十，〈評陸堂詩〉。「陸堂」指陸奎勳，字聚侯，一
　　　　字坡星，曾選唐人詩集行世，各系以詩。參考鄭方坤《國朝（清朝）
　　　　詩人小傳》，卷四〈陸堂詩鈔小傳〉，廣文。

入彀，而後能心手相忘也；（忘）筌蹄者必得筌蹄，而後筌
蹄兩忘也；詩必能切己切時切事，一一具有時地，而後能
漸幾於化也，未有不有諸己、不充實諸己，而遽議神化者
也。是故善教者必以規矩焉，必以彀率焉。神韻者，以心
聲言之也，心聲者，誰之心聲哉？吾故曰：先於肌理求之
也。知於肌理求之，則刻刻惟規矩彀率之弗若是懼，又奚
必其言神韻哉？〔註95〕

翁方綱認為：「需先得筌蹄，先得規矩、彀率，而後始可忘之。」〔註96〕
他批評李、何一輩「癡肥貌襲，正患坐在題中」，亦即能入而不能出，
擬議而不能變化，泥法而不能忘法。何謂「化」？像李、杜「縱橫出沒，
不主故常」，〔註97〕才是「能化」。肌理正如筌蹄、規矩、彀率，「尺寸
土木，經營締構而為之」〔註98〕；神韻不可擬議，「如華嚴樓閣，彈指
即現；又如仙人五城十二樓，經縹緲俱在天際」，〔註99〕似無人工及定
法可說。翁方綱主張作詩應從實際處下功夫，由漸修至頓悟，從守法至
忘法，不必奢言神韻，用心於肌理才可能達到神韻（神化）的境界，所
謂：「人功未極，則天籟亦無因而至；雖云天籟，亦須於人功求之。」
〔註100〕

四、小　結

　　沈德潛折衷性情和法律，並非專講格調；折衷不變之法和至變之
法，補葉燮理論之缺。他的活法，簡言之就是以意運法、以才運法。
贊成適度的斂才就法，又與其師不同。不拘成法而自閑乎法，是他的
成熟見解。

〔註95〕《復初齋文集》卷八，〈神韻論・中〉。
〔註96〕引同註93，第265頁。
〔註97〕同註95，〈徐昌穀詩論・一〉。
〔註98〕《石洲詩話》卷一：「即如白（白居易）之〈和夢遊春〉五言長篇以
　　　　及〈遊悟真寺〉等作，皆尺寸土木，經營締構而為之，初不學開、
　　　　寶諸公之妙悟也。」
〔註99〕施愚山之語，《漁洋詩話》卷中引。
〔註100〕《隨園詩話》卷四引葉書山之語。

　　袁枚的性靈說比袁宏道的性靈說圓融，因爲他認眞考慮過格律、古法的問題，「直寫性靈，初非易事」，繩削的工夫不可或缺。晚年專主性靈，認爲性情決定格律，暗示不泥古法而自合法度，在中年的理論基礎上躍出了一大步。

　　翁方綱的〈詩法論〉相當複雜，甚至前後自相矛盾。他的理論有過度強調定法的傾向，所以姚鼐〈答翁學士書〉以詩文無定法駁之。〔註101〕他強調法必須求諸古人，推崇古法精嚴不差，後人不得更張，態度極爲執著、保守；〔註102〕可是他也知道「用法」之妙存乎己心，法同而用法不必同，事實上肯定了變化的存在。又從肌理和神韻的關係，領悟到「忘法自適」、「忘法必先守法」的道理，這是翁方綱詩法理論的重大成就。

第三節　清代晚期

一、方東樹：從文法悟入詩法

　　桐城派因古文義法成名，方苞、劉大櫆、姚鼐的文學理論均以文論爲主，詩論罕見。方東樹受文法於姚鼐，晚年著《昭昧詹言》，〔註103〕分析詩法，「所錄方姚諸老微言要旨至多」。〔註104〕也就是

〔註101〕　《惜抱軒全集》，文集卷六，世界。
〔註102〕　翁方綱對於古法也有一些通達的見解。〈王文簡古詩平仄論序〉曰：
　　　　　「先生之論古詩，蓋爲失諸者言之也。索亦失也，泥亦失也；索斯
　　　　　理之，泥斯通之。夫言豈一端而已，言固各有當也。」歐陽修〈聖
　　　　　俞會飲時聖俞赴湖州〉，翁方綱按：「文章千變萬化，如碧空之雲，
　　　　　無一同者，無一複者，而無一處不自成章法，不可泥也。」後記曰：
　　　　　「古詩平仄是無一定，而實有至定者。」趙秋谷所傳《聲調譜・後
　　　　　譜》，五古〈渼陂行〉曰：「轉韻格調，已盡於此。」翁方綱按：「此
　　　　　首乃轉韻中之重規疊矩者，若謂轉韻之理盡在於此，固無不可，然
　　　　　古人轉韻之格其變無方，豈可以一言槩之。」
〔註103〕　〈昭昧詹言述悃〉作於道光己亥八月，附二十一卷的目錄，這並不
　　　　　表示已在此年著成《昭昧詹言》。據方東樹的學生鄭福照於同治六
　　　　　年所輯《方儀衛先生年譜》，道光十九年（己亥）方東樹六十八歲，

說，方東樹以文法評詩，企圖建立桐城派的詩法理論。

　　古人所說的「文章之道」，有時可以包含詩，至於詩文對舉，則兩者有別。姚鼐曰：「文章之境，莫佳於平淡，措語遣意，有若自然生成者……詩之與文，固是一理，而取逕則不同。」〔註105〕詩文理同而取逕不同，姚鼐之言頗有保留，「理」指文學的原理，「取逕」指具體的作法，因此我們不能肯定姚鼐主張「詩文之理同，法亦同」。但是方東樹從這裏得到啓發，並且加以擴充：

　　　　大約古文及書、畫、詩四者之理一也，其用法取境亦一。(《昭
　　　　昧詹言》卷一)

　　　　凡詩、文、書、畫以精神為主，精神者，氣之華也。(同上)

「以精神為主」，理無不同。方東樹論法之時，詩文不分，例如：「字句、文法，雖詩文末事，而欲求精其學，非先於此實下功夫不得。」「讀古人詩文，當須賞其筆勢健拔雄快處，文法高古渾邁處……。」在一部詩學專著中，屢次出現「文法」一詞，似有混淆之感，然而這卻是方東樹別有用心之處。「文法」的定義如下：

　　　　凡學詩之法，一曰創意……二曰造言……三曰選字……四曰
　　　　隸事……五曰文法，以斷為貴，逆攝突起、崚嶒飛動倒挽，
　　　　不許一筆平順挨接。入不言，出不辭，離合虛實，參差伸縮。
　　　　六曰章法，章法有見於起處，有見於中間，有見於末收，或
　　　　以二句頓上起下，或以二句橫截。(《昭昧詹言》卷一)

因此，「文法」是《昭昧詹言》的專有名詞，有意借用古文家評點分

　　　　在廣東著《昭昧詹言》十卷，八月序之——這篇序就是〈昭昧詹言
　　　　述悄〉——十卷只包括五古的部分；道光二十一年七十歲，在桐城
　　　　「著《續昭昧詹言》，專論七言律詩，六月朔序之。」推測七古的
　　　　部分在六十九歲左右完成。年譜見《儀衛軒文集》附錄，同治年間
　　　　刊本。

〔註104〕吳闓生，〈昭昧詹言序〉，廣文。汪中先生〈方東樹評古今詩鈔序〉
　　　　曰：「微言義法，悉桐城諸老之緒論。」見《方東樹評古詩選》卷
　　　　首，聯經。

〔註105〕《惜抱軒全集》，文後集卷三，〈與王鐵夫書〉。

析之法。方東樹對古人的「文法」最為傾心，他說：「古人不可及，只是文法高妙。」「古人文法之妙，一言以蔽之，曰語不接而意接。」（《昭昧詹言》卷一）「漢魏詩陳義古，用心厚，文法高妙，渾融變化，奇恣雄俊，用筆離合轉換，深不可測。」「漢魏人用筆，斷截、離合、倒裝、逆轉，參差變化，一波三折，空中轉換搏挽，無一滯筆平順迂緩駃蹇。」（《昭昧詹言》卷二）他分析古詩十九首第一首「行行重行行」，完全著眼於文法，儼然古文家在分析古文，他採用古文家的專門詞彙，例如「頓挫斷住」、「縱筆橫插」、「振起」、「逆攝」、「遙接」、「反承」、「繞回作收」，並曰「凡六換筆換勢，往復曲折」、「用筆用法，精深細意如此」，所以文法強調用筆變化，無一平板，而氣脈流動貫穿，針線極密無裁縫之迹。總之，文法之妙不外乎順逆、起伏、頓斷、轉換、離合、奇正。這種「文法」源自經書：

> 昔人言六經以外無文章，謂其理、其辭、其法皆備，但人不肯用心求之耳。（《昭昧詹言》卷一）

> 詩文貴有雄直之氣，但又恐太放，故當深求古法倒折、逆挽、截止、橫空、斷續、離合諸勢，惟有得於經則自臻其勝。（《昭昧詹言》卷九）

方苞曰：「夫秦周以前，學者未嘗言文，而文之義法，無一之不備。」〔註106〕方東樹也認為經書包含詩文之義法，又曰：「非數十年深究古人精思妙悟，不解義法。」「血脈貫注，生氣天成如鑄，不容分毫移動，昔人譬之無縫天衣……此非解讀六經及秦漢人文法不能悟入。」（《昭昧詹言》卷一）詩法須從文法悟入，代表桐城派的「本色」。文法等於詩法，懂文法才能作詩，他說：

> 詩莫難於七古，七古以才氣為主……其次則須解古文者而後能為之，觀韓、歐、蘇三家章法剪裁，純以古文之法行之，所以獨步千古。

> 七言長篇不過一敘、一議、一寫三法耳，即太史公亦不過

〔註106〕《方望溪全集》卷五，〈書韓退之平淮西碑後〉，世界。

用此三法耳。(《昭昧詹言》卷十一,〈總論七古〉)

七律之妙,在講章法與句法。

所謂章法,大約亦不過虛實、順逆、開合、大小、賓主、

人我、情景,與古文之法相似。(《昭昧詹言》卷十四,〈通論七

律〉)

古文之法可直接運用於詩,以古文家的眼光評詩,所見無非文法。「詩
與古文一也,不解文事必不能當詩家著錄」(通論七律),「文法本位」
的觀念暴露無遺,但這顯然是一種偏見,因為古人未必完全依據文法
作詩,詩文之法誠有共通之處,欲以古文家相傳之法(亦即桐城派的
義法)牢籠古人之詩,卻未免刻舟求劍。方東樹列出一份「義法」的
清單:

欲學杜韓,須先知義法粗胚,今列其統例於左,如:剏意
去浮淺俗陋、造言忌平熟顯習、選字與造言同同去陳熟、章法有奇有正有破空橫
空而來,有快刃劈下,有巨筆重壓,有勇猛勇現,有往復跌宕,有
崢嶸飛動;從鮑謝來者,多是凝對;山谷多用此體,以避迂緩平冗。、轉接
多用橫、逆、離三法,斷無順接、正接。、氣脈草蛇灰線多即用以為章法者。、筆力截止恐冗絮說不盡也。、
不經意助語閒字必堅老生穩。、倒截逆挽不測、豫吞此最是精神旺處,與一直下者不同,孟
子、莊子多此法。、離合專言行文。、伸縮專言敘事。、事外曲致專言寫情景。、意象大小
遠近皆令逼眞情眞景眞能感人動人。、頓挫往往用之未轉接前。、交代題面。題之情事歸宿意惱。、
參差專用之行文局陳,敘情事。而其祕妙尤在於聲響不肯馳驟,故用頓挫以
迴旋之;不肯全使氣勢,故用截止,以筆力斬截之;不肯
平順說盡,故用離合、橫截、逆提、倒補、插、遙接。至
於意境高古雄深,則存乎其人之學問、道義、胸襟,所謂
本領不徒向文字上求也。(《昭昧詹言》卷八)

方苞以言有物、言有序解釋「義法」,方東樹也說「不誠無物」,若不
知文法變化及精神措注之妙則「無文無序」。李翱〈答朱載言書〉曰:
「文、理、義三者兼并,乃能獨立於一時,而不泯滅於後代,能必傳
也。」方東樹曰:

> 文者，辭也。其法萬變，而大要在必去陳言。理者，所陳
> 事理、物理、義理也……義者，法也。古人不可及，只是
> 文法高妙，無定而有定，不可執著，不可告語，妙運從心，
> 隨手多變。有法則體成，無法則儖荒。(《昭昧詹言》卷一)

李翱說「義深則意遠，意遠則理辨，理辨則氣直，氣直則辭盛，辭盛
則文工」，「義」不能解釋為「法」，方東樹曲解之以發揮己說。詩文
賴法以定體格，因此應該先求合古法，他批評一些人矜誇求變，蕩滅
典則，「遂令古法全亡」，那麼，求變不如求合。領略古法和創新並不
衝突，然而先後的次序必須遵守，他說：

> 山谷曰：「隨人作計終後人，自成一家始逼真。」而又曰：
> 「領略古法生新奇。」未有不師古而孟浪魯莽如夜郎河伯，
> 向無佛處稱尊者也。(《昭昧詹言》卷十)

領略古法，但不可蹈襲古人的詞意，否則難免成為「客氣偽詩」(《昭
昧詹言》卷三)。方東樹屢次說「文法高妙」、「文法變化」，所以他雖
然分析古法極為詳盡，卻沒有要人「尺寸古法」，因為高妙、神化的
文法是無法捉摸的，他認為李白「未嘗不有法度」，而「其妙全在文
法高妙」：

> 大約古人不可及只是文法高妙，令人迷離莫測。(《昭昧詹言》
> 卷十二)

無定而有定，有定而無定，這當然是妙運從心的活法。律詩的章法「有
一定之律，而無一定之死法，變化恣肆，奇警在人」(《昭昧詹言》卷
十四)，此說可能受姚鼐的影響：「古人文有一定之法，有無定之法。
有定者，所以為嚴整也；無定者，所以為縱橫變化也。」〔註107〕

　　方東樹所列的義法統例，包含了方苞、劉大櫆、姚鼐三人的理論，
可謂集其大成。關於氣和法的關係，方東樹也有所發明。劉大櫆曰：
「行文之道，神為主，氣為輔。」「讀古人文，於起滅轉接之間，覺
有不可測識處，便是奇氣。」(〈論文偶記〉) 姚鼐曰：「意與氣相御而

〔註107〕〈與張阮林尺牘〉五首之一，見《精選近代名人尺牘》所收《姚姬
　　　　傳尺牘》，新文豐。

為辭……是安得有定法哉？」（〈答翁學士書〉）方東樹說：「然徒講義法，而不解精神氣脈，則於古人之妙，終未有領會悟入處：是識上事。」（《昭昧詹言》卷一）方東樹的義法說綜合才、學、識三者，受劉、姚的影響，加入了精神氣脈的因素。他說：「不知用法則板俗。」所以，「有章法無氣，則成死形木偶；有氣無章法，則成粗俗莽夫。」氣是內在的活力，章法是形骸，「脈」介乎兩者之間，在暗中繫聯章法。氣勢容易一往無遺，因此他反對全使氣勢，主張「濟以頓挫之法」，法的主要作用在於收斂、裁制，「有往必收，無垂不縮」。（《昭昧詹言》卷一）杜甫的律詩：

> 雄直揮斥，一氣奔放中井井有律。不同野戰儉俗，又不為
> 律縛而輭弱不起。（《昭昧詹言》卷十四）

這是最佳的典型，融合了氣與法（律），不野不拘。

　　總之，方東樹在晚年著《昭昧詹言》，或許是有意補充桐城派詩法理論的不足，他用文法評詩，企圖匯通文法和詩法，此種嘗試富有啟發性。桐城派原本只有古文的義法說，方東樹在前人的基礎上建立了詩的義法說，這是他對桐城派的重大貢獻。

二、朱庭珍：以我運法，用法入化

　　朱庭珍（1841～1903），〔註108〕雲南石屏人。同治三年（1864）二十四歲，著《筱園詩話》四卷，同治七年增補，光緒三年重訂。《筱園詩話》收於雲南叢書集部之九十六（甲寅年刊），郭紹虞輯入《清詩話續編》。

　　朱庭珍「自束髮受書，即解聲韻，視詩如性命」，〔註109〕於詩法很有見識，施有奎曰：「石屏朱君筱園，深於法者也。所著詩話四卷，綜論百家得失，灑灑數萬言，蓋自漢魏以來，逮乎今茲源流正變，詳

〔註108〕 生卒年依據楊家駱主編《歷代人物年里通譜》第 728 頁，世界。朱庭珍字筱園，通譜作「小園」。

〔註109〕 〈穆清堂詩鈔自序〉，《雲南叢書》集部之七十一。

哉言之矣。」〔註110〕並非虛言。

　　朱庭珍曰：「詩也者，無定法而有定法者也。詩人一縷心精，蟠天際地，上下千年，縱橫萬里，筆落則風雨驚，篇成則鬼神泣，此豈有定法哉！然而重山峻嶺、長江大河之中，自有天然筋節脈絡、鍼線波瀾，若蛛絲馬迹，首尾貫注，各具精神結撰，則又未始無法。」（《筱園詩話》卷一）創作是心靈的自由活動，想像力可以思接千載、視通萬里，從內在的構思連貫到外在的筆落篇成，「思理爲妙」，不受定法的約束；然而深入觀察作品，發現其中含有結構的法則，正如袁枚看山發覺：「總是氣脈聯，安排有法度。從無雜亂玅，貽譏化工誤。」〔註111〕既然作品本身具備法則，心思的活動必然不是一片凌亂，而是依據一些客觀的規律從事想像，心思定型成爲作品，內在的規律也融入作品之中，可以被分析出來。康德（Immanuel Kant, 1724～1804）說：

> 在一切自由的藝術裏，某些強迫性的東西，即一般所謂「機械」（套規），仍是必要的（例如須有正確的、豐富的語言和音律），否則心靈（在藝術裏必須自由的，只有心靈才賦與生命於作品）就會沒有形體，以至消失於無形。〔註112〕

也就是說，創造活動中，心靈的自由和必然的規則須達成某種綜合，僅憑自由或規則都不足以從事創造。朱庭珍曰：「七古以長短句爲最難，其伸縮長短，參差錯綜，本無一定之法。及其成篇，一歸自然，不啻天造地設，又若有定法焉。非天才神力，不能入妙。太白最長於此。」（《筱園詩話》卷三）本無定法又若有定法，這是文學法則的微妙性。法則是存在的，天才神力如李白，「法極奇極變」、「以人聲合天地元音，幾於化工」，運法入化，以乎不煩繩削。朱庭珍曰：

> 故起伏承接，轉折呼應，開闔頓挫，擒縱抑揚，反正烘染，伸縮斷續，此詩中有定之法也。或以錯綜出之，或以變化

〔註110〕〈穆清堂詩鈔序〉，同前。
〔註111〕《小倉山房詩集》卷二十八，〈看山有得作詩示霞裳〉。
〔註112〕引自朱光潛《西方美學史》下卷，第37頁，漢京。

　　運之，或不明用而暗用之法，或不正用而反用之，或以起
　　伏承接而兼開闔縱擒，或以抑揚伸縮而爲轉折呼應，或不
　　承接之承接，不呼應之呼應，……時奇時正，若明若滅，
　　隨心所欲，無不入妙，此無定之法也。(《筱園詩話》卷一)

法雖一定，運用之妙卻存於我心，「別有妙法活法，在吾方寸，不可
方物」，此即無定之法。又曰：

　　作詩者以我運法，而不爲法用，故始則以法爲法，繼則以
　　無法爲法。能不守法，亦不離法，斯爲得之。蓋本無定以
　　馭有定，又化有定以歸無定也。無法之法，是爲活法妙法，
　　造詣至無法之法，則法不可勝用矣，所謂行乎其所當行，
　　止乎其所不得不止，神而明之，存乎其人也。若泥一定之
　　法，不以人馭法，轉以人從法，則死法矣。(《筱園詩話》卷
　　一)

「以我運法」(我包括才、意) 是清代詩論的一個普遍的觀念，吳喬、
徐增、葉燮、沈德潛、翁方綱、姚鼐都有類似的主張。「我」代表主
體，「法」代表客體，主體應自由運用及消融客體，達到不即不離，
化有定爲無定，以無法爲法的境界。紀昀曰：

　　大抵始於有法，而終於以無法爲法；始於用巧，而終於以
　　不巧爲巧：此當寢食古人，培養其根柢，陶鎔其意境，而
　　後得其神明變化，自在流行之妙。〔註113〕

以無法爲法，乃變化生心之法，是法極無迹，自由自在的活法。用法
無迹稱爲「文成法立」和「入化」：

　　作五古大篇，離不得規矩法度，所謂神明變化者，正從規
　　矩法度中出，故能變化不離其宗。然用法須水到渠成，文
　　成法立，自然合符，毫無痕迹，始入妙境。少陵大篇，最
　　長於此。(《筱園詩話》卷一)

　　蓋工部以我運法，其用法入化；溫李就法用法，其馭法有
　　痕。(《筱園詩話》卷三)

〔註113〕　《紀文達公遺集》卷九，〈唐人試律說序〉。

（李杜七古）文成法立，規矩森嚴，簡中自有細鍼密縷，
絲毫不亂，特運用無痕耳。所謂神而明之，大而化之也。(《筱
園詩話》卷三)

朱庭珍曰：「紀文達公最精於論詩。」(《筱園詩話》卷一) 他的理論
顯然也受到紀昀的影響。水到渠成，文成法立，用法入化，都表示不
勉強、不泥法。從王世貞以來，法極無迹成為詩論家所嚮往的最佳造
詣，「以法為法」仍有用法之痕，「以無法為法」則泯用法之迹，然而
前者為後者的基礎，躐等而至恐怕就是真的「無法」，而非「以無法
為法」。同時代的劉熙載說：「伏應、提頓、轉接、藏見、倒順、縮插、
淺深、離合諸法，篇中段中聯中句中均有取焉。然非渾然無迹，未善
也。」〔註114〕所見與朱庭珍相同。從規矩法度之中產生神明變化，
神明變化又能合乎規矩法度，既非「小禪縛律」，亦非「狂禪破律」，
〔註115〕朱庭珍說：「詩家貴參活法，忌泥死法，千變萬化，不可執一
律拘。是又在人能神而明之，有定實無定也。」(《筱園詩話》卷四)
呼應呂本中的活法理論。朱庭珍說，詩人用筆，精義入神，「得用筆
之妙於天，忘用筆之法於手」(《筱園詩話》卷四)，「忘法」是最自由
的境界。又說：「心之所至，筆亦至焉；心所不至，筆先至焉。」後
面兩句未免故作玄虛，因為創造的活動不論如何神化，總是心之作
用，如果心不至而筆先至，豈非無意識的自動流出？《莊子・達生篇》
的工倕，「指與物化而不以心稽」，此「心」可能就是「無意識之心」。

三、小　結

　　方東樹以文法評詩，認為詩文同理同法，建立了桐城派的詩法理
論，這是相當大膽的嘗試。個人對於《昭昧詹言》的理論得失，尚無
法作精確的批評，因為必須先做好兩項工作，第一：徹底了解古人對
詩文異同的看法為何？第二：全面、系統地研究古代的文法理論，以

〔註114〕《藝概》卷二〈詩概〉，廣文。
〔註115〕劉熙載曰：「律體可喻以僧家之律。狂禪破律，所宜深戒；小禪縛
　　　　律，亦無取焉。」引同前書。

便和詩法理論比較。

　　朱庭珍的詩法理論以活法爲中心，他擅長融會前人之說，理論均有淵源。他的活法包括「以我運法」、「以無法爲法」、「不即不離」、「文成法立」、「用法入化」、「法極無迹」等重要觀念，本文對中國歷代詩法觀念的探討至朱庭珍爲止，因爲他扮演了總結者的角色。我們因流而溯源、循末以返本，歷代的詩法觀念乃成爲一個不可分割的連續體。

第七章　結　論

　　從先秦到清代，是一段漫長的歷程。本章不再重述前面各章的重點，僅列出五項扼要的回顧，並且略抒感想。

一、法的來源

　　劉勰的名言「參古定法」，肯定了古人的作品是法則的根源，「師古」（法古）的觀念深植於後人的思想中，形成一股強勁的主流，歷久不衰。如果不法古，就被一般士大夫斥爲異端與師心自用，而師心者將終身無成。李夢陽甚至說，古人文章的法式「非自作之，實天生之也」，古法的權威性不容絲毫的懷疑，後人只能「尺寸古法」。魏際瑞說：「文章之道，自體格以至章節字句，古人之法已全。」古法既全，後人必須擬議以求規矩，規矩既熟，自能變化，不論如何變化，均合古人的規矩，正如劉勰所說：「百家騰躍，終入環內。」

　　崇拜古典、遵循古法成爲一般人的文學信仰，在兩千年之間，只有袁宏道敢公然反對，他強調師心橫口，不師先輩，「法」從自己心中流出才是「眞法」，只要自合律度，不必合乎古法。這種激進的理論，企圖突破傳統的觀念，重新恢復創作的自由，雖然造成一時的潮流，卻遭到正統派文人的反擊，甚至袁宏道在晚年也修正了自己的觀念，想回歸傳統，可知偏激的主張是無法持久的。葉燮將古法視爲「定

法」、「死法」，傾向「我用我法」，精神上可以說是袁宏道的嫡嗣，但是葉燮的理論也被沈德潛修正。

袁中道曰：「自得者能用法，能使法為我用，雖離法而自立法，慧力之所變化宜爾。」我認為這段話最有創意，最有智慧，對我們的啟示很大。「用法」之「法」是古法，「自立法」之「法」是我法，兩者綜合，可以解決法古的理論困境，這樣一來，「古人之法已全」的理論就不能成立。

二、死法與活法

「死」意指固定、呆板，「活」意指流動、變化。「法」的本義若是「永恒而不可改變的規範」，「死法」豈非不可避免？葉夢得首先批評「死法」，呂本中進而提出「活法」，這是詩法觀念的一大突破。呂本中的活法建立在「心活能悟」的前提上，既肯定了規矩，也肯定了變化。因為心能自由出於規矩之外，所以「有定法而無定法」；又因為法度的規範必然存在，所以「無定法而有定法」。後代的活法理論雖然大致上合乎呂本中的理論模式，仍然各有特色。方回從「模臨法帖」的左規右矩，進至「信筆肆口」的不拘法度，偏重「無定法」；他所標榜的「活法」專指不麗不工、瘦硬枯勁、一幹萬旋，基本上反對呆板凝滯，主張生動變化。楊載的律詩起承轉合法，拘泥二起二承二轉二合，可謂「死法」，金聖歎亦然；范梈修正為「一局有一局造化」，此乃「活法」。李維楨提出「才」的觀念，才可游於法之中，也可軼於法之外，法與才兩者無碍，這也是典型的活法理論。葉燮的活法以才氣為主，發揮才氣而能理得事得情得，便是活法，定法在他的理論中毫無地位。沈德潛的活法包括兩點：以意運法和以才運法。翁方綱強調以我運法，最後的境界是「行乎所不得不行，止乎所不得不止」，事實上這就是活法。方東樹一再說「文法高妙」，朱庭珍說「以無法為法」，「變化不離其宗」，顯然都是活法理論的響應者。

總之，「法」本身無所謂死活。像周弼的虛實法、楊載的起承轉

合法，運用者若不知變化，必成死法，若知變化，則一切法均爲活法。因此，「死」「活」的關鍵在乎一心。孟子曰：「梓匠輪輿，能與人規矩，不能使人巧。」巧在乎心悟，若尚未能悟，亦不得唾棄規矩。創造活動的主宰絕不是外在的法則條例，而是作者內在的靈心妙運，靈活運法乃文學藝術的永恒眞理。

三、創造活動的自由與限制

　　創造活動以抒情、達意爲目的，情意的表達和「衝動」有別，也就是說，創造活動既是「感性的」，也是「理性的」，因此需要自我節制。作者的才氣代表積極的因素，必發抒而後快，如果不加節制，勢必破壞作品的完美和諧。所以，才、意、氣和法的關係顯示了一個重要的問題：「自由和限制能否折衷、妥協？」

　　創造活動中，並不存在絕對的自由，除非是「信筆塗鴉」，否則作者必須遵循一些法則、成規，使內容和形式獲得完善的組合。袁宏道說「法不相沿」、「無定格式」，實際上不能成立，葉燮認爲縱才氣所至，法亦至，未免把問題過度簡化。王世貞曰：「法不累氣，才不累法。」「意至而法偕至，法就而意融乎其間。」李維楨曰：「法不病我，我不病法。」都是精要之論。

四、繩削與不煩繩削而自合

　　「繩削」如果是人工，「不煩繩削而自合」就是自然。文學和藝術中的自然並非原始的、素樸的自然，而是經過人工的陶鑄、剪裁、整合所獲得的自然。充實、眞誠的內在情意，任其流出，不能保證自合法度，古人在滿心而發、肆口而成之前，豈完全沒有意識到法度的存在？蘇軾能夠行於所當行，止於不可不止，並非生來就具備此種能力，要克服了然於心——了然於口——了然於手之間的層層障礙，顯然需要經驗和技巧的累積。必須透過繩削的階段，才可能達到不煩繩削而自合的境界，錢鍾書曰：「夫直寫性靈，初非易事，性之不靈，

何貴眞寫？即其由虛生白，神光頓朗，心葩忽發，而由心至口，出口入手，其果能不煩絲毫繩削而自合乎？心生言立，言立文明，中間每須剝膚存液之功，方臻掇皮皆眞之逆。」（《談藝錄》第 242 頁）又曰：「專恃技巧不成大家，非大家不須技巧也；更非若須技巧，即不成大家也。」（同上，第 249 頁）袁枚晚年主張有性情就有格律，格律不在性情外，那是最高的造詣，而他在中年已領會「人功不竭，天巧不傳」的奧妙！因此，不得假借「不煩繩削」而草率亂道，朱熹的警告值得深思。

五、心與法的關係

道德的實踐和文學的創造，都以自由之心爲主體。法的本質代表制衡和收斂，可以說是消極的、外在的。心與法的關係，大概有兩種層次，第一：心要求自己去知法、守法，心和法是主客對立的狀態，這是必經的階段。第二：心將消極的、外在的規矩法則轉化，消極的成爲積極的，外在的成爲內在的，心和法融合無間，主客的對立消失。從第一層次進至第二層次，「自由」的眞諦獲得完全的展現。

顏淵問仁，子曰：「克己復禮爲仁。」約束、控制自己的視、聽、言、動，使其合乎禮──合乎道德的規範，這就是「仁」。克己復禮，道德的實踐才能落實，「其心三月不違仁」必然包含了克己復禮的工夫。孔子自述修養的最高境界是：「七十而從心所欲，不踰矩。」馬融注曰：「矩，法也；從心所欲，無非法者。」有心復禮，可謂勉強而行之；從心所欲，意志自由，能夠「自我決定」、「自我立法」（康德之語），又能自自然然合乎客觀的準則，無有違犯，可謂不勉而中。皇侃《論語義疏》曰：「年至七十，習與性成，猶蓬生麻中，不扶自直，故雖復放縱心意，而不踰越於法度也。」（按：七十而從心，所欲不踰矩。）習與性成、不扶自直，均形容不必勉強的境界。

道德實踐和文學創造並不相等，但是有共通的問題，心與法的關係是一個很好的例子。從融貫的觀點看來，呂本中的「變化不測，而

亦不背於規矩」，和「從心所欲而不踰矩」的境界是相同的。周必大認爲楊萬里的「大自在」是「由志學至從（縱）心」，直接採用了孔子的說法，眞是卓見！由志學至從心，亦即由有待至無待，正是朱熹所說：「李太白詩非無法度，乃從容於法度之中。」孔子晚年的境界，也是如此。賀貽孫、葉燮都有「從心不踰」之說。

道家反對人爲的、外在的束縛桎梏，追求心靈的逍遙無待，這種「高級的自由自在」並非放肆，而是「一種高級的修養」（牟宗三《中國哲學十九講》第五講）。輪扁斲輪、庖丁解牛、丈人承蜩等寓言，涵義深遠，這些寓言中的人物歷經長期的訓練，熟習技藝法則，而能「忘法自適」，法則被完全融化，融化卻不是否定或消滅，而是「以無法爲有法」。

《圓覺經》曰：「不即不離，無縛無脫。」明代的詩法理論一再出現「不即不離」的主張，顯然受到佛經的影響。李夢陽說「不泥法而法嘗由」，「不泥法」就是不即，「法嘗由」就是「不離」，他認爲何景明「無法」、「捨法」，所以提出「不泥法而法嘗由」加以對治。王世貞說：「合而離，離而合，有悟存焉。」便是不即不離。胡應麟所批評的「法而不悟」，指即而縛；「悟不由法」，指離而脫。李維楨直接說：「神明默成，不即不離。」袁宏道師心橫口，太離太脫，他以爲「信腕信口」可以「皆成律度」，這幾乎等於王獻之的「率爾師心，冥合天矩」（張懷瓘《書斷》，列傳第二），但是王獻之在師心變化之前，經歷了學習的階段，先由法入而後由法出，冥合天矩不是草率可得。表中道曰：「不即不離之間頗難。」則是務實之言。

總之，就心與法的關係而論，儒、道、釋三家各有啓發和影響，後人的見解都不外乎以上三種型態。

最後，我想談一談：本書所探討的詩法觀念，和現代詩有沒有關係？我認爲，「法」既是古代詩論的基源問題，也是現代詩論的重要議題。詩的形式和內容雖然變了，「法」的觀念依然值得思考。胡適形容民國初年的新詩運動是「詩體的大解放」，主張不摹倣古人、廢

駢廢律、不拘平仄押韻、採用自然的音節，白話詩等於自由詩。楊鴻
烈批評大多數的白話詩人：「沒有得著內容方面發抒自由的好處，倒
反弄到了形式上隨便亂來的壞處。」過度的自由必然造成放縱。今人
楊牧（王靖獻）說：「詩的自由因為相對於格律的扶持，更有它積極
的意義。」「詩以自由為圭臬，仍有它不可否認的限制。」古人的「鏡
子」在今日仍有借用的價值，詩法的問題仍有現代的意義。

參考書目

一、

1. 《周易注疏》，藝文印書館。
2. 《禮記注疏》，藝文印書館。
3. 《孟子注疏》，藝文印書館。
4. 《爾雅注疏》，藝文印書館。
5. 《論語集解義疏》，何晏集解、皇侃義疏，廣文書局。
6. 《詩集傳》，朱熹，藝文印書館。
7. 《四書纂疏》，趙順孫，新興書局。
8. 《爾雅義疏》，郝懿行，河洛圖書出版社。

二、

1. 《說文通訓定聲》，朱駿聲，藝文印書館。
2. 《說文解字詁林》，丁福保編，鼎文書局。
3. 《甲骨文字集釋》，李孝定編述，中研院史語所專刊之五十。
4. 《金文詁林》，周法高主編，中文出版社。
5. 《中文大辭典》，中國文化研究所。

三、

1. 《史記會注考證》，瀧川龜太郎，洪氏出版社。
2. 《漢書》，鼎文書局。
3. 《宋書》，鼎文書局。

4. 《南史》，鼎文書局。

5. 《宋史》，鼎文書局。

6. 《元史》，鼎文書局。

7. 《明史》，鼎文書局。

8. 《宋名臣言行錄別集》，李幼武纂輯，萬曆丁未刊本，中央圖書館藏。

9. 《續藏書》，李贄，學生書局。

10. 《歷代人物年里碑傳綜表》，姜亮夫編，華世出版社。

11. 《歷代人物年里通譜》，楊家駱主編，世界書局。

12. 《宋人生卒考示例續篇》，鄭騫，《幼獅學誌》第七卷第四期。

13. 《宋人傳記資料索引》，昌彼得、王德毅、程元敏、侯俊德編，鼎文書局。

14. 《元人傳記資料索引》，王德毅、李榮村、潘柏澄編，新文豐出版公司。

15. 《明人傳記資料索引》，中央圖書館編輯，文史哲出版社。

四、

1. 《莊子集釋》，郭慶藩，漢京文化公司。

2. 《莊子補註》，奚侗，《無求備齋莊子集成續編》，藝文印書館。

3. 《荀子集解》，王先謙，世界書局。

4. 《列子注》，張湛，中華書局《四部備要》本。

5. 《呂氏春秋集釋》，許維遹，世界書局。

6. 《法言義疏》，汪榮寶，藝文印書館。

7. 《論衡集解》，劉盼遂，世界書局。

8. 《抱朴子》，葛洪著、孫星衍校正，世界書局。

9. 《顏氏家訓彙注》，周法高，中研院史語所專刊之四十一。

10. 《顏氏家訓集解》，王利器，明文書局。

五、

1. 《百種詩話類編》，臺靜農主編，藝文印書館。

2. 《歷代詩話》，何文煥編，木鐸出版社。

3. 《續歷代詩話》，丁仲祜編訂，藝文印書館。

4. 《清詩話》，丁仲祜編訂，藝文印書館。

5. 《清詩話續編》，郭紹虞編選、富壽蓀校點，木鐸出版社。

6. 《詩式五卷本》，皎然，《十萬卷樓叢書》本。

7. 《文鏡祕府論》，遍照金剛，河洛圖書出版社。

8. 《吟窗雜錄》，陳應行，嘉靖戊申刊本，中央圖書館藏。

9. 《苕溪漁隱叢話》，胡仔，長安出版社。

10. 《詩人玉屑》，魏慶之，台灣商務印書館。

11. 《後村詩話》，劉克莊，廣文書局。

12. 《深雪偶談》，方岳，廣文書局。

13. 《滄浪詩話校釋》，郭紹虞校釋，河洛圖書出版社。

14. 《宋詩話輯佚》，郭紹虞，華正書局。

15. 《宋詩話考》，郭紹虞，漢京文化公司。

16. 《東坡詩話錄》，陳秀明編，廣文書局。

17. 《名家詩法》，黃省曾編，廣文書局。

18. 《名家詩法彙編》，朱紱編，廣文書局。

19. 《詩法源流》，懷悅編，廣文書局。

20. 《清江詩法》，熊逵編，中央圖書館藏舊鈔本。

21. 《詩藪》，胡應麟，廣文書局。

22. 《雪濤小書》，江進之，廣文書局。

23. 《圍爐詩話》，吳喬，廣文書局。

24. 《逃禪詩話》，吳喬，廣文書局。

25. 《薑齋詩話箋注》，王夫之著、戴鴻森注，木鐸出版社。

26. 《隨園詩話》，袁枚，漢京文化公司。

27. 《石洲詩話》，翁方綱，廣文書局。

28. 《詩學指南》，顧龍振輯，廣文書局。

29. 《詩法易簡錄》，李鍈，蘭臺書局。

30. 《昭昧詹言》，方東樹，廣文書局。

31. 《藝概》，劉熙載，廣文書局。

32. 《詩法萃編》，許印芳編，《雲南叢書》集部之九十四。

33. 《螢雪軒叢書》，近藤元粹評訂，台大久保文庫。

34. 《列朝詩集小傳》，錢謙益，世界書局。

35. 《清朝詩人小傳》，鄭方坤，廣文書局。

36. 《清詩紀事初編》，鄧之誠，鼎文書局。

37. 《黃庭堅和江西詩派卷》，九思出版社。

38. 《楊萬里范成大研究資料彙編》，明倫出版社。

39. 《中國畫論類編》，俞劍華編，河洛圖書出版社。

40. 《中國歷代文學論著精選》，郭紹虞，華正書局。

41. 《兩漢魏晉南北朝文學批評資料彙編》，柯慶明、曾永義編輯，成文出版社。

42. 《隋唐五代文學批評資料彙編》，羅聯添編輯，成文出版社。

43. 《北宋文學批評資料彙編》，黃啓方編輯，成文出版社。

44. 《南宋文學批評資料彙編》，張健編輯，成文出版社。

45. 《金代文學批評資料彙編》，林明德編輯，成文出版社。

46. 《元代文學批評資料彙編》，曾永義編輯，成文出版社。

47. 《明代文學批評資料彙編》，葉慶炳、邵紅編輯，成文出版社。

48. 《清代文學批評資料彙編》，吳宏一、葉慶炳編輯，成文出版社。

六、

1. 《幽憂子集》，盧照鄰，台灣商務印書館《四部叢刊》本。

2. 《毘陵集》，獨孤及，《四部叢刊》本。

3. 《權載之文集》，權德輿，《四部叢刊》本。

4. 《韓昌黎文集校注》，韓愈著、馬其昶校注，漢京文化公司。

5. 《李文公集》，李翱，《四部叢刊》本。

6. 《樊川文集》，杜牧，《四部叢刊》本。

7. 《歐陽修全集》，歐陽修，河洛圖書出版社。

8. 《二程集》，程顥、程頤，漢京文化公司。

9. 《蘇東坡全集》，蘇軾，河洛圖書出版社。

10. 《經進東坡文集事略》，蘇軾，世界書局。

11. 《豫章黃先生文集》，黃庭堅，《四部叢刊》本。

12. 《山谷詩集》，黃庭堅，世界書局。

13. 《豫章先生遺文》，黃庭堅，祝氏漢鹿齋補刊本。

14. 《梁谿先生全集》，李綱，漢華文化公司。

15. 《東萊詩集》，呂本中，台灣商務印書館《四庫珍本》九集。

16. 《浮溪集》，汪藻，《四部叢刊》本。

17. 《蘆川歸來集》，張元幹，《四庫珍本》五集。

18. 《梅溪先生文集》，王十朋，《四部叢刊》本。

19. 《于湖居士文集》，張孝祥，《四部叢刊》本。

20. 《誠齋集》，楊萬里，《四部叢刊》本。

21. 《朱文公文集》，朱熹，《四部叢刊》本。

22. 《朱子語類》，黎靖德編，漢京文化公司。

23. 《白石詩詞集》，姜夔著、夏承燾校輯，河洛圖書出版社。

24. 《後村先生大全集》，劉克莊，《四部叢刊》本。

25. 《端平詩雋》，周弼著、李龏選，《四庫珍本》三集。

26. 《閑閑老人滏水文集》，趙秉文，《四部叢刊》本。

27. 《遺山先生文集》，元好問，《四部叢刊》本。

28. 《滹南遺老集》，王若虛，《四部叢刊》本。

29. 《陵川集》，郝經，《四庫珍本》四集。

30. 《桐江續集》，方回，《四庫珍本》初集。

31. 《桐江集八卷本》，方回，台灣商務印書館。

32. 《桐江集四卷本》，方回，中央圖書館《元代珍本文集彙刊》。

33. 《松雪齋文集》，趙孟頫，《四部叢刊》本。

34. 《剡源戴先生文集》，戴表元，《四部叢刊》本。

35. 《吳文正集》，吳澄，《四庫珍本》二集。

36. 《黃學士文集》，黃溍，《四部叢刊》本。

37. 《翰林楊仲弘詩集》，楊載，《四部叢刊》本。

38. 《范德機詩集》，范梈，《四部叢刊》本。

39. 《道園學古錄》，虞集，《四部叢刊》本。

40. 《揭文安公文集》，揭傒斯，《四部叢刊》本。

41. 《清江碧嶂集》，杜本，學生書局。

42. 《圭齋文集》，歐陽玄，《四部叢刊》本。

43. 《牆東類稿》，陸文圭，《四庫珍本別輯》。

44. 《鳧藻集》，高啟，《四部叢刊》本。

45. 《宋文憲公全集》，宋濂，《四部備要》本。

46. 《懷麓堂集》，李東陽，嘉慶九年重刊本，台大圖書館藏。

47. 《蘇平仲文集》，蘇伯衡，《四部叢刊》本。

48. 《空同先生集》，李夢陽，偉文圖書公司。

49. 《何大復先生全集》，何景明，偉文圖書公司。

50. 《王氏家藏集》，王廷相，偉文圖書公司。

51. 《對山文集》，康海，偉文圖書公司。

52. 《渼陂集》，王九思，偉文圖書公司。

53. 《白沙子》，陳獻章，《四部叢刊》本。

54. 《荊川先生文集》，唐荊川，《四部叢刊》本。

55. 《滄溟先生集》，李攀龍，偉文圖書公司。

56. 《弇州山人四部稿》，王世貞，偉文圖書公司。

57. 《弇州山人續稿》，王世貞，文海出版社。

58. 《四溟山人全集》，謝榛，偉文圖書公司。

59. 《宗子相集》，宗臣，偉文圖書公司。

60. 《甔甀洞稿》，吳國倫，偉文圖書公司。

61. 《澹園集》，焦竑，偉文圖書公司。

62. 《由拳集》，屠隆，偉文圖書公司。

63. 《鴻苞》，屠隆，萬曆刊本，傅斯年圖書館藏。

64. 《大泌山房集》，李維楨，萬曆刊本，中央圖書館藏。

65. 《宗伯集》，馮琦，萬曆刊本，中央圖書館藏。

66. 《焚書》，李贄，河洛圖書出版社。

67. 《白蘇齋類集》，袁宗道，偉文圖書公司。

68. 《袁中郎全集》，袁宏道，偉文圖書公司。

69. 《珂雪齋前集》，袁中道，偉文圖書公司。

70. 《珂雪齋集選》，袁中道，天啓二年刊本，中央圖書館藏。

71. 《石語齋集》，鄔迪光，萬曆末年原刊本，中央圖書館藏。

72. 《寶日堂初集》，張鼐，崇禎刊本，中央圖書館藏。

73. 《隱秀軒文集》，鍾惺，偉文圖書公司。

74. 《新刻譚友夏合集》，譚元春，偉文圖書公司。

75. 《安雅堂稿》，陳子龍，偉文圖書公司。

76. 《壯悔堂文集》，侯方域，《四部備要》本。

77. 《水田居文錄》，賀貽孫，《國朝文錄》本。

78. 《激書》，賀貽孫，《豫章叢書》本。

79. 《青門簏稿》，邵長衡，《常州先哲遺書》。

80. 《魏伯子文集》,魏際瑞,《寧都三魏全集》本。

81. 《諸名家評點魏叔子文集》,魏禧,台灣商務印書館。

82. 《黎洲遺書彙刊》,黃宗羲,隆言出版社。

83. 《巳畦詩文集》,葉燮,二棄草堂刊本,台大烏石文庫。

84. 《方望溪全集》,方苞,世界書局。

85. 《歸愚文鈔》,沈德潛,乾隆刊本,傅斯年圖書館藏。

86. 《小倉山房文集》,袁枚,《四部備要》本。

87. 《復初齋文集》,翁方綱,文海出版社。

88. 《紀文達公遺集》,紀昀,嘉慶十七年刊本,傅斯年圖書館藏。

89. 《惜抱軒全集》,姚鼐,世界書局。

90. 《儀衛軒全集》,方東樹,同治刊本,傅斯年圖書館藏。

91. 《穆清堂詩鈔》,朱庭珍,《雲南叢書》集部之七十一。

七、

1. 《唐三體詩說》,周弼編、釋圓至註,元刊本,中央圖書館藏。

2. 《箋註唐賢三體詩法》,周弼編、釋圓至註,廣文書局。

3. 《三體唐詩》,周弼編、高士奇輯注,《四庫珍本》七集。

4. 《批校三體唐詩》,何焯批註,康熙刊本,中央圖書館藏。

5. 《國譯三體詩》,釋清潭,日本國民文庫刊行會。

6. 《瀛奎律髓》,方回,《四庫珍本》八集。

7. 《唐音》,楊士弘編,張震注,《四庫珍本》十二集。

8. 《唐詩品彙》,高棅編,《四庫珍本》六集。

9. 《唐詩正聲》,高棅編,台大久保文庫。

10. 《古詩歸、唐詩歸》,鍾惺、譚元春評選,萬曆四十五年刊本,中央圖書館藏。

11. 《刪正二馮評閱才調集》,紀昀刪正,鏡烟堂十種之三,傅斯年圖書館藏。

12. 《貫華堂選批唐才子詩》,金聖歎,正中書局。

13. 《唱經堂杜詩解》,金聖歎,大通書局。

14. 《古詩評選》,王夫之,自由出版社。

15. 《唐詩評選》,王夫之,自由出版社。

16. 《明詩評選》,王夫之,自由出版社。

17. 《古詩源》，沈德潛，新陸書局。
18. 《清詩別裁集》，沈德潛，廣文書局。
19. 《方東樹評古詩選》，江中編，聯經出版公司。
20. 《方東樹評今體詩鈔》，汪中編，聯經出版公司。

八、

1. 《封氏聞見記校注》，封演撰、趙貞信校注，世界書局《晉唐劄記六種》。
2. 《侯鯖錄》，趙令畤，《知不足齋叢書》本。
3. 《能改齋漫錄》，吳曾，廣文書局。
4. 《螢雪叢說》，俞成，台灣商務印書館《叢書集成初編》。
5. 《林下偶談》，吳子良，《叢書集成初編》。
6. 《歸潛志》，劉祁，《知不足齋叢書本》。
7. 《南村輟耕錄》，陶宗儀，《四部叢刊》本。
8. 《小倉山房尺牘》，袁枚，廣文書局。
9. 《精選近代名人尺牘》，新文豐出版公司。

九、

1. 《中國文學批評史》（兩種），郭紹虞，明倫出版社。
2. 《中國文學批評史》，羅根澤，學海出版社。
3. 《中國文學批評史大綱》，朱東潤，開明書店。
4. 《中國文學批評通論》，傅庚生，經氏出版社。
5. 《中國文學批評史上卷》，劉大杰等著。
6. 《中國詩論史》，鈴木虎雄著、洪順隆譯，台灣商務印書館。
7. 《清代文學評論史》，青木正兒著、陳淑女譯，開明書店。
8. 《中國詩學大綱》，楊鴻烈，台灣商務印書館。
9. 《羅丹藝術論》，（未列譯者姓名），雄獅圖書公司。
10. 《西洋文學批評史》，衛姆塞特、布魯克斯著，顏元叔譯，志文出版社。
11. 《西方美學史》，朱光潛，漢京文化公司。
12. 《現代美學》，劉文潭，台灣商務印書館。

十、

1. 《中國哲學史》第一卷，勞思光，中文大學崇基書院。

2. 《中國哲學十九講》，牟宗三，學生書局。

3. 《文心雕龍注》，范文瀾，開明書店。

4. 《文心雕龍札記》，黃侃，文史哲出版社。

5. 《文心雕龍校釋》，劉永濟，正中書局。

6. 《文心雕龍文論術語析論》，王金凌，華正書局。

7. 《英譯文心雕龍》，施友忠，中華書局。

8. 《文心雕龍研究論文集》，淡江文理學院中文研究室。

9. 《詩品注》，汪中選註，正中書局。

10. 《六朝文論》，廖蔚卿，聯經出版公司。

11. 《文學研究法》，姚永樸，台灣商務印書館。

12. 《中國藝術精神》，徐復觀，學生書局。

13. 《初唐詩學著述考》，王夢鷗，台灣商務印書館。

14. 《古典文學論探索》，王夢鷗，正中書局。

15. 《談藝錄》，錢鍾書，明倫出版社。

16. 《漢語詩律學（詩詞曲作法研究)》，王力，宏業書局。

17. 《詩轍》，三浦晉，中文出版社。

18. 《中國文學通論》，兒島獻吉郎著、孫俍工譯，台灣商務印書館。

19. 《中國詩學》，劉若愚著、杜國清譯，幼獅文化公司。

20. 《中國文學理論》，劉若愚著、杜國清譯，聯經出版公司。

21. 《宋金四家文學批評研究》，張健，聯經出版公司。

22. 《中國文學批評論集》，張健，天華出版公司。

23. 《唐詩形成的研究》，方瑜，牧童出版社。

24. 《禪學與唐宋詩學》，杜松柏，黎明文化公司。

25. 《黃山谷的詩與詩論》，李元貞，《台大文史叢刊》之三十六。

26. 《江西詩社宗派研究》，龔鵬程，文史哲出版社。

27. 《蘇東坡的文學理論》，游信利，學生書局。

28. 《宋詩概說》，吉川幸次郎著、鄭清茂譯，聯經出版公司。

29. 《元詩研究》，包根第，幼獅文化公司。

30. 《元代文學批評之研究》，朱榮智，聯經出版公司。

31. 《清代詩學初探》，吳宏一，牧童出版社。

32. 《隨園詩話考辨》，吳宏一，自印本。

33. 《金聖歎的文學批評考述》，陳萬益，《台大文史叢刊》之四十二。

34. 《胡適文存》，胡適，遠東圖書公司。

35. 《文學的源流》，楊牧，洪範書店。

十一、

1. 〈劉勰的論文背景、論文觀點與文學批評〉，齊益壽，《國立編譯館館刊》第九卷第一期。

2. 〈論永明聲律——四聲〉，馮承基，《大陸雜誌》第三十一卷第九期。

3. 〈再論永明聲律——八病〉，馮承基，《大陸雜誌》第三十二卷第四期。

4. 〈彌天法律細讀詩〉，簡錦松，《中文外學》第十一卷第九期。

5. 〈蘇軾、黃庭堅詩歌理論之比較〉，周裕鍇，《文學評論》一九八三年第四期。

6. 〈蘇軾的文藝思想〉，顧易生，《文學遺產》一九八〇年第二期。

7. 〈黃庭堅的詩論〉，劉大杰，《文學評論》一九六四年第一期。

8. 〈技進於道的宋代詩學〉，龔鵬程，《古典文學》第六集，學生書局。

9. 〈四行的世界——從言談分析的觀點看絕句的結構〉，曹逢甫，《中外文學》第十三卷第八期。

10. 〈明代前後七子的復古〉，王貴苓，《中國古典文學論文精選叢刊》，幼獅文化公司。

11. 〈明代前七子的時代背景及文學理論〉，邵紅，《幼獅學誌》第十八卷第一——二期。

12. 〈「興象風神」析義——胡應麟詩學研究之一〉，陳國球，《幼獅學誌》第十八卷第一期。

13. 〈悟與法：胡應麟的詩學實踐論〉，陳國球，《故宮學術季刊》第一卷第二期。

14. 〈屠隆的文學理論〉，周志文，《幼獅學誌》第十七卷第四期。

15. 〈清初詩學中的形式批評〉，吳宏一，《國立編譯館館刊》第十一卷第一期。

16. 〈葉燮原詩研究〉，吳宏一，《國立編譯館館刊》第六卷第二期。

17. 〈葉燮的詩文理論——以「氣」爲主的創作觀〉，張靜二，《中外文學》第十卷第八期。

18. 〈試探葉燮研究的幾個相關問題〉，林正三，《幼獅學誌》第十八卷

第二期。

19. 〈翁方綱肌理說的理論及其運用〉，李豐楙，《文學評論》第一集，書評書目出版社。

十二、

1. 《翁方綱及其詩論》，李豐楙，政大六十三年碩士論文。

2. 《空海文鏡秘府論之研究》，鄭阿財，文化六十五年碩士論文。

3. 《王世貞研究》，黃志民，政大六十五年博士論文。

4. 《晚明性靈文學思想研究》，陳萬益，台大六十六年博士論文。

5. 《葉燮詩論研究》，陳惠豐，師大六十六年碩士論文。

6. 《現存唐人詩格著述初探》，許清雲，東吳六十七年碩士論文。

7. 《明清格調詩說研究》，元鍾禮，台大六十八年碩士論文。

8. 《李何詩論研究》，簡錦松，台大六十九年碩士論文。

9. 《先秦道家道的觀念的發展》，楊儒賓，台大七十二年碩士論文。

10. 《圍爐詩話研究》，江櫻嬌，東吳七十二年碩士論文。

11. 《原氣》，莊耀郎，師大七十三年碩士論文。

附錄：蘇軾、黃庭堅的詩法理論

前 言

　　一九八三年我在台大中文研究所選修中國文學批評史，因爲研究清人葉燮的詩論，初次注意詩法觀念的問題，在業師吳宏一先生的啓發和鼓勵之下，我決心從事深入的探究。一九八四年三月讀勞思光先生《中國哲學史》第一卷的序言：論中國哲學史之方法，我領悟到詩法觀念乃是中國文學批評史的「基源問題」之一，可以嘗試運用「基源問題研究法」加以研究，終於在一九八五年六月撰成碩士論文：歷代詩論中「法」的觀念之探究。內容分七章，共十八萬字，以先秦至唐代爲觀念的萌芽期，以宋、金、元爲觀念的茁壯期，以明、清爲觀念的成熟期。雖然這樣的嘗試未必成功，但是想要成功必須有勇氣去嘗試；雖然過去有些人刻薄地否定這樣的嘗試，但是我覺得研究的結果仍有些許參考的價值。從事學術研究最能培養一種感激的心情，因爲許多人（包括古人和今人）在我們之前奠定了深厚的基礎，使我們的研究有所憑藉，我們的成果又成爲後人進一步超越和綜合的墊腳石。學術研究的價值當然有大小之別，但是任何論斷應該力求公平客觀，何況識大或識小均有其價值，輕率否定別人的嘗試是不可爲訓的。現在，我計畫將碩士論文更名爲「詩法觀念發展史」，本文乃依

據原來的第三章改寫而成。

詩法觀念的研究屬於思想研究，因此也可以採用基源問題研究法，〔註1〕我的構想如下：

一、孟子、莊子、揚雄對於後代的詩法觀念都有一些啟發，至劉勰提出「參古定法」和「術有恒數」才具有理論的系統。從劉勰以後，詩法觀念呈現相當明顯的脈絡，郭紹虞先生的《中國文學批評史》已展示了主要的線索。經由分析和對比，我們能夠詮釋詩法觀念在不同時代的理論特色及演變，這是主要的研究目的。

二、任何觀念都不是孤立的，而是互相結合、影響，例如法與意、才、氣等觀念的關係密切，我們需要努力說明觀念之間複雜而互動的關係。根深柢固的「法古」傾向，其實是中國文化的基本性格之一，〔註2〕擴而大之，詩法觀念的研究並不局限於文學理論的領域。〔註3〕

三、法不僅是詩論的基源問題，也是文論、畫論、書法理論的基源問題，所以法的觀念適合作為「整合研究」的對象。例如蘇軾、黃庭堅的詩法觀念，就很難將它們孤立起來研究。

四、要判斷前人理論的優劣，需要根據一些基準，我們可以把評價的基準定為：（一）理論的啟發性和創意。（二）理論周延而有系統。（三）理論的影響深遠。只要具有其中的一項，就是值得研究的理論。〔註4〕

以上所述，乃研究的動機、態度、方法及目的。

明人李東陽說：「唐人不言詩法，詩法多出宋，而宋人於詩無所

〔註1〕 所謂「基源問題研究法」，是以邏輯意義的理論還原為始點，而以史學考證工作為助力，以統攝個別哲學活動於一定設準之下為歸宿。引自勞思光《中國哲學史》第一卷序言，香港友聯出版社。
〔註2〕 殷海光認為「合模要求」是近代中國文化的基線之一，見《中國文化的展望》第四章，活泉書店。
〔註3〕 龔鵬程〈論法〉，《古典文學》第九集，學生書局。
〔註4〕 參考吳師宏一《清代詩學初探》（修訂本）序說第3頁，學生書局。

得。所謂法者，不過一字一句對偶雕琢之工，而天眞興致則未可與道，其高者失之捕風捉影，而卑者坐於黏皮帶骨，至於江西詩派極矣！」〔註5〕李東陽鄙視宋人的詩法，只欣賞嚴羽的《滄浪詩話》，其實他的批評並非持平之論。

　　唐人談詩法的風氣頗盛，詩格、詩式一類的著作提示作法，包括聲律、對偶、比興、用事、句勢、章法、鍊意等等，〔註6〕這些著作後來淪爲童蒙讀物和科舉考試的工具書，因此後人的評價不高，且多被視爲僞託之作。唐人的詩法著作內容極爲細碎，僅王昌齡、皎然的作品比較完密，所以宋人曾經批評唐人「妄立格法」、〔註7〕「預設法式」。〔註8〕在我看來，唐人沒有明確的詩法理論，討論的內容多屬於技巧的層次。爲何宋人好言詩法？或許是受到前人的影響。王夢鷗先生說：「儘管北宋人諱言唐人詩格之書，但其侈談詩法、詩病、詩眼，卻是承襲唐人的心得⋯⋯。」〔註9〕唐宋兩代雖然都在討論詩法，可是有同有異，主要的差異在於：宋人自覺地在反省詩法的問題，努力從事理論的建設，比唐人說得更明確、更深廣。〔註10〕在詩法觀念發展史中，宋代居於觀念茁壯期的開端，表現了拓展、創新的作風。

　　本文原擬依序探討蘇軾、黃庭堅、呂本中、楊萬里、周弼等五人的詩法理論，稿長約五萬字，由於受到學報篇幅的限制，所以僅發表蘇軾、黃庭堅兩部分。

〔註5〕《懷麓堂詩話》，《續歷代詩話》下冊，藝文印書館。

〔註6〕參考羅根澤《隋唐文學批評史》，學海出版社。許淸雲《現存唐人詩格著述初探》，東吳大學1978年碩士論文。

〔註7〕胡仔《苕溪漁隱叢話》前集卷五十五引《蔡寬夫詩話》，長安出版社。

〔註8〕張戒《歲寒堂詩話》卷上，《續歷代詩話》上冊。

〔註9〕《古典文學論探索》319頁，正中書局。

〔註10〕這牽涉到唐宋兩型文化的差別。龔鵬程云：「宋文化基本爲一知性反省之文化，講求秩序之建構，理智之沈思，故其詩重法重意。」見《江西詩社宗派研究》157頁，文史哲出版社。

壹、蘇　軾

一、道與藝

　　道與藝（技）的命題出於莊子養生主篇庖丁解牛的寓言。庖丁以刀解牛，完全順著牛體內在的結構，領會刀法的微妙，所以能遊刃有餘，到達「以神遇不以目視，官知止而神欲行」的境界，這種「暗與理會」「無心而得」的境界，是藝術活動最圓滿的表現。顏崑陽先生說：

> 「庖丁解牛」，若從藝術表現行爲來看，它顯示著由「心」
> （即養生主原文所謂「神遇」、「神行」之「神」，神是心靈
> 活動至於自然靈妙之境界），傳達於「手」、傳達於「刀」（媒
> 材），三者合一無間的運作功夫。〔註11〕

任何藝術活動都必須遵循普遍的與特殊的法則，庖丁解牛三年之後，領悟刀法乃依據天然的腠理而成立，故能運法自如，使刀刃不受傷。雖然庖丁已經熟能生巧，可是仍然不敢掉以輕心，每逢節骨交錯磐結之處，他就「怵然爲戒，視爲止，行爲遲」，可見藝術活動需要高度的精神貫注，必須克服種種困難，最後，活動完成了，庖丁從容自得，可謂「成如容易卻艱辛」。蘇軾讀莊子，喟然歎曰：

> 吾昔有見於中，口未能言，今見莊子，得吾心矣！（蘇轍：
> 東坡先生墓誌銘）

「有見於中」指心靈直觀事物的本質，在心物交感中構成了明晰的意象，這種直觀不易獲得，要表現這種直觀更爲艱難。蘇軾〈答謝民師書〉曰：

> 求物之妙，如係風捕景，能使是物了然於心者，蓋千萬人
> 而不一遇也，而況能使了然於口與手乎？〔註12〕

有見於中（了然於心）就是「道」，形而上之道假借形而下之器以求具體化，了然於心的「道」也有賴於語言、文字、色彩、線條、音符等各種媒介（材料）以求表現，不同的媒介有不同的特性，這些特性

〔註11〕《莊子藝術精神析論》337頁，華正書局。
〔註12〕《蘇東坡全集》，後集卷十四，世界書局。

成為內在的規律，使道的表現受到必然的限制，因此，有見於中未必能言、能寫、能畫，這種事實正是劉勰所說的：「意翻空而易奇，言徵實而難巧。」從「心生」到「言立」，從「言立」到「文明」，必須克服許多的困難。〔註13〕〈書李伯時山莊圖後〉曰：

> 雖然，有道有藝。有道而不藝，則物雖形於心，不形於手。
>
> （《前集》卷二十三）

〈眾妙堂記〉論庖丁之理解與郢人之鼻斲：

> 是技與道相半，習與空相會，非無挾而徑造者也。（《後集》
>
> 卷十五）

莊子書中的寓言涵義豐富，像庖丁解牛、輪扁斲輪、痀僂丈人承蜩、呂梁丈夫蹈水、梓慶為鐻、工倕旋指而合規矩等等，都肯定了經驗的重要以及規律的存在，這些人的心靈與對象及活動的規律合而為一，進入無限自由的精神領域。既然蘇軾因讀莊子而知如何暢所欲言，莊子書中的藝術思想對他當然有重要的影響，也就是說他消化了莊子的思想建立了自己的理論。蘇軾認為想表達了然於心的道，必須有所憑藉，要經由長期、專心的學習，領會技藝的法則，使心手相應，內外無間。他說：

> 夫既心識其所以然，而不能然者，內外不一，心手不相應，
> 不學之過也。故凡有見於中，而操之不熟者，平居自視了
> 然，而臨事忽焉喪之，豈獨竹乎？〔註14〕

在〈日喻〉一文中（《前集》卷二十三），他一樣強調實際學習的重要。操之既熟，自然熟能生巧，以書法而言，達到：「心忘其手手忘筆，筆自落紙非我使。」〔註15〕以文學而言，就是行雲流水般的暢達。蘇

〔註13〕意境（情思的整體）祇有一部分能見於語言，做詩就要選擇這能用語言傳達的一部分，拿它來象徵或暗示全體。在心裡所直覺的可以無限制，經語言傳達出來的卻須受語言的限制。引自朱光潛〈詩的實質與形式〉，見《詩論新編》55頁，洪範書店。

〔註14〕《蘇東坡全集》，前集卷三十二，〈文與可畫篔簹谷偃竹記〉。

〔註15〕同前，卷四十，〈小篆般若心經贊〉。黃庭堅〈論黔州時字〉也有「心不知手，手不知心」之說。《莊子·達生篇》稱這種「忘」為「適」，甚至連「適」都忘記了：「始乎適而未嘗不適者，忘適之適也。」

軾〈答謝民師書〉作於江西，時爲徽宗建中靖國元年（1101），蘇軾即卒於是年，這封信可以代表他的晚年定論。他在信中以行雲流水形容「詞達」，而「詞達」是文學創作的最高境界，也是他一生所追求的目標，莊子的文章一言以蔽之就是能達，「詞至於能達，則文不可勝用矣！」他稱贊謝民師的文章：

> 大略如行雲流水，初無定質，但常行於所當行，常止於不可不止，文理自然，姿態橫生。

其實這是他的體驗。他評論自己的文章：

> 吾文如萬斛泉源，不擇地而出，在平地滔滔汩汩，雖一日千里無難。及其與山石曲折，隨物賦形而不可知也；所可知者，常行於所當行，常止於不可不止，如是而己矣！其他，雖吾亦不能知也。〔註16〕

這段話不能確定說於何時。對比以上兩段文字，可以作一綜合的詮釋：初無定質、隨物賦形，指「文無定體」，如同風行水上，自然成文；常行於所當行，常止於不可不止，指「文有定理」，萬斛泉源並不是一股亂流，在隨意運行之中仍然遵循自然的法則。文有定理如庖丁解牛必須「依乎天理」，又如「與可之於竹石枯木，眞可謂得其理矣！」〔註17〕法則實由常理而生，「能自得理而立法」，〔註18〕則人工合於天造。在行雲流水之中，我們看不見法則的限制，法則和心靈自由的對立已經消融於無形，這是莊子藝術思想所啓示的最深智慧。

二、意與法

「意」是自由活潑的心靈，創造的活動以意爲主，陸機、范曄、

〔註16〕《經進東坡文集事略》卷五十七〈文說〉（即《東坡題跋》之〈自評文〉），世界書局。

〔註17〕同注14，卷三十一，〈淨因院畫記〉。蘇軾以爲山石竹木水波煙雲雖無常形，而有常理。宗白華說：「東坡之所謂常理，實造化生命中之內部結構。」引自《美學的散步》142頁，洪範書店。

〔註18〕郝經《陵川集》卷二十三，〈答友人論文法書〉。台灣商務印書館《四庫珍本》四集。

杜牧等人都有共同的主張。陸機〈文賦〉把內心營構的主宰稱爲「意匠」（意司契而爲匠），劉勰則曰：「玄解之宰，尋聲律而定墨；獨照之匠，闚意象而運斤。」（《文心雕龍‧神思篇》）「法」是規律，是文術，限制、引導意匠的活動，陸機曰：「普辭條與文律，良余膺之所服。」可見意匠須服從文律，才能使意稱物而文逮意，以避免文病。劉勰主張術有恆數，作者應該「執術馭篇」，不可以「棄術任心」。（文心雕龍總術篇）意與法的關係，蘇軾所論偏重書法和繪畫，但是可和詩論會通：

　　1. 詩畫本一律，天工與清新。

　　2. （文與可）詩不能盡，溢而爲書，變而爲畫，皆詩之餘。

　　3. 古來畫師非俗士，妙想實與詩同出。〔註19〕

意和法的關係，歸納蘇軾的見解有三點：1. 意法兼顧。2. 變法出新意。3. 意造本無法。研究問題本應採取開放的態度，以便思想能夠觸類旁通，像蘇軾在嘉祐六年（1061）二十六歲作〈應制舉上兩制書〉，談的是政治法律的問題，卻與本文探討的詩法觀念相應。他說：

> 昔者天下未平，而法不立，則人行其私意，仁者遂其仁，勇者致其勇，君子小人莫不以其意從事，而不困於繩墨之間，故易以有功，而亦易以亂。及其治也，天下莫不趨於法，不敢用其私意，而惟法之知，故雖賢者，所爲要以如法而止，不敢於法律之外，有所措意。夫人勝法，則法爲虛器，法勝人，則人爲備位，人與法並行而不相勝，則天下安。（《前集》卷二十八）

「意」主觀而自由，「法」客觀而有規範作用，古今相較，法律之疏密不同。相對而言，兩漢以前的文章多是「文成法立，無格律之可拘」，〔註20〕法的觀念尚未明朗化，創作者傾向「滿心而發，肆口而成」。

〔註19〕依序引自《蘇東坡全集》前集卷十六，〈書鄢陵王主簿所畫竹枝〉；前集卷二十，〈文與可畫墨竹屏風贊〉；後集卷三，〈次韻吳傳正枯木歌〉。

〔註20〕《四庫全書總目》卷一九五，〈集部詩文評類提要〉，漢京文化公司。

後代法的觀念被提昇到自覺的階段，於是剖析文體，觀察創作活動的特徵，取法古典，發明制定種種法則規律，作者再也難以師心自用了。元好問曰：

> 故文字以來，詩爲難；魏晉以來，復古爲難；唐以來，合規矩準繩尤難。〔註21〕

唐荊川說：

> 唐與近代之文，不能無法，而能毫釐不失乎法，以有法爲法，故其爲法也，嚴而不可犯。〔註22〕

以用人爲例，蘇軾批評常袞死守法律，杜絕奏請，結果賢愚同滯：「君子不以爲能也！」崔祐甫主動推薦人才，多稱允當，蘇軾稱贊他「善用法！」〔註23〕可見蘇軾反對死守法律，主張彈性運用。元豐二年（1079）四十四歲作〈文與可畫篔簹谷偃竹記〉，仍然兼顧意法，其云：「子由未嘗畫也，故得其意而已；若予者豈獨得其意，并得其法。」僅得其意不得其法，就是有道而不藝，雖然成竹在胸，未必能振筆直遂，所以，法的作用不只是消極的限制，同時也幫助表現的成功。〈大悲閣記〉以飲食之道爲喻，批評思而不學、一以意造的流弊：

> 然古之爲方者，未嘗遺數也。能者即數以得妙，不能者循數以得略，其出一也。有能有不能，而精粗見焉，人見其二也，則求精於數外，而棄跡以逐妙，曰：我知飲食之所以美也。而略其分齊，捨其度數，以爲不在是也，而一以意造，則其不爲人之所嘔棄者寡矣。……廢學而徒思者，孔子之所禁，而今世之所上也。（《前集》卷三十一）

《莊子・天道篇》輪扁所體會的「數」（成玄英疏：術也），無法形容，也無法傳授，而蘇軾以爲「數」是規矩。孟子曰「不以規矩不能成方圓」（離婁篇），又曰「梓匠輪輿，能與人規矩，不能使人巧」（盡心篇），巧妙出於匠心獨運，匠心獨運仍須依據規矩，「即數以得妙」等

〔註21〕《遺山先生文集》卷三十七，〈陶然集詩序〉。《四部叢刊》本。
〔註22〕《荊川先生文集》卷十，〈董中峯侍郎文集序〉。《四部叢刊》本。
〔註23〕參考《舊唐書》卷一一九〈崔祐甫傳〉，鼎文書局。

於「下學而上達」。元豐八年（1085）五十歲作〈書楞伽經後〉，批評當時佛教徒空疏不學。他以醫術為喻：

> 如醫之有《難經》，句句皆理，字字皆法，後世達者，神而明之，如槃走珠，如珠走槃，無不可者。若出新意而棄舊學，以為無用，非愚無知，則狂而已！近歲學者各宗其師，務從簡便，得一句一偈，自謂了證，至於婦人孺子，抵掌嬉笑，爭談禪悅，高者為名，下者為利，餘波末流，無所不至，而佛法微矣！譬如俚俗醫師，不由經論，直授方藥，以之療病，非不或中，至於遇病輒應，懸斷死生，則與知經學古者不可同日語矣。世人徒見其有一至之功，或捷於古人，因謂《難經》不學而可，豈不誤哉！（《前集》卷四十）

新意可出，舊學不可棄，熟悉古法之後，自可神而明之。魏禧曰：「古人法度猶工師規矩，不可叛也⋯⋯生動變化，則存乎其人之神明。」〔註24〕蘇軾反對佛教徒務從簡便，同樣的，他認為藝術活動並非「無挾而徑造」。知經學古是為了學習規矩法度，此乃神明變化的基礎。同一年稍後，蘇軾又作〈書吳道子畫後〉：

> 知者創物，能者述焉，非一人而成也。君子之於學，百工之於技，自三代歷漢至唐而備矣，故詩至於杜子美，文至於韓退之，書至於顏魯公，畫至於吳道子，而古今之變，天下之能事畢矣！道子畫人物，如以燈取影，逆來順往，旁見側出，橫斜平直，各相乘除，得自然之數，不差毫末，出新意於法度之中，寄妙理於豪放之外，所謂遊刃餘地、運斤成風，蓋古今一人而已。（《前集》卷二十三）

集詩、文、書、畫之大成的人，都受惠於前人累積的深厚傳統，他們消化傳統的精髓，盡知前人的法度，故能極變化之能事，在傳統的基礎上，建立了新的傳統，又成為後人效法的典型。人物畫必須合乎自然之數，那是不可違背的規矩，然而吳道子的畫在傳統的法度中表現了新意、寄託了妙理，像遊刃有餘、運斤成風般的逍遙自得。「新意」

〔註24〕《魏叔子文集》卷五，〈答計甫草書〉。台灣商務印書館。

必然超越傳統的成規，導致新的創造。因此，蘇軾的理論雖然兼顧意法，由於特別注重創造，必然轉向重意。元豐三年（1080）〈書蒲永昇畫後〉云：

> 唐廣明中，處士孫位始出新意，畫奔湍巨浪，與山石曲折，隨物賦形，盡水之變，號稱神逸，其後蜀人黃筌、孫知微皆得其筆法。……知微既死，筆法中絕五十餘年。近歲成都人蒲永昇，嗜酒放浪，性與畫會，始作活水，得二孫本意。（《前集》卷二十三）

孫位出新意，創造新的筆法，處理新的題材，可見新意能突破傳統成規的拘束。這種隨物賦形的筆法，對蘇軾啓發了行雲流水般的文章之道，他從活水領悟到詩文的活法。法由意生，學習古人的法度不需要尺尺寸寸的模擬，而貴在心通其意，通其意則能得其法，他說：「吾雖不善書，曉書莫如我。苟能通其意，常謂不學可。」〔註25〕又評李伯時所畫地藏軼妙而造神，「能於道子之外，探顧、陸古意耳。」〔註26〕新意可以超越模範的拘束，也可以融會古意而有所創新。關於書法，他說：

> 顏公變法出新意，細筋入骨如秋鷹。（《前集》卷四，〈孫莘老求墨妙亭詩〉）

法與變是一組對立又統一的觀念。後代重法者如李夢陽，尺寸古法，不敢改變；重變者如袁宏道，認為法不相沿，獨抒性靈，不拘格套。袁中道則完成了最高的綜合，他說：「自得者能用法，能使法為我用，雖離法而自立法，慧力之所變化宜爾。」〔註27〕能變古法而自己立法的人，都有高度的智慧和非凡的魄力，杜甫、韓愈、顏眞卿、吳道玄都是這種人。政治思想史中變法的觀念必須上溯到先秦時代的法家，他們反對法古，主張隨時宜而制法。蘇軾既然認為法由意生，以意為主，以法為從，當然可以隨新意而變法。他的弟子張耒更明顯的重意

〔註25〕《蘇東坡全集》前集卷一，〈和子由論書〉。
〔註26〕《蘇東坡全集》續集卷六，〈與李端叔書〉。
〔註27〕《珂雪齋前集》卷九，〈曹醫序〉。偉文圖書公司。

輕法：

> 是故善用法者，有違法無違意；不善用者，有違意無違法。
> 法可違也，意不可違也。〔註28〕

元豐四年（1081）蘇軾〈書唐氏六家書後〉云：

> 顏魯公書雄秀獨出，一變古法……柳少師書本出於顏，而
> 能自出新意。（《前集》卷二十三）

〈書黃子思詩集後〉曰：「至唐顏柳始集古今筆法而盡發之，極書之
變。」（《後集》卷九）不斷的出新意變古法，文學藝術才能永續新鮮
活潑的生命，否則只是陳陳相因而已。葉燮有言：「乾坤一日不息，
則人之智慧心思必無盡與窮之日。」（《原詩·內篇》）由此我們肯定
創造的必然性。在一首比較早期的詩中，蘇軾自道：

> 我書意造本無法，點畫信手煩推求。〔註29〕

這兩句謙虛的話包含極深的道理。我們先看一則黃庭堅的題跋，就可
知道「意造本無法」的含義：

> 士大夫多譏東坡用筆不合古法，彼蓋不知古法從何出爾！杜
> 周云：「三尺安出哉？前王所是以爲律，後王所是以爲令。」
> （按：語出《漢書》卷六十〈杜周傳〉。尚有兩句：「當時爲
> 是，何古之法乎！」）予嘗以此論書，而東坡絕倒也。〔註30〕

研究古法，領略古人的用意，都屬於學習、準備的工作，在實際的創
作活動中，則只任意匠自由運作，如有法古的念頭橫於胸中，勢必造
成心意的間斷與挫敗，因此在創造活動中根本不必考慮是否合乎古
法，自由的意志可以自己立法。袁中道說：

> 古之人，意至而法即至焉。吾先有成法，據於胸中，勢必
> 不能盡達吾意，達吾意而或不能盡合於古之法。（〈珂雪齋前
> 集自序〉）

所以，「新詩如彈丸，脫手不暫停」、〔註31〕「心忘其手手忘筆，筆自

〔註28〕《張右史文集》卷五十三，〈法制論〉。《四部叢刊》本。
〔註29〕《蘇東坡全集》前集卷二，〈石蒼舒醉墨堂〉。
〔註30〕《豫章黃先生文集》卷二十九，〈跋東坡水陸贊〉。《四部叢刊》本。
〔註31〕《蘇東坡全集》前集卷十，〈次韻答王鞏〉。此外尚有前集卷十五，〈次

落紙非我使」、「奮袂如風，須臾而成」，詩、書、畫創作的情形是相同的。創作活動雖然只見達意自快，我們不要忘記：從了然於心到了然於口於手，必須經過艱難的學習；熟悉古法又能變古法的達意自快，與不知古法、率爾師心的達意自快畢竟有別。

三、「法度去前軌」的商榷

郭紹虞先生是我私淑的前輩之一，他的《中國文學批評史》爲後人開闢了許多門徑。他在《中國文學批評史》兩次引述蘇軾的〈詩頌〉：

> 衝口出常言，法度去前軌。
>
> 人言非妙處，妙處在於是。〔註32〕

進一步的發揮，見郭氏所著《宋詩話考》：

> （楊萬里）以舟車喻詩法句律，說明舟車不可廢，但可以無待乎舟車，亦可以有待而未始有待乎舟車，其論固入微，然仍不廢學；不過再從蘇軾〈詩頌〉「衝口出常言，法度去前軌」之語，受到啓發，說得更爲圓通而已。
>
> 姜氏所謂「活法」，仍是本於東坡「法度去前軌」之說而加以發揮者。法度去前軌，則胸中本無法執，隨物賦形，文成法立，此正「妙」之極處，而近於誠齋之所謂「神於詩者」。〔註33〕

這首〈詩頌〉如果對楊萬里、姜夔的詩法觀念有直接的啓發，那就不容忽視。海峽兩邊的學者可能都受到郭氏的影響，也如此引用〈詩頌〉。〔註34〕將這首〈詩頌〉和周紫芝的《竹坡詩話》相比較，問題就出現了。我費了一番苦心去追尋〈詩頌〉的出處，發現《宋刻施顧注蘇詩》（藝文印書館）、《集註分類東坡先生詩》（台灣商務印書館）、

韻王定國謝韓子華過飲〉：「新詩如彈丸，脫手不移晷。」後集卷七，
〈用數珠韻贈湜長老〉：「和我彈丸詩，百發亦百反。」

〔註32〕《中國文學批評史》上卷第六篇第二章第二目，修訂本《中國文學批評史》第三十九節。明倫出版社。

〔註33〕《宋詩話考》上卷〈誠齋詩話〉、〈白石道人詩說〉。漢京文化公司。

〔註34〕例如《蘇東坡生平及其作品述評》第一章第9頁、《文學評論》一九八三年第四期95頁。

《古香齋施註蘇詩》（廣文書局）、《蘇東坡全集》（世界書局）、《蘇文忠公詩編註集成》（學生書局）、《蘇軾詩集》（學海出版社）都沒有收〈詩頌〉，因此確定《竹坡詩話》是最早的出處。《竹坡詩話》記載東坡遺事十四則，敘述〈詩頌〉的本事甚詳：

> 有明上人者，作詩甚艱，求捷法於東坡，作兩頌以與之。其一云：「字字覓奇險，節節累枝葉。咬嚼三十年，轉更無交涉。」其一云：「衡口出常言，法度法前軌。人言非妙處，妙處在于是。」乃知作詩到平淡處，要似非力所能。東坡嘗有書與其姪云：「大凡爲文，當使氣象崢嶸，五色絢爛，漸老漸熟，乃造平淡。」余以不但爲文，作詩者尤當取法於此。

據王宗稷《東坡先生年譜》，元豐七年（1084）四月有量移汝州之命，經九江，游廬山，「入開元寺，主僧求詩，作瀑布一絕，往來十餘日。」「明上人」可能就是開元寺的主僧。蘇軾書簡有〈答開元明座主二首〉（《續集》卷五）、〈與開元明師五首〉、〈與開元明師二首〉（《續集》卷六）。〈與開元明師二首〉的第二首有言：「僕已得請居常州，暫至南京。」可確定作於元豐八年（1085）。五首之第三首云：「拙詩一首，聊以記一時之事耳，不須示人。」在別後仍有詩相贈。這位明上人喜好詩藝，當有可能向蘇軾請教詩法。如果上面的推論不差，那麼，請教的時間是元豐七年四月，地點在廬山。元符三年（1100），蘇軾自海南島歸來，經過廣東曲江，認識南華寺的住持「長老明公」，則是另外一人。〔註35〕合觀《竹坡詩話》的各種版本及轉載的情形，兩頌的第一首沒有出入，第二首雖有「衡口」「衝口」之別，卻沒有出現「法度去前軌」。〔註36〕

〔註35〕 參考《蘇東坡全集》後集卷二十，〈南華長老重辯師逸事〉、〈南華長老題名記〉。

〔註36〕 《百川學海》、《津逮祕書》、《古今說部叢書》、《叢書集成初編》、《螢雪軒叢書》、《歷代詩話》等所收《竹坡詩話》均爲「衡口出常言，法度法前軌」。《筆記小說大觀》八編、薛雪《一瓢詩話》、方東樹《昭昧詹言》引作「衝口出常言」。元代陳秀明《東坡詩話錄》卷中（學

　　從國內各種版本所提供的客觀資料看來，實在難以支持「法度去前軌」之說，所以我推測郭紹虞先生或許別有所據，否則就是依他個人的見解把「法前軌」改爲「去前軌」。在眞相未明之前，我們應該存疑，某位老師說：「像郭紹虞這種人怎麼可能會錯？」那就是迷信學術權威了。

　　比較版本，只是考據的工作，我們無法依賴這種比較去解決詩法觀念的問題，仍須回歸原始的情境以及蘇軾的觀念系統，才可能獲得有益的光照。

　　首先，我們要問：「明上人爲什麼作詩甚艱？」蘇軾應該根據明上人的「病症」開出有效的「藥方」。他的病症就是「字字覓奇險」，不知「萬古文章有坦途」（元好問語），坦途就是「凡人文字，務使平和」。〔註37〕有意奇險，必然不守常規，「自師胸臆，至不成語」，〔註38〕造成「節節累枝葉」的窘況。蘇軾曰：「今畫者乃節節而爲之，葉葉而累之，豈復有竹乎？」（〈文與可畫篔簹谷偃竹記〉）節節累枝葉形容心手不相應，無法一氣呵成。前人的文章已經提供基本的法度，熟悉前人的法度有助於表達的順暢，只要平和地「衝口出常言」則自有妙處。以上是依循原始情境的詮釋。

　　其次，在蘇軾的觀念系統中，法度仍有適當的地位。他天才橫溢，作詩「如流水之行地」，「放筆快意，一瀉千里」（《甌北詩話》卷五），因此他欣賞衝口而出的好詩，可是衝口而出的詩不一定都是好詩，〈與陳傳道書〉有言：「錢塘詩皆率然信筆，一一煩收錄，祇以暴其短耳。」（《續集》卷四，書信作於元祐三年）晚年勸告後生：「清詩要鍛鍊，乃得鉛中銀。」（《後集》卷七）廢棄法度、衝口而出就有妙語，未免

　　海類編本）、明代顧道洪《東坡先生遺事》卷二（萬曆癸巳刊本）、佚名的《蘇詩紀事》卷中（《螢雪軒叢書》第七卷），都是「衝口出常言，法度法前軌」。
〔註37〕《蘇東坡全集》續集卷四〈與魯直〉。
〔註38〕趙秉文《閑閑老人滏水文集》卷十九，〈答李天英書〉。《四部叢刊》本。

將創作活動看得太簡便了。至於說楊萬里、姜夔都受到「法度去前軌」的啟發，如果這句話本身就有疑問，怎麼可能產生那樣大的影響呢？

四、小　結

比較蘇軾和克羅齊（Benedetto Croce, 1866～1952）的理論，我認為有相得益彰的效果。克羅齊在《美學原理》中主張直覺就是表現，當心靈融化雜多印象成為一個有機的整體，表現就已產生而且完成了。如果接著要「開口」說話、歌唱，要「伸手」彈琴、運用筆刀，將心中的表現品再造而外射（傳達）出去，和審美活動相比，這種外射的活動遵照另一套不同的規律，也就是所謂的藝術技巧。克羅齊一再強調，只要能了然於心，就能順暢傳達，反之，不能順暢傳達是因為根本沒有了然於心。他說：「如果先沒有在想像中把所要著底一筆看清楚，如果他先沒有看清楚而就著筆，那就不是使他的心裡表現品（還不存在）外射，而是當作一種嘗試，要找向前再思索再凝神的出發點。」又說：「他簡直沒有看見，或是沒有看清楚。」「一個表現品的作者有時並不完全認清在他的心靈中發生底東西。」真正了然於心，必有水到渠成的快感，而表現就是自然流露。〔註39〕蘇軾〈送參寥師〉曰：「欲令詩語妙，無厭空且靜。靜故了羣動，空故納萬境。」空且靜則可以了然於心，仍須濟之以技巧和經驗，才能夠了然於口於手。可知蘇軾和克羅齊的著重點不同。

從行雲流水的比喻，我們發現「自由與規律的統一」，既「具有充分的表達自由」，又「完全符合客觀的藝術規律」，〔註40〕這種活法正如沈德潛說的：「所謂法者，行所不得不行，止所不得不止，而起伏照應、承接轉換，自神明變化於其中。」（《說詩晬語》）而

〔註39〕以上的敘述根據《美學原理》第六、第十三、第十五、第十六各章。朱光潛翻譯，正中書局出版。

〔註40〕顧易生〈蘇軾的文藝思想〉，《文學遺產》一九八○年第二期。按：註34 的《文學評論》及本注的《文學遺產》都是中國的學術刊物，存於傅斯年圖書館特藏室。

且，蘇軾進一步主張創造活動以心靈為主宰，因此可以變化古法，可以自我立法。

「法度去前軌」或「法度法前軌」？問題尚未完全解決，但是本文的省察對後來的研究者應該有些幫助。郭紹虞先生已經逝世（《木鐸雜誌》第三十一期的消息），解鈴還須繫鈴人，或許在郭紹虞先生的眼中，這個問題根本不必如此大作文章吧？然而，就治學方法的訓練而言，提出這個問題是很有意義的。

貳、黃庭堅

一、入神以法古

杜甫「讀書破萬卷，下筆如有神」（〈奉贈韋左丞丈二十二韻〉），向宋人啟示了一條法古出新的大道。讀書破萬卷，乃博學的工夫，博學可以增廣見識、修養心性、領略古人的法度。事實上，博學只是下筆有神的條件之一，還要配合才、氣、情、悟等重要條件，因此嚴羽說：「夫詩有別材，非關書也；詩有別趣，非關理也。然非多讀書多窮理，則不能極其至。」（《滄浪詩話》）

蘇軾雖為天才型的詩人，仍然重視積學的工夫：「別來十年學不厭，讀破萬卷詩愈美。」「退筆成山未足珍，讀書萬卷始通神。」〔註41〕和蘇軾相比，黃庭堅更強調博學法古，他認為天才需要學問琢磨（答李幾仲書），否則難有成就。〈與潘子真書〉曰：

> 博學者，所以使人知道里之曲折也。夫然後載司南以適四
> 方而不迷，懷道鑒以對萬物而不惑。（《文集》卷十九）

所以，他欣賞陳師道「讀書如禹之治水」，而陳師道作詩得老杜句法，作文深知古人的關鍵。王觀復詩句生硬、詞氣不逮初造意時，是因為「讀書未精博耳！」徐師川的詩有缺點，是由於「探經術未深，讀老

〔註41〕《蘇東坡全集》前集卷二，〈送任伋通判黃州兼寄其兄孜〉；前集卷五，〈柳氏二外生求筆跡〉。

杜、李白、韓退之詩不熟耳！」歐陽修說「萬事皆有法」，〔註42〕肯定法的普遍性，黃庭堅也明確地說：「作文字須摹古人，百工之技亦無有不法而成者也。」〔註43〕博學則知古法，古法是後人的標準，因此作品是否合乎古人的法度是他所關心的問題，例如：

1. 〈答洪駒父書〉：「詩文亦皆好，但少古人繩墨耳。」
2. 〈跋書柳子厚書〉：「予友生王觀復作詩有古人態度，雖氣格已超俗，但未能從容中玉珮之音、左準繩右規矩耳，意者讀書未破萬卷，觀古人之文章未能盡得其規摹……。」
3. 〈跋高子勉詩〉：「高子勉作詩以杜子美為標準。」
4. 〈跋法帖〉：「余嘗論近世三家書云：王著如小僧縛律，李建中如講僧參禪，楊凝式如散僧入聖。當以右軍父子書為標準。」
   〔註44〕

繩墨、準繩、規矩、規摹、標準都是同義詞，這種觀念上承劉勰的「參古定法」，因為各種文學藝術在歷史的演變過程中產生了一定的標準格式，有其穩定性及連續性。兩千年前古羅馬的賀雷斯（Horace, B.C 65～A.D8）提出「合式」的觀念，建立了古典主義的法則，可見中西方的思想有殊途同歸之處。〔註45〕法古並不僅限於體式和創作的技巧，也包括思想的層次，以及波瀾枝葉——作品有「文理自然，姿態橫生」之美，有生動變化的風格神韻。因此，法古的極至是「入神」，在用志不分的精神狀態中與古人的精神契合，深入古人作品的內在結構，領悟法度以及生命意態的奧祕。黃庭堅在晚年（五十七歲左右）寫給王庠的一封信中，論到如何近似古人，他說：

〔註42〕《歐陽修全集》卷五試筆，〈用筆之法〉。河洛圖書出版社。
〔註43〕《山谷別集》卷六，〈論作詩文〉。台灣商務印書館景印文淵閣《四庫全書》第一一一三冊。
〔註44〕依序見《豫章黃先生文集》卷十九、卷二十六、卷二十八。《四部叢刊》本。
〔註45〕參考《西洋文學批評史》中譯本71頁，顏元叔譯，志文出版社；朱光潛《西方美學史》上卷89頁，漢京文化公司。

所寄詩文反覆讀之，如對談笑也。意所主張甚近古人，但
其波瀾枝葉不若古人爾！意亦是讀建安作者之詩與淵明、
子美所作未入神爾。(《文集》卷十九)

觀賞古人的作品能夠入神，則可超越「形似」，達到「神似」。書法藝
術的情況亦然：

學書時時臨摹，可得形似。大要多取古書細看，令入神乃
到妙處，唯用心不雜，乃是入神要路。
古人學書，不盡臨摹。張古人書於壁間，觀之入神，則下
筆時隨人意。……凡作字，須熟觀魏晉人書，會之於心，
自得古人筆法也。〔註46〕

細看熟觀是精密的工夫。用心不雜則不牽於外物，〈書贈韓瓊秀才〉
曰：「用心欲純不欲雜，用心不純訖無全功。」(《文集》卷二十五)
〈道臻師畫墨竹序〉曰：「夫吳生之超其師，得之於心也，故無不妙；
張長史之不治他技，用智不分也，故能入神。」(《文集》卷十六)專
心一意，精誠所至才能進入神化的境界。《莊子·達生篇》「用志不分，
乃凝於神」，所謂凝神，「就是遣去耳目心知中夾纏的知識與欲望，使
心靈虛靜，而能自由無限地作藝術審美的觀照。」〔註47〕黃庭堅以「入
神」解釋「凝神」，觀賞者能入神，則獨與古人的精神往來，脫略形
跡，入而後出，頓悟古人的法度與風神。呂本中說：

作文必要悟入處，悟入必自工夫中來，非僥倖可得也。如
老蘇之於文，魯直之於詩，蓋盡此理也。〔註48〕

黃庭堅的「入神」就是呂本中所說的「悟入」。的確，如果法古而不
能入神，讀破萬卷書也未必能下筆如有神。嚴羽說：「詩之極致有一，
曰入神。詩而入神，至矣，盡矣，蔑以加矣！」入神是第一義的透徹
之悟，此說可能受到黃庭堅的啟發。

〔註46〕《豫章黃先生文集》卷二十九，〈書贈福州陳繼月〉、〈跋與張載熙書
卷尾〉。
〔註47〕引同注11，256頁。
〔註48〕《苕溪漁隱叢話》後集卷三十一引《呂氏童蒙訓》。

二、領略古法生新奇

元祐二年（1087），西域貢馬，首高八尺，龍顱而鳳膺，虎脊而豹章，振鬣長鳴，萬馬皆瘖，蘇軾請李公麟（字伯時）畫三駿馬之狀。〔註49〕同年，黃庭堅有詩曰：

> 李侯一顧歎絕足，領略古法生新奇。
>
> 一日眞龍入圖畫，在坰羣雄望風雌。〔註50〕

領略古法生新奇，就是出新意於法度之中。古人的畫法雖然必須領略，然而面對眼前的三匹神駿，欲傳其出類拔萃、不同凡馬的精神，畫法勢必有所創新，唐代韓幹「畫肉不畫骨」（杜甫〈丹青引〉），李公麟則「妙畫骨相遺毛皮」。由此可知，能出新意則不被古法所拘。黃庭堅認爲外甥洪芻（字駒父）的文意缺少古人繩墨，建議他熟讀司馬遷、韓愈的文章，最後又說：

> 至於推之使高如泰山之崇，崛如垂天之雲，作之使雄壯如滄江八月之濤，海運吞舟之魚，又不可守繩墨令儉陋也。（《文集》卷十九，〈答洪駒父書〉）

守古法以至於儉陋，局促如轅下駒，根本喪失了恢弘的氣度，那能自成一家？了解古法、合乎古法誠然是基本的要求，可是黃庭堅反對亦步亦趨的模擬，其論王羲之蘭亭序云：

> 蘭亭雖是眞行書之宗，然不必一筆一畫以爲準，譬如周公孔子不能無小過，過而不害其聰明睿智，所以爲聖人。不善學者，即聖人之過處而學之，故蔽於一曲。（《文集》卷二十八，〈又跋蘭亭〉）

呂本中推廣其說，認爲「學古人文字，須得其短處」，例如杜詩頗有近質野之處，東坡詩有汗漫處，黃庭堅的詩則有太尖新、太巧處，這些缺點實在不必學。〔註51〕黃庭堅的觀念可謂通達，他看見不善學的

〔註49〕《蘇東坡全集》，後集卷九，〈三馬圖贊引〉。

〔註50〕《黃山谷詩集注》，內集卷七，〈次韻子瞻和子由觀韓幹馬因論伯時畫天馬〉。世界書局。

〔註51〕《苕溪漁隱叢話》前集卷四十八引《呂氏童蒙訓》。

人被古法扼殺了創新的活力，自蔽於「絕對的權威」。值得效法的對象其實相當有限，效法者要有見識去分辨，了解該效法什麼，不該效法什麼。在黃庭堅論蘭亭序之後，葉夢得、呂本中也抨擊了當代人「不善學」的流弊。就學習杜詩的風氣而言，葉夢得指出：

> 今人多取其已用字模效用之，偃蹇狹陋，盡成死法。不知意與境會，言中其節，凡字皆可用也。〔註52〕

呂本中說：

> 近世人學老杜多矣，左規右矩，不能稍出新意，終成屋下架屋，無所取長。獨魯直下語，未嘗似前人而卒與之合，此爲善學。〔註53〕

法古，就是向偉大的傳統學習，可是不能僅止於此，最終的目標應是導向新的綜合與創造，傳統誠然有極強的規範力，作者卻要在規範中實踐創造的自由。領略古法，進而有所發明，自成一家，使黃庭堅成爲江西詩派的宗祖。劉克莊說：

> 豫章稍後出，會粹百家句律之長，究極歷代體製之變，蒐獵奇書，穿穴異聞，作爲古律，自成一家，雖隻字半句不輕出，遂爲本朝詩家宗祖，在禪學中比得達摩，不易之論也。〔註54〕

「句律」就是句法，黃庭堅擅長分辨句法的源流，又能取諸人以爲善，鍛鍊勤苦，所以完成了自己的句法，具有特殊的風格。張嵲評黃庭堅的古、律詩「酷學少陵，雄健太過，遂流而入於險怪，要其病在太著意，欲道古今人所未道語爾。」〔註55〕黃庭堅在師法古人之後，又苦心孤詣地追求創新，著意出奇雖然被評爲詩病，其實是本色所在，他

〔註52〕 《石林詩話》卷中，《歷代詩話》上冊，木鐸出版社。
〔註53〕 引自郭紹虞《宋詩話輯佚》596頁，華正書局。
〔註54〕 《後村先生大全集》卷九十五，〈江西詩派黃山谷小序〉。《四部叢刊》本原文有脫漏之處，引文對照《續歷代詩話》上冊所收〈江西詩派小序〉。
〔註55〕 《後村先生大全集》卷一七六，〈詩話後集〉引張嵲評語。

曾說：「隨人作計終後人，自成一家始逼眞。」〔註56〕自成一家並不容易，他評論徐浩的書法：「莫年乃更擺落王氏規摹，自成一家。」〔註57〕就像一個人從小就受父母、師長的影響，長大以後超越、消融這些影響而有獨立的人格，從學古到自成一家類似人格成長的歷程。

點鐵成金的奪胎換骨法，乃是「領略古法生新奇」這種觀念的實踐。〈答洪駒父書〉曰：

> 古之能爲文章者，眞能陶冶萬物，雖取古人之陳言，入於
> 翰墨，如靈丹一粒，點鐵成金也。

黃庭堅熟觀古人的詩文，領悟到「推陳出新」是非常重要的原理，因爲意匠能夠轉化所有的材料，我雖法古卻仍有創新。紹聖四年（1097），黃庭堅於〈再次韻楊明叔〉的引言中說：

> 庭堅老懶衰墮，多年不作詩，已忘其體律，因明叔有意於
> 斯文，試舉一綱，而張萬目。蓋以俗爲雅，以故爲新，百
> 戰百勝如孫吳之兵……。(《詩集》內集卷十二)

他認爲以俗爲雅，以故爲新是詩法的總綱，兩者都涉及語言及用意的改造。唐代權德輿曰：「善用常而爲雅，善用故而爲新。」〔註58〕蘇軾云：「用事當以故爲新，以俗爲雅。」〔註59〕可見不只黃庭堅一人注意到雅俗新故的問題，然而他根據「以故爲新」提倡奪胎換骨法，則影響深遠。奪胎換骨法的名稱和定義，首次見於惠洪的《冷齋夜話》卷一：

> 山谷云：「詩意無窮，而人之才有限，以有限之才，追無窮
> 之意，雖淵明、少陵不得工也。然不易其意而造其語，謂
> 之換骨法；窺入（按：或作規模）其意而形容之，謂之奪
> 胎法。」〔註60〕

〔註56〕引自《豫章黃先生文集》卷二十八，〈題樂毅論後〉。《王直方詩話》引宋祁云：「詩人必自成一家，然後傳不朽，若體規畫圓，準矩作方，終爲人之臣僕。」引自《宋詩話輯佚》52頁。

〔註57〕《豫章黃先生文集》卷二十八，〈書徐浩題經後〉。

〔註58〕《權載之文集》卷三十，〈醉說〉。《四部叢刊》本。

〔註59〕《東坡題跋》卷二，〈題柳子厚詩〉。《宋人題跋》上冊，世界書局。

〔註60〕引自《冷齋夜話》卷一「換骨奪胎法」，景印文淵閣《四庫全書》第

人之才有限，親身的經驗也有限，因此不可能去追求、總攬一切的詩意，偶爾在古人的作品中獲得靈感，「師其意，不師其詞」，注重別出心裁的點化，仍有別於單純的抄襲。南宋俞成稱奪胎換骨法爲「活法」，「死法」指「膠古人之陳跡，而不能點化其句語」。〔註61〕所以，點化之後的作品應該勝於原作，或語新，或意工，或語新意工兼而有之。作者不明的《詩憲》說：「以陳爲新，以拙爲巧，非有過人之才，則未免以蹈襲爲媿。」又引朱翌曰：「今人皆拆洗詩耳，何奪胎換骨之有！」〔註62〕缺乏才思而濫用奪胎換骨法，猶如黃庭堅所說「欲換凡骨無金丹」（題楊凝式書），等而下之淪爲文字遊戲。吳曾懷疑惠洪僞造奪胎換骨法：

> 洪覺範於《冷齋夜話》曰：「山谷云……（同前引冷齋夜話卷一）。」予嘗以覺範不學，故每爲妄語。且山谷作詩，所謂「一洗萬古凡馬空」，豈有教人以蹈襲爲事乎？唐僧皎然嘗謂：「詩有三偷……。」夫皎然尚知此病，孰謂學如山谷，而反以不易其意與規模其意，而遂犯鈍賊不可原之情耶？
> 〔註63〕

李錫鎭對吳曾的意見有相當中肯的批評，因此本文不再贅述，但是想提供四點補充。第一，根據四庫全書總目冷齋夜話提要，惠洪的確有作僞的「前科」，而惠洪及識黃庭堅，故引以爲重，《冷齋夜話》中引黃庭堅論詩之語尤多，總不能因爲他僞作過一些作品，就論定他「每爲妄語」，從部分不眞推到全部不眞。第二，黃庭堅雖然說過「我不

八六三冊。有關奪胎換骨法的研究，可以參考李元貞《黃山谷的詩與詩論》136～140頁，《臺大文史叢刊》之三十六；張健《宋金四家文學批評研究》143～146，207～210頁，聯經出版公司；龔鵬程《江西詩社宗派研究》195～196頁；李錫鎭〈詩話中「奪胎換骨」法的意義及其問題〉，《銘傳學報》第二十三期513～535頁。

〔註61〕《螢雪叢說》卷一，「文章活法」條。台灣商務印書館《叢書集成初編》。
〔註62〕引自《宋詩話輯佚》534頁。
〔註63〕《能改齋漫錄》卷十議論，「詩有奪胎換骨、詩有三偷」條。廣文書局。

為牛後人」、「隨人作計終後人」，然而他的基本態度是領略古法生新
奇，生新奇則自成一格，領略古人的作品再進一步加工點化，並不等
於蹈襲。第三，即使奪胎換骨法是惠洪的妄語，仍然符合黃庭堅明白
主張的「作詩作文，無一字無來處」、「點鐵成金」、「以故為新」等觀
念，楊萬里就說「以故為新，奪胎換骨」（《誠齋詩話》），因此，我們
甚至可以說奪胎換骨法乃惠洪對黃庭堅詩論的詮釋。第四，平心而
論，自作語雖難，詩意雖無窮，詩人仍應努力從個人生活經驗中提煉
意新語工的作品，豈可一味在古人作品中尋求靈感？因此，我仍然贊
同王若虛的批評。〔註64〕

三、不煩繩削而自合

不煩繩削的觀念淵源於莊子。繩削代表外在的規範，用以矯正、
塑造原始的材料，荀子說：「枸木必將待檃栝烝矯然後直。」（〈性惡
篇〉）人性若順其自然發展，結果必變成混亂爭奪，必須接受師法的
感化和禮義的引導，才可能為善。莊子反對繩削人性：

> 且夫待鉤繩規矩而正者，是削其性者也；待繩約膠漆而固
> 者，是侵其德也；屈折禮樂，呴俞仁義，以慰天下之心者，
> 此失其常然也。天下有常然，曲者不以鉤，直者不以繩，
> 圓者不以規，方者不以矩，附離不以膠漆，約束不以纏索。
>
> （〈駢拇篇〉）

常然，就是順其自然，不需要人為的改造和約束，故曰：「夫殘樸以
為器，工匠之罪也；毀道德以為仁義，聖人之過也。」（〈馬蹄篇〉）
然而任何文學藝術的創造，必須依據客觀的準繩及主觀的意匠去塑造
材料，否則難以完成作品，經過繩削而能恰到好處，人工猶如天造，
藝術契合自然，可是這種自然不等於原始的、素樸的自然。劉勰在《文
心雕龍‧鎔裁篇》說：

> 規範本體謂之鎔，剪截浮詞謂之裁。裁則蕪穢不生，鎔則

〔註64〕王若虛：「至于妙處，不專在于是也。」《滹南詩話》卷三，《續歷代
詩話》上冊。

綱領昭暢，譬繩墨之審分，斧斤之斷削矣。

假設有一個人，根本不懂文術，也沒有創作的經驗，讓他的情感思想「自然流出」，結果會是如何呢？依劉勰看來，結果必是情繁而辭濫。「不煩繩削而自合」只能視為創造活動的最高造詣，道與藝、意與法均合為一體，沒有對立、勉強的痕跡。韓愈稱讚樊紹述的文章：

　　海含地負，放恣橫從，無所統紀，然而不煩於繩削而自合也。嗚呼，紹述於斯術，其可謂至於斯極者矣！〔註65〕

錢穆先生曰：「不蹈襲於前人，而自合於前人，此所謂不煩繩削而自合也。」〔註66〕樊紹述作文，堅持「必出於己，不襲蹈前人一言一句」，近似李翱所主張的「創意造言皆不相師」，其創作的態度自由放縱，若無法度，然而「自合」，到底合乎什麼？這的確是個疑問。如果說自合於前人，那麼，古人所立的法度像個圓圈，後人無論如何創新總是無法突破它的範圍，所謂：「百家騰躍，終入環內者也。」（文心雕龍宗經篇）我想，像樊紹述這樣的人實在有自己立法的魄力。「自合」或許是說他的文章雖然有意出奇，然而自合天然的法度。王獻之的書法學於其父及張芝，「爾後改變制度，別創其法，率爾師心，冥合天矩。」〔註67〕「冥合」正是「自合」。黃庭堅非常欣賞不煩繩削而自合的作品，〈與王觀復書〉云：

　　好作奇語，自是文章病，但當以理為主，理得而辭順，文章自然出類拔萃。觀杜子美到夔州後詩，韓退之自潮州還朝後文章，皆不煩繩削而自合矣。

杜甫於大曆元年（766）到夔州，韓愈在元和十五年（820）自潮州還朝，都是在晚年才有這種造詣。黃庭堅〈大雅堂記〉曰：「子美詩妙處，乃在無意於文。」（《文集》卷十七）杜甫自述：「為人性僻耽佳

〔註65〕馬其昶《韓昌黎文集校注》第七卷，〈南陽樊紹述墓誌銘〉。漢京文化公司。

〔註66〕〈雜論唐代古文運動〉，見《中國學術思想史論叢》第四冊 35 頁。東大圖書公司。

〔註67〕張懷瓘《書斷》列傳第二。新文豐出版公司《叢書集成新編》第五十二冊。

句，語不驚人死不休。老去詩篇渾漫與（一作興），春來花鳥莫深愁。」
〔註68〕可見杜甫平時的寫作態度是有意的、謹嚴的，晚年卻有所改
變，楊倫曰：「漫與，謂隨意付與。」黃庭堅〈題絳本法帖〉：

> 右軍筆法如孟子言性、莊周談自然，從說橫說，無不如意，
> 非復可以常理待之。（《文集》卷二十八）

右軍書法也是不煩繩削。杜甫晚年作詩「隨意付與」，「無意而意已
至」，可謂無不如意，擺脫了尋常規範的拘束，不再勉強自己去做出
驚人的詩句。有意求工，則有待於繩削；無意求工，則不煩繩削。葉
夢得《石林詩話》卷中，論「池塘生春草，園柳變鳴禽」曰：

> 此語之工，正在無所用意，猝然與景相遇，借以成章，不
> 假繩削，故非常情所能到。詩家妙處，當以此為根本，而
> 思苦言艱者往往不悟。

謝靈運「思詩竟日不就」，可謂思苦言艱，寤寐間忽見族弟謝惠連，
即成「池塘生春草」，以為若有神助。這種神來之句，妙手偶得之，
似乎不假繩削，可遇不可求。心中的任何意境，一旦形諸語言文字，
必然要經過人工的安排，作者或自以為「此語有神助，非吾語也」，
只是沒有自覺到意匠的安排而已。謝靈運若非經過思苦言艱的階段，
又豈能悟到「池塘生春草」之妙？「人功未極，則天籟亦無因而至，
雖云天籟，亦須從人功求之。」〔註69〕不煩繩削的天籟之音，亦有得
於人功之助。黃庭堅非常重視「無意於創作」和不煩繩削而自合的關
係，他比較庾信、陶淵明之不同：

> 寧律不諧而不使句弱，用字不工而不使語俗，此庾開府之所
> 長也，然有意於為詩也。至於淵明，則所謂不煩繩削而自合
> 者，雖然，巧於斧斤者多疑其拙，窘於檢括者輒病其放。孔
> 子曰：寧武子其智可及也，其愚不可及也。淵明之拙與放，

〔註68〕〈江上值水如海勢聊短述〉前四句，引自楊倫《杜詩鏡銓》卷八。
　　　華正書局。

〔註69〕袁枚《隨園詩話》卷五引葉書山之語，廣文書局。以上的討論，參
　　　考王叔岷先生《慕廬演講稿》第二篇，談「池塘生春草」，藝文印書
　　　館。

豈可爲不知者道哉！（《文集》卷二十六，〈題意可詩後〉。）

杜甫曾經讚美「清新庾開府」，賞其文章老成，健筆縱橫，庾信是很有成就的文學家之一，黃庭堅卻因其「有意於爲詩」，而頗有未愜。陶淵明「乃陳好言，乃著新詩」、「春秋多佳日，登高賦新詩」、「登東皋以舒嘯，臨清流而賦詩」、「酣觴賦詩，以樂其志」，恐怕很難說「無意於爲詩」，只不過相形之下，庾信作詩較費氣力，陶淵明比較從容不迫而已。〔註70〕黃庭堅認爲陶淵明沒有斧斤檢括之念橫於胸中，所以不煩繩削，然而「自合」，自合於拙與放，而非自合於古人的規矩。黃庭堅自言：

> 老夫之書本無法也，但觀世間萬緣如蚊蚋聚散，未嘗一事橫於胸中，故不擇筆墨，遇紙則書，紙盡則已，亦不計較工拙與人之品藻譏彈。（《文集》卷二十九，書家弟幼安作草後）

也有有不煩繩削而自合的意思。黃庭堅與王觀復的另一封信中提出「無斧鑿痕」的觀念：

> 所寄詩多佳句，猶恨雕琢功多耳！但熟讀杜子美到夔州後古律詩便得句法。簡易而大巧出焉，平淡而山高水深，似欲不可企及。文章成就，更無斧鑿痕，乃爲佳作耳。（《文集》卷十九）

不煩繩削的作品當然是無斧鑿痕，風格簡易平淡，此乃大巧之拙，濃後之淡，也就是「自然」的風格，朱弁曰：「拘攣補綴而露斧鑿痕跡者，不可與論自然之妙也。」〔註71〕顏崑陽先生說：

> 藝術要求自然，則主體在面臨表現時，應該是一種不刻意的自然流露。……主體心靈能夠自然而無造作，則在表現爲藝術品時，當然就不會刻意的雕琢。〔註72〕

關於杜甫晚年作詩的心態，仍有一些疑問。杜詩〈遣悶戲呈路十九曹長〉有言「晚節漸於詩律細」，仇兆鰲曰：

〔註70〕 許顗《彥周詩話》：「黃魯直愛與郭功父戲謔嘲調，雖不當盡信，至如曰：『公做詩費許多氣力做甚？』此語切當，有益於學詩者，不可不知也。」《歷代詩話》上冊。

〔註71〕 《風月堂詩話》卷上。廣文書局。

〔註72〕 《莊子藝術精神析論》201 頁。

公嘗言「老去詩篇渾漫與」，此言「晚節漸於詩律細」，何
也？律細，言用心精密。漫與，言出手純熟。熟從精處得
來，兩意未嘗不合。〔註73〕

仇氏的折衷似能自圓其說。但是朱熹曾批評杜甫夔州以後的詩不夠精
細、用字不響、自由橫放不可效法。〔註74〕杜甫居夔州兩年，於大曆
三年（768）正月中旬出峽，大曆五年（770）逝世，所以到夔州以後
的詩全是晚年的作品，趙翼指出這些晚年的作品佳作不多，有衰颯、
枯率、粗莽、拙澀等缺點，並且批評黃庭堅：

黃山谷謂「少陵夔州以後詩，不煩繩削而自合」。此蓋因集中
有「晚節漸於詩律細」一語，而妄以為愈老愈工也。〔註75〕

方瑜先生分析杜甫夔州詩，得到以下的結論：

夔州詩中有精嚴守律，典麗高華的傑作；也有隨興揮筆，
不假雕琢的小品；更有自出規模，戞戞獨造，以晚年圓熟
自如的技巧欲擺脫繩墨規範的「橫逆」之作。〔註76〕

可見杜甫夔州詩不能一概而論。如果我們依照黃庭堅的立場加以省
思，「用心精密」就不是無意於為詩，他欣賞的未必是「愈老愈工」，
而是忘法自適、不煩繩削、不計工拙的境界，這種觀點決定了他對杜
詩陶詩的特殊評價。

　　黃庭堅贊歎李白的行草不煩繩削而自合，同時推崇蘇軾天資解
書，乃李白之流。蘇軾學問文章之氣，充滿鬱勃發於筆墨之間，隨氣
之所至自成矩度，不必合乎前人的繩墨。張旭雖然姿性顛佚，而其書
「字字入法度中」，也是自合天矩。〔註77〕〈題顏魯公帖〉云：

〔註73〕《杜詩詳注》卷之十八。里仁書局。
〔註74〕《朱子語類》卷一四○，漢京文化公司。龔鵬程曰：「所謂夔州詩不
　　　　煩繩削而自合，事實上是對夔州詩不合古法的一種解釋。」「現在下
　　　　一轉語，說它雖自出規模，卻自然合度，當然就可學了。」引自《古
　　　　典文學》第九集 408～409 頁，學生書局。
〔註75〕《甌北詩話》卷二，引自《清詩話續編》中冊，木鐸出版社。
〔註76〕《杜甫夔州詩析論》217 頁。幼獅文化公司。
〔註77〕以上參考《豫章黃先生文集》卷二十六，〈題李白詩草後〉；卷二十
　　　　八，〈跋翟公巽所藏石刻〉；卷二十九，〈跋周子發帖〉、〈跋東坡書〉、

觀魯公此帖，奇偉秀拔，奄有魏晉隋唐以來風流氣骨，回
視歐、虞、褚、薛、徐、沈輩，皆為法度所窘，豈如魯公
蕭然出於繩墨之外，而卒與之合哉！（《文集》卷二十八）

呂本中活法理論的模式和這段話相同。顏真卿的書法超越了古法的束
縛，「不為法度病其風神」，〔註78〕結果還是「與之合」，「之」代表什
麼決定這段話如何詮釋。〈跋洪駒父諸家書〉曰：「顏魯公書雖自成一
家，然曲折求之，皆合右軍父子筆法。」自成一家則與前人不同，然
而仔細觀察，依然合乎古法，正如姜夔所言：「不求與古人合，而不
能不合。」黃庭堅主張書法以王羲之父子為標準，後人雖極盡變化，
仍在古人的法度中，古法等於「物之自則」（李夢陽之說）。蘇軾認為
顏真卿變法出新意，黃庭堅以為雖出新意仍合古法，觀念的差異非常
明顯。總之，〈題顏魯公帖〉所說的「蕭然出於繩墨之外，而卒與之
合」，對後來的詩法觀念有重大的影響，但是這兩句話並不完全等於
「不煩繩削而自合」。

四、小 結

在詩法觀念發展史中，「法古」是一個具有優勢的重要觀念。傳統
與個人、繼承與創造，其間的關係實在值得我們做深入而廣泛的研究。

每個時代的人都必須重新詮釋傳統，把握傳統的價值和意義，當
我們與古人的精神往來無礙，在明朗的光照和活潑的動力中，我們有
新的領悟和作為。沈清松先生說：「意義的傳達與詮釋，必然有主體
性之參與。」「因為在人文活動中，我們面對道德行為、藝術作品和
經典文物，必須對其中的意義有所理解，此時我們的對象並不是一種
因果的必然關係，而是一種屬靈的整體。此一整體要求我們的心靈以
特別的方式去把握它……。」〔註79〕黃庭堅的「入神」就是主體性的

〈跋東坡書遠景樓賦後〉。
〔註78〕《山谷外集》卷九，〈論書〉。景印文淵閣《四庫全書》第一一一三
冊。
〔註79〕引自《現代哲學論衡》292頁，黎明文化公司。

參與，讀者的心靈進入古典作品的深層結構，與古人的心靈合而爲一，入而復出，觀照的活動圓滿完成。

領略古法生新奇，以故爲新，正是通變的觀念。領略古法是「通」，通則不乏，豐富的傳統向我們開放；生新奇是「變」，變則可久，文化的生命可以不停地進展。

「不煩繩削而自合」是一個極爲複雜的觀念，本文的分析不夠完整，也未必正確。強烈的感情和豐沛的思想需要客觀法則的約束、調整、鎔裁，順其自然流出可能造成混亂和失敗。不煩繩削而自合是一種境界，近似孔子的「從心所欲不踰矩」，莊子的「忘法自適」，那是初學者難以達到的境界，朱熹有兩句忠告之言：「學者其毋惑於不煩繩削之說，而輕爲放肆以自欺也哉！」〔註80〕錢鍾書說：「夫直寫性靈，初非易事，性之不靈，何貴直寫。即其由虛生白，神光頓朗，心范忽發，而由心至口，出口入手，其果能不煩絲毫繩削而自合乎？心生言立，言立文明，中間每須剝膚存液之功，方臻掇皮皆眞之境。」〔註81〕信腕信口，那能皆成律度？難怪趙翼對杜甫晚年的詩會有所指摘了。

發表於一九八七年十一月《德明學報》第六期
收於《學術嘗試集》197～240頁
本書附錄，文字略有修改。

〔註80〕《朱文公文集》卷八十四，〈跋病翁先生詩〉。《四部叢刊》本。
〔註81〕《新編談藝錄》205～206頁。坊間影印本。